# O REI SOL

Também de Nisha J. Tuli:

*A Rainha Sol*
*O Rei Aurora*

# NISHA J. TULI

# O REI SOL

Tradução
GUILHERME MIRANDA

SEGUINTE

Copyright © 2024 by Nisha J. Tuli
Publicado mediante acordo com Folio Literary Management, LLC e Agência Riff.

O selo Seguinte pertence à Editora Schwarcz S.A.

*Grafia atualizada segundo o Acordo Ortográfico da Língua Portuguesa de 1990,
que entrou em vigor no Brasil em 2009.*

TÍTULO ORIGINAL Fate of the Sun King
CAPA Miblart Studio
ILUSTRAÇÕES DE CAPA Shutterstock e Envato Elements
LETTERING DE CAPA Lygia Pires
MAPA Miblart Studio
PREPARAÇÃO Antonio Castro
REVISÃO Luiz Felipe Fonseca e Luís Eduardo Gonçalves

Dados Internacionais de Catalogação na Publicação (CIP)
(Câmara Brasileira do Livro, SP, Brasil)

Tuli, Nisha J.
   O Rei Sol / Nisha J. Tuli ; tradução Guilherme Miranda. —
1ª ed. — São Paulo : Seguinte, 2025.

   Título original: Fate of the Sun King.
   ISBN 978-85-5534-388-9

   1. Ficção canadense 2. Ficção de fantasia I. Título.

25-249289                                    CDD-C813

Índice para catálogo sistemático:
1. Ficção : Literatura canadense   C813

Cibele Maria Dias – Bibliotecária – CRB-8/9427

Todos os direitos desta edição reservados à
EDITORA SCHWARCZ S.A.
Rua Bandeira Paulista, 702, cj. 32
04532-002 — São Paulo — SP
Telefone: (11) 3707-3500
www.seguinte.com.br
contato@seguinte.com.br

*Para todos os leitores que adoram a tensão que
só um bom romance* slow burn *pode oferecer.
(Sim, juro que deixei os dois chegarem aos finalmentes
neste volume. Nem eu aguentava mais.)*

CELESTRIA

MONTANHAS BELTZA

MANSÃO

TOR

NOST

FLORESTA SIVA

ALUVIÃO

RIO SINEN

AFÉLIO

ENSEADA
ZELEN

BOSQUE SARGA

OURANOS

# NOTA DA AUTORA

Queridos leitores,

Bem-vindos de volta a Ouranos! Sei que alguns de vocês esperaram muito tempo por este livro e estou superempolgada para finalmente dividi-lo com vocês. Obrigada por toda a paciência, todo o entusiasmo e toda a compreensão, já que este volume demorou um pouco mais para sair.

Obrigada a todos que me escreveram para dizer que amaram essas histórias. Adoro todas as mensagens, e é por elas que continuo me esforçando para tornar meus livros o melhor possível. Este foi o mais difícil até aqui, mas vocês fazem valer a pena.

Agora finalmente está pronto, e estou ansiosa para compartilhar *O Rei Sol* com vocês. Nestas páginas, você vai encontrar a ação e os perigos que adorou em *A Rainha Sol*, assim como a tensão, a angústia e a intensidade de *O Rei Aurora*. Dediquei meu coração e minha alma a estas páginas, e espero que goste de lê-las enquanto seguimos a jornada com Lor e seus amigos.

Como sempre, vou listar os avisos de conteúdo antes do texto caso queira dar uma olhada. Senão, pode pular para o primeiro capítulo, onde retornamos a Afélio.

Com amor,

Nisha

*Avisos de conteúdo: Neste livro, você vai encontrar muitos dos mesmos temas dos outros livros da série, que incluem menções a abuso sexual no passado, violência, morte, tortura e sangue. Também há palavrões e cenas de sexo, além de ideação suicida e abuso de álcool.*

# I
# GABRIEL

### AFÉLIO: PALÁCIO SOL

Sinto uma dor latejante atrás do meu olho esquerdo, o que me lembra da vez em que um namorado ficou puto da vida quando me flagrou entre as coxas da irmã dele e deu um apertão nas minhas bolas. Falei que ciúme não pegava bem e, como eu devia ter imaginado, isso só piorou as coisas.

Outra pontada pulsa na minha têmpora enquanto balanço um chaveiro dourado na mão, odiando o som. As chaves cintilam forte sob a luz fraca do corredor, o que chega a ser irônico, considerando o que vive neste canto abandonado do palácio, cuidadosamente protegido por falsas cortinas.

Meus passos cortam o silêncio como navalhas retalhando meus tímpanos, um mais sinistro do que o outro.

Eu odeio esta missão, mas também estou ansioso por ela.

Quando chego à porta, paro e respiro fundo para me acalmar antes de seguir em frente e girar a chave. A porta se abre suavemente com as dobradiças bem lubrificadas, tão silenciosa quanto poeira caindo sob um raio de sol. Embora estejamos longe da audição aguçada de Nobres-Feéricos curiosos, cada camada desses segredos sepultados tem que ser levada em conta.

Com seus poderes de ilusão, Atlas garante que esse canto não atraia a atenção dos transeuntes, cujos olhos passam reto pelo arco mal iluminado do corredor. Eles juram ter notado alguma coisa, mas, um instante depois, já não está mais lá — e todos sempre têm mais o que fazer.

Uma façanha que ele consegue há quase cem anos.

Do outro lado da porta, uma escada de pedra em espiral dá para a escuridão. Meus passos determinados soam como prego em aço, subindo a escadaria estreita e sufocante. O último patamar leva a outra porta, essa mais pesada e resistente, fortificada com faixas de ferro, pregos e, por precaução, uma barreira de magia protetora. Até um Feérico Imperial adulto no auge de sua força teria dificuldade para arrombar uma porta dessas.

Pego outra chave e a insiro na fechadura antes de abrir no silêncio mais uma porta lubrificada. O quarto da torre abriga confortavelmente seu único morador abandonado. Ao contrário do resto do Palácio Sol, não ostenta nenhuma das decorações douradas habituais. Não há adornos ou superfícies resplandecentes polidas a ponto de brilharem. O espaço tem pisos e paredes de pedra, tudo cinza e desbotado, como uma memória que se tenta esquecer.

Janelas ao redor do perímetro oferecem uma vista deslumbrante de cada lado de Afélio. O azul brincalhão do oceano. As cúpulas cintilantes dos edifícios da cidade. A sombra da Umbra ao sul.

Não sei se o rei concedeu esse horizonte num gesto de generosidade ou como uma punição adicional por um pecado que nunca foi cometido, a não ser na cabeça dele. Desconfio que seja a segunda opção. Estar confinado a este quarto, forçado a testemunhar o mundo intocável do lado de fora, é uma prisão por si só.

A moral já duvidosa de Atlas o abandonou há tantos anos que não lembro se ele chegou a ter uma.

Levo um momento para me recompor antes de meu olhar encontrar o corpo na cama. Tyr está deitado de lado, em posição fetal, as mãos finas apertando as cobertas, os olhos distantes e vazios. Antes tão luminosos quanto o azul do mar, décadas de confinamento os enfraqueceram a ponto de não restar nada além de sombras cinza cavernosas. O mesmo aconteceu com seu cabelo loiro, antes resplandecente: enlameado pelo tempo, pelo tormento e pelos anos passados sem o calor do sol em seu rosto.

Paro a seu lado e me agacho, ficando na altura do Feérico da realeza, que um dia foi rei. Que, por direito, ainda é rei, mas restam apenas onze pessoas no mundo que sabem disso — sendo que dez são magicamente obrigadas a ficar em silêncio.

— Como você está hoje? — pergunto, embora não espere resposta.

Os olhos de Tyr se erguem, registrando minha presença antes de desviarem mais uma vez. Ele escuta quando falo, ainda que quase nunca responda. Às vezes, responde, e esses são os dias bons, se é que dá para chamar assim. Mas são cada vez mais raros e, na verdade, já se passaram semanas desde que ele disse uma única palavra.

— Os planos para a cerimônia de união já estão em andamento — falo enquanto me levanto, e ando pelo quarto antes de tirar a bolsa do ombro e esvaziar o conteúdo sobre a cômoda na parede oposta.

Os servos do palácio não são dignos da confiança de Atlas, então cuidar de Tyr é responsabilidade minha e de outros nove guardiões. Mas Tyr deixa meus irmãos desconfortáveis, por isso o dever recai mais sobre mim. É uma das poucas tarefas que cumpro sem ressentimento, porque não confio em mais ninguém para fazer esse trabalho do jeito certo.

Eu trouxe os alimentos desidratados de sempre. Algumas fatias de pão. Pedaços de queijo. Frutas e verduras. Vinho, cerveja e água. Embora espere até eu sair, ele vai comer tudo. Saber disso me consola um pouco. Pelo menos não está tentando morrer de fome, e qualquer vitória para mim já está valendo.

— A lista de convidados da rainha deve incluir a cidade toda — continuo a tagarelar. — O dobro dela, talvez.

Ninguém nunca me acusou de falar demais, mas odeio o silêncio que se instala nos cantos deste quarto quando Tyr não está a fim de conversar. Por isso, acabo falando sem parar para o vazio como um idiota.

— Ela está criando a maior confusão por causa do último adiamento.

Enquanto falo, penso sobre tudo o que aconteceu nos últimos meses. As muitas coisas que não entendo sobre o plano de união de Atlas. Ele não é o Primário nem o rei ascendido, então não sei o que espera atingir. Ao mesmo tempo, não entendo o que está esperando. Ele promoveu as Provas para encontrar uma parceira, imagino, e o Espelho escolheu Apricia. Então era para tudo isso já ter acabado.

Mas Atlas continua adiando, e os gritos estridentes dela devem poder ser ouvidos até na Aurora. Essa história toda está me deixando confuso. Imagino que tenha alguma coisa a ver com Lor, mas, depois de meses fuçando e questionando, continuo longe de qualquer resposta.

Está claro que deixei passar algo importante sobre a mulher que infernizou minha vida durante as Provas, embora eu admita a contragosto que estava começando a me afeiçoar a ela. Como um bichinho de estimação irritante que você não tem coragem de abandonar à beira da estrada por mais que ele destrua seus sapatos.

Sinto que Tyr está ouvindo enquanto falo sobre o reino e suas últimas notícias. Relatos da Umbra apontam uma revolta crescente nas ruas. Os feéricos menores exigem o direito de comprar imóveis dentro dos vinte e quatro distritos, mas suas ofertas por moradia nas áreas nobres continuam a ser negadas pelo conselho da cidade, a mando de Atlas. Apesar das dificuldades, muitos conseguiram juntar dinheiro o suficiente para comprar uma casa nos distritos, mas seus desejos são ignorados pelo rei.

Nunca entendi por que eles continuam aqui em vez de irem

para os Reinos Arbóreos ou Aluvião, onde seriam tratados como iguais. Mas sei muito bem que abandonar o lugar onde você cresceu não é tão fácil quanto parece. Além disso, não é justo serem eles os forçados a ir embora.

Fora que as tropas itinerantes de caçadores do Rei Aurora representam uma ameaça mais do que suficiente para manter todos confinados dentro de nossas muralhas. Eles podem ter poucos direitos em Afélio, mas deve ser um destino um pouco melhor do que o trabalho forçado nas minas de Rion.

— Está com fome? — pergunto a Tyr enquanto preparo um prato de comida para ele, fatiando alguns dos queijos de que sei que ele gosta com biscoitos, além de um profiterole, que é seu doce favorito. Também sirvo um copo generoso do uísque envelhecido que comprei; custou quase o mesmo que um apartamento num dos distritos mais pobres, mas por que não lhe permitir um prazer sempre que possível?

Ponho a comida sobre a mesa junto da cama, olhando para o lado e me perguntando se ele está tendo um dia bom ou ruim. Tyr mal reagiu à minha presença, e isso deve me dar a resposta.

Meu olhar perpassa as argolas de arturita em seu pescoço e seus punhos. A pedra azul reluzente, extraída das montanhas Beltza ao norte, bem ao norte, o privam de sua magia desde o dia em que Atlas o confinou neste quarto.

Atlas usou a promessa dos guardiões contra mim e meus irmãos, convencendo Tyr a lhe entregar o governo de Afélio. Fomos obrigados a capturá-lo contra nossa vontade, algemá-lo e trancafiá-lo para sempre ou… até algo drástico mudar.

A memória disso me atormenta o tempo inteiro, mas não tive escolha. Ainda não tenho. Contrariar as ordens do rei significa sofrer uma dor inimaginável que acaba em morte. Mais de uma vez, considerei permitir que minha insubordinação pusesse um fim nisso.

Mas então Tyr ficaria sem mim, e não posso confiar nos outros para protegê-lo como eu. Dessa forma pelo menos posso fazer minha parte, por mais que me odeie a cada segundo.

O olhar de Tyr acompanha meus movimentos enquanto me sento na cadeira no canto, pegando o livro sobre a mesa ao lado e abrindo na página que marquei há dois dias. Li centenas de livros para Tyr ao longo dos anos. Ele se recusa a ler por conta própria, preferindo esperar por mim. É mais um pequeno gesto que posso oferecer. Talvez isso torne essa vida horrível um pouquinho melhor.

Enquanto leio, eu o observo pelo canto da minha visão, notando como seus olhos se movem como se estivessem acompanhando as palavras na página. Acho que ele está ouvindo cada sílaba, mas sempre que pronuncia uma palavra, tenho medo de que seja a última vez que ouço sua voz.

Às vezes Tyr fica tão quieto que parece já estar morto. Nos últimos tempos, me preocupo que seu estado de saúde esteja piorando mais rápido do que nunca. Faz tempo que confirmei que a exposição prolongada à arturita corrói a sanidade da mente de Nobres-Feéricos. Não sei qual é o plano de Atlas. Ele não pode matar Tyr: o Espelho transferiria a magia ao verdadeiro Primário, e Atlas perderia tudo que está tentando conquistar há séculos.

Depois de uma hora, fecho o livro e me levanto, sabendo que tenho mil outras obrigações que exigem minha atenção.

Tyr, como sempre, não tocou na comida. Nunca entendi por que se recusa a comer na minha presença, mas não insisto. Um homem forçado a viver uma existência tão precária tem direito a suas excentricidades. Pelo menos está comendo. Isso deve bastar por enquanto.

Paro diante dele, desejando poder fazer mais. Ajeito uma mecha de seu cabelo, os fios secos e frágeis ao toque. Ele vai precisar de um corte em breve, além de uma aparada na barba. Vou trazer uma tesoura e uma navalha na próxima vez. Por motivos óbvios, não posso deixar esses objetos aqui. Por fim, noto que sua túnica parece um pouco surrada. Deve estar na hora de roupas novas também.

— Volto amanhã — digo, tentando não soar tão melancólico quanto me sinto. — Coma tudo.

Tyr pisca, e gosto de pensar que é porque está me agradecendo. Espero que esteja. Sinto falta dele e de tudo que quase fomos.

Dou uma última conferida no quarto, parando quando sinto o chão começar a vibrar sob meus pés. Outro tremor. Esses abalos começaram há algumas semanas, mas sua origem continua um mistério.

Não importa. Não é problema meu. Já tenho muitos motivos para me preocupar agora.

Quando o tremor para, fecho a porta com cuidado atrás de mim antes de descer as escadas e ir direto para os aposentos de Atlas, passando reto pelos guardas da frente.

Bato na porta do escritório do rei e chamo:

— Atlas?

— Entre — diz a voz do outro lado.

Eu o encontro ao lado da janela, contemplando a cidade com uma caneca de chá na mão.

— Passei no quarto dele agora — digo, mantendo a voz baixa. O escritório é protegido contra ouvidos curiosos, mas não posso desafiar o murmúrio insistente dos segredos que guardo. Parece errado falar sobre eles num tom de voz normal. Como se estivesse normalizando coisas que nunca deveriam ser normalizadas.

— Hum — Atlas responde, ainda focado na paisagem lá fora.

Por sorte, não vê como meu maxilar se contrai diante da sua indiferença. Esse jeito que ele tem, de quem está pouco se fodendo para o irmão de quem roubou tudo me deixa tão furioso que minha visão fica turva.

Finalmente, Atlas se afasta da janela e vai se sentar no sofá de couro lustroso no centro do cômodo. Ele toma um longo gole do chá antes de se recostar e me encara como se perguntasse: *Quer me incomodar com algum outro assunto?*

— Ele está piorando — insisto. — As algemas...

— Não vão a lugar nenhum — diz Atlas, sua resposta gélida sob a ameaça de que ele não vai voltar a esse tema.

— Mas ele está morrendo por causa delas.

Por fim, Atlas arqueia uma sobrancelha e me lança um olhar frio.

— O que quer que eu faça? Que as tire para ele poder me matar?

O rei me encara com seu olhar verde-água cortante, me desafiando a desviar os olhos. Nós nos conhecemos há muito tempo. Atlas pode se referir a nós dois como amigos, mas tenho dificuldade em enxergar nossa relação sob esse prisma. É difícil pensar em *amizade* quando um lado detém todo o poder, e você não passa de um servo sob seu comando.

Resisto ao impulso de soltar a verdade que está na ponta da minha língua, ardendo como ácido. Que, *sim*, eu adoraria ver Tyr se libertar e fazer Atlas pagar por tudo que merece.

— Não — digo, mordaz. — Mas ele está *morrendo*.

Enfatizo a última palavra, na esperança de que ao menos chame a atenção de Atlas. Aos olhos do Espelho, morte por negligência seria o mesmo que cortar o pescoço de Tyr com uma adaga.

— Se não fizer nada... — paro, deixando a ameaça pairar entre nós.

— Vai dar tudo certo quando eu tiver minha união — diz Atlas com um aceno, e quero pedir uma explicação do que *isso* quer dizer.

— Aliás — digo, mesmo sabendo que ele não vai responder —, soube que você adiou a data da cerimônia de novo. Se é a união que vai resolver tudo, por que continua fazendo isso?

Que tipo de jogo Atlas está jogando? Ele está se recusando a se unir com Apricia ao mesmo tempo que exalta as vantagens que isso trará. Nada nessa história faz sentido.

— Tenho meus motivos — ele diz, evasivo como sempre.
— Tem alguma pista sobre o paradeiro de Lor?

— Tudo isso tem a ver com ela — repito. Essa não é nem de longe a primeira vez que temos essa conversa, e com certeza não vai ser a última. — Me explica o que está acontecendo. Por que ela importa?

Atlas joga os ombros para trás antes de dar um grande gole da sua bebida.

— Quanto menos você souber, melhor, Gabriel. Estou fazendo isso pelo seu bem. Estou sempre pensando no seu bem.

Ignoro o absurdo colossal dessas últimas frases enquanto continuo insistindo.

— Mas, se eu soubesse, ficaria numa posição melhor para ajudar você. Não estaria procurando às cegas.

É verdade, mas apenas parte do motivo por que quero saber.

O que realmente quero entender é de que lado eu deveria estar.

Atlas solta um longo suspiro como se *eu* fosse o errado aqui.

— Saber por que preciso dela não vai fazer diferença nenhuma. Você tem alguma pista da porra do paradeiro dela?

Faço que não com a cabeça. Tenho ideias e teorias sobre onde ela pode estar, mas algo me impede de compartilhar isso com Atlas. Um pressentimento lá no fundo me diz que essa é a escolha certa.

Nadir veio ao baile da Rainha Sol perguntando sobre uma garota desaparecida. Com medo de que Atlas estivesse fazendo algo perigoso com Lor, eu a mostrei para Nadir, ou pelo menos tentei. Será que ele viu a tatuagem no ombro dela antes que Atlas o expulsasse do palácio? Será que foi ele quem a levou? Por que se importaria com ela, afinal? Por que *eu* me importo?

Apesar de tudo, meu dever é proteger Atlas, não por ele, mas por Tyr.

Lor desapareceu sem deixar nenhuma pista, e estou começando a achar que ela virou fumaça. Não me surpreenderia se tivesse conseguido escapar sozinha. Quase desde o começo, eu tinha certeza de que ela estava escondendo alguma coisa, e Lor provou ser engenhosa quando passou pelas Provas, mesmo recebendo ajuda.

— Você precisa encontrá-la — diz Atlas. — O futuro deste reino depende disso.

— Por quê? — Tento de novo. — Por quê? Ela era uma prisioneira de Aurora. Por que ela importa?

— Faça-me o favor, Gabriel. A essa altura você já sabe que ela é mais do que isso.

Cerro os dentes com o tom condescendente dele. Estou a um *fio* de perder a cabeça e sair na porrada com Atlas. Mas não adiantaria nada. Só me faria voltar às masmorras ou coisa pior. Tremo só de pensar no destino de Tyr, trancado numa torre, sem nunca mais poder andar em liberdade. Basta essa sugestão para trazer à tona muitas memórias que eu preferiria esquecer.

Felizmente, sou poupado dos meus impulsos assassinos quando a porta do escritório se abre.

— Atlas! — dispara Apricia ao entrar furiosa no cômodo. Seu cabelo longo e escuro tem mechas loiras, e ela está com um vestido dourado extravagante que é completamente ridículo para essa hora do dia. — Acabaram de me contar que você adiou a cerimônia de união *de novo*!

Sua voz é aguda e febril, estridente a ponto de estilhaçar cristais. Combina com seu rosto, que está vermelho. Seus olhos brilham como se ela fosse se dissolver numa cascata de lágrimas furiosas. Por que tinha que ser *ela* a vencedora das Provas? Qualquer outra Tributo teria sido melhor.

— Minha querida — diz Atlas, as palavras carregadas de um carinho falso. — Não havia alternativa.

— Não me venha com "querida" — responde Apricia, erguendo um dedo. — Meu pai está furioso!

— Hum. — É sua resposta enquanto ele coloca a caneca na mesa com um tilintar.

— Me responda! — ela praticamente berra. — Por que adiou de novo?

Atlas descruza as pernas compridas e se levanta, dirigindo-se a Apricia. Ele está com seu sorriso mais charmoso, que conheço tão bem. Quase dá para sentir a calcinha de Apricia derretendo só de ver. Não entra na minha cabeça como ela ainda se sente atraída por ele.

Atlas envolve o rosto dela com as mãos.

— Minha rainha. Quero que esta união seja a mais monumental. A mais importante. A mais memorável que já aconteceu em Oura-nos. Quero que componham baladas sobre ela. Que a imortalizem nos livros de história. Quero que a história do nosso amor e da nossa união seja contada por gerações de Nobres-Feéricos daqui a séculos.

Apricia o encara com uma esperança tão terna que quase sinto pena dela. Quase.

— Quer? — ela sussurra, claramente prestes a chorar e estragar o delineador carregado.

—Você sabe que sim. Quero que todos entendam que meu amor arde por você, minha rainha. O quanto isso representa para mim e para Afélio.Você vai ser a maior rainha que eles já tiveram. E tamanha perfeição, meu amor, leva tempo para ficar pronta.

Atlas usa o polegar para secar uma lágrima que escapa pela bo-checha dela. Quase arranco a língua de tanto morder para segurar um riso de desprezo.

— Espero que entenda e me dê mais um tempinho para resolver todos os detalhes. Não quero deixar nada à mercê da sorte. Está bem?

Ele inclina a cabeça com uma expressão suplicante, e observo com fascínio, sempre espantado com a capacidade que Atlas tem de con-vencer qualquer pessoa a fazer o que for por ele, muitas vezes em detrimento pessoal.

Incluindo seu próprio irmão.

Incluindo eu mesmo.

Quando Lor perdeu a paciência com ele na sala do trono depois da quarta prova, foi muito prazeroso assistir. Eu queria aplaudir de pé. Finalmente, alguém havia desmascarado o charme dele, mesmo que tenha demorado um pouco para ela chegar lá. Isso me deixa ainda mais desconfiado sobre quem ou o que ela é.

— Está bem — diz Apricia por fim, com uma fungada. — Entendo. É só que quero muito me unir a você.

— Eu sei, minha querida — ele responde com a voz aveludada. — Também quero. É meu maior desejo, mas me recuso a prosseguir até tudo estar tão perfeito quanto você. Entende?

Ela acena devagar, e Atlas solta seu rosto antes de dar um beijo delicado na bochecha dela.

— Volte para o quarto, e nos vemos mais tarde. Encomendei aqueles doces deliciosos de Auren para você.

Os olhos de Apricia se iluminam. Chega a ser ridículo como ela é facilmente manipulada.

— Certo — diz ela, mais calma, enxugando uma lágrima da bochecha. — Vai jantar comigo?

— Claro — diz Atlas. — Só preciso terminar de conversar com Gabriel e resolver algumas pendências.

— E você vai... — Os olhos de Apricia se voltam para mim, mas ela acaba decidindo que não vale a pena se censurar por alguém como eu. — ... passar a noite comigo?

Atlas abre outro sorriso paciente e aperta a ponta do nariz dela.

— Você sabe que quero, mas concordamos em esperar até depois da união, não é? Por favor, não insista.

Ela concorda com a cabeça, sua alegria momentânea murchando como se tivesse sido espetada por mil alfinetes.

— Claro. Certo. Desculpa.

Com um último olhar demorado para o rei, Apricia se vira para sair. Enquanto a porta se fecha, nós dois a observamos.

Depois, Atlas se volta para mim, uma expressão séria no rosto.

— Encontre Lor, Gabriel. *Agora*. Não me importa o que precise fazer. Encontre aquela mulher ou não me responsabilizo pelo que vai acontecer depois.

Em seguida, ele dá meia-volta e se dirige à saída antes de parar e olhar para mim.

— Também soube que Erevan está criando confusão na Umbra de novo. Resolva isso.

Ele bate a porta atrás de si, e fico ali sozinho, olhando para o nada.

# 2
# LOR

### AFÉLIO: UMBRA

Bato o copo no balcão imundo, um gole ardente de uísque descendo por minha garganta. Sinto um cotovelo aleatório pressionar minhas costas e lanço um olhar furioso por cima do ombro. É totalmente ignorado. Há gente demais espremida nessas paredes decrépitas, e está tão lotado que mal consigo me mexer ou ouvir meus próprios pensamentos. Mas as tavernas obscuras e deterioradas da Umbra são perfeitas para escutar trechos de fofoca e possíveis informações de que precisamos tão desesperadamente.

Um gorro folgado disfarça meu cabelo, e roupas largas escondem qualquer sinal das minhas curvas. De relance, pareço um homem que mal tem idade para ter barba.

Este lugar é uma pocilga. Uma fileira de janelas sujas filtra a luz fraca do sol enquanto alguns candelabros frágeis tentam compensar a diferença. O chão é tão pegajoso que estou considerando queimar essas botas.

Aceno para o garçom pedindo outra bebida. Ele é um feérico menor com a pele prateada, o cabelo verde luminoso e um sorriso arrogante. Não usa nada além de um pequeno colete de couro, revelando um peitoral brilhante e musculoso. A vista, pelo menos, não é das piores.

— O mesmo? — ele pergunta, me lançando um sorriso malandro, e faço que sim, sentindo um par de olhos cravado na minha nuca do outro lado do salão. Olhando para trás, encontro Nadir sentado num canto, cruzando os braços com tanta força que me surpreende que não tenha quebrado uma costela. Mesmo sob o capuz, sinto a careta de desaprovação em seu lindo rosto.

Ele está puto porque o garçom está flertando comigo, embora esteja flertando com *todo mundo*, e eu adoraria se esse príncipe relaxasse um pouco.

É impressão minha ou Nadir ficou mais possessivo desde aquela fatídica noite no Castelo Coração, quando perdi a calma e gritei que nunca pertenceria a ele? Fico horrorizada toda vez que essa memória me atinge. O que acontece muito.

Minha magia se agita sob minha pele, me lembrando do que deseja. Como se eu precisasse ser lembrada. Como se Nadir já não ocupasse minha mente, meu coração e meu espírito, e eu não conseguisse me livrar dele. Mas me recuso a deixar transparecer o quanto sua presença ainda me afeta.

Tampouco posso admitir o quanto me arrependo de ter imposto esse limite.

Mas não posso perder meu propósito de vista e não vou tolerar seu territorialismo Feérico absurdo.

Sob o manto, ele veste preto como sempre, embora tenha optado por algo um pouco menos refinado do que os ternos habituais, com uma túnica e uma calça casual. Não o tornam nem um pouco menos devastador.

Suspiro, aceitando o copo que o garçom me oferece e tomando tudo enquanto tento ignorar a presença dele e me concentrar nas conversas ao redor.

Todos chegamos na cidade há uma semana e estamos tentando entender o que está acontecendo em Afélio. Nosso plano é nos infiltrar no Palácio Sol sem chamar a atenção de Atlas. Embora pensássemos que seria uma simples questão — relativamente falando, claro — de entrar sem causar alarde, parece que mergulhamos num caldeirão de caos graças à cerimônia de união iminente somada à revolta que se agita na Umbra. Nadir quer planejar tudo com cuidado e calma antes de tomarmos qualquer atitude da qual possamos nos arrepender.

Amya tem olhos e ouvidos em toda parte, e todos confirmam que Atlas ainda está com batedores e espiões procurando por algo. Ou alguém, no caso. E que está fazendo isso com uma regularidade crescente, ficando cada vez menos discreto, o que sugere que está ficando mais desesperado. Essa informação pode agir contra ou a favor de nós, mas ainda não temos certeza do que vai acontecer. O lado bom é que ele parece tão confiante em relação a seu domínio sobre Afélio que não está procurando *dentro* das suas muralhas. Mesmo assim, puxo o gorro para baixo porque não vou me arriscar.

Como eu queria invadir o palácio e exigir uma explicação, mas o Espelho tem que ser minha prioridade. Ele e conseguir minha magia de volta.

Meu copo está vazio de novo, então fico olhando para ele. A conversa da taverna se concentra nas preocupações crescentes sobre o baixo número de peixes capturados nas redes e armadilhas de pesca da Umbra. Pescar é uma das poucas formas que os feéricos menores têm de pagar por suas necessidades, e sua angústia vibra na atmosfera como uma tempestade se formando.

Os espiões de Amya também descobriram que Atlas adiou mais uma vez a cerimônia de união, mas essa notícia tem pouco impacto sobre a Umbra. Entendo por quê. Que diferença a união de Atlas faz para eles? Os interesses dos cidadãos da Umbra estão centrados em encontrar comida e suprimentos enquanto lidam com as leis opressivas do Rei Sol.

Enquanto espero que o garçom note meu copo vazio, um calor na nuca me faz lançar outro olhar na direção de Nadir. Tento resistir, mas não consigo deixar de me sentir atraída por ele. Minha magia bloqueada tem enlouquecido desde que o rejeitei e está furiosa comigo.

Ele nem tenta esconder que está me observando. Recostado na cadeira de braços cruzados, Nadir encara todos ao redor com desdém ao mesmo tempo que consegue me fazer sentir como se eu fosse a única pessoa presente no salão.

Embora ninguém pareça reconhecê-lo como o Príncipe Aurora, ele se porta de uma forma que com toda a certeza chama atenção. Aquele não é um cidadão oprimido da Umbra.

Felizmente, ele não é o único nobre que visita essas bandas. Dezenas de Nobres-Feéricos de Afélio percorrem as ruas, comendo nos restaurantes, bebendo nos bares e frequentando os bordéis.

Soube que elfos e pixies são uma iguaria especialmente atraente para os Nobres-Feéricos, e é difícil não entender o motivo. São todos deslumbrantes com suas peles suaves e peroladas e corpos curvilíneos. Não sei como é o atendimento, mas me asseguraram que pelo menos eles são pagos por seus serviços. Não que isso importe quando se é um feérico menor em Afélio, uma vez que viver num dos distritos mais agradáveis e afluentes é proibido para eles.

Sempre penso nos feéricos menores que vi na Aurora. O que é pior? O trabalho forçado nas minas de Rion ou viver sob uma ilusão de liberdade, presos às regras do Rei Sol? Fervo de raiva ao lembrar como Atlas mentiu na minha cara sobre isso também. Ele me disse que as pessoas da Umbra eram livres para sair a qualquer momento, mas esqueceu convenientemente de mencionar que elas, na verdade, não podem comprar uma casa ou um imóvel em nenhum outro lugar de Afélio.

Alguma coisa que havia me dito era verdade? O que eu não faria para ficar sozinha com ele e forçá-lo a revelar todos os pensamentos calculistas e mentirosos de sua mente.

Percorro o bar com os olhos, encontrando Tristan conversando com um grupo de anões em outro canto. Amya e Willow estão em outra região da Umbra, vendo o que mais conseguem descobrir. Não gosto que Willow esteja tão longe de nós, mas sei que Amya vai protegê-la.

— Lor? — chama uma voz, e me encolho, olhando de soslaio.

Callias, o cabeleireiro mais cobiçado (e mais bem-dotado) de Afélio, está a poucos passos do balcão.

— É você?

Mantenho o foco no copo entre minhas mãos, fingindo ignorá-lo, na esperança de que ele ache que me confundiu com outra pessoa.

— Sei que é você — diz ele, chegando mais perto. — Esse gorro ridículo não me engana.

Ainda olhando para o fundo do copo, murmuro:

— Não sei do que você está falando.

Ele ri e se abaixa, aproximando a boca da minha orelha.

— Bela tentativa, Tributo. Está fazendo o que aqui?

Finalmente, eu o encaro.

— Xiu. Dá para falar baixo?

Callias revira os olhos e se endireita quando abaixo a cabeça. Eu o ouço pedir uma bebida para ele e outra para mim enquanto continuo a encarar meu copo com os ombros curvados, torcendo para ninguém ter nos notado. Um momento depois, outros dois copos são servidos no balcão.

Bebemos em silêncio. Sinto o olhar incandescente de Nadir do outro lado do ambiente, e ele deve estar a um segundo de vir até aqui bancando o príncipe salvador.

— Vai falar? — pergunta Callias, descontraído, enquanto se vira para olhar ao redor e se apoia no balcão. Está longe o bastante para ninguém perceber de cara que se dirige a mim. — Ou devo sair e buscar Gabriel?

— Quê? — pergunto e logo em seguida calo a boca. Merda. Gabriel também está aqui?

— Agora tenho sua atenção — diz Callias com um sorrisinho.

— Ele está aqui? Por quê? Por que *você* está aqui?

— Eu o vi zanzando por aí. É difícil não o reconhecer. Com as asas e tudo mais. E desde quando um Feérico não pode vir à Umbra para tomar uma no seu dia de folga? Está na moda, sabia.

— Está? Vir para a favela com os perseguidos? Que... sofisticado — digo, e Callias sorri.

— Estava com saudade dessa sua atitude, Tributo Final. Por onde andou?

Meu olhar se volta para o outro lado do salão. Nadir está inclinado para a frente na cadeira, observando minha interação com Callias como um falcão espreita um camundongo do céu. Lanço um olhar incisivo para ele e espero transmitir a mensagem para que não saia do lugar. Não que eu realmente ache que ele vá me obedecer.

Tristan também está nos observando, uma ruga se formando entre as sobrancelhas. Ele troca um olhar com Nadir numa rara demonstração de camaradagem. Preciso nos tirar daqui.

— Não importa — digo, levantando do balcão e subindo a gola ao redor do pescoço. — Por favor, esqueça que me viu.

Callias não me deve nada, mas criamos um vínculo durante as Provas, e estou torcendo para que isso seja o suficiente para ele não me delatar.

Mantendo a cabeça baixa, passo por ele, atravessando o amontoado de pessoas cada vez mais bêbadas, e saio. A Umbra não é exatamente o que imaginei quando descobri sua existência. Sim, eu imaginava que fosse pobre, mas a verdade é mais complicada do que isso.

Feéricos menores com dinheiro que foram confinados dentro das fronteiras do bairro fizeram o possível para reformar os edifícios velhos e capengas. Ouvi falar que a Umbra sempre existiu como um vigésimo quinto distrito "não oficial", embora nunca tenha sido tratada dessa forma. Quando Atlas assumiu a coroa há um século, obrigou os feéricos menores a se realocarem dentro das fronteiras da região, confiscando todos os imóveis que possuíam e redistribuindo-os para a nobreza.

Que tipo de monstro faria uma coisa dessas? Mais uma vez, amaldiçoo minha mais completa burrice e ingenuidade durante as Provas. Atlas me enganou direitinho.

No último século, as construções antes grandiosas foram se degradando, apesar dos esforços dos cidadãos. O rei emprega os recursos para preservar apenas os outros vinte e quatro distritos, deixando que a Umbra se deteriore cada dia mais. Franzo a testa ao olhar para o edifício à frente, feito de arenito desbotado. Afrescos e volutas decorativas cercam as grandes janelas, enquanto as paredes são esculpidas com rosas e trepadeiras, tudo desbotado e lascado pela ação do tempo.

Aqui, pobres e ricos se misturam, mas todos lutam contra as mesmas amarras. Há tanta disparidade concentrada neste pequeno espaço que parece um barril de pólvora prestes a explodir.

Eu me perguntava o tempo todo como ninguém no palácio percebia que eu não era da Umbra durante as Provas, mas agora entendo que era porque não faziam ideia do que estava acontecendo. Eles eram proibidos de chegar perto demais e, claro, não tinham permissão de comparecer às provas públicas. Tinham simplesmente que aceitar o que ouviam.

Esse fato é evidenciado na praça onde me encontro. Um Nobre--Feérico está num palco com o punho erguido para a multidão reunida ao redor dele. Estão todos fartos de serem tratados dessa forma e encontraram um líder para lutar por sua causa. Alguém que tem uma chance de ganhar a atenção do rei de uma forma que os feéricos menores jamais poderiam sonhar.

— O que aconteceu? — pergunta alguém à minha esquerda, e não preciso me virar para saber que é Nadir. Mesmo se eu não conhecesse aquela voz como a palma da minha mão, minha magia se agita quando ele toca em mim. Eu me ajeito para não nos encostarmos mais, tentando não deixar óbvio. Não quero magoá-lo, mas estou tentando manter certa distância.

— Nada — digo. — Só precisava tomar um ar.

— Com quem você estava conversando?

— Ninguém. Só alguém que queria me pagar uma bebida.

Ignoro seu rosnado baixo ao sair andando, tentando me perder na multidão e me perguntando onde Tristan está. Nosso combinado é sempre nos encontrar de volta na base se nos separarmos. Sei que Nadir está na minha cola. Sinto sua presença por toda parte.

— Por tempo demais, o Rei Sol tratou vocês como cidadãos de segunda classe! — brada o homem que está inflamando a multidão. Seu nome é Erevan, e, apesar de ser um Nobre-Feérico, ele se tornou o líder da rebelião crescente. Usa uma túnica de camurça marrom e um colete, ambos simples, mas claramente bem-feitos. Seu cabelo loiro ondulado está preso na nuca, e seus olhos azuis brilhantes percorrem a multidão, que o admira com uma adoração quase maníaca.

Ele ergue um punho para o céu, e centenas se juntam ao coro de aplausos fervorosos.

— Ele mantém vocês dentro dessas paredes! Ele os impede de viver em qualquer lugar que não seja essas casas em ruínas! Ele os impede de fazer negócios com os Nobres-Feéricos! Proíbe vocês de usarem sua magia. E por quê? Porque tem medo de vocês! Porque tem medo do que a magia de vocês pode fazer!

— É isso aí! — outro coro de concordância irrompe, e a energia no ar fica mais frenética. Erevan lista uma série de ofensas feitas ao seu povo, e cada uma parece pior que a outra. Não os culpo por se sentirem assim e fico pensando como poderíamos ajudar enquanto estamos aqui. Claro, Nadir disse que precisamos ficar fora disso, mas não pretendo dar ouvidos a ele tão cedo.

É então que noto um par de asas com penas brancas e paro de repente. Nadir quase se choca contra mim, de tão perto que está me seguindo. Felizmente, não é Gabriel, mas um dos outros guardiões que poderiam me reconhecer. Acho que seu nome é Jareth. Eu me lembro de ele ter interrompido meu primeiro jantar com Atlas durante as Provas. Ao olhar ao redor da praça, vejo mais deles circulando. O que estão fazendo aqui? Será que vieram parar Erevan?

Suas posturas são despreocupadas enquanto andam pela praça, ouvindo os brados da multidão com expressões serenas.

Um alerta percorre minha espinha. Será que Erevan notou a chegada deles? Não deveria parar? Uma coisa é criticar abertamente o rei, mas outra bem diferente é fazer isso na presença de seus servos mais confiáveis.

Erevan grita alguma coisa, e é então que noto a leve oscilação em sua voz quando seu rosto se empalidece. Ele acaba de reparar nos guardas, mas não recua, continuando o discurso inflamado e cada vez mais alto sobre os crimes cometidos pelo rei. Sua coragem é impressionante. Ou burra.

Um movimento na lateral atrai minha atenção quando mais corpos vão saindo dos becos em direção à praça: soldados vestindo o uniforme do Rei Sol.

— Cadê Tris? — pergunto, dando meia-volta. Tomara que ele ainda esteja a salvo dentro do bar.

— Não sei — diz Nadir —, mas precisamos sair daqui. Ele vai nos encontrar em casa.

Seu olhar segue o mesmo caminho que o meu, e está claro que chegamos à mesma conclusão. A coisa vai ficar bem feia aqui.

Infelizmente, quando estamos prestes a sair, a coisa fica feia *mesmo*. Há um segundo de sobreaviso antes de o exército invadir a praça, seguido por um coro de gritos apavorados. A multidão se move como uma parede, empurrando e se acotovelando, enquanto todos correm para fugir.

Um corpo tromba com o meu, me empurrando com tanta força que quase caio para trás, mas recupero o equilíbrio no último segundo. Uma multidão de desconhecidos me cerca, e não consigo ver onde Nadir foi parar. Não importa, lembro a mim mesma. Ele consegue se virar. Preciso sair daqui e me esconder antes que alguém me reconheça.

Outra onda de corpos me empurra na direção do centro da praça, e resisto, dando cotoveladas e abrindo caminho na direção oposta. Na esperança de não machucar alguém que não mereça, batalho contra a correnteza de pessoas.

Sinto que leva uma eternidade, a cacofonia chegando a ser ensurdecedora. Ouço gritos e os sons de aço contra aço. Os "rebeldes" são abatidos sem piedade seguidos pelo baque de corpos sobre a pedra e gritos pungentes.

Outra das regras reais impede feéricos menores de comprarem armas e, portanto, eles dependem das velharias que conseguem encontrar ou de improvisos, ficando em sua maioria desarmados e em desvantagem.

Preciso dar o fora. Continuo empurrando e empurrando até finalmente escapar da multidão. Um fluxo de pessoas foge da praça em busca de abrigo, mas guardas bloqueiam todas as saídas. É um caos completo. Vejo um beco desprotegido e vou na direção dele, tentando me manter à frente do rio de feéricos e humanos. Puxando o gorro para baixo, enfim chego à saída, lançando um olhar por cima do ombro antes de entrar na segurança das sombras.

Quando me viro, dou de cara com uma parede de tijolos.

—Ai! — grito, cambaleando para trás até um braço me apanhar, erguendo-me.

Não é uma parede, afinal.

É um Nobre-Feérico.

Com as asas brancas como a neve e a armadura dourada. Com olhos azuis furiosos e o cabelo loiro ondulado.

— Que *porra* você está fazendo aqui, Último Tributo? — Gabriel rosna na minha cara.

# 3

*MERDA. MERDA. MERDA.*

Tento me desvencilhar do aperto implacável de Gabriel, mas ele já está me arrastando para um labirinto de becos, enquanto os sons do confronto vão ficando para trás.

— Me solta! — grito, tropeçando atrás dele, sem conseguir acompanhar suas passadas longas e furiosas. O aperto só fica mais forte, e me arrepio, certa de que ele está deixando hematomas na minha pele.

Deuses, esqueci como ele é cuzão.

O tempo longe de Afélio suavizou minhas memórias, me fazendo lembrar das partes que eram ligeiramente melhores do que as outras. Na minha cabeça, eu tinha retratado Atlas como o vilão principal da história, mas, enquanto noto seu maxilar tensionado e seu olhar penetrante, lembro que Gabriel também teve seu papel.

Ele me ignora e me puxa mais até enfim pararmos numa esquina deserta. O que vai fazer? Me matar aqui, a céu aberto? Não vai nem me levar de volta a Atlas antes?

Gabriel me empurra para a frente e me joga contra uma parede, minhas mãos acertando a superfície áspera para proteger meu nariz de uma colisão dolorosa. Eu me viro para encará-lo de cabeça erguida. Se este é meu fim, vou tentar morrer com *alguma* dignidade.

— O que você está fazendo aqui? — ele pergunta de novo, as

palavras envenenadas com ainda mais raiva. — Tem *alguma noção* do que vai acontecer se Atlas descobrir que você está em Afélio?

— Claro que tenho! — retruco. — O que você está fazendo aqui? Era para estar no seu palácio pomposo.

Gabriel fecha os olhos e respira fundo, como se pedisse paciência.

— Era para eu estar aqui, *sim*, Lor. Mas *você* não. Onde esteve?

— Não importa — digo. — O que vai fazer comigo?

Ele aperta os lábios, um conflito evidente em seus olhos. Nadir me disse que Gabriel é praticamente um escravo, incapaz de desobedecer às ordens de Atlas, vivendo com pouca autonomia. Naquele momento, senti pena dele.

— Vai me levar até ele?

Não preciso elaborar a quem me refiro.

— Deveria — responde Gabriel, mas há hesitação em sua voz.

— Você tem escolha? — pergunto, cuidadosa, sem saber se é um assunto sensível. Não tenho como guardar rancor dele se algum juramento mágico o força a obedecer a Atlas. Não que eu ache que ele estaria inclinado a me proteger de todo modo.

Gabriel me encara com os olhos ameaçadores, ardentes de fúria. Certo, definitivamente é um tópico sensível.

— Tenho minhas formas de contornar as ordens dele.

Engasgo com a surpresa.

— Quer dizer que vai me deixar ir? — Minha pergunta deve soar mais esperançosa do que deveria.

Ele parece considerar, um turbilhão de raiva e irritação de que me lembro tão bem se misturando em seus olhos azuis.

— Quero saber tudo — diz ele por fim. — Quem é você? Por que a tirei de Nostraza? E como fugiu? Me conte tudo, e vou fazer o possível para manter você longe das mãos dele. Mas não posso tomar essa decisão antes de saber por que ele a quer e se você representa um perigo para Afélio.

Tento não reclamar. O que ele está perguntando faz sentido, mas, até isso tudo acabar, quantas pessoas vão descobrir meu segredo, que a cada dia que passa se torna mais público?

É então que passos firmes chamam nossa atenção para um vulto encapuzado se movendo pelo beco. Alguém poderia achar isso ameaçador, mas sei exatamente quem está se aproximando.

Dá para ver a reação de Gabriel quando Nadir tira o capuz, primeiro com surpresa e depois com uma exaustão resignada enquanto passa a mão no rosto.

— Eu deveria ter imaginado — diz ele.

Nadir sorri com sarcasmo e dá de ombros.

— Provavelmente.

— Imagino que já se conheçam? — pergunto, notando a familiaridade entre os dois.

— Infelizmente — diz Gabriel, e não sei por quê, mas é agradável notar que ele também se irrita com a presença de Nadir. Pelo menos não sou a única.

— O que vocês *dois* estão fazendo aqui? — Gabriel pergunta, erguendo as mãos. — Atlas proibiu você de entrar em Afélio.

— Hum — diz Nadir. — Você sabe que nunca fui muito bom em receber ordens. Muito menos de Atlas.

Gabriel passa a mão no rosto de novo e depois no cabelo, bagunçando a auréola de cachos.

— Quero uma explicação. Comece a falar — ele diz para mim. — Agora.

— Não aqui. — Balanço a cabeça. — Qualquer um pode nos encontrar.

— Segue a gente — diz Nadir.

Seu olhar recai sobre mim antes de apontar o queixo em um gesto de comando. Reviro os olhos ao desencostar da parede. Zerra, ele é tão mandão.

Nadir dá meia-volta, e nós dois o seguimos enquanto ele penetra os becos sinuosos. À medida que andamos, tento identificar os sons do confronto na praça, mas ou já acabou, ou estamos longe demais para ouvir.

— Viu o que aconteceu na praça? — pergunto às costas de Nadir. O caminho fica estreito e nos força a andar em fila única.

— Prenderam alguns dos feéricos menores, mas a maioria só se dispersou.

— Mataram alguém?

— Alguns. Sim.

Não gosto dessa resposta.

— Qual era o objetivo daquilo? — Volto a olhar para Gabriel, continuando minha linha de questionamento.

— Uma mensagem — responde Gabriel. — Atlas ainda não pode derrubar Erevan e correr o risco de um motim em massa, mas é um lembrete de que não vai tolerar esses atos de agressão.

— Atos de agressão — debocho. — Como se as demandas deles não fossem legítimas.

Gabriel não diz nada enquanto o encaro, mas noto que seus olhos vacilam por um breve instante.

Continuamos em silêncio pelos becos sinuosos até sairmos no lado oposto da Umbra. É mais tranquilo aqui, onde um mercadinho vende frutas, peixes e outros produtos perecíveis. Alimentos e outros bens de consumo são as únicas mercadorias que os feéricos menores têm permissão de comprar e vender nos distritos nobres. Então, pelo menos tecnicamente, Atlas não os está fazendo passar fome. Ele deve se olhar no espelho e se parabenizar por tanta generosidade.

Atravessamos a fronteira nordeste da Umbra e entramos num bulevar maior. Por precaução, nosso esconderijo em Afélio é situado no Oitavo Distrito, o mais fisicamente distante do palácio. A casa é simples, propriedade de uma Nobre-Feérica da classe trabalhadora chamada Nerissa. Pelo que entendi, ela é uma velha conhecida de Nadir, e ainda não sei bem qual é o relacionamento dos dois.

Não que eu me importe. Não é nem um pouco da minha conta.

Suspiro, sabendo como isso soa ridículo, mesmo dentro da minha cabeça.

Sempre entramos na casa pelos fundos, por ordens de Nadir, então seguimos por outro beco antes de chegarmos ao portão que delimita os fundos da propriedade. Não tenho certeza se é seguro mostrar nosso esconderijo a Gabriel, mas estou confiando que Nadir saiba o que está fazendo. Se conhece Gabriel há algum tempo, talvez entenda suas intenções melhor do que eu.

Abrimos o portão, confirmando que o beco está vazio antes de entrarmos no quintalzinho. O pátio de pedra é cercado por áreas de grama verde e canteiros de flores cheios de rosas cuidadas diariamente por Nerissa como se fossem suas filhas. Inclusive, ela está aqui agora, vestindo um avental de jardinagem, com o cabelo castanho preso num coque improvisado no alto da cabeça.

Ela nos olha quando entramos, a tesoura parada em pleno ar. Seu olhar se volta para mim e Nadir, e depois pousa em Gabriel.

— O que aconteceu? — pergunta ela, deixando as ferramentas na cesta e espanando o avental. — Onde está Tristan?

Ela olha para trás, procurando meu irmão, e minha garganta se aperta de medo.

— Então ele ainda não voltou?

Nerissa faz que não, e estou prestes a voltar para a praça quando Nadir me segura pelo pulso.

— Ele vai ficar bem — ele diz. — Não há nada que você possa fazer.

Ranjo os dentes, e minhas narinas se alargam enquanto me preparo para dizer que não tenho a menor intenção de abandonar

Tristan. Mas o portão range e uma cabeleira preta familiar passa por ele. Meu peito se enche de alívio.

— Tris — digo enquanto ele hesita diante de Gabriel. Com suas asas, tatuagem de sol no pescoço e armadura dourada reluzente, é difícil confundi-lo com um visitante qualquer.

— Quem é esse? — Tristan pergunta, desconfiado.

— Este é Gabriel — digo, e os olhos de Tristan se estreitam. Ele lembra tudo que compartilhei sobre meu guardião durante as Provas.

— Por que ele está aqui? E por que vocês saíram do nada do bar?

— Venha — respondo. —Vamos explicar tudo.

Finalmente, entramos na casa. Tiro o gorro e o casaco, e os penduro num gancho na porta. Gabriel me segue até a sala de estar, onde encontramos Willow, além de Amya, Mael e Hylene.

— Encontrei uma pessoa que me reconheceu — digo a Tristan para explicar minha saída abrupta da taverna. — É por isso que saí. — Depois olho para Gabriel. — Era Callias.

Todos na sala trocam olhares preocupados.

— Não acho que ele vá dizer nada — digo. — Mas eu deveria tentar falar com ele.

— Deixe isso comigo — diz Gabriel, e minha testa se franze em surpresa. — Desde que você cumpra sua parte do acordo.

— Que acordo? — pergunta Willow, cortante. Ela está observando Gabriel e é óbvio que tem suas reservas, o que é compreensível depois de tudo que contei sobre ele.

— Ele quer saber tudo — digo.

— Ah, ótimo — diz Willow, erguendo as mãos. — Exatamente do que a gente precisa. Mais testemunhas para nossos crimes.

Concordo com as palavras dela, já que penso do mesmo jeito.

— Ele disse que consideraria não nos entregar para Atlas se contássemos tudo.

— Por que o trazer aqui? — Mael pergunta. — Se ele pretende entregar Lor, mostrar nosso esconderijo é mesmo uma boa ideia?

Ele dirige a pergunta a Nadir, que dá de ombros.

— Ele já sabe que estamos em Afélio. Seria questão de tempo até nos encontrar dentro de suas muralhas.

Mael suspira e se recosta na cadeira, incrédulo, mas aparentemente resignado.

— Sente — digo a Gabriel. — Acho que é melhor começarmos do início.

Gabriel hesita a princípio, depois se acomoda numa das poltronas, sentando na beirada e me encarando.

— Espero que valha a pena, Tributo Final.

Aos poucos, vou contando a Gabriel certos detalhes sobre meu passado, tomando cuidado para manter em sigilo alguns dos pontos mais importantes. Não sei de que lado ele está, mas avalio que posso revelar as mesmas informações que Atlas já deve possuir. Ele pode descobrir isso de mim ou do Rei Sol. Mantenho em segredo as particularidades sobre minha magia aprisionada e a Coroa. Nada de bom viria se essa informação caísse em mãos erradas.

Mas conto quem sou.

Que sou neta de Serce, a Rainha Coração que se envolveu com magia proibida e quase destruiu tudo. Que sou a Primária de Coração. Ele fica tão chocado quanto Nadir e os outros quando contei o mesmo para eles semanas atrás na Aurora. Faz as mesmas perguntas. Os mesmos comentários.

*A bebê morreu. Não havia herdeiro. Era tudo mentira.*

Quando finalmente acabo, silêncio domina a sala. Observo meu antigo guardião e fico em dúvida sobre que atitude ele vai tomar. Várias emoções perpassam seu rosto enquanto Gabriel encaixa as peças. Sei o que está pensando. Isso enfim explica o estranho interesse de Atlas por mim durante as Provas. Por que minha vitória era tão importante para ele e por que perdeu a cabeça quando o Espelho me rejeitou. Deve explicar até coisas que estão acontecendo no Palácio Sol de que não faço a menor ideia.

Por fim, depois de um longo silêncio, Gabriel diz:

— Mas por que você está em Afélio? Deve saber que estar aqui te põe em risco. — Ele examina a sala. — E com todas essas pessoas?

— Ah, vá. Assim você me magoa — diz Mael, colocando a mão no peito. — Nem faz tanto tempo assim, faz?

— Não estou falando de *você* — diz Gabriel, com a voz áspera. — Vocês dois. — Ele estreita os olhos para Willow e depois para Tristan antes de olhar para mim. — São seus amigos. De Nostraza.

— Eu… Como você sabia?

— Eu me lembro deles na quarta prova.

— Você viu aquilo?

— Sim — diz Gabriel, com o semblante carregado, mas muda de assunto. — Está bem óbvio agora que vocês são parentes.

— Sim, são Tristan e Willow. Meus irmãos. O príncipe me ajudou a "libertar" os dois da prisão.

Ele me olha de cima a baixo antes de se dirigir a Nadir.

— O príncipe. E o príncipe também "libertou" você do Palácio Sol? Estava curioso para saber como conseguiu tal feito.

Nadir sorri com um canto da boca, os olhos brilhando de satisfação.

— Gabe, não finja que não me revelou de propósito quem ela era. Você praticamente me deu um convite oficial para que eu a roubasse.

A boca de Gabriel se aperta numa linha fina.

— Como assim? — pergunto. — Do que vocês estão falando?

Nadir arqueia a sobrancelha.

— Durante o Baile da Rainha Sol. Lembra quando ele te segurou? Ele muito convenientemente baixou o ombro do seu vestido para eu ver a marca de Nostraza. Foi só um segundo, mas aposto que fez de propósito.

Hesito, lembrando com clareza de muitas coisas daquela noite, mas isso eu não havia percebido. Observo Gabriel com uma confusão crescente.

— Ou foi só coincidência? — Nadir pergunta a Gabriel, instigando-o.

— Não sei do que você está falando. Se aconteceu, foi puro acaso.

— Hum — diz Nadir, relaxando e cruzando as mãos atrás da cabeça como se sua pergunta já tivesse sido respondida.

Gabriel não fala nada, em vez disso olha pela sala até encontrar Hylene, e um vestígio de admiração faz sua boca se curvar.

— E você é?

— Hylene — responde ela, retribuindo o olhar de interesse.

— Esse é seu nome, mas quem é você?

— Cabe a mim saber e a você descobrir.

Ela dá uma piscadinha, e fica óbvio que Gabriel não vai tirar mais nada dela por enquanto.

Por fim, ele volta sua atenção a mim.

— O que você está fazendo aqui, Lor? Por que não ficou na Aurora, o mais longe possível de Atlas?

Torço o nariz por ter que contar essa parte para ele.

— Bom, meio que temos que chegar ao Espelho.

Gabriel solta um suspiro de exaustão e aperta o nariz como se não conseguisse acreditar na zona que sua vida virou.

— Por que, em nome de Zerra, vocês precisam chegar ao Espelho?

— Porque ele me disse para voltar quando entendesse quem sou — respondo, manipulando só um pouco da verdade para torná-la convincente. Eu me tornei muito boa em mentir a essa altura da vida. Faço isso desde que me entendo por gente.

— Por quê?

— Não sei. É o que precisamos descobrir.

— E como planejam chegar ao Espelho?

Consigo ver o que está estampado em seu rosto. Ele quer saber, mas também não quer ouvir a resposta.

— Não conte mais nada a ele — diz Nadir então, sua calma se dissipando. — Ele disse que queria saber quem você é, e agora sabe. É o bastante.

Nadir tem razão, mas nutro um carinho estranho por Gabriel. Ele foi meio horrível comigo durante as Provas, mas acho que estávamos nos entendendo perto do fim. Pelo menos um pouco. Ele disse que uma partezinha ínfima dele até que gostava de mim, e sei que é bobagem dar muito valor a isso, mas Gabriel não foi correndo contar para Atlas quando me encontrou mais cedo.

— Posso confiar em você? — pergunto, ignorando Nadir, o que é mais satisfatório do que deveria ser.

Gabriel suspira.

— Não sei.

Ele gira o pescoço, tentando aliviar a tensão, claramente atormentado por muitas coisas.

— Não me conte — diz ele por fim, abanando a cabeça. — Não quero saber quais são seus planos. Quanto menos eu souber, melhor.

Concordo com a cabeça e olho pela sala, notando as expressões desconfiadas de todos quando Gabriel levanta.

— E aí? — pergunto.

— E aí o quê? — ele retruca.

— Foi o suficiente? Você vai contar para Atlas que estou aqui?

— E aquele… lance? — Mael pergunta, fazendo um gesto com a mão para Gabriel.

— Lance? — responde Gabriel, baixando a voz com desdém.

— Sabe. — Mael finge ter uma corda ao redor do pescoço, botando a língua de fora. — O lance que você não pode mentir para ele, senão… morre?

Algo faísca nos olhos de Gabriel, e é óbvio que é um assunto doloroso. Queria ter sabido disso durante as Provas. Tudo poderia ter sido diferente entre nós.

— Não é assim que funciona — diz Gabriel, incisivo, e Mael ergue as mãos em defesa.

— Foi mal. Só queria ter certeza.

— Tenho isso sob controle. Mas preciso ir — diz Gabriel antes de puxar a barra do casaco e dar meia-volta, indo para o corredor de entrada.

— Gabriel — chamo, seguindo-o até que pare. Ele hesita por um segundo antes de se virar. — Vai contar para ele?

Gabriel me encara, contraindo os lábios. Não imploro para que me proteja. Não peço. Já sei que nada do que eu diga mudaria sua decisão.

Ele solta um suspiro exausto.

— Ainda não sei.

Então se vira de novo e, antes que eu possa falar mais alguma coisa, abre e bate a porta atrás de si.

# 4
# NADIR

Passo por Lor, abrindo a porta e descendo os degraus para a rua movimentada. Estou quebrando minha própria regra sobre usar a porta da frente, mas preciso alcançar Gabriel.

— Gabe! — chamo, avistando sua cabeça loira na multidão. Seus ombros ficam tensos quando tenta me ignorar, então acelero o passo, cortando as pessoas. — Gabriel, por favor! Espere.

Ele para, dando meia-volta para me encarar. A rua está lotada, e preferia não ter essa conversa em público. Faço um sinal com a cabeça indicando uma cafeteria movimentada, onde encontramos um canto isolado.

Depois de pedir bebidas ao garçom humano, vou direto ao ponto.

— Não minta para mim. Vai contar para ele que estamos aqui?

Atlas está revirando Ouranos de cima a baixo em busca de Lor, mas estou contando com o fato de que ele não considerou que ela esteja no último lugar no qual pensaria em procurar. Se Gabriel nos delatar, nossa janela de oportunidade se fecha por completo.

Atlas *vai* acabar descobrindo nosso paradeiro, e não estou me iludindo a ponto de pensar que podemos continuar escondidos aqui para sempre. Mesmo assim, espero termos conseguido tudo de que precisamos antes disso.

— Você me ouviu. Eu disse a Lor que ainda não decidi.

— Mas o que isso quer dizer? Você tem que contar para ele?

Gabriel hesita e me estuda enquanto o garçom volta com nossas bebidas. Ele pega a colher e mexe seu café, evitando me encarar.

— Gabriel. Você precisa contar para ele? Precisamos fugir?

Sua colher tilinta nas bordas da caneca, e logo ele levanta o olhar, com a expressão mais sombria.

— Atlas me mandou encontrá-la e levá-la até ele.

Gabriel solta um suspiro pesado, e meus ombros se contraem. É o que eu temia. Ele não tem escolha. Faço menção de levantar, preparado para dar a ordem de arrumar tudo para sairmos imediatamente. Teremos que pensar num novo plano.

— Mas... — diz Gabriel, segurando meu antebraço e me detendo. — Não a encontrei. Ela me encontrou.

Um instante se passa até o significado de suas palavras se assentar entre nós, e volto a me afundar na cadeira, lançando um olhar curioso para ele.

— O quanto o seu rei sabe sobre essas brechas?

— O suficiente — responde Gabriel, com o semblante carregado. — Mas Atlas não se incomoda com detalhes que acredita não fazerem diferença.

Ele leva a caneca aos lábios, soprando a superfície enquanto volta seu olhar a mim. Não precisa completar o resto do raciocínio: usa esse fato a seu favor sempre que possível.

— Então você vai ficar quieto.

— Por enquanto — diz ele. — Mas minhas correntes têm limites. Atlas não precisa me dar uma ordem direta para me fazer acreditar que vocês estão agindo contra os interesses dele, o que, no fundo, é tudo que sou obrigado a proteger.

Aceno com a cabeça, entendendo sua posição. Sei que ele não tem escolha.

— E se eu jurasse para você que nada que estamos fazendo aqui tem a intenção de prejudicar Atlas. Isso não tem nada a ver com ele. Nem com Afélio, aliás.

— Ajuda — diz Gabriel. — Posso conseguir mais tempo para vocês dessa forma.

Solto um suspiro de alívio.

— Obrigado.

— Considere isso o pagamento da dívida. Depois de tanto tempo. — Ele me lança um olhar carregado, e aceno com a cabeça de novo. — Sem falar que já não sei bem de que lado estou.

Essas palavras escapam como se ele não tivesse a intenção de expressá-las ao olhar pela janela. Nós dois ficamos em silêncio, envoltos pela conversa dos clientes vespertinos.

Um estrondo vibra sob meus pés, e o chão treme. Eu e Gabriel nos agarramos à mesa, protegendo nossas canecas enquanto a cafeteria fica em silêncio, segurando-se por conta do tremor. Ele passa depois de segundos, e todos hesitam, surpresos por alguns instantes, até a conversa voltar.

Relatos de ocorrências estranhas como essa vêm chegando tanto de Afélio como do resto de Ouranos. Tremores de terra e estrelas caindo do céu. Recursos naturais mais escassos em lagos, rios e florestas. Temperaturas fora do normal. Neve em desertos e avalanches devastando montanhas. Tudo isso se tornou uma fonte de fofocas e especulações.

Isso me lembra um pouco do mal-estar que sentimos depois de perder nossa magia tantos anos atrás e de coisas parecidas acontecerem. Mas nossa magia parece estável, e tenho certeza de que é só o ciclo da natureza e suas peculiaridades, embora também esteja acontecendo de forma repentina.

— Por que *você* está aqui com Lor? — Gabriel pergunta após um momento.

—Você sabe que não posso contar.

— Sim. Imaginei — diz ele, pegando seu café e dando um gole. — Mas você estava um pouco estranho com ela. O que foi aquilo?

— Estranho? — pergunto, tentando manter o tom inocente, sabendo que, quando o assunto é Lor, sou tão transparente quanto vidro.

Gabriel se recosta e me analisa, vendo através da minha parede de tijolos translúcida. Ele sempre foi observador para caralho. É o que o torna um bom soldado.

— Cacete. Não me diga que vocês dois estão... — Ele dá um sorrisinho.

— Cuidado — rosno, e as sobrancelhas de Gabriel se erguem.

— Você não a achou um pouco feroz? Resistente? Bocuda?

Eu relaxo, cruzando as pernas e abrindo um sorriso descontraído.

Ela é feroz e difícil e me faz querer arrancar o cabelo às vezes. O tempo todo. É o que me deixa tão louco.

— Sim. Muito.

Gabriel ri.

— Boa sorte, então.

— Obrigado.

Olho ao redor pelo café, notando o fluxo contínuo de Feéricos e humanos entrando e saindo.

Gabriel está me observando; seus olhos penetrantes não deixam escapar nada.

— Quê? — pergunto.

— Você está escondendo algo. O que ela é para você? De verdade.

Ele estreita os olhos, mais uma vez notando detalhes que ninguém mais percebe.

— Não sei ainda.

— Como assim, *ainda*?

Dou de ombros, subitamente incapaz de encarar seu olhar questionador. Faz um tempo que desconfio da verdade, mas, por algum motivo, é difícil dizer em voz alta. Em toda minha vida, nunca ouvi falar de algo assim. E quais são as chances de essa mulher que meu pai sequestrou, torturou e jogou em Nostraza ser minha alma gêmea?

Praticamente zero. Mesmo assim, não consigo ignorar como ela faz eu me sentir.

Faz semanas que o termo está na minha cabeça, me virando do avesso até eu mal me reconhecer. Mas no melhor sentido possível.

Gabriel não insiste, e prefiro não contar de todo modo. Por mais que confie que ele não vai me ferrar de propósito, também devo considerar que não é o responsável por todas as atitudes que toma.

— O que aconteceu na praça? Com os feéricos menores — pergunto, mudando de assunto deliberadamente.

Gabriel solta um suspiro ao ver o que estou fazendo.

— A situação está piorando. Eles estão pressionando e, quanto mais pressionam, mais Atlas se recusa a ceder. Erevan continua tentando fazê-lo escutar, mas Atlas não quer dar ouvidos.

— Qual é o problema? — pergunto, sem nunca ter entendido por que Atlas os trata com tão pouca humanidade. No caso do meu pai, pelo menos, seu desdém pelos feéricos menores não se baseia em sentimentos pessoais, mas no que pode tirar deles. Simplesmente não os vê como nada além de ferramentas para atingir seus próprios fins.

— Não sei — responde Gabriel —, mas vai estourar a qualquer momento. Tenho medo do que vai acontecer se nada mudar.

— Já considerou tirá-los daqui? — pergunto.

— Claro. Mas para onde iriam?

— Para os outros reinos.

— Essa é a casa deles, e eles não querem sair. Além disso, muitos têm medo de vagar pelo interior…

Ele se interrompe, deixando o pensamento incompleto.

— Por causa do meu pai.

— Sim — responde. — Essa situação não é ideal, mas é melhor do que ser escravizado e forçado a trabalhar nas minas até a morte, ou pelo menos é o que preciso acreditar.

Ranjo os dentes, pensando na desonra que meu pai traz a Aurora.

Somos uma vergonha. Monstros vivendo sob o disfarce de realeza dourada.

— Enfim — diz Gabriel, terminando seu café e se levantando. — Preciso ir.

—Você não vai contar nada — confirmo de novo, e ele acena com a cabeça.

— Por enquanto.

— Obrigado. — Estendo a mão. Apertamos os antebraços um do outro antes de ele me soltar e sair, as asas retraídas para passar pela maré de gente. Deixando meu café intocado, ponho algumas moedas sobre a mesa e saio da cafeteria, em direção à base.

Quando entro pelos fundos, encontro o térreo vazio.

Ao subir a escada, sinto um frio na barriga, sabendo que Lor está perto. Não consigo evitar a atração que sinto por ela. Estou tentando dar o espaço de que ela precisa, mas, porra, é tão difícil. Tudo nela me chama. Me puxa.

Será que Lor entende o que significa um vínculo de alma gêmea? Ela cresceu isolada dos costumes do nosso povo, e imagino que não faça ideia. Mas deve sentir o que sinto. Saberia que tem um significado, ao menos se parasse de resistir tanto.

No alto da escada, encontro sua porta aberta. Lor está sentada na cama, de pernas cruzadas e olhos fechados, usando a Coroa Coração. Ela tenta falar com a relíquia, na esperança de que desperte e liberte a magia dela.

Observo enquanto suas sobrancelhas se franzem, aproveitando essa rara oportunidade de simplesmente olhá-la. Ela não faz ideia de como é bonita. Como me sinto perdido quando não estamos perto. Eu a assustei naquela noite em Coração quando forcei demais a barra. Preciso encontrar uma maneira de fazer com que volte a se abrir.

A tensão em seus ombros e seu pescoço me mostra que a Coroa continua num silêncio frustrante.

— Pode entrar — diz Lor, ainda de olhos fechados. É claro que deve sentir minha presença, assim como sinto a dela constantemente.

— Sem sorte ainda? — pergunto quando suas pálpebras se abrem e me apoio na coluna do dossel. Nossos olhares se encontram, e sinto como se fosse um toque em minha pele. Ela vira a cabeça rápido e tira a Coroa, jogando-a em cima da colcha.

— Sim.

Dou um tempo para ela organizar seus pensamentos.

— Falou com Gabriel? — Lor pergunta.

— Sim.

— E ele vai ficar quieto por enquanto? Consegue?

— Vai fazer o possível para nos ganhar tempo.

Ela responde com um aceno de cabeça.

— Por que ele não contaria imediatamente para Atlas?

— Não faço ideia. Tenho a impressão de que há alguma coisa acontecendo entre os dois. Além disso, ele me deve uma.

Lor estreita os olhos.

— Como assim?

— Posso tentar de novo? — pergunto, desviando da pergunta. Essa história cabe a Gabriel contar. — Com minha magia? Já faz um tempo.

Ela hesita, e acho que entendo o porquê. É difícil não recordar a última vez em que canalizei minha magia para dentro dela, quando a tensão entre nós foi levada ao extremo. Todos os pensamentos e sensações se aguçaram com uma clareza insuportável. Era íntimo e intenso demais, mas pode ser a única saída.

— Claro — ela acaba dizendo. — Obrigada.

Lor está diferente desde que a levei a Coração. Ou melhor, há algo novo sob sua confiança e impulsividade. Algo sobreposto àquela raiva e àquela presunção que muitas vezes são suas piores inimigas. É um traço de vulnerabilidade que acho que ela nunca se permitiu sentir plenamente.

Sei que tudo o que aconteceu em Coração, quando meu pai quase nos capturou, a abalou e a mudou por dentro. Há muitas camadas nessa mulher que quero explorar e entender.

Quando sento na beira da cama, penso que ela vai se afastar. Felizmente, não sai do lugar, tão perto e ao mesmo tempo tão longe, o que é um alívio porque tenho quase certeza de que isso partiria meu coração. De novo.

Nossos olhares se encontram, e cada nervo no meu corpo se inflama. Fecho minhas mãos em punhos, resistindo ao impulso de tocá-la. Minha magia está mais fora de controle a cada dia que passa, como se uma bola de aço fosse lançada contra as correntes que me prendem. Desde que ela impôs limites a qualquer contato físico entre nós, minha magia está agitada. Não sei o que acontece com aqueles que rejeitam o vínculo de alma gêmea; não sei nem se isso já chegou a ocorrer. Preciso dar a ela o espaço e o tempo de que precisa. Mas como isso não a está deixando maluca?

— Estou pronta — diz Lor, engolindo em seco e interrompendo meus pensamentos descontrolados. — Se você estiver.

Aceno com a cabeça e me aproximo na cama, cruzando as pernas para ficar de frente para ela. Com os punhos apoiados levemente sobre os joelhos, emito fios da minha magia: violeta e esmeralda e fúcsia. Penso em nossa última noite no Torreão, quando eu pretendia lhe mostrar como posso usar essa magia das maneiras mais… prazerosas. Quando planejava fazer com que gemesse e se contorcesse de prazer.

Como se lesse meus pensamentos, a chama em seus olhos encontra a dos meus, e o ar fica tão denso que daria para cortar com uma faca.

*Paciência*, lembro a mim mesmo. Vivi quase três séculos e aprendi a cultivar a paciência com certo grau de habilidade e competência, mas às vezes minhas emoções me dominam. Nesse sentido, somos muito parecidos. Controlados pelo fogo em nosso sangue.

Minha magia a envolve, se enroscando em seus braços e suas pernas, relaxando ao seu toque. É o que tanto deseja. O que tanto anseia. O que *eu* anseio com todas as minhas forças. Abro o punho e deixo que minha magia se dissolva na pele dela, onde acaricia as linhas faiscantes da magia de Lor. É diferente da minha. Menos curvas suaves e carícias ternas e mais como as bordas de um cristal lapidado e a ponta afiada de uma lâmina.

As histórias da magia dos relâmpagos carmesins de Coração são tema de lendas recitadas ao redor de fogueiras à noite. Quando a vi usá-la, descobri que todas eram verdadeiras. Era impressionante de ver, e desconfio de que seja apenas uma fração do que ela é capaz.

Sua magia está lá. Sinto que responde à minha luz.

À medida que envolvo seus membros, ela fica sem fôlego, seus lábios rosados e perfeitos se abrindo. Sei que sente isso. Está praticamente vibrando.

Ignorando o desejo de enviá-la para seu abdome e entre suas coxas, direciono minha magia até o centro de seu peito, onde está aquela porta trancada. Segue firme como sempre, como se tivesse sido soldada e parafusada. Não sei que milagre a permitiu acessá-la quando me salvou do meu pai no topo do Castelo Coração, mas significa que *consegue* chegar a ela. Está logo abaixo da superfície, esperando para ser libertada.

Por vários minutos, ficamos em silêncio enquanto nossas respirações ficam mais pesadas e minha nuca arde. As bochechas de Lor ficam rosadas, e ela se ajeita na cama como se não conseguisse encontrar uma posição confortável. Isto está me deixando maluco. Não é sexo, mas parece. Ondas de desejo se espalham pelo meu peito e descem até minha barriga, fazendo meu pau despertar. Eu deveria deter isso, mas é impossível resistir. É o mais próximo que ela vai me permitir chegar agora, e está evidente pelo brilho em seus olhos e pelo rubor em sua pele que está tendo uma reação semelhante à minha.

— Quer que eu pare? — pergunto, me xingando por proferir tais palavras. Não quero parar, mas também não quero assustá-la. Cometi esse erro uma vez, e prometi nunca mais cometer de novo.

— Não — ela sussurra, e é um som tão intenso que meu coração se aperta no peito. — Continue.

Não entendo que mensagem está mandando ao me permitir continuar, mas também não discuto. Continuo explorando, forçando aquele espaço trancado em seu coração, mas nada que eu faça faz diferença. Lor balança a cabeça, os ombros curvados em derrota.

— Não adianta.

Odeio ter falhado com ela outra vez. Queria ser mais forte. Queria conseguir desfazer isso. Queria conseguir voltar no tempo e deter tudo que meu pai fez.

— Desculpa — digo, e não sei exatamente pelo que estou me desculpando, mas sinto muito por várias coisas. Ainda que algumas estejam fora do meu controle, queria poder resolver tudo.

Retiro minha magia do seu coração, guiando-a por seus braços e suas pernas, onde se enrosca com os ecos do poder dela. Parece uma dança, uma das mais íntimas possível.

De repente, tudo se junta numa onda que ameaça me afogar. É difícil demais fingir que não sinto isso. Difícil demais fingir que não a quero com todas as fibras da minha alma.

Puxo os fios, trazendo-os de volta a mim de repente, com tanta força que nós dois gememos. Sem dizer mais nada, levanto da cama em direção à porta, desesperado para fugir.

— Nadir — ela me chama. — Desculpa.

Quase perco o rumo pelo som embargado da sua voz, mas continuo andando.

Preciso de ar. Preciso respirar.

Não respondo ao abaixar a cabeça e sair do quarto.

# 5
# LOR

REINOS ARBÓREOS: CATORZE ANOS ATRÁS

CORRO PELA FLORESTA, MEUS PÉS DESCALÇOS afundando na lama. Minha túnica está manchada de terra, a barra tendo sido perdida entre os espinhos de um roseiral uma hora atrás. Minha mãe não vai ficar nem um pouco feliz. Não é comum irmos à cidade para comprar materiais ou roupas novas. "Alguém pode nos ver", ela sempre diz, torcendo as mãos, o olhar preocupado voltado para a porta. Não sei por que não podemos ser vistos por ninguém, mas aprendi a aceitar esse fato. Talvez seja assim que todas as famílias vivam na floresta.

Tristan e Willow estão entre as árvores, escondidos nas muitas trilhas e cantos escuros. É a vez de Tristan nos encontrar. Willow é a que sabe se esconder melhor, mas estou aprendendo com ela e andando de fininho. Eu me aventuro mais longe do que o normal, atravessando um pequeno riacho que cruza meu caminho. A água fria gela meus dedos, mas meus pés estão acostumados aos elementos da natureza, as solas endurecidas pelas inúmeras horas que passamos explorando nosso lar isolado.

Um farfalhar entre as árvores me faz parar e escutar com atenção. Será que é meu irmão? Não é possível que já tenha me encontrado. Nem Tristan é tão bom assim.

Quem perder hoje precisa cortar lenha por uma semana, e odeio fazer isso. Não tenho força suficiente para levantar o machado, e Tristan adora me irritar comentando isso. Meu pai vai acabar ficando com pena de mim, enquanto resmunga para Tristan que essa é a tarefa *dele*.

Mas, se eu ganhar, meu irmão tem que moer farinha por um mês. A única obrigação que odeio mais do que cortar lenha é triturar o trigo até virar um pó fino antes de peneirá-lo. É um tédio, e tenho mais o que fazer com meu tempo.

Se Willow vencer, na teoria eu e Tristan temos que lavar todos os lençóis à mão, mas ela nunca realmente nos obriga a cumprir as tarefas dela.

Um instante depois, um esquilo aparece na minha frente, e sorrio. Tristan ainda não me encontrou. Vou me embrenhando mais entre as árvores, seguindo uma trilha pouco usada. Ao longe, ouço o grito que sinaliza que Willow foi encontrada. Seguro o riso e continuo correndo, determinada a escapar do meu irmão.

Depois de passar por uma fileira densa de arbustos, paro de repente. Uma mulher está sentada numa clareira, cuidando de uma fogueirinha com um graveto chamuscado. Ela ergue os olhos quando surjo e sorri, sem sinal de surpresa em sua expressão serena.

— Olá, pequenina. Quem é você?

Dou um passo hesitante, imediatamente atraída por ela.

É uma Nobre-Feérica, com as orelhas pontudas e delicadas, a pele radiante. Também sou Nobre-Feérica, mas ninguém sabe disso. É outra coisa que nossa mãe nos diz que devemos esconder do mundo.

A mulher é bonita, com o cabelo prateado volumoso e olhos azuis penetrantes. Dou outro passo na direção dela, atraída por sua calma como se ela fosse um lago sereno num dia quente de verão.

— Tenho alguns bolinhos de fada se estiver com fome — diz ela com a voz suave, seu sorriso refletido nos olhos.

Faço que sim enquanto dou outro passo, diminuindo a distância entre nós. Não estou acostumada a estranhos, e sua presença é uma novidade que não consigo ignorar. Além de nossas raras visitas aos mercados dos Reinos Arbóreos, meu mundo todo se resume a Tristan, Willow, minha mãe e meu pai. Nunca conheço alguém novo.

A mulher enfia a mão no saco e tira um pacote embrulhado em papel branco, o som fazendo meu estômago roncar. Tudo que comemos é feito em casa, mas às vezes, quando estamos na cidade, passamos pelas padarias e confeitarias com suas torres coloridas de biscoitos, bolos e doces. Nunca podemos comprar nada, mas imagino como seria passar a língua na cobertura brilhante e adocicada deles e cobrir o interior da minha boca.

A estranha desenrola o papel, tirando uma caixa branca reluzente amarrada com uma larga fita dourada. Ela desfaz o laço e levanta a tampa. Agora já estou diante dela, ansiosa para saber o que tem dentro, como um lobo farejando um buraco com filhotes de coelho abandonados. Seis quadradinhos de bolo estão decorados com glacê colorido e flores cobertas de açúcar. Parecem esculturas e são quase bonitos demais para comer.

— Coma — diz ela. — Não me incomodo em dividir.

Hesito por apenas um momento antes de pegar um e cravar os dentes nas camadas úmidas. Os sabores explodem na minha boca como um arco-íris se abrindo. Limão-siciliano, baunilha e alguma outra coisa que só consigo descrever como o gosto de felicidade. Mastigo devagar, fechando os olhos e saboreando cada nota delicada. A forma como desmancha na minha boca e como o açúcar se espalha em meus dentes. Embora os pães doces da minha mãe sejam minha guloseima favorita, esta é de longe a melhor coisa que já provei.

Devoro em três mordidas vorazes, e a mulher estende a caixa, oferecendo mais um. Desta vez, não hesito em escolher, mas como devagar e com mordidinhas menores para tentar distinguir cada sabor e sensação.

— Você gostou — diz ela com um sorriso generoso.

— Adorei — digo de boca cheia, cuspindo alguns farelos. A mulher ri de maneira afetuosa e fecha a caixa, para minha decepção, a qual tento não transparecer. Observo cada movimento dela enquanto ela a embrulha e a estende para mim.

— Pode ficar.

Meus olhos se arregalam.

— Jura?

— Qualquer pessoa que goste tanto desses bolinhos deve ficar com todos — diz ela.

Olho ao redor da clareira. Eu não deveria estar falando com ela, mas não consigo me conter. Ela parece ser uma pessoa boa, e ninguém que me oferece bolo pode ser muito mau, certo?

— Como você se chama? — ela pergunta.

— Lor — digo sem hesitar, e a mulher sorri.

— Bom, Lor, eles vão acabar indo para o lixo se você não pegar. Eram para minha filha, mas acho que vou ter que fazer um desvio na volta e, quando finalmente chegar em casa, já vão ter ressecado. Você estaria me fazendo um favor.

Concordo com a cabeça sem pensar, estendendo a mão para aceitar o presente. Meus dedos se fecham ao redor da superfície lisa, mas a mulher não solta. Franzo a testa, puxando a caixa, mas algo mudou. O sorriso gentil desapareceu, e agora há uma escuridão refletida no redemoinho azul de seus olhos.

Isso foi um erro.

Ela enfim solta a caixa, que, por causa das nossas forças contrárias, me atinge no peito com força, me fazendo quase esmagá-la.

— Opa. Cuidado — diz a estranha, com condescendência. — Não vai estragar, hein.

Mas o sorriso caloroso e reconfortante voltou. Devo ter imaginado o que acabou de acontecer. Fiquei acordada até tarde ontem lendo embaixo da coberta com uma lanterna, e minha mente está me pregando peças.

— Obrigada — digo e dou um passo para trás. — Vou deixar você em paz.

— Não, não vá ainda — diz a mulher. — Não quer me fazer companhia por mais um minuto?

Ela bate no tronco ao lado dela e abre outro sorriso encantador para mim, mas tenho certeza de que não estou mais imaginando o brilho cruel em seus olhos.

— Não, preciso mesmo voltar.

Dou outro passo, procurando o limite da clareira, tentando ouvir se Tristan está se aproximando. Onde ele está? Por que ainda não me encontrou quando realmente preciso?

— Eu insisto — diz a mulher. — Dei um monte de bolinhos deliciosos para você. É o mínimo que pode fazer.

— Não — digo de novo, abanando a cabeça, medo arrepiando minha nuca. — Não, tenho que ir.

Dou meia-volta e corro, a caixa de bolos caindo das minhas mãos antes que eu me embrenhe entre as árvores.

Mas a estranha já está me seguindo.

Com as pernas mais compridas que as minhas, ela me alcança facilmente, apanhando minha túnica com tanta força que ouço as costuras se rasgando antes de um braço envolver minha cintura.

— Não tão depressa, pequenina — ela rosna no meu ouvido. — Sei quem você é. *O que* você é.

Eu me debato e esperneio. Preciso escapar.

—Você vem comigo — diz a mulher com a voz áspera, desprovida da gentileza de antes, ao voltar a andar na direção do acampamento.

— Tris…! — grito enquanto uma mão forte tampa minha boca, calando meu pavor.

— Nada disso, pequenina.

Continuo me debatendo e lutando, mas ela é muito mais forte. Preciso fazer alguma coisa.

Acontece tudo tão rápido que não tenho tempo para pensar. Sei que é proibido, mas invoco minha magia, sentindo suas faíscas sob minha pele. Um relâmpago vermelho e luminoso sai das minhas mãos, concentrando-se no ponto onde seguro o braço da mulher. A mulher grita ao me deixar cair, e o impacto me faz ficar sem ar antes de eu sair rolando.

Ela aperta o antebraço e urra, o tecido do casaco chamuscando e a pele derretendo sobre o osso.

Então rosna e avança na minha direção, mas me arrasto para trás, erguendo a mão e fazendo outro relâmpago sair dos meus dedos e atingir seu peito. Também estou gritando, lágrimas escorrendo por meu rosto enquanto lanço minha magia sem parar, raios faiscando e crepitando ao redor de nós. A mulher cai no chão, o corpo se contorcendo ao ser alvejada por mais e mais magia.

— Lor! — alguém grita, e registro vagamente o som do meu nome. — Lor! Pare! Ela já morreu!

Enfim, eu me forço a parar. Meus dedos se curvam para dentro enquanto vou capturando as pulsações do meu poder, absorvendo tudo. Quando volta a ficar preso sob minha pele, encontro Tristan de pé em cima de mim. O ar estala com os vestígios de relâmpago, pairando como fios errantes de fumaça. Nós dois olhamos para ele e, em seguida, para o corpo da Feérica. Não sobrou quase nada. Ela é apenas uma carcaça preta, quase irreconhecível como algo além de um monte de restos chamuscados.

— Ai, deuses — falo entre soluços, apertando a mão no peito. Eu fiz aquilo. Não apenas a detive, mas a *destruí*. — Tris. Ela me agarrou, e eu não queria…

Não sei bem o que estou tentando dizer.

Eu queria, *sim*, fazer mal àquela mulher. Ela ia me machucar, não havia dúvida. Mas era *isso* que eu queria?

— Tudo bem — diz Tristan, entendendo o que não consigo dizer. — Mas a gente precisa sair daqui.

Meu irmão sustenta meu corpo e me levanta. As faíscas remanescentes de relâmpago vão se dissipando devagar numa névoa vermelha turva, como se a atmosfera estivesse pegando fogo. Tristan a encara por um momento antes de se voltar para mim.

— Você já fez alguma coisa parecida com isso antes? — ele pergunta.

Faço que não, sem entender por que parece tão preocupado.

— A gente precisa ir — ele repete. — Não conta para ninguém sobre isso, tá legal? Willow já voltou para casa, e vai ser nosso segredo. A gente não quer preocupar a mãe e o pai. Essa mulher já morreu, e ninguém precisa saber.

— Tá — digo, entendendo que ele deve ter razão, mesmo odiando mentir para meus pais. De mãos dadas, voltamos para casa, correndo o mais depressa possível.

# 6
# LOR

### TEMPOS ATUAIS: AFÉLIO

Abro os olhos e noto um vulto pairando na escuridão. Num movimento rápido, minha mão desliza para baixo do travesseiro, pegando minha adaga escondida. Eu giro o corpo, imobilizando o intruso sobre o colchão com a ponta afiada em sua garganta.

Levo um segundo para perceber que é Nadir, iluminado pela luz fraca da lua, com as mãos sobre a cabeça, as palmas abertas em sinal de rendição.

Solto o ar numa expiração trêmula, meu corpo todo ardendo de adrenalina.

Nadir fica imóvel, olhando para mim com calma apesar de eu estar a um passo de cortar seu pescoço.

Aquele sonho. Aquela floresta. Aquela Feérica que sabia quem eu era. Não sei como, mas eu havia me esquecido de tudo aquilo, e agora a memória me atinge com uma clareza assustadora. Eu e Tristan nunca deveríamos ter guardado segredo sobre aquele acontecimento.

— Está fazendo o que aqui? — questiono, esperando que meu coração se estabilize. — Por que entrou no meu quarto?

Não sei por que estou brava com Nadir além do fato de que ele quase me matou de susto. Desde que escapamos do Rei Aurora em Coração, acordo com qualquer barulho, certa de que ele nos encontrou. Tive uma década de prática em Nostraza, sempre dormindo de olho aberto.

—Você estava gritando — diz Nadir com a voz suave, ainda sem se mexer. — Acho que estava tendo um pesadelo.

Meus ombros se erguem, e aperto a lâmina em seu pescoço com mais força. Seria tão fácil fazer isso. Apenas um pouquinho de pressão. Parte de mim sabe que ele deixaria. É tão difícil olhar para ele às vezes. Ver a semelhança com seu pai. Um lembrete constante de tudo que perdi. De tudo que os dois ainda poderiam tirar de mim.

— Lor — diz ele. — Está tudo bem.

Nossos olhares se encontram. O dele tem um brilho violeta, e me lembro de que Nadir não é seu pai. A ternura em seus olhos relaxa o nó raivoso no fundo do meu peito.

Cedo finalmente, tirando a lâmina de seu pescoço.

— Eu poderia ter matado você se quisesse — digo, sem saber se isso é de fato verdade. Ele não teria dificuldade para me dominar em um instante com sua magia ou com a boa e velha força bruta.

— Eu sei — diz ele sem um pingo de condescendência na voz.

É então que me dou conta de que estamos seminus.

Estou apenas de calcinha e sutiã, e o peitoral de Nadir não está coberto por nada além das espirais de suas tatuagens coloridas. Estou torcendo desesperadamente para que ele tenha algo cobrindo a parte de baixo. Nós dois baixamos os olhos um para o outro e nos afastamos. Eu me ajeito, tentando verificar se existe uma camada de tecido entre nós. Quando uma sensação previsível brota entre minhas coxas, percebo que não deveria ter feito isso.

Com os joelhos em volta do seu quadril, seria fácil demais ceder aos desejos do meu corpo. Depois do que aconteceu mais cedo, com a magia dele, a tensão que paira entre nós é pesada como uma estrutura de ferro.

Com a adaga ainda em punho, seguro sua cabeça entre minhas mãos e perco o ar por um motivo completamente diferente ao me inclinar para perto. Eu o desejo. Não consigo parar de querer esse homem. Foi uma agonia sem fim quando ele tentou me possuir em Coração. Sei que fui eu quem o afastou, mas uma *necessidade* se instala em meu peito, esmagando minhas costelas, e, quanto mais tento ignorá-la, mais ela se faz notar. Minha magia vibra com suavidade em minhas veias enquanto vou me inclinando, devagar, muito devagar.

As mãos quentes e grandes de Nadir pousam de leve nas dobras de minhas coxas, como se ele tivesse medo de fazer qualquer movimento brusco. Seus lábios se entreabrem, e quero mordê-los. Tocar o lábio inferior até ele...

— Lor!

A porta se abre com um estrondo. *Merda.* Eu me levanto rápido e encontro Willow parada na entrada. Ela observa a cena, e seus olhos se arregalam antes de os cobrir com uma mão e tentar pegar a maçaneta.

— Ah. Não. Desculpa. Eu... ouvi você gritando. — Ela continua estendendo a mão atrás dela em busca da maçaneta, a outra mão sobre os olhos.

— Tudo bem — digo, saindo de cima de Nadir e pegando um roupão para me cobrir.

Acendo a luz, piscando furiosamente ao tentar reprimir a onda de desejo pulsando sob a pele.

— Não é nada disso que você está pensando.

Digo as palavras com firmeza, na esperança de que soem um pouco verdadeiras. A situação era diferente há um minuto, mas é impossível não imaginar o que poderia ter acontecido se não fosse pela interrupção. Lanço um olhar para Nadir, que também está se sentando na beirada da cama, aliviada ao notar que ele está de cueca — o que não faz muita diferença, já que o efeito do que estávamos prestes a fazer está bem visível. Ele pega um travesseiro para se cobrir, franzindo a testa para mim.

Willow abaixa a mão e olha, desconfiada, para nós.

— Está tudo bem?

— Sim — digo, jogando o cabelo por cima de um ombro numa tentativa de me recompor. — Estava tendo um pesadelo.

— Onde você arrumou essa adaga? — pergunta Nadir. — E por que estava embaixo do seu travesseiro?

— Mael — respondo, e Nadir abana a cabeça como se devesse ter imaginado. — Ele está me ensinando a usar.

Nadir faz uma cara de arrependimento.

— Não estou surpreso.

— Hum — digo ao pegar a faca do outro lado da cama e a devolver a seu esconderijo.

— Está tudo bem? — pergunta outra voz. Eu me viro para encontrar Tristan no vão da porta, também seminu, o cabelo escuro bagunçado pelo sono. Ele olha para mim e depois para Nadir sentado na minha cama, e seu olhar fica sombrio. Não estou nem um pouco a fim disso.

— Sim — digo, passando a mão no rosto.

— Então por que você estava gritando? — Tristan pergunta.

— Um pesadelo. — Mordo o lábio, pensando como abordar esse assunto. — Tris, lembra quando éramos crianças e tinha uma Nobre-Feérica na floresta que tentou me raptar?

Sinto Nadir e Willow reagirem fisicamente à pergunta.

— Quê? — pergunta Willow. — Quando foi isso?

— Eu tinha uns dez anos — digo. — Nós três estávamos brincando de esconde-esconde, e ela me ofereceu doces e tentou me sequestrar.

— Por que eu não sabia disso? — questiona Willow.

Tristan e eu nos entreolhamos.

— Decidimos não contar para ninguém.

— Por quê? — Nadir pergunta, já de pé, o corpo todo tenso. — Por que ela tentou te raptar?

Os tendões no seu pescoço ficam salientes, e juro que ele está a um passo de ir atrás daquela mulher e abrir um buraco no peito dela. Por mais que ela já esteja morta. Volto a me sentar na cama, apertando o roupão contra meu peito.

— Usei minha magia nela — digo, e Willow fica boquiaberta. — Era o único jeito de impedi-la. Invoquei minha magia e simplesmente... acabei com a mulher.

Recordo os detalhes vívidos do meu sonho, pensando na carcaça grotesca do corpo dela caído na grama. Eu tinha bloqueado isso durante todos esses anos, horrorizada pelo que havia feito, mas agora me lembro.

— Eu e Tristan concordamos que não queríamos preocupar a mãe e o pai.

Willow assente com a cabeça, a boca apertada numa linha fina, mas noto a mágoa visível em seus olhos.

— Meio que esqueci isso com o passar dos anos — admito. — Tantas outras coisas aconteceram, e nunca falamos sobre o assunto, então acabou se perdendo.

— Até agora — diz Nadir.

— Até eu ter esse sonho — concordo. — E acho que a mulher devia saber. Ela disse algo sobre saber quem eu era. O que eu era. Faz sentido que *alguém* mais soubesse.

— Sim — diz Nadir. — Alguém além de seus pais e Cedar. De que outra forma Atlas e meu pai teriam descoberto?

— Atlas me disse que é amigo de Cedar — respondo, e Nadir bufa.

— Pode até ser. Mas por que ele teria guardado esse segredo por quase trezentos anos para revelar só agora? Cedar está longe de ser amigo do meu pai e nunca teria lhe revelado uma informação que poderia ser usada contra ele.

— Precisamos descobrir — diz Willow.

— Por quê? — pergunta Tristan. — Esse é o melhor uso do nosso tempo? Precisamos levar Lor até o Espelho.

— Você não acha isso importante? — Willow pergunta. — Seja lá quem soubesse contou para dois reis poderosos e claramente tem objetivos próprios. Se o Espelho for a chave para devolver a magia de Lor, essa pessoa vai aparecer quando ela conseguir porque tem algo a ganhar com isso. Precisamos saber o quê, pelo nosso bem e pela segurança dela.

— Sim — concordo devagar. — Mas como começar a descobrir quem pode ser?

— Precisaríamos nos aprofundar — diz Nadir. — Talvez encontrar alguém que estivesse em Coração nesse dia.

— E se fôssemos aos assentamentos? — pergunto, a ideia despertando um desejo intenso em meu peito.

— Não — rebate Nadir. — É arriscado demais.

— Mas Willow tem um ponto. Não seria melhor entender o máximo possível sobre o que estamos enfrentando antes que eu consiga recuperar minha magia com o Espelho? Quanto tempo levaria?

— Daria para ir e voltar em alguns dias.

— O que são mais alguns dias enquanto bolamos um plano? — Aperto os lábios antes de sussurrar: — Preciso disso. Quero ver.

Observo vários pensamentos atravessarem o rosto dele. Nadir está tentando me manter segura. Está tentando abordar a questão do ponto de vista mais lógico que consegue, e estou tornando isso impossível com meu pedido. Mas não consegui ver os assentamentos na última vez que fomos a Coração e, se der tudo errado com Atlas e o Espelho, posso nunca mais ter essa chance.

— Vou mandar uma mensagem para Etienne. O último relatório dele disse que a maioria dos soldados do meu pai evacuou, mas vou pedir uma confirmação. Não vamos a lugar algum até termos certeza de que é seguro.

Solto o ar. Nadir me contou sobre seu amigo que vigia os assentamentos, mandando relatórios. Felizmente, uma dessas missivas afirmou que o rei tinha parado de testar aquelas mulheres e as libertado. É um lado positivo do nosso confronto. Ele não tinha mais motivo para procurar pela Primária em Coração, pois agora sabe que sou eu.

— Obrigada — digo.

— Não estou concordando com nada ainda — rebate ele.

— Eles também vão. — Aponto para Tristan e Willow.

— Claro que vão — ele acrescenta, ríspido.

Então gira o pescoço, tentando relaxar a tensão que tenho certeza de que é culpa minha, pelo menos em parte. Ou completamente, mas prefiro pensar que não sou a única fonte de seus problemas.

— Antes de sequer considerarmos isso, precisamos tentar libertar sua magia de novo. Você está vulnerável demais desse jeito. Enquanto esperamos a resposta de Etienne, vamos continuar tentando.

Lanço um olhar incisivo para Nadir, pensando no nosso encontro à tarde. Como na última vez em que ele canalizou sua magia em mim, foi uma das experiências mais intensas da minha vida. Eu gostei? Com certeza não odiei, mas essa dança parece estar abalando a barreira frágil que tento manter entre nós.

— Não como temos tentado — ele acrescenta rápido. — De outra forma.

— Certo — respondo devagar e aceno com a cabeça. — Estou disposta a tentar qualquer coisa. — Ele concorda antes de eu acrescentar: — Mas não quero saber de discussão sobre ir a Coração se Etienne confirmar que é seguro.

Ele me encara antes de suspirar.

Sim, com certeza sou uma das maiores fontes de seus problemas.

— Está bem. Vamos levar Mael também. Quanto mais, melhor, pelo visto.

# 7

DEPOIS DE DORMIRMOS MAIS UM POUCO, Nadir me leva para fora das muralhas da cidade para treinar minha magia. Tristan nos acompanha, já que tem seu próprio poder para explorar. Embora a magia de Coração dele não passe de um fio fino comparada à minha, meu irmão tem outras capacidades que precisou esconder por anos. O que sei que ele sempre odiou fazer.

Nadir faz algum tipo de feitiço nos cavalos, deixando-os mais velozes. Eu me lembro de quando ele me levou pelo Nada a caminho do Torreão. Sabia que aquele cavalo estava cavalgando depressa demais para ser natural.

Depois que vesti meu disfarce, saímos de Afélio pelo portão ocidental e penetramos as florestas densas ao redor da cidade.

Nadir cavalga na frente e, depois de viajarmos por cerca de uma hora, diminui a velocidade, gesticulando para eu e Tristan fazermos o mesmo. Já estamos longe das muralhas de Afélio, então tiro o gorro, soltando o cabelo.

— O que é aquilo? — pergunto quando passamos pelo que parece ser uma estrutura de pedra em ruínas invadida por trepadeiras e flores selvagens. Nadir para ao meu lado.

— Um dos templos antigos de Zerra — diz ele.

— E o que aconteceu?

— Não sei — Nadir responde. — Houve uma ruptura há muitos

e muitos anos que ficou conhecida como a Queima. Os seguidores mais fervorosos ficaram descontrolados e realizaram atos indescritíveis em nome dela.

Olho para ele, horrorizada.

— Que tipo de atos?

— Diz a lenda que houve um conflito entre a deusa e o Senhor do Submundo. Que ele tentou se libertar do domínio em que está aprisionado. Na tentativa de conter o poder cada vez maior dele, Zerra exigiu a lealdade absoluta de todos em Ouranos. Mas as pessoas estavam assustadas, com pavor de incorrer na ira do Senhor, e por isso o apoio delas era... inconstante. Para controlá-las, as sacerdotisas da deusa começaram a queimar inocentes em nome dela, alegando que quem se recusasse a renunciar a ele pagaria com a própria vida.

"Com o tempo, as pessoas começaram a se dar conta de que não havia nenhuma evidência real da presença do Senhor e a desconfiar das afirmações das sacerdotisas. Assim começou uma revolta, e os templos foram saqueados, as sacerdotisas, afugentadas e, em alguns casos mais cruéis, mortas sem piedade, até que todas foram forçadas a se esconder por muito tempo.

"Nada nunca mais foi como antes e, a cada ano que passa, menos pessoas seguem o caminho de Zerra. Ela não exerce mais nenhum poder real sobre Ouranos."

Observando a ruína decadente, penso sobre essas palavras enquanto passamos pelo templo. De um lado há a escultura de uma mulher, seu rosto desgastado pelo tempo, mas ainda resta o bastante para distinguir os traços de sua boca e um olho, além de um vestido longo que cai até os pés.

— De onde eles vieram? — pergunto. — Zerra e o Senhor?

— Isso é motivo de debate entre os estudiosos de Ouranos. Eles concordam que Zerra criou os Nobres-Feéricos e os Artefatos no

Princípio dos Tempos, concedendo a um grupo seleto de humanos a magia de suas terras e os transformando no que somos hoje.

— E os feéricos menores?

— Já estavam aqui, vivendo em paz nos lagos, nas florestas e nos rios de Ouranos. Mas, com a expansão das nossas cidades, muitos foram forçados a deixar seus habitats naturais e serem assimilados à sociedade. As partes mais remotas do continente ainda são habitadas por feéricos menores, que provavelmente torcem para que nenhum de nós os note.

— Nossos pais nunca falavam dela — digo, fazendo sinal para Tristan, que ouve a conversa. — Mas, em Nostraza, seu nome era invocado com frequência, e rezavam para ela o tempo todo — digo.

— Por algum motivo inexplicável, os humanos sempre tiveram laços mais fortes com a deusa — diz Nadir. — Acho que, por não possuírem magia própria, eles se sentem mais próximos a ela. Embora os Feéricos também a venerassem publicamente no passado, seus rituais e suas práticas foram minguando aos poucos depois da Queima. Acho que ficou difícil acreditar em algo ou alguém que pudesse agir de maneira tão bárbara. Tanto é que grande parte dos Nobres-Feéricos da nobreza e da realeza não querem ter qualquer relação com as sacerdotisas de Zerra. — Ele estala as rédeas. — Havia templos como esse por todo Ouranos; eram onde as Altas Sacerdotisas, suas servas mais devotas e confiáveis, moravam.

— É o mesmo tipo de Alta Sacerdotisa que estava trabalhando com meus avós?

— Provavelmente — diz ele. — Elas também tinham magia, mas seus poderes e suas habilidades são um segredo bem guardado.

— Ainda resta alguma Alta Sacerdotisa?

— Algumas — responde Nadir. — Templos dispersos aqui e ali, mas elas tendem a se manter isoladas, por causa de sua reputação.

Olho para Tristan por cima do ombro. Sentimos as mesmas frustrações por sabermos tão pouco sobre o mundo. Tudo que aprendemos foi filtrado por uma lente nebulosa, primeiro por nossos pais e depois pelos anos que passamos em Nostraza.

Chegamos finalmente a uma grande clareira no meio da floresta. Penhascos altos cercam a borda ocidental, com direito a uma cachoeira estrondosa que deságua num rio azul resplandecente, o qual serpenteia ao longo dos limites remotos.

— Este deve ser um bom lugar para nos escondermos — diz Nadir antes de descer do cavalo e amarrá-lo a uma árvore próxima. Eu e Tristan fazemos o mesmo antes de seguirmos para o centro da clareira.

—Acho que precisamos focar no que fez sua magia reagir quando estávamos em Coração — diz Nadir. — Você se sentiu ameaçada, então liberou seu poder. O que me contou sobre seu sonho ontem à noite confirma isso.

Nossos olhares ansiosos se encontram por um momento antes de eu virar a cabeça. Me pergunto se ele está pensando o mesmo que eu. Não era *eu* quem estava sendo ameaçada naquele momento. Era *Nadir* que estava sendo atormentado pelo rei quando minha magia se libertou.

Eu me lembro daquela raiva absoluta me atravessando, tão visceral que era como se eu tivesse sido mergulhada num caldeirão fervente de ódio, tão denso a ponto de me afogar. Quando achei que a vida dele estava em perigo, me senti inútil e apavorada, e reagi. Queria protegê-lo. Queria impedir que lhe fizessem mal. É um emaranhado de emoções que venho analisando de todos os ângulos desde aquela noite. Nunca ninguém me fez sentir uma necessidade tão intensa de *proteger* e, considerando meu passado, isso não é pouca coisa.

— Certo — digo, limpando a garganta. — Faz sentido.

Nadir volta o olhar para Tristan.

— Você nunca chegou a explicar do que é capaz.

Meu irmão morde a bochecha antes de se afastar, ficando a uma distância segura de nós, e estende uma das mãos. Dispara uma rajada de relâmpagos vermelhos para o outro lado da clareira e acerta a face de um rochedo, que explode numa chuva de areia grossa.

— Consigo fazer isso — Tristan murmura, deixando as palavras no ar.

Nadir logo nota a reticência dele.

— E o que mais?

Meu irmão tensiona o maxilar e me encara. Aceno com a cabeça. Não tem mais por que esconder. Quando Nadir e Amya perguntaram sobre a magia de Tristan na Aurora, dissemos que ele não era capaz de muita coisa.

Mas essa não era toda a verdade.

Ele se vira para outra direção e lança mais um fio de magia, mas desta vez é verde; lembra a luz de Nadir, embora a essência seja diferente. Mais intensa, escura e feita de sombra, e não daquele poder radiante e incandescente da Aurora.

O fio se bifurca, envolvendo um grupo de árvores, retorcendo-se num redemoinho esmeralda enquanto elas começam a se estender. Estalos enchem o ar à medida que seus troncos se expandem, crescendo mais altos e largos, com galhos se espalhando e fazendo folhas grossas e acetinadas brotarem. Depois de um momento, Tristan abaixa a mão, encarando sua obra como se nem ele pudesse acreditar no que fez.

Nadir solta um assobio baixo.

— Você também tem magia dos Reinos Arbóreos — diz ele, com um tom de admiração na voz. — Faz sentido, na verdade. Dizem que Wolf era muito poderoso. — Então me pergunta: — Você não tem nada disso?

— Não que eu saiba — respondo. — Acho que puxei completamente à minha avó.

Ele morde o lábio inferior como se contemplasse mil possibilidades e consequências dessa informação.

— Então, quando vocês disseram que Tristan não tinha muita magia, estavam mentindo.

— Bom, não tenho nenhuma magia de Coração. Essa parte é verdade — diz meu irmão.

Nadir ergue uma sobrancelha, mas sei que entende por que escondemos isso dele.

— E *era* verdade — diz Tristan, com conflito estampado nos olhos. — Eu não achava que tinha muita, mas parece que, nos últimos tempos, está... crescendo.

— Tris? — pergunto. — Jura?

— Sim — ele responde. — Não queria dizer nada antes de ter certeza, mas às vezes, à noite, acordo envolto por vermelho e verde. Durante o dia, se move dentro de mim, e tenho que me concentrar para contê-la. Está ficando cada vez mais forte.

— Você disse que isso poderia acontecer — digo a Nadir. — Lembra? Quando me contou que, depois do que minha avó fez, todos em Ouranos perderam a magia.

— Lembro — diz ele. — Mas foi só um palpite.

— Acho que você estava certo — digo.

— Costumo estar.

Seu sorriso convencido me faz revirar os olhos.

— Será que Willow também está sentindo isso? — pergunto, e Tristan dá de ombros.

— O que mais consegue fazer com ela? — Nadir pergunta a meu irmão.

Tristan faz outra demonstração, arrancando as mesmas árvores que acabou de fazer crescer e as jogando de lado como se não passassem de palitos de dente.

— Pode ser muito útil — diz Nadir, admirado.

Tristan quase sorri. Ele não gosta de Nadir, e não tiro a razão dele, mas ambos são igualmente teimosos. Fico pensando se podem conseguir superar essa barreira.

— Ficou muito mais interessante agora — Nadir comenta, batendo palmas. — Lor, acho que precisamos colocar você na defensiva.

Ele se vira e aponta para um espaço.

— Fique ali, e vou usar minha magia contra você.

Concordo com a cabeça, entendendo a ideia. Pode funcionar.

— Vou ajudar — diz Tristan, estalando os dedos, e Nadir bufa.

— De jeito nenhum.

Tristan o encara.

— Por que não?

— Você não usa sua magia há mais de uma década e acabou de dizer que está crescendo. Não tem o controle necessário para esse exercício.

Tristan tensiona o maxilar, os olhos faiscando.

Contenho um suspiro. Eles nunca vão se dar bem desse jeito.

— Nadir… — digo.

— Não — diz ele, me cortando. — Se seu irmão valoriza mesmo sua vida, vai entender que não podemos pôr sua segurança em risco.

Nadir volta a olhar para Tristan.

— Certo?

Meu irmão hesita, mas concorda:

— Certo — diz ele antes de Nadir abrir um sorriso.

— Na verdade, você pode aproveitar para praticar também. Pode ser um ponto forte contra o que quer que venhamos a enfrentar. Vamos precisar de todos os recursos possíveis.

Depois desse comentário sinistro, Nadir dá meia-volta e sai correndo pela clareira.

Troco um olhar com Tristan.

— Acha uma boa ideia? — ele pergunta enquanto observo Nadir, que está agora a uns trinta metros de distância.

— Acho que vale a pena tentar — respondo, e então Nadir para e se vira de frente para nós.

— Não confio nele — diz Tristan.

— Sei que não. Estou pedindo para confiar em *mim*.

Engulo em seco o nó na garganta. *Eu* confio em Nadir? Passei tanto tempo o afastando, determinada a não acreditar nele. Determinada a não cair nas belas palavras e no belo rosto de outro príncipe Nobre-Feérico. Mas há uma rede de rachaduras se formando em minha armadura que pode se quebrar com a menor pressão.

Ele não fez nada além de me proteger desde que concordamos em trabalhar juntos na Aurora, apesar dos nossos encontros pouco convencionais.

Faz com que eu me sinta de um jeito que nunca imaginei ser possível. Segura. Desejada. Bonita. Como se meus defeitos não fossem uma série de erros, mas sim as peças essenciais que me tornam quem sou.

E sei que ele não está mentindo, embora pudesse. A verdade é que minha determinação em não confiar nele enfraqueceu em algum momento, e passei a acreditar em Nadir sem ressalvas. Estou com medo, mas exatamente do quê? De me permitir amar sem limites nem reservas? De deixar que ele tome meu coração para fazer o que quiser? E se eu não for suficiente?

— Preparada? — Nadir grita de longe, me trazendo de volta à realidade.

Faço que sim, embora não saiba para que devo me preparar.

Ele levanta os braços e lança dois raios de luz na nossa direção, um contra mim e outro contra meu irmão.

Tristan reage de imediato, um fio de magia verde saindo de seus dedos, colidindo com a magia de Nadir. Vejo tudo pelo canto do olho enquanto me concentro na faixa de luz roxa que avança em minha direção.

Ranjo os dentes, desejando uma reação de minha magia, mas nada acontece. Desvio no último momento, quando a luz de Nadir se curva ao meu redor e se dissipa, inofensiva, no ar.

— Merda — reclamo baixo.

Nadir não perde tempo, enviando mais faixas de magia em nossa direção. Tristan desvia o máximo que pode, focando em sua magia da floresta, com lampejos verde-escuros, e saltitando toda vez que algo passa de raspão. Ele está suando, a franja escura grudada na testa, a respiração ofegante.

Estou impressionada com sua evolução. É óbvio que ele leva jeito para isso. Claramente esse dom não é de família.

Nadir continua provocando minha magia, disparando uma sequência de raios na minha direção, envolvendo meu tronco e até mesmo chamuscando minha roupa, mas nada do que faço adianta. Minha magia reage à dele da mesma forma de sempre, lutando como uma serpente enjaulada para se libertar, mas sem conseguir escapar e agir. Sou tão útil quanto uma mensagem presa numa garrafa inquebrável.

— Pare! — grito finalmente, frustrada e nervosa por não conseguir responder como necessário. — Não vai funcionar.

Nadir abaixa os braços e volta correndo na nossa direção, parando na minha frente.

— Não adianta — digo. — Sei que você não vai me machucar pra valer.

Essas últimas palavras pairam entre nós, e o maxilar de Nadir se contrai. Sei que é verdade. É algo que entendi faz tempo. Não importa o que aconteça, ele nunca me machucaria de propósito.

Nadir não discute, passando a mão pelo cabelo em frustração.

— Mas *me* machucaria — diz Tristan, e a expressão de Nadir passa de séria a radiante.

— Não veria mal em fazer você sangrar um pouco — diz ele.

— Quero ver você tentar — Tristan rebate. — Não estava nem um pouco difícil me defender.

Nadir solta uma risada de desdém.

— Se acha que isso é tudo que consigo fazer, tem muito a aprender sobre magia, Feéricozinho.

— Quem você chamou de *Feéricozinho*? — Tristan questiona.

— Parem — digo de novo, erguendo as mãos entre eles. — Já chega, vocês dois. — Aponto para Nadir. — *Você* não vai usar meu irmão como escudo. Precisamos pensar em outra coisa. Algo que realmente faça parecer que minha vida está em perigo.

Ficamos todos em silêncio por um momento, perdidos em pensamentos.

— Não — diz Nadir por fim. — Talvez não sua vida. Que tal a minha? Funcionou da última vez.

Ele dá alguns passos para trás, de forma leve e descontraída, e posso ver pelo brilho em seus olhos que está planejando algo de que não vou gostar.

— O que está fazendo? — questiono enquanto ele me lança um sorriso travesso antes de se virar e sair correndo.

— Nadir! — grito atrás dele. — Volte aqui! É uma ordem!

Ele se volta para mim, correndo de costas e abrindo bem os braços.

— Não recebo ordens suas, det… Lor!

Então se vira e continua correndo. Que bom que não consegue ver meu rosto agora. Ele estava prestes a me chamar de "detenta" antes de se corrigir.

Não me chama assim desde que saímos da Aurora. Desde aquela noite. Eu odiava esse nome, mas algo nele me chamando *apenas* de Lor pesa dentro de mim.

Como se eu não fosse mais especial para ele.

Como se algo tivesse se perdido entre nós, e odeio isso.

E odeio odiar isso.

Caralho, estou confusa demais.

Nadir parou sob um penhasco do outro lado da clareira, envolto pela sombra de uma saliência rochosa. Quando se vira para nós, entendo de repente o que planejou.

— Não! — grito. — Ficou maluco?!

Começo a correr no mesmo instante, mas, mesmo de longe, noto seu sorriso presunçoso. Ele ergue a mão e dispara uma rajada de luz azul contra a rocha saliente.

Um estrondo alto me faz parar de repente. Nadir fez isso. O filho da puta fez mesmo isso. Paralisada, olho para a rocha, vendo os pedaços se soltarem e rolarem na direção de onde ele espera. Nadir me observa. Me testando. Esperando que eu consiga.

Digo a mim mesma que ele vai sair antes que caia. É um blefe. Não vai realmente deixar que caiam em cima dele, só por minha causa.

Mas uma vozinha grita no fundo da minha mente. *E se deixar?* Sempre soube que o Príncipe Aurora é do tipo que vai até o fim. E se for esmagado sob o peso de um penhasco inteiro? Nem mesmo um Nobre-Feérico sobreviveria a isso.

— Nadir! — grito, minha voz embargada de medo.

— Use sua magia, Lor! — ele grita em resposta. —Você consegue!

Eu *consigo*. Nadir acreditou em mim quando estávamos em Coração e o salvei. É o único que conseguiu despertar minha magia desde que a bloqueei, e preciso confiar nele agora.

Um estrondo chama minha atenção para o penhasco. A rocha se move, desmoronando devagar sob a pressão da gravidade e do seu próprio peso. Não tenho muito tempo.

Busco dentro de mim, empurrando a porta que me mantém bloqueada. Rangendo os dentes, puxo com força, arranhando-a como uma fera insana, com garras cegas e inofensivas.

Outro estrondo alto reverbera pela clareira, ecoando nas pedras.

Nadir não se mexe. Nem ergue os olhos. Está olhando fixamente para mim. Me instigando a seguir em frente.

É nesse momento que entendo que ele não vai sair do lugar. Vai me obrigar a fazer isso. Como quando me ajudou a libertar minha magia no Castelo Coração, nunca vai desistir de mim.

Outro estrondo anuncia a queda de um pedregulho enorme. O bloco despenca, caindo ao lado de Nadir, não o acertando por um triz e fazendo seu cabelo voar ao redor dos ombros. Mesmo assim, ele não se mexe. Nem sequer pisca ao me desafiar a falhar.

Consigo fazer isso. *Preciso* fazer isso.

E então tudo acontece de uma vez.

Outro estrondo ressoa nos meus ouvidos. O penhasco desmorona, as pedras rolando enquanto minhas mãos se estendem. Relâmpagos vermelhos atingem a rocha, fazendo-a explodir em pedaços. Continuo lançando raios e atingindo a pedra até os fragmentos maiores se desfazerem, transformando-se numa chuva inofensiva de areia grossa. Nadir cobre a cabeça conforme as pedras vão caindo, e o mundo fica em suspenso até que, alguns segundos depois, tudo fica em silêncio.

Cambaleando na direção dele, minha cabeça gira pela falta de ar, lágrimas escorrendo pelas minhas bochechas. Quando o alcanço, Nadir me envolve em seus braços, mas bato os punhos em seu peito, chorando e gritando de raiva.

— Como pôde fazer uma coisa dessas?! Quase me matou de susto. Você poderia ter morrido! — Choro enquanto ele me abraça em silêncio. Seguro o tecido da sua camisa, fechando os punhos como se pudesse impedi-lo de sair de perto de mim de novo.

Depois de lhe dar uma bronca merecida, inspiro fundo, esperando meu coração voltar ao normal. Eu o solto, secando o rosto com o dorso da mão.

— Desculpa — digo. — Não queria gritar com você. É só que... Você me assustou.

Ele assente com a cabeça.

— Você deixou isso bem claro.

Outro momento se passa entre nós. Posso continuar tentando fingir que não me importo, mas minha máscara acabou de cair.

— Funcionou, não? — diz ele com um sorriso arrogante. — Falei que estou sempre certo.

Zerra, ele vai ficar insuportável depois dessa.

— Funcionou — digo, notando Tristan do outro lado da clareira, praticando sua magia da floresta num grupo de árvores e fazendo questão de nos ignorar.

— Ele ficou todo esquisito quando você se jogou em cima de mim — diz Nadir, e me viro para encará-lo.

— Não me joguei… Ah, cala a boca — completo quando noto a presunção em seu rosto.

Saio andando, mas ele me segura pelo braço e me puxa em sua direção.

— Lor, para com isso.

— Parar com o quê?

— Você sabe do que estou falando — ele responde, dando um passo à frente e deixando um espaço minúsculo entre nós.

Mordo os lábios e engulo saliva para aliviar minha garganta subitamente seca. Uma olhada rápida para o outro lado da clareira mostra que Tristan ainda está nos ignorando.

— Não sei — digo, forçando a mentira a sair da minha boca. Tem gosto de cinzas. — Por favor — acrescento, sem saber ao certo o que estou pedindo. Mais espaço. Mais tempo. Mais distância para organizar a confusão na minha cabeça.

A expressão de Nadir se suaviza.

— Do que você precisa, Lor? — Algo na maneira como ele faz a pergunta leva o espaço sob minhas costelas a se apertar. Do que eu preciso?

— Um amigo.

As palavras escapam. Não pensei antes de dizer, mas, assim que saem da minha boca, entendo que é verdade.

Nadir espera apenas um segundo antes de concordar com a cabeça.

— Posso ser isso.

Nossos olhares se encontram, e a sensação sob minha pele se agita, como todo o resto que sempre reage à presença dele. Sei que Nadir não é *apenas* um amigo. Que essa é só uma camada simplista de quem somos um para o outro, mas ainda não estou pronta para explorar as demais.

É difícil explicar como minhas experiências passadas distorceram o que veio depois. Minha perspectiva. Meus relacionamentos. Minha capacidade de confiar.

Talvez não seja sempre assim, mas até poucos meses eu realmente acreditava que morreria em Nostraza. Cada dia era uma desgraça, e sobreviver até a manhã seguinte se tornava um milagre recorrente. Fiz coisas impensáveis para aguentar. Coisas que gostaria de esquecer, mas que vão ficar para sempre gravadas em minha alma.

Eu era uma criança quando fui levada. Vivi muito pouco. Não estou pronta para me jogar em seja lá o que signifique se eu e Nadir seguirmos esse caminho.

Quero chegar nesse ponto. Eu acho. Mas preciso de mais tempo.

— Obrigada — digo finalmente, e ele tensiona o maxilar antes de soltar meu braço e se afastar.

Então se vira na direção de Tristan, que ainda está fingindo que nenhum de nós existe. Considerando o que pensa de Nadir, estou surpresa que não tenha tentado interferir.

Eu e o príncipe observamos enquanto meu irmão usa suas duas formas de magia, entrelaçando-as pelo ar. Ele está obviamente se esbaldando por enfim poder explorar seus poderes.

Sorrio para Tristan enquanto uma lágrima escorre do canto do meu olho. Não tivemos muitas oportunidades de conversar sobre como estamos lidando com nossas respectivas solturas de Nostraza, mas sei que isso o afeta de modo parecido. Nenhum de nós consegue escapar desse passado.

— Vamos lá — diz Nadir depois de um minuto. — Vamos tentar de novo. Sei que você consegue.

Ao longo das horas seguintes, ele continua a me forçar a usar minha magia até começar a parecer mais natural. Ou quase. Embora eu consiga trazê-la à tona se me concentrar bastante, ainda não é a extensão de mim que me lembro de ser na infância.

Naqueles tempos, era fácil e natural. Está quase lá, mas ainda bloqueada, saindo em gotas em vez de fluir livremente, tudo por causa dessa porta que não consigo abrir. Sinto que há *mais* do outro lado, mas agora é tudo que consigo.

Mesmo assim, é melhor do que nada. E é a Nadir que tenho a agradecer por tudo isso.

Quando todos nos cansamos, o sol está começando a se pôr.

— Avançamos muito hoje — diz Nadir, com orgulho na voz. — Você se saiu bem, Lor.

— Demais — meu irmão concorda.

— Obrigada. A vocês dois — digo. Acessar minha magia ainda é um esforço, mas não me sinto mais tão inútil e indefesa como sempre me senti.

— Vamos embora. Estou faminto — diz Tristan, dirigindo-se a seu cavalo.

Nadir está me observando, e inclino a cabeça, abrindo um leve sorriso. Quero agradecer por esse momento. Pelo dia de hoje. Por me dar o espaço de que preciso. Pelas coisas para as quais ainda não tenho nome. Acho que não mereço sua paciência, mas ele a oferece assim mesmo.

— Vamos — diz ele baixinho. — Estou orgulhoso de você.

Parece difícil demais responder a isso, então apenas aceno. E voltamos a montar em nossos cavalos e seguir rumo às muralhas de Afélio.

# 8

DEPOIS DE UM SONO AGITADO, desço para a cozinha na manhã seguinte. Quando eu, Nadir e Tristan chegamos ontem, todos já tinham ido para a cama. Então jantamos pão e queijo frio antes de dizer boa-noite.

Risos sobem pela escada, e encontro Nerissa ao fogão, cuidando de uma frigideira, enquanto Tristan se apoia na bancada de braços cruzados. Ele está sorrindo de orelha a orelha e diz algo que faz Nerissa rir de novo, a mão dela pousando no bíceps dele no que tenho certeza de que é uma tentativa muito proposital de tocá-lo.

Um nó se forma na minha garganta ao observá-los. É isso que quero para meus irmãos. Que encontrem alguém que lhes permita voltar a sentir. Alguém para amar e se entregar por completo. Era por isso que eu estava lutando nas Provas.

Tristan me nota e endireita a postura.

— Bom dia — diz ele, baixando os olhos ao sentar em uma banqueta ao redor da ilha da cozinha. Tenho certeza de que está corado, mas decido não o constranger com um comentário. Não sei por que está fingindo desinteresse em Nerissa, mas ele tem os próprios demônios para enfrentar, e cada um de nós está lidando com eles a seu modo.

Nerissa olha por cima do ombro e sorri.

— Bom dia, Lor. O café da manhã está pronto. Pode se servir. —

Ela volta ao fogão, cantarolando consigo mesma, mas não antes de seu olhar pousar em meu irmão por um breve momento.

Eu sento ao lado de Tristan e, um a um, Nadir, Willow, Mael e Hylene também vão entrando, servindo-se de doces, waffles e tiras crocantes de bacon. Embora Nerissa tenha o maior prazer em cozinhar para nós, ela se recusa a limpar nossa sujeira, o que acho um limite justo.

Mael é meio porco, e eu também não gostaria de arrumar a bagunça desse bando de gente.

Alguns minutos depois que começamos a comer, Amya entra com uma carta na mão e um semblante triste no rosto.

— O que foi? — Nadir pergunta.

— Acabei de receber um relatório da Aurora — diz ela, passando os olhos pela página como se tivesse esperança de que as palavras se reorganizassem. — A mina Savahell desabou dois dias atrás, matando quase seiscentos feéricos menores, um grupo de prisioneiros de Nostraza e todos os guardas de plantão.

Um silêncio cai com suas palavras.

— A mina Savahell? — pergunta Tristan com a voz tensa. Como um homem saudável, ele era regularmente alocado para trabalhar nas minas em nossos tempos de prisão, enquanto eu e Willow éramos delegadas a tarefas mais domésticas. Ele voltava coberto de poeira preta, cansado demais para comer, muitas vezes com feridas abertas de chicote nas costas.

Willow estende a mão para pegar a dele e a aperta.

— Sim. É a maior mina de pedras preciosas da Aurora — responde Nadir, sem notar a interação dos dois. — Faz meses que a dissidência vem crescendo. As condições de trabalho são horríveis, e até membros do conselho da Aurora discordam de suas práticas, mas meu pai não se importa. Continua pressionando para cavarem cada vez mais fundo.

É então que vê Willow apertando a mão de Tristan com tanta força que os dedos dela estão ficando brancos.

— Você chegou a... — Nadir pergunta.

— Não quero falar sobre isso — diz Tristan, interrompendo-o. Nadir responde com um aceno de cabeça.

— Sinto muito.

Há tanta angústia nesse pedido de desculpas que minhas mãos se contraem, cravando as unhas nas coxas.

Tristan assente e desvia o olhar, indicando que gostaria de mudar de assunto.

— Por que ele continua a cavar? — pergunta Willow. — Com que objetivo? Vocês já não têm riquezas e joias suficientes?

Nadir olha para minha irmã.

— Se ao menos fosse tão simples assim.

— Precisamos acabar com isso — diz Amya, e sua voz soa muito fraca.

— Eu sei — responde Nadir. — Eu sei.

Ele baixa os olhos para o prato e finge voltar a comer, embora eu perceba que não está tocando na comida. O resto de nós faz o mesmo, mastigando em silêncio no clima sombrio da cozinha.

Nadir larga a torrada e levanta, apoiando os punhos na superfície da mesa.

— Temos algumas coisas que precisamos resolver logo. Gabriel pode nos dar um pouco de tempo antes de ser forçado a revelar nossa presença a Atlas. Precisamos acelerar nossos planos.

Os olhares de todos ao redor da mesa se cruzam. Dá para ouvir a tensão naquelas palavras. A notícia da Aurora abalou Nadir, mas ele está tentando manter a pose.

— Nadir — diz Amya, mas ele ergue uma das mãos.

— O plano não mudou. Desde o começo, nossa intenção era recuperar a magia de Lor para ela ajudar a derrotar nosso pai. É a única maneira de pôr um fim nessa situação. E, para isso, precisamos entender quem está espalhando os segredos de Coração por Ouranos e levar Lor ao Espelho. Depois, podemos nos concentrar no resto.

Nadir olha sério para a irmã, que concorda com a cabeça.

— Mas ainda não temos um bom plano — observa Tristan.

— O que precisamos é de alguém que conheça o palácio o bastante para nos traçar um mapa com entradas e saídas alternativas até a sala do trono, com toda sua estrutura — diz Mael.

— Gabriel — digo, mas Nadir faz que não.

— Só como último recurso. Tenho medo de que já estejamos testando demais os limites dele. Se o acionarmos, não há como saber quando a linha vai ultrapassar algo que ele não tenha escolha senão revelar a Atlas.

Ele olha para Amya.

— Alguma ideia?

— Na verdade, sim — responde Amya. — Por sorte, fiquei sabendo ontem à noite que a futura Rainha Sol está em busca de novas damas de companhia. Parece que ela demitiu todas porque eram, abre aspas, "um bando de patetas cabeçudas que não tinham nem dois neurônios". Ela vai fazer entrevistas amanhã. Pode ser a oportunidade perfeita para nos infiltrarmos.

Isso quase me faz sorrir, imaginando Apricia virando o palácio de cabeça para baixo. Quase tenho pena de Atlas.

— Eu vou — diz Willow, e todos os olhos se voltam para ela. — Bom, Lor não pode ser. Seria reconhecida. Amya também não.

— Posso ir — diz Hylene. — Ninguém me conhece lá.

— Imagino que seus talentos sejam necessários em outros lugares — comenta Willow. — Isso é algo que posso fazer, e quero ajudar. Tenho certeza de que consigo convencer essa tal de Apricia de que pelo menos três neurônios eu tenho.

— Faz sentido — diz Nadir devagar, mas eu e Tristan atropelamos as objeções um do outro.

— É perigoso demais — diz Tristan.

— E se ele descobrir? — questiono, e Willow nos lança um olhar incisivo.

— Ah, e tudo que vocês fazem é seguro? Me poupem. Posso fazer isso. Consigo passar despercebida por tempo suficiente para ter uma noção do lugar.

— Os servos costumam saber as melhores entradas e saídas — observa Amya. — É um bom plano.

— Ela é parecida demais com Lor — diz Mael. — E se ligarem os pontos?

— Posso tingir o cabelo — propõe Willow, como se já tivesse pensado nisso. — Sempre quis saber como eu ficaria loira.

Ela balança o cabelo ainda curto e sorri para mim.

— Quero fazer isso por você, Lor. Por todos nós. Não tenho magia e não sou boa de briga, mas isso eu posso fazer.

— Mas, Willow...

— Não — diz ela, com a voz mais firme do que nunca. — Você e Tristan sempre foram os mais corajosos e altruístas. Eram vocês que me protegiam dos guardas... Vocês... Eles...

Sua voz falha e seus olhos se enchem de lágrimas. Estou tentando entender o que ela não está dizendo. Willow acha que me deve alguma coisa por nossos anos em Nostraza?

— Só me deixem fazer isso — ela sussurra.

Um silêncio constrangedor paira na cozinha, e troco um olhar com Tristan antes de concordar com a cabeça. Apesar das minhas reservas, é uma boa ideia. Além de tentar descobrir quem sabe nossos segredos, temos que encontrar um jeito de entrar no palácio. E precisamos fazer isso rápido, antes que Gabriel seja forçado a revelar nossa presença.

— Uma pena não podermos chamar Callias para cuidar do seu cabelo — digo.

— Não se preocupe — diz Amya. — Posso cuidar disso.

— Decidido, então — afirma Nadir, deixando nosso confronto desconfortável para trás. — Depois que Amya tiver alterado sua aparência, você vai se apresentar ao Palácio Sol e torcer para a futura rainha te achar inteligente o bastante para atender aos requisitos tão rigorosos dela.

Willow ergue as mãos com os dedos cruzados.

— Vamos torcer.

# 9

QUANDO ANOITECE, vou atrás de Willow e a encontro no jardim dos fundos, sentada à mesa comprida de madeira de frente para Tristan. Eles estão dividindo uma garrafa de alguma coisa que com certeza vai dar uma ressaca daquelas, as taças à frente deles.

Não passo muito tempo aqui atrás, mas sinais das intervenções carinhosas de Nerissa estão por toda parte, como nas luzinhas brancas penduradas na cerca, que projetam uma luz calorosa na área toda.

— Oi — digo ao me aproximar dos meus irmãos, sentando no banco ao lado de Tristan. — Posso ficar aqui?

Tristan faz que sim e me oferece sua taça.

— Vinho élfico — explica. — Não é tão ruim se não tiver muito apego ao seu estômago.

Observo o líquido verde-escuro e dou um gole, sentindo notas de hortelã e mel combinadas com o sabor forte do álcool.

Willow me evitou desde a conversa da manhã e, mesmo agora, se recusa a fazer contato visual. Está claro que ela passou o dia com Amya, porque seu cabelo preto foi descolorido para loiro-escuro com mechas cor de cobre. Transformou sua aparência a ponto de que só o observador mais astuto pensaria que somos parentes.

— Gostei do cabelo — digo. — Você ficou bonita.

Ela bufa e toma um gole da bebida, ainda evitando meu olhar.

— Willow, sobre o que você disse hoje cedo…

— Desculpa — diz ela, com a expressão entristecida. — Eu não deveria ter dito aquilo.

— Não, tudo bem. Mas o que quis dizer com aquilo? Você entende que não me deve nada pelo que aconteceu em Nostraza? Certo?

Ela suspira e bate a taça na mesa.

— Como pode dizer isso?

Balanço a cabeça.

— Willow, que história é essa? De onde saiu tudo isso?

— Você não faz ideia — diz ela, levantando a voz. — Como acha que eu me sentia sabendo o que aqueles monstros estavam fazendo com você enquanto eu estava segura na minha cama? Faz ideia da vergonha que eu sentia por te deixar carregar todo aquele peso? Era para eu ser a irmã mais velha!

— Willow. — Estendo a mão sobre a mesa, mas ela se desvencilha. — Está tudo bem. Foi tudo escolha minha.

— Não! Não faça isso. Não me trate como criança. Não sou de vidro.

As palavras dela me atingem como um soco.

— Willow — diz Tristan. — Você está pegando um pouco pesado.

— Você não é muito melhor! — Ela grita para ele. Nunca a ouvi levantar sua voz assim. — Nenhum de vocês me deixa fazer nada.

— O que queria que eu fizesse? — pergunto, minha raiva começando a crescer com essa série de acusações injustas. — Deixasse que pegassem você?

— Por que não? — Willow pergunta. — Por que você achava que eu não podia fazer aquilo?

— Eu estava tentando te ajudar! Fiz isso por você!

— Não pedi para fazer!

Meu queixo cai.

— Está de sacanagem com a minha cara? — Saio da mesa. Não sei o que fazer com minhas mãos ou meu corpo, só preciso de distância. — Que bem isso teria feito? Aí nós duas estaríamos completamente fodidas, morrendo de medo de se envolver! Pelo menos você não precisa fechar os olhos toda noite e *lembrar*.

Estou furiosa, meu corpo tremendo de raiva e medo das memórias que ameaçam me sufocar.

— Não, só preciso lembrar como você ficava deitada toda noite segurando o choro desesperada, sabendo que eu era a razão. Sabendo que eu poderia ter dividido o fardo com você!

— Willow, o que você está dizendo não faz sentido.

Ela se levanta.

— Mal consigo olhar na sua cara — diz ela, lágrimas escorrendo pelas bochechas. — A culpa é minha por você sentir tanta *raiva* o tempo todo. Por ter um *príncipe* nessa casa que te olha como se você fosse tudo para ele, e tudo que você consegue fazer é afastar o cara. A culpa é minha por minha irmãzinha ser completamente *estragada*.

— Willow...

— Não! — Ela ergue as mãos e dá um passo para trás. — Não chega perto de mim.

Então solta um soluço, cobre o rosto e desaparece dentro da casa, batendo a porta.

Fico olhando naquela direção por vários segundos antes de me voltar para o meu irmão.

— O que foi isso? — pergunto.

— Não sei.

— Devo ir atrás dela?

Tristan levanta, passando um braço ao redor dos meus ombros.

— Dá um pouco de espaço para ela. Vou ver como ela está. — Ele pega a taça da mesa e a coloca na minha mão. — Beba. Já volto.

E aí também desaparece dentro da casa. Eu me afundo no banco, virando a taça toda antes de encostar a testa na mesa. Fico nessa posição por vários minutos, repetindo nossa conversa inúmeras vezes na cabeça. Não fazia ideia de que ela se sentia assim. Nunca deu nem sinal desses remorsos.

Tento me colocar no lugar dela e percebo que eu sentiria exatamente o mesmo se nossas posições fossem invertidas, mas não consigo me arrepender do que fiz. Falei a verdade. Pelo menos só uma de nós precisa viver com essas memórias e esse tipo específico de trauma.

Percebo que uma pessoa sentou à minha frente e puxou a garrafa de vinho élfico, enchendo as taças e empurrando uma delas para mim.

— Sei como é — diz uma voz suave, e ergo os olhos para encontrar Hylene. Estava esperando Tristan. — Viver com essa escuridão. Fechar os olhos à noite e sentir as mãos ásperas deles. Ouvir os sons das respirações e lembrar o cheiro daquele suor nojento.

Eu me endireito e seco uma lágrima da bochecha.

— Sabe?

Ela dá de ombros, um braço cruzado diante do corpo e o outro segurando a bebida.

— Minha mãe era prostituta num bordel de luxo no Distrito Carmesim. Ela engravidou de mim quando só tinha dezesseis anos. Deixaram que ficasse comigo até eu poder ajudar com as tarefas da casa, então eu trabalhava na cozinha e fazia pequenos serviços até considerarem que eu já era velha o suficiente para mais.

— Mais? — pergunto, já temendo a resposta.

— Eu tinha treze anos quando me obrigaram a "receber" meu primeiro cliente — diz Hylene, os olhos frios e distantes. — Não lembro o nome nem a cara dele, mas lembro como fez eu me sentir. Como se eu fosse pequena e desprezível. Como se não tivesse nem nunca fosse ter valor algum.

— Sinto muito — sussurro.

Ela inspira fundo.

— Encontrei maneiras de sobreviver. De bloquear isso. Tenho certeza de que você entende.

Faço que sim. Entendo.

— Como você escapou? — pergunto.

— Quando tinha dezoito, fui convidada como acompanhante para uma festa num cabaré badalado. O imbecil com quem eu estava ficou podre de bêbado e me arrastou para uma das varandas. Ele tentou me comer, mas mal conseguia desabotoar a calça, e não sei o que deu em mim naquela noite. Eu não aguentava mais. Sabe?

Faço que sim com a cabeça.

— Dei um empurrão nele, e ele ficou furioso porque era óbvio que tinha direito à minha buceta e era minha obrigação satisfazer qualquer desejo dele. — Ela toma um longo gole da bebida e, embora fale com indiferença, seus olhos fervem de emoção. — Ele me empurrou em direção à varanda e estava prestes a me jogar lá embaixo quando Nadir ouviu meus gritos. Ele saiu e me soltou e depois... alguém caiu da sacada naquela noite, mas não fui eu.

Meus olhos se arregalam.

— Nadir o *matou*?

Hylene sorri.

— Não me diga que está surpresa.

Dou uma risada.

— Não. Acho que não.

É estranho, mas estou um pouco orgulhosa dele por ter feito isso. Não pouco. Muito. Nadir pode se fazer de insensível, mas sei que não passa de uma armadura.

— E o que aconteceu depois? — pergunto.

— Nadir confirmou se eu estava bem, e começamos a conversar. Perguntou se eu queria trabalhar para ele. Disse que precisava de alguém para ajudar com algumas tarefas, e concordei na hora. Queria muito sair do Distrito Carmesim. Ele comprou minha liberdade e me arranjou um apartamento no Distrito Violeta. E o resto você já sabe.

— Uau — digo. — Faz quanto tempo isso?

— Hum, uns cinquenta anos mais ou menos.

— E vocês já... — Movo os dedos para trás e para a frente, e Hylene ri.

— Não. Nunca tivemos esse tipo de relação. Por quê? Você se incomodaria?

— Claro que não — digo, rápido demais para ser convincente.

— Claro — ela fala, me lançando um olhar que diz tudo.

Tomamos nossas bebidas em silêncio por alguns minutos, os sons distantes da cidade e dos grilos flutuando na brisa. Um vaga-lume passa zumbindo, e observo-o dançar e rodopiar pelo ar, deixando um leve rastro incandescente no escuro.

—Você fez mesmo aquilo em Nostraza? — Hylene pergunta. — O que sua irmã disse?

Faço que sim.

— Foi muito corajoso da sua parte.

Bufo.

— Diga isso para minha irmã.

— Ela não está brava com você — diz Hylene. — Deve saber isso.

— Eu sei. Não sei bem como resolver isso agora. Não dá para mudar o passado, e nunca a culpei por nada, nem acho que ela me deve algo.

— Vocês vão se entender. É óbvio o quanto se amam. Só dê um pouco de tempo para ela. Cada um lida com seus fantasmas à sua maneira.

— Obrigada — digo, de coração. — Eu precisava muito disso. De tudo.

O canto da sua boca se ergue, e seus olhos verdes brilham quando ela se inclina para a frente.

— Você pode me recompensar contando mais sobre seu amigo de asas.

Meus olhos se arregalam.

— Quem? Gabriel?

Hylene ergue um ombro.

— Ele tinha uma raiva angustiada que era meio excitante.

Resmungo e pego minha taça, me inclinando na direção dela.

—Vou precisar beber mais para ter essa conversa.

# 10

# GABRIEL

### PALÁCIO SOL

Fico olhando para Tyr, que está deitado na cama encarando o vazio, o olhar tão distante quanto as estrelas. As algemas de arturita ao redor dos punhos e do pescoço dele pulsam com um brilho azul estranho que me atormenta sempre que fecho os olhos.

— Andei pesquisando — digo, olhando para Atlas, que está recostado na parede com os braços cruzados e uma perna sobre a outra. — Dizem que a exposição prolongada à arturita pode causar um declínio mental irreparável, deixando a pessoa letárgica em alguns casos e maníaca em outros.

Paro por aí. Não digo que Tyr não está passando por uma mera exposição prolongada; está usando essas merdas há décadas. Sempre quis saber de que mercado clandestino Atlas conseguiu essas peças tantos anos atrás. É proibido minerar ou vender arturita por causa de suas propriedades particulares contra os Nobres-Feéricos, e elas devem ter custado uma pequena fortuna.

Atlas não responde imediatamente a meu comentário ao encarar o irmão, a boca tensionada numa expressão de óbvia irritação.

— Quer que eu faça o quê?

— Ele está piorando — digo. — Tire essas algemas. Ele com certeza não representa nenhuma ameaça nesse estado.

Observo Atlas ponderar minhas palavras como se testasse se têm veneno antes de balançar a cabeça.

— Não, não posso correr esse risco.

— Mas ele não tem como dar ordens assim — Tento argumentar.

Para que Atlas tenha controle sobre mim e meus irmãos, precisa que Tyr diga as palavras de ordem, mas ele não tem como fazer nada assim. É, em parte, o motivo por que consigo contornar tanto as regras. Tyr comandou que obedecêssemos a seu irmão, mas as ordens do próprio Atlas são, portanto, dadas por um intermediário, o que lhes confere um peso menor. Também é parte do motivo pelo qual não fui obrigado a correr até Atlas assim que vi Lor.

O que eu disse a Nadir também era verdade, que Lor me encontrou, não o contrário, e é existindo entre essas pequenas artimanhas que consigo encontrar um respiro das minhas correntes opressoras. Não é muito, mas é melhor do que nada.

— Em vez de se preocupar com as algemas, você precisa fazê-lo falar. Ele não me serve de nada assim — diz Atlas, com indiferença. Escondo minha repulsa. Não sei como pode olhar para o que restou do irmão e não sentir nem um pingo de culpa. — Sem tirar as algemas — ele acrescenta quando vê que estou prestes a falar, prevendo minhas próximas palavras com mais perspicácia do que eu gostaria.

— E se o deixássemos sair um pouco? Levássemos para dar uma volta no jardim e tomar um pouco de ar fresco?

Seria arriscado, e eu teria que encontrar alguma forma de esconder sua identidade, mas Atlas dispensou todos os funcionários da época do reinado de Tyr, que hoje em dia não passa de uma sombra do rei dourado que um dia foi.

— Talvez — diz Atlas. — Vou pensar a respeito.

Já sei o que isso significa: ele não tem a menor intenção de pensar a respeito. É assim desde sempre. Diz que vai "considerar" ou "falar com seus conselheiros" como um covarde em vez de simplesmente admitir que não dá a mínima.

Atlas olha para fora e aperta a ponte do nariz.

— Acabamos por aqui? Preciso encontrar o general Heulfryn. Já cancelei tantas vezes que não tenho mais como escapar.

— Claro — digo, lançando um último olhar a Tyr antes de tocar sua testa, passando o dedo na saliência do osso. Ele pisca, e espero que seja porque sabe que estou aqui e me importo. Meu polegar desliza sobre sua bochecha, e Tyr pisca de novo, fazendo meu coração se apertar no peito.

Sigo Atlas para fora do quarto, trancando a porta e guardando a chave no bolso antes de descermos a escada em espiral. Seguimos na direção do escritório real, onde sei que o pai de Apricia estará nos esperando, provavelmente com as armas ou os punhos levantados para um confronto.

Ele está furioso por conta dos atrasos contínuos da cerimônia de união, e não sei quanto tempo mais Atlas pode continuar evitando os questionamentos do general. Hoje cedo, Atlas quis saber se eu tinha mais alguma notícia sobre Lor e pareceu engolir minhas mentiras bem elaboradas.

Não sei por que quero dar a ela tempo para realizar seja lá o que a tenha trazido de volta, mas minha intuição me diz que preciso fazer isso. Tudo que me revelou sobre sua linhagem foi chocante, mas não de todo surpreendente. Era óbvio que havia mais sob a superfície do que ela havia dito, considerando todos os acontecimentos e o fato de Atlas querer tanto encontrá-la. Mas eu nunca teria imaginado a verdade.

Eu me pego me solidarizando com ela. Parece que foi colocada em algo contra a própria vontade, e entendo muito bem o que é passar por isso.

— Fique comigo — diz Atlas. — Posso precisar de reforços.

Faço que sim e resisto ao impulso de revirar os olhos.

Se Lor é a Primária de Coração, deve ter uma magia poderosa e, considerando a obsessão de Atlas, a única conclusão lógica é que ele quer se unir a ela para ter acesso à sua força. Embora tanto Atlas como Tyr consigam canalizar a magia de Afélio, seus dons não são os mesmos. Atlas tem um dom inigualável de ilusão, enquanto o talento mais evidente de Tyr é a capacidade de usar luz como arma. Atlas sempre invejou isso, sentindo-se quase inseguro por ter tão pouca magia ofensiva.

A magia de Coração de Lor, aquele relâmpago carmesim lendário, com certeza daria a Atlas uma outra vantagem.

Tudo isso poderia funcionar, e suponho que, visto a certa distância, não seja mesmo um plano ruim, mas não consigo evitar a sensação de que não passa de um castelo de cartas prestes a desabar. Não sei como ele conseguiu passar tanto tempo sem que ninguém descobrisse seu segredo. Sua contagem regressiva para a desgraça já deve ter começado. Só me resta torcer para que ele não me leve junto.

Não entendo muito sobre a relação entre governantes e seus Artefatos, por isso não faço ideia de como o Espelho se encaixa nessa história. Ele escolheu Apricia, mas para quem? Atlas ou Tyr? Será que entende o que Atlas fez?

O que sei é que Atlas evita chegar perto do Espelho, ordenando que os funcionários do palácio o mantenham coberto sempre que não está sendo usado. Será que alguém mais nota como o Rei Sol se mantém longe do campo de visão do Artefato? Ou só é evidente para mim? Tenho minhas teorias sobre o que está acontecendo, mas me faltam evidências que apoiem minhas suspeitas.

Além disso, não faço a menor ideia de como Atlas pensa que vai convencer Lor a se unir a ele depois do que fez com ela, mas já entendo que *pedir* não faz parte dos planos. Mas o Espelho já a rejeitou, então, a menos que ele o tenha convencido a cooperar, não sei bem como vai conseguir nada disso.

Que fato crucial estou ignorando? Queria poder entrar na cabeça dele.

Entramos no escritório de Atlas para encontrar o general Cornelius Heulfryn andando de um lado para o outro com as mãos atrás das costas. Ele tem o cabelo preto e os olhos azuis penetrantes, seu queixo coberto por uma barba espessa. Ajudou a liderar os exércitos de Afélio durante as duas Guerras de Serce, que lhe deram seu título e seu poder. Aposentado há vários anos, sua patente hoje é mais cerimonial, uma honra concedida em nome de seu serviço ao rei. Era esperado que Apricia se tornasse rainha, tendo em vista o legado dele.

O general para quando entramos, endireitando-se.

— Finalmente — diz ele, de forma a sugerir que essa conversa não promete ser nada boa para Atlas.

— General — cumprimenta Atlas, a voz suave como seda. — É um prazer ver o senhor.

— Nem comece — Cornelius responde, erguendo um dedo. Ele já está tremendo de raiva. — Você tem me evitado, e estou aqui para exigir que defina uma data para a cerimônia de união. Minha filha está fora de si com essa enrolação constante. O que está esperando?

Atlas tenta manter a compostura, mas dá para ver que está segurando a frustração pela tensão em seus ombros. Já o conheço há tempo suficiente para perceber sinais que os outros podem não notar.

— Estou esperando a hora certa.

— Mentira — diz Cornelius. — Você está escondendo algo. Por que fazer isso tudo?

Cornelius avança, parando na frente de Atlas. Tem quase o mesmo tamanho do rei e claramente não se intimida com ele. Isso me faz admirá-lo um pouco.

— Eu e o conselho não fizemos alarde quando você "cancelou" as Provas anteriores, mas não vou mais tolerar isso. Aquelas eram as filhas de alguns de seus amigos e conselheiros mais confiáveis, e tantas outras ainda foram sacrificadas por uma segunda Prova. Como pode ser tão indiferente àquelas vidas? Você está fazendo chacota de tudo que este reino e as Provas representam.

— Eu me importo — diz Atlas, usando sua voz mais aveludada. — É claro que me importo. Não foi minha decisão acabar com as últimas Provas. O Espelho me obrigou. Você sabe disso.

Cornelius lhe lança um olhar sugerindo que Atlas é um mentiroso. Quem dera ele soubesse como está certo.

— Marque uma data. Já conversei com os líderes distritais, e eles estão do meu lado. Não se importam mais que as próprias filhas perderam, mas, quanto mais tempo você prolongar isso, menos apoio vai ter daqui em diante. Estão falando em vender imóveis para os feéricos menores.

Os olhos de Atlas se estreitam.

— Isso é proibido.

— Mas os ventos estão mudando. Há cada vez menos apoio para suas regras, e os outros concordaram que, se você não marcar uma data, teremos que tomar medidas mais drásticas.

O general ajeita a postura, claramente se preparando para o impacto da ira de Atlas.

Alterno o olhar entre eles, apostando em silêncio em quem vai sair vencedor. Os líderes distritais têm o direito de questionar os desejos do rei quando este estiver agindo contra os interesses do reino, embora eu nunca tenha ouvido falar sobre isso ter chegado a acontecer de fato. Cornelius está certo, e a recusa de Atlas em marcar a data vai causar problemas em breve. Isso nos desestabiliza. Faz nossas tradições parecerem irrelevantes e motivo de chacota. Nenhum outro reino realiza Provas como essas, e a maioria as considera problemáticas.

As Provas foram inventadas pelo primeiro rei de Afélio, depois do Princípio dos Tempos. Diz a lenda que a própria Zerra havia concedido a cada governante tanto a magia imperial de seu reino como o Artefato que o ajudaria a governá-lo. Com isso, veio também a exigência de que cada governante deveria se vincular a outra pessoa de sua escolha para ter acesso à força total de sua magia.

O rei Cyrus começou imediatamente a procurar uma companheira adequada, mas ficou atordoado com tantas opções. Todos os nobres de Afélio queriam oferecer suas filhas para o papel. Incapaz de tomar uma decisão, ele teve a ideia das Provas, e assim nasceu uma tradição que perdura até hoje.

Tudo indica que Cyrus também tinha uma veia idealista, o que o levou a incluir uma Tributo da Umbra na competição. Embora a versão oficial seja de que a Tributo Final representa uma mensagem de esperança, o verdadeiro motivo foi se tornando muito menos altruísta do que isso.

Atlas encara Cornelius com os olhos faiscando enquanto tensiona o maxilar, mas deve ver que suas mãos estão atadas.

— Muito bem — diz por fim, a voz muito menos suave do que antes. — Vou marcar a data.

— Quando? Não vou sair daqui até você escolher uma e anunciá-la oficialmente.

Atlas joga os ombros para trás, voltando a olhar para mim por um breve momento. Mas não há nada que eu possa fazer para ajudar, por mais que eu queira. Foi ele quem teceu essa trama de mentiras e ilusões e, agora, que se cubra com ela. Que sufoque nela, de preferência. Estou cansado de salvar esse ingrato das próprias más escolhas.

— Duas semanas — diz Atlas, mordaz. — Daqui a duas semanas.

— É tempo demais — retruca Cornelius. — Você só está postergando de novo.

— Precisamos de tempo para os preparativos. Não queremos que a cerimônia seja nada menos do que o auge da extravagância para nossa rainha preciosa, não é?

Cornelius estreita os olhos, claramente tentando determinar se

Atlas acabou de insultar sua filhinha insuportável. Tenho quase certeza de que sim, mas isso posso perdoar.

O general, porém, é um homem melhor do que eu porque apenas abaixa a cabeça, voltando a juntar as mãos atrás das costas.

— Excelente, majestade. Devo avisar os escrivães reais para que possam anunciar a todos?

— Seria de grande ajuda — diz Atlas, as palavras mal escondendo seu tom condescendente. Se Cornelius percebe, finge que não antes de fazer uma breve reverência ao rei e depois a mim.

— Excelente. Vai ser um evento maravilhoso.

Ele não diz mais nada, me encarando antes de sair da sala e batendo a porta atrás de si.

Assim que o general sai, Atlas vai até o bar no canto e serve um copo generoso de uísque. Toma metade de uma vez e passa as mãos na cabeça, puxando os cabelos com frustração.

— Atlas — digo, desejando entender alguma coisa.

Ele se vira para mim, os olhos ardendo de fúria.

— Gabriel, de que lado você está?

Hesito.

— Hein?

Atlas se aproxima com o copo na mão e aponta o dedo para mim.

— Sua lealdade parece questionável nos últimos tempos. Sinto que tem alguma coisa errada em você.

Balanço a cabeça.

— Sempre sou leal a você, Atlas. Você sabe disso.

— É mesmo?

— Por que está dizendo essas coisas?

Atlas bufa e dá outro gole como se a resposta devesse ser óbvia.

— Você tem duas semanas para encontrá-la, Gabriel. Mande todos os espiões que conseguir.

— Atlas, eu...

— Duas semanas — ele repete. — Se não a encontrar, talvez eu tenha que fazer algumas substituições entre meus guardiões.

Mordo a bochecha, reprimindo o desejo insano de dar um soco na cara dele. Depois de tudo que fiz, é isso que recebo? Perder a posição de guardião não é perder um emprego: é o fim de toda a minha existência. Não sou nada sem meu rei. Literalmente.

— Entendido — respondo e, antes que eu diga algo que não possa retirar, dou meia-volta e saio da sala.

Estou tão furioso que não consigo pensar direito. Fiz coisas inimagináveis por Atlas, e ele fala comigo como se eu fosse tão insignificante quanto um verme rastejando sobre sua bota dourada. Passei a vida inteira o protegendo, mesmo quando não era obrigado, e ele nunca demonstrou um pingo de gratidão. Atravesso o palácio com passos firmes enquanto servos e cortesãos se desviam do meu caminho. Deuses, preciso de uma bebida e uma boa transa. Preciso socar alguma coisa. Com força.

É tarde demais para voltar quando percebo que entrei bem no meio do salão principal, onde dezenas de pessoas estão circulando.

— Você aí! — diz uma voz incisiva que me traz de volta à realidade. — Vem aqui!

Apricia aponta para uma pobre jovem Nobre-Feérica, que avança com os olhos baixos.

— Olhe para mim — Apricia ordena, e a garota ergue o olhar. Seu cabelo loiro está cortado ao redor das orelhas pontudas, e ela veste uma túnica simples. *Puta que pariu*. A futura Rainha Sol despediu metade de suas criadas por serem "bonitinhas demais" e agora está em busca de uma nova leva de vítimas. Por que alguém se ofereceria para esse papel é algo que não entra na minha cabeça.

Antes que eu seja arrastado para outra confusão que não é da minha conta, dou um passo lento para trás, tomando cuidado para não fazer nenhum movimento brusco para não ser notado.

Mas meu esforço é em vão.

Apricia e a jovem se viram para mim, e a futura Rainha Sol fecha a cara. Pela sua expressão, suponho que ninguém lhe contou sobre a união ainda. Considero fazer isso, mas decido deixar que se remoa de raiva por mais um tempo. Tenho tão pouco para me entreter. Outra pessoa pode ser o portador das boas notícias.

A mulher com quem ela está falando me encara descaradamente, analisando minhas asas e meu corpo. Franzo a testa para ela, notando algo familiar, mas não sei dizer o quê.

— Ei — diz Apricia, estalando os dedos embaixo do nariz da mulher. — Preste atenção. A primeira regra é: não paquere os guardiões. Quer dizer, essa não é a primeira regra. A primeira é sempre preste a atenção em mim, mas essa é *sim* uma delas.

A jovem volta a olhar para Apricia e concorda com a cabeça antes de a futura Rainha Sol recitar uma lista infinita de funções frívolas pelas quais sua nova atendente vai ser responsável. Zerra, prefiro morrer.

Volto a atenção para a mulher mais uma vez, querendo entender o que nela me é familiar, mas não importa. Depois daquela conversa com Atlas, preciso de algo para aliviar a tensão. Algo quente e molhado e doido para me distrair da dor latejante atrás dos meus olhos.

Talvez eu encontre um guarda ou uma cortesã que não se incomode com algumas mordidas.

# II

# NADIR

Encostado na parede de braços cruzados, observo Mael e Lor treinarem no quintal protegido da casa. Ele a está ensinando como usar aquela adaga que guarda debaixo do travesseiro, e ela aprende rápido.

Fica óbvio que Lor está acostumada a brigar, embora dê para ver pela falta de sutileza e pelos seus músculos que fazia isso com os punhos, e não com uma arma. Tensiono o maxilar só de pensar. Sei que passou os anos em Nostraza se defendendo de inúmeros marginais. Ela me contou. Jogou na minha cara exatamente como eu merecia. Às vezes me pergunto se um dia vou conseguir superar esse fardo que se interpõe entre nós como um órgão apodrecendo ao sol.

Lor chegou a treinar com Gabriel durante as Provas, mas era com uma espada, e imagino que ele não teve muita oportunidade para refinar as habilidades dela. Me pergunto se chegou a se esforçar de verdade ou se essa não passava de outra obrigação que Gabriel fez de má vontade.

— Lembre-se: adagas são pequenas, então você precisa chegar perto — diz Mael. — Não adianta nada ficar brandindo. É só eu andar até aí e tirar da sua mão.

— Quero ver você tentar — responde ela, desafiadora, e não consigo evitar abrir um sorriso. Lor é destemida, mas Mael vai acabar com a raça dela. Há uma razão pela qual subiu tão rápido nas fileiras do exército da Aurora. Ele sabe ser furtivo e, embora mantenha seu verdadeiro poder escondido, pode ser devastador quando levado ao limite.

Essa habilidade salvou nossas vidas no campo de prisioneiros onde nos conhecemos, sofrendo lado a lado por meses sob um batalhão liderado por Atlas, que fazia de tudo para me humilhar e me punir. Afélio nos capturou durante uma incursão além das fronteiras deles, colocando correntes longas e finas de arturita em mim e em qualquer um que suspeitassem de ter magia. Mael escapou porque eles não tinham ideia do que ele podia fazer. Deixei Atlas vivo naquele dia, embora não precisasse, e ele sempre odiou estar em dívida comigo.

Mael sorri e parte para a ofensiva. Os dois se esquivam e se cruzam, e Lor tenta golpeá-lo com a faca. Ele é treinado demais para cair em qualquer um dos truques e das manobras dela, e não demora para passar a perna sob os joelhos de Lor, fazendo-a cair de costas sobre os ladrilhos com um "ai".

— Porra — ela ofega, e fico tenso, resistindo ao impulso de ajudá-la. Odeio vê-la em qualquer situação que possa minimamente machucá-la. Mael para diante dela de braços cruzados, com o sorriso irreverente de sempre, e ela o encara com aquele olhar indomável que sempre faz meu pau despertar. Não gosto quando Lor olha para outra pessoa desse jeito, mas se fosse impedir isso, ela nunca mais poderia olhar para alguém.

Meu coração quase se partiu quando ela pediu minha amizade na clareira. Claro que quero ser amigo dela, mas quero muito mais. Estou fazendo o possível para entender. Lor precisa de tempo para lidar com o passado.

Mael estende a mão e a ajuda a levantar antes de voltarem ao treinamento.

— Vai ficar aí parado? — Mael me provoca. — Está com medo de sua namorada descobrir que luto melhor que você?

— *Não* sou namorada dele — Lor rosna, e essas palavras explodem dentro do meu peito, fazendo meu corpo estremecer. Deixo isso de lado. Como tenho feito com todos os meus sentimentos nos últimos tempos. Não sei por que isso me incomoda tanto. Já estou acostumado. Fingir que não sinto nada é como sobrevivo. Mas sinto. Porra, sinto demais.

Mael revira os olhos.

— Claro que não.

Lor responde com um rosnado baixo quando os dois voltam a se encarar. Tenho a impressão de que Mael está prestes a pagar por esse comentário.

A porta do pátio se abre e, para minha surpresa, Gabriel surge. Ele congela e nos encara enquanto Mael e Lor param em suas posturas de combate.

— O que foi? — pergunto, imediatamente alerta. — Ele sabe?

A raiva de Gabriel é evidente pela ruga profunda entre seus olhos e pelas veias marcadas em seu pescoço. Seu cabelo está desgrenhado, e suas bochechas, coradas. Seus ombros estão tão tensos que não sei como não racharam ainda.

— Não — diz ele entredentes. — Ainda não sabe.

Relaxo um pouco.

— Então o que foi?

— Vocês têm duas semanas. É todo tempo que posso dar.

— Por quê? — Lor pergunta. — O que aconteceu?

— Ele marcou a data da união com Aprícia, mas só porque foi obrigado. Ordenou que eu encontrasse você antes disso, senão...

Ele não termina a frase, e nem precisa para todos entendermos o que está dizendo. É Lor ou ele, e Gabriel não vai escolhê-la.

Lor assente.

— Claro. Duas semanas.

Ele me olha com apreensão, e tento manter uma aparência de calma, embora esteja me revirando por dentro.

— Vocês têm um plano? — Gabriel pergunta. — Me digam que estão trabalhando em alguma coisa.

Faço que sim. Não temos um bom plano ainda, mas vamos bolar um.

— Que bom — diz Gabriel.

— Obrigada — diz Lor. — Por tudo isso.

Gabriel responde com um aceno de cabeça.

— Vou atrás de um bar agora. E de um boquete.

Com essa declaração, ele dá meia-volta e sai em silêncio, batendo a porta atrás de si.

— O que deu nele? — Mael pergunta.

Fico encarando a porta.

— Não sei, mas, quando falei com ele no outro dia, senti que havia algo acontecendo com Atlas.

— O quê? — Mael pergunta. — Crise na relação?

Por mais que façamos piadas sobre Atlas e seu círculo de babás aladas, nunca pensei que Gabriel fosse tão leal ao rei quanto parece.

Nunca vou me esquecer do funeral de Tyr. Gabriel estava um caco, mal conseguindo se conter. Ele desapareceu no meio da cerimônia, e ninguém mais pareceu ter notado. Como não ressurgiu horas depois, fui procurá-lo. Algo em seu olhar me dizia que ele precisava de alguém, mesmo que fosse eu.

Quando o encontrei, Gabriel estava sentado no alto de um dos penhascos com vista para a cidade, cercado por garrafas vazias da aguardente de orc mais forte encontrada entre Afélio e a Aurora. Ele estava bem na ponta, balançando perigosamente, bêbado demais para manter o equilíbrio por muito tempo. Apesar de suas asas, tenho uma forte suspeita de que, se eu não tivesse aparecido, ele teria caído. Ou talvez pulado.

— Parece ser algo do tipo — digo, respondendo à pergunta de Mael.

— Então, qual é o plano? — ele pergunta quando nós três entramos na casa e sentamos ao redor da mesa.

A porta dos fundos se abre de novo, e Willow entra. Amya fez um bom trabalho com o cabelo dela, transformando suas madeixas pretas em loiro-escuro. Não a disfarça completamente, mas, combinado com o corte curto, ela se parece muito menos com Lor.

Todos ouvimos a discussão ontem à noite sobre as coisas que aconteceram em Nostraza, e sei que Lor está incomodada, mas tenta manter a pose. As acusações que as duas trocaram foram suficientes para me envergonhar mais uma vez por permitir que tudo aquilo acontecesse. Não é de admirar que Lor não consiga confiar em mim.

— Willow — diz Lor, com o tom de voz cortante. — Como foi?

— Consegui a vaga — Willow responde, triunfante, com um joinha. — Começo amanhã.

Solto um suspiro de alívio. Pelo menos, alguma coisa está dando certo. Lor e Tristan podem não querer que a irmã corra esse risco, mas, depois da firmeza que ela demonstrou, tenho certeza de que vai dar conta.

Sorrio com o semblante determinado no rosto de Willow. Ela pode ser mais delicada e calma do que Lor, mas tem a mesma força de espírito. Não é à toa que Amya se sente atraída por ela. Minha irmã sempre teve uma queda por cachorrinhos abandonados.

— Como foi com Apricia? — Lor pergunta, torcendo o nariz.

— Tão horrível quanto você disse.

Lor abre um sorriso forçado para a irmã.

— Mas consigo dar conta. Não vai demorar, certo?

Há certa aspereza nas palavras de Willow, e Lor assente.

— Claro que consegue.

— Vi Gabriel — Willow acrescenta. — Ele parecia furioso.

— Ele não reconheceu você, né? — Lor pergunta.

— Não — responde Willow —, mal olhou para mim. Apricia estava ocupada demais brigando comigo.

— Você viu Halo ou Marici? — Lor pergunta. Desde que chegamos, ela tem pensado sobre as amigas no Palácio Sol.

— Não — diz Willow —, mas certeza que vou ver quando estiver trabalhando lá.

— Queria que você pudesse contar para elas que não as esqueci.

Willow abre um sorriso triste.

— Elas sabem, tenho certeza.

— Certo, então Willow vai entrar e descobrir mais sobre o palácio — diz Lor, virando para o resto de nós. — O que mais podemos fazer?

— Deveríamos usar a cerimônia como distração — digo, enquanto Hylene entra na cozinha.

— A união não vai acontecer na sala do trono? — Lor pergunta.

— Sim, mas antes haverá dias de pompa e ostentação. Além disso, pessoas de outros reinos já vão encher o castelo pelo menos uma semana antes. É uma ocasião a que todos são convidados. Podemos nos camuflar melhor entre a multidão.

— Mas você não vai receber um convite a menos que Atlas mude de ideia sobre seu banimento — Mael observa. — Acha que ele convidaria seu pai? Ou Amya?

— Duvido — digo, e então olho para Hylene. — Topa uma missão?

Ela está inclinada sobre a bancada e sorri com o queixo apoiado no punho.

— Sempre.

— Acha que consegue ser convidada? Vamos precisar de alguém que tenha permissão para estar lá dentro e que tenha acesso às festas mais exclusivas. E depois junte toda a informação que puder.

O sorriso dela se alarga.

— Eu seria péssima no meu trabalho se não conseguisse.

— Qual é exatamente seu trabalho? — Mael pergunta, e ela lança um olhar fulminante para ele. Hylene ainda vai arrancar as bolas dele, picar e dar para um urso comer, tudo isso com um sorriso no rosto. E ele vai merecer.

— É interagir com aqueles da alta sociedade que nem a pau encostariam num brutamontes como você.

Lor dá risada, e Mael sorri.

— Enfim — diz Hylene, conferindo o esmalte vermelho-vivo nas unhas. — Tenho certeza de que deve haver algum nobrezinho solitário em busca de um rostinho bonito para levar como acompanhante. Vai ser como tirar doce de criança.

— Como você vai chamar a atenção de um nobre de Afélio? — Lor pergunta, e Hylene lhe dá uma piscadela.

— Tenho meus métodos.

— Então podemos ir para Coração? — Lor questiona, dirigindo a pergunta para mim. — Não há muito mais o que fazer enquanto esperamos essas coisas se alinharem, certo? Ainda acho importante descobrirmos quem estava revelando nossos segredos antes de falarmos com o Espelho.

Massageio a testa, sentindo uma dor se formando. Estava torcendo para que ela esquecesse isso, mas entendo que não consiga.

— Só estou esperando a confirmação de Etienne de que os soldados de meu pai foram todos embora. — Hesito. — Ele conhece uma pessoa que era próxima da sua avó e que quer falar com você.

Estava em dúvida se deveria contar isso para Lor desde que recebi essa mensagem ontem, mas sei que não seria certo esconder essa informação. Além disso, não me ajudaria nem um pouco a fazê-la confiar mais em mim, algo que estou tentando tão desesperadamente.

Ela se empertiga, alerta.

— Quem?

— Não sei — digo. — Ele não quis escrever o nome dela, por precaução.

— Certo, então quando ele pode confirmar se é seguro?

Se Lor não ia deixar isso para lá antes, agora é que não vai mesmo.

— Amanhã ou depois, espero — respondo. — Não podemos correr o risco de descobrirem nossa presença.

Lor morde o lábio inferior, e queria poder dar um abraço nela e prometer que vai ficar tudo bem. Queria saber *como* deixar tudo bem.

— O que foi? — Willow pergunta para ela.

— Faz diferença para você? — Lor retruca, e a expressão de Willow despenca. Está na cara que as duas ainda não se acertaram.

Lor passa as mãos no rosto.

— Não foi nada — acrescenta, mas é óbvio que é mentira. — Desculpa. Acho que preciso dar uma volta. Vou trazer uma daquelas tortas de carne para o jantar.

Sem dizer mais nada, ela pega o gorro e o casaco folgado que usa para se disfarçar, sai pelos fundos e ficamos olhando a porta bater.

# 12

# LOR

Sem olhar para trás, saio abruptamente da casa, precisando de ar e espaço para respirar. Eu não deveria ter estourado com Willow, mas nossa discussão ainda está pesando em minha mente, e não estou pronta para perdoá-la. Estou com raiva por ela me culpar por seus sentimentos, como se tudo o que fiz tivesse sido em vão. Mas não é justo. Sei que não foi isso que ela quis dizer, mas está difícil seguir em frente.

Eu e meus irmãos sempre fomos próximos. Sempre unidos. Nunca brigamos e sempre nos apoiamos porque éramos a única rede de apoio uns dos outros.

Bastam algumas semanas de liberdade para já estarmos nos distanciando?

Além do meu drama com Willow, também não consigo parar de pensar no sonho da outra noite.

A ideia de alguém estar revelando os segredos da minha família por algum motivo nefasto é difícil de engolir. Quem é essa pessoa, e por que nos odeia tanto? Ela entende o que fez a um grupo de crianças? Se importa? Ou acha que merecíamos?

As ruas estão movimentadas a essa hora do dia, e presto pouca atenção no caminho que estou seguindo. Embora eu tenha dito que planejava comprar a torta de Sonya que todos adoram, primeiro preciso gastar um pouco dessa energia. Compro no caminho de volta.

Também vou conversar com Willow. Ela é minha melhor amiga desde sempre, e não existe nada que não possamos resolver.

Por enquanto, eu me permito me perder na agitação e na atividade de Afélio no auge da tarde. Entrei no Décimo Sexto Distrito, lar dos entretenimentos de natureza carnal, o que é evidenciado pelas dezenas de bares, restaurantes e bordéis, todos abertos e recebendo clientes de sobra no meio da tarde.

— Oi, linda! — Uma voz masculina atravessa minhas preocupações, me fazendo parar. Ele está sentado com um grupo de Nobres-Feéricos, todos tomando uma rodada de bebidas. O que acabou de me chamar dá um tapinha na própria coxa e me dá uma piscadinha. — Quer companhia?

Seus amigos começam a rir, e penso na adaga escondida na minha bota. Não sei por que não comecei a carregar uma antes. Embora Mael tenha explicado que esconder uma arma sem saber usá-la direito é mais perigoso do que não ter nenhuma, não sei se acredito. Não preciso de qualquer habilidade para furar a barriga de um homem ou, melhor ainda, cortar seu pau fora. Curvo o lábio para baixo, meus olhos se estreitando ao retribuir o olhar fixo, sem saber por que esse idiota acha que tem direito de falar comigo desse jeito.

Por que isso sempre acontece? Mesmo quando estou vestida assim?

A conversa com Hylene ontem à noite relaxou parte da tensão que habitava em meu peito. Saber que seu passado não era tão diferente do meu me fez sentir menos sozinha. Embora ela aborde o assunto com pragmatismo, reconheci aquele mesmo olhar assombrado que conheço tão bem.

Mas ela também transformou aquelas experiências numa armadura inabalável que tanto admiro.

Minhas cicatrizes nunca vão se apagar por completo, mas tenho esperança de que não definam os parâmetros do meu presente ou meus relacionamentos para sempre. Willow afirmou que *ela* é o motivo por que estou sempre com raiva, mas isso não poderia estar mais longe da verdade.

O filho da mãe ainda está rindo, mas o que quer que veja em meu rosto faz seu sorriso vacilar. Não saio do lugar, encarando-o com o ardor da minha fúria reprimida, desejando que ele se envergonhe do seu comportamento. Se acho que vai aprender uma lição? Não conto com isso, mas, pelo menos por hoje, talvez uma mulher a menos seja assediada por esse idiota.

Finalmente, ele baixa os olhos, murmurando algo para si mesmo e para os amigos, e todos me lançam olhares receosos e descontentes, como se eu fosse a culpada por estragar sua diversão. É isso mesmo. Tenham medo. Ou vergonha. Ou algo que os faça entender que nenhuma mulher que passa por eles lhes deve algo.

Quando estão intimidados o suficiente para o meu gosto, dou as costas e observo a praça. Meus nervos ainda estão à flor da pele. Queria poder distinguir quais partes daquele sonho eram reais e quais foram meramente criadas a partir da névoa confusa de minhas memórias. Será que meu subconsciente completou partes que não aconteceram? Ela disse mesmo que sabia quem eu era ou minha mente estava preenchendo os vazios, tentando completar as lacunas?

Há um restaurante mais agradável do outro lado da praça, onde mulheres saboreiam algum tipo de bolinho acompanhado por espumante. Parece um pouco mais acolhedor.

Quando me aproximo, ouço um pouco de uma conversa.

— Um deslizamento de terra em Tor — diz uma Nobre-Feérica. — Destruiu metade da cidade ao pé do castelo.

— Que horror — diz a segunda. — Meu Arthur diz que estão acontecendo coisas semelhantes em Aluvião. Um furacão varreu metade da costa oeste na semana passada. Peixes mortos por toda parte. Dá para imaginar?

As duas balançam a cabeça enquanto franzo a testa. Um segundo depois, percebem que estou ouvindo a conversa.

— Desculpa — digo, prestes a voltar na direção em que vim, quando uma mulher sai do edifício, e quase tropeço.

*É ela.*

Faz tantos anos, e minhas memórias são nebulosas, mas tenho *certeza* de que é a mulher do meu sonho. Pisco, lembrando que não pode ser verdade.

Eu a matei.

Eu a transformei numa carcaça de pele e ossos chamuscados na floresta. Sacudo a cabeça, desejando que a cena mude. É só uma coincidência. Aquela mulher está morta, e essa é apenas parecida.

Ela diz algo para outro grupo de Nobres-Feéricas que estão jantando no pátio, e elas trocam beijinhos no ar antes da mulher se virar para ir embora.

Ela manca um pouco, embora mantenha a postura ereta enquanto a bengala bate contra as pedras do calçamento. É a personificação da elegância com um vestido longo que parece um pouco exagerado para essa hora do dia, mas combina com ela. Seu cabelo prateado está preso no alto da cabeça, deixando o rosto livre dos longos cachos que pendem do topo. É impossível adivinhar sua idade, mesmo para os padrões feéricos.

A mulher para e olha ao redor da praça, sugando os lábios quando seus olhos pousam no grupo de Feéricos que me assediou, ainda bebendo do lado de fora. Ela se vira e continua sua jornada. Antes de pensar muito no que estou fazendo, começo a segui-la. Essa não pode ser a mesma Feérica, e minha imaginação deve estar viajando, mas preciso ter certeza.

Mantenho certa distância para que ela não sinta que está sendo seguida, e nós duas cortamos as multidões, desviando dos comerciantes e compradores que se aglomeram. Está claramente sem pressa, parando aqui e ali para falar com essa ou aquela pessoa ou dar uma olhada numa variedade de mercadorias enquanto passa. Todos parecem reconhecê-la, e ela sorri de volta para eles, andando com o ar imponente de quem leva uma vida confortável.

Finalmente, nos aproximamos do fim de uma rua onde há uma estrutura de pedra branca. Parece um templo, com seu telhado de ângulo largo e seis pilares cilíndricos agraciando a fachada. Lembra a ruína pela qual passamos na floresta, quando Nadir me contou sobre Zerra e suas discípulas.

Duas Nobres-Feéricas estão no alto do lance curto de escadas, usando vestidos brancos longos que envolvem seus corpos e que expõem com cuidado as coxas voluptuosas e as barrigas lisas, além de decotes generosos. Elas sorriem e acenam para os transeuntes, que volta e meia param e entram no edifício.

A mulher que estou seguindo sobe a escada e entra na estrutura com um pouco de dificuldade graças ao que quer que esteja incomodando sua perna.

A inscrição dourada na entrada diz *Sacerdotisa de Payne*. Suponho que seja algum tipo de bordel com temática religiosa e, pela aparência e regularidade da clientela, é muito frequentado e atende a um tipo bem específico de fetiche.

Hesito com um pé no primeiro degrau, pensando se deveria seguir a estranha para dentro. Isso é ridículo, e já consigo ouvir Nadir e Tristan me dando bronca por não prestar atenção suficiente no entorno ao seguir uma Nobre-Feérica rica por Afélio.

Muito menos uma que pode ter tentado me raptar quando eu era criança.

Mas… nunca fui de deixar que uma má ideia impedisse minhas ações.

— Entre — uma das mulheres me chama com uma voz cadenciada e me faz hesitar. Mas preciso vê-la de perto. Nunca vou conseguir relaxar se não a vir. — Não faltam prazeres para desfrutar lá dentro.

Aceno com a cabeça e subo a escada, torcendo para não me arrepender disso.

O interior não é bem o que eu imaginava. Sempre pensei que um bordel fosse um lugar à meia-luz coberto de tons de vermelho e preto, mas a estética de templo religioso continua do lado de dentro, com pisos e paredes de mármore cinza-claro e janelas cortadas no teto, deixando entrar feixes densos da luz quente vespertina.

Penso no templo em ruínas que vimos e me pergunto o que Zerra acharia deste lugar. A deusa é puritana ou entende o poder e a influência do sexo? Ainda mais quando se é uma mulher sem muitas alternativas?

Outra mulher espera lá dentro, com ainda menos roupa. O manto de sacerdotisa mal cobre seu quadril, o tecido tão transparente que revela mais do que esconde. Ela sorri com dentes brancos perfeitos.

— A entrada é cem pratas — diz, e vacilo de novo. Eu deveria deixar para lá. Estava imaginando coisas. Não pode ser a mesma mulher. Mas preciso ter certeza.

Enfio a mão na bolsa em minha cintura e tiro a soma exorbitante. Graças a Nadir e Amya, nossa missão é bem financiada. Dinheiro para mim mal passa de um conceito. Um efeito colateral de viver em Nostraza era nunca aprender a esquisitice dessas tarefas cotidianas que todos tratam com naturalidade.

Embora a princípio eu tivesse me sentido mal por aceitar o dinheiro de Nadir, ele me garantiu que é tudo parte de seu plano maior, e eu lhe estaria fazendo um favor. Claro que não comprei esse papo, mas a vida fica mesmo mais fácil quando não é preciso se preocupar com o valor de cada coisa.

— Outra mulher entrou aqui? — pergunto, entregando as moedas. — Ela tinha cabelo prateado e estava de vestido azul longo?

As sobrancelhas da mulher se franzem.

— Está falando da madame Payne?

— Sim — digo, supondo que é ela. Claramente era alguém importante no lugar, porque seu nome estava na fachada. — Ela

— Sim, claro, está aqui. Deve estar na sala dela, posso mandar um mensageiro. Qual é o assunto?

Agora estou mais em dúvida do que nunca em relação a isso. Vou dizer o quê?

*Acho que matei você há catorze anos quando tentou me sequestrar, mas acabei de te ver na rua e só queria confirmar?*

— Na verdade, deixa pra lá. Só vou entrar um pouquinho por enquanto.

Vou reconhecer o ambiente. Ver como é e decidir se preciso me preocupar. Talvez eu volte com Nadir, embora a ideia dele cercado por essas Feéricas deslumbrantes e seminuas cause um nó no meu estômago.

Talvez Mael ou Tristan, então.

— Claro — diz ela. — Melianne vai levar você a uma mesa.

Ela aponta para uma Nobre-Feérica de cabelo ruivo comprido usando outro vestido branco transparente que é a mesma coisa que nada. Cumprimento a mulher enquanto ela me guia por um corredor cercado por pinturas de homens e mulheres envolvidos em várias posições comprometedoras. São muito bem-feitas, e é difícil não admirar o talento que foi empregado para sua criação.

Entramos num grande salão de pé-direito alto que lembra uma estufa por suas janelas elevadas, pela vegetação e pelas flores coloridas que perfumam o ar. Há uma piscina instalada no centro, onde vários homens e mulheres nus se divertem na água. Eles estão acompanhados pelo que suponho serem outros clientes, a maioria simplesmente assistindo com bebidas na mão.

Bancos luxuosos isolados nos cantos abrigam casais, trios e vários grupos que conversam baixo com toques suaves e olhares sugestivos.

Melianne desce comigo por alguns degraus até um sofá de veludo, fazendo sinal para eu sentar. Quase de imediato, outra mulher se aproxima.

— Aceita uma bebida? — ela pergunta com uma voz doce que soa como sinos de cristal. — Talvez uma taça de espumante?

— Claro — digo —, obrigada.

A mulher tira um cardápio e o põe sobre a mesa. Dá para ver que é uma lista de opções. Palmadas e chicotadas. Correntes, varas e cordas. Humilhação e elogio, e algumas coisas que não faço ideia do que são. É impossível não pensar em Nadir e na ideia de explorar algumas dessas atividades com ele. Ainda estou um pouco chateada por não ter visto o que ele disse ser capaz de fazer com sua magia. Mas eu nem deveria cogitar esse tipo de coisa.

A mulher volta com minha bebida e a coloca sobre a mesa com um sorriso antes de sair rebolando o quadril. Meu olhar vaga pelo salão, e tento não ficar encarando, mas é difícil ignorar o que está acontecendo ao meu redor.

Quanto mais tempo fico, mais tonta me sinto. O que eu tinha na cabeça?

Eu deveria ir embora. Isso é ridículo.

Mas é então que a vejo.

Ela está conversando com alguém do outro lado do salão, de costas para mim, e levanto na hora para me aproximar. Não tenho um plano, mas paro bem quando a conversa termina e a mulher se vira. Ela se assusta quando me vê, levando uma mão ao peito.

— Ah! Você me assustou — diz antes de franzir a testa. — Posso ajudar?

Hesito porque eu estava errada. Agora que ela está bem na minha frente, consigo ver que, embora se pareça muito com a mulher de tantos anos atrás, esta é diferente. Seu nariz é mais longo, e seus olhos, de uma cor diferente. Deuses, como sou idiota!

— Não — digo, abanando a cabeça enquanto ela me olha de cima a baixo. — Desculpe. Só pensei que… — Não termino a frase. — Desculpe o incômodo.

Antes que ela possa me deter, dou meia-volta e saio.

# 13

# REI HAWTHORNE

PRIMEIRA ERA DE OURANOS: REINOS ARBÓREOS

O RANGIDO DE GALHOS fez o rei Hawthorne erguer os olhos para o emaranhado de ramos, tão denso que quase bloqueava a luz. Suas botas pesadas pisavam em coisas decompostas enquanto ele seguia pela floresta com a espada pendurada num ombro largo. Suas narinas se alargaram, agitadas. O cheiro no vento era inconfundível e pressagiava coisas malignas se aproximando na brisa.

Era mais um dia em que a floresta tinha se comportado de maneira errática infinitas vezes. No começo, eram eventos benignos. Nada que fosse motivo para preocupação. Uma árvore tombando de forma inesperada. O fruto de outra caindo de repente muito antes da colheita. Era fácil tomar como meras anomalias da vida na mata. Aquelas árvores tinham vida. Sempre tiveram certa consciência. Sempre tiveram olhos. Era de esperar que se manifestassem de tempos em tempos.

Mas as coisas tinham mudado rapidamente, passando de inofensivas a mortais. Crianças desaparecidas, arrancadas da cama à noite por trepadeiras espinhosas. Buracos se abrindo de repente no meio de um caminho que fora trilhado com segurança mil vezes antes, engolindo famílias inteiras.

— Majestade — disse uma voz atrás do rei, e ele se virou para encontrar um de seus soldados se aproximando. — Encontrei outro.

Pendurado nos braços do soldado estava um corpo. Hawthorne

pensou que poderia ter sido uma mulher, mas era difícil saber a essa altura. A pessoa tinha sido "infectada", por falta de um termo melhor para descobrir o que estava afligindo a floresta. Seu corpo tinha se retorcido como o tronco de uma árvore antiga, folhas e ramos brotavam de seus olhos, sua boca e seu nariz. O efeito era grotesco, e ele resistiu ao impulso avassalador de virar a cabeça. Eram seu povo e estavam morrendo num ritmo alarmante.

Era ele quem deveria olhar. Seria o último a testemunhar a vida que haviam dado àquela... monstruosidade.

— Coloquem com os outros — disse ele. — Vamos enterrar todos, como deve ser.

O soldado assentiu e se afastou, desaparecendo entre as árvores.

O rei esperou, sozinho na floresta escurecida. Precisava descobrir o que estava causando aquilo. Não faltavam boatos de acontecimentos semelhantes por todo o continente, mas ele se questionava se algum era tão preocupante quanto o que sucedia nos Reinos Arbóreos.

Com os lábios apertados, continuou andando em direção ao Forte. Uma enfermaria improvisada tinha sido construída no sopé e tratava aqueles que ainda podiam ser salvos. Seus curandeiros estavam tendo algum sucesso medicando a estranha putrefação que infectava os cidadãos do reino, mas ninguém queria admitir a última parte em voz alta: qualquer progresso era apenas temporário; depois de um breve alívio, os sintomas sempre voltavam.

O rei passou a mão na nuca, sentindo o peso das vidas de seu povo sobre os ombros. Onde poderia buscar ajuda? Não havia ninguém a quem recorrer e ninguém a quem perguntar. Talvez tivesse que viajar para o outro lado do mar Lourwin em busca de socorro. Mas a jornada era longa, e ele temia o que poderia acontecer em sua ausência.

O vento soprou mais forte, bagunçando seu cabelo castanho--avermelhado enquanto seus sentidos se contraíam de inquietação.

Baixando a espada ainda equilibrada no ombro, ele se virou, mas o caminho estava vazio. Permaneceu parado por um momento, ouvindo qualquer som estranho, mas a floresta estava silenciosa. Silenciosa demais.

Ele abanou a cabeça, irritado por deixar o nervosismo dominá-lo, antes de se virar e continuar a jornada.

Quando outro barulho nos arbustos chamou sua atenção, já era tarde. Num piscar de olhos, trepadeiras agarraram seus membros, espremendo seus braços e suas pernas e apertando seu torso com tanta força que ele não conseguia respirar.

O rei Hawthorne tentou gritar, mas outro cipó comprimiu seu pescoço, estrangulando suas vias aéreas antes de arrastá-lo para a floresta. A última coisa que viu antes de perder os sentidos foi uma copa de folhas verde-escuras se fechando como dedos em volta dele.

# 14

# LOR

### TEMPOS ATUAIS

DOIS DIAS DEPOIS, FINALMENTE RECEBEMOS a informação de que era seguro voltar a Coração. Não consigo parar de me perguntar quem conhecia minha avó e quem vou encontrar. Espero na entrada com Nadir, Mael e Tristan, nossas bolsas cheias de provisões.

Metade de mim está com muito medo do que vamos encontrar no assentamento, enquanto a outra anseia ver mais de minha casa. Minha última visita a Coração não valeu de nada: um prato descoberto, o aroma subindo até minha língua antes de ser retirado bruscamente.

A relutância de Nadir em relação a toda essa empreitada está gravada na ruga permanente em sua testa. Mas ele admitiu que pode ser mais fácil acessar minha magia se nos aproximarmos de sua origem, e prometi praticar quando chegássemos.

— Está tudo certo com sua irmã? — Nadir pergunta enquanto recolhemos o resto de nossos suprimentos. Willow não está aqui para se despedir de nós, mas sentamos e conversamos ontem à noite.

Faço que sim.

— Estamos bem. É só que nunca brigamos assim antes.

No fim, nós duas enchemos a outra de pedidos de desculpa. Falei que pararia de tentar protegê-la de todos os perigos possíveis, e ela estava se sentindo pior do que nunca pelas coisas que disse.

Por conta do trabalho no palácio, Willow precisava ficar, e acho que ela preferia que fosse assim. Ainda não está pronta para ver Coração. É muito doloroso e intenso. Parte de mim entende.

— Ela vai ter que encontrar um jeito de aceitar isso, porque nada pode mudar o passado.

— Sim — Nadir concorda. — Vocês não tiveram nenhuma escolha boa ou fácil lá dentro.

— Não, não tivemos. E nunca vou me arrepender de nada do que fiz para protegê-la.

— Sei que não — diz ele baixinho. — Só queria que nunca tivesse precisado fazer nenhuma daquelas escolhas.

Eu o culpei por tanta coisa. Joguei meu passado na cara dele, e Nadir o encarou de cabeça erguida. Eu o admiro por isso. Ele sabe que estava errado, e é preciso certa hombridade para admitir suas falhas sem transferir a culpa.

Mas, se um dia formos mais que amigos, *eu* também vou ter que encontrar um jeito de aceitar isso.

— Sei exatamente como é ter uma irmã que pensa que sabe o que é melhor para você — diz Nadir com um sorriso irônico.

— Você está falando de mim ou da Willow? — pergunto, e ele ri.

— Não vou responder a essa pergunta.

Bufo e penduro a bolsa no ombro.

Hylene saiu para conquistar um nobre do reino, e Willow vai ficar segura com Amya de olho nela. Além disso, vamos ficar fora por poucos dias.

— Pronta? — Nadir pergunta, e faço que sim. — Vamos.

Depois que passarmos das imediações de Afélio, Nadir vai me levar voando até Coração enquanto Mael e Tristan seguem a cavalo, planejando chegar à noite. Nadir encantou as montarias deles para encurtar uma jornada que normalmente levaria dias.

Quando saímos da cidade, ele me pega nos braços e não consigo evitar como meu corpo se derrete sob seu toque. Como se esse fosse meu lugar, a casa a que sempre vou regressar.

Nadir me encara, e nossos olhares se iluminam por um momento vívido que deixa centenas de coisas subentendidas.

Ele está tentando me dar espaço, e devo reconhecer o esforço que tem feito. Já não acho que esteja tentando me enganar ou me usar, pelo menos não como pensava antes, mas também me recuso a dar margem para suas manias possessivas de Feérico.

Não vou pertencer a ele. Nunca vou pertencer a alguém de novo.

Sobrevoamos a copa das árvores, as belas asas de luz colorida de Nadir batendo contra o vento, cruzando os campos dourados de Afélio e as florestas que contornam o lugar que era para ter sido meu lar.

Por fim, pousamos suavemente nos arredores de Coração e Nadir me põe no chão. Seguimos a pé até os assentamentos. Nosso plano é ir para o maior deles, conhecido apenas como o "primeiro", em parte para passarmos despercebidos e, mais importante, porque é lá que vamos encontrar a pessoa que conhecia minha avó.

Uma parte de mim dói por saber que os assentamentos nunca foram sequer nomeados. Não passam de números cheios de gente à espera... do quê? É difícil não me preocupar com o que eles estão esperando e como posso decepcioná-los de maneira catastrófica.

— Como vai sua mãe? — pergunto a Nadir, em parte para me distrair, mas também porque sei que ele não gosta de ficar longe dela por tanto tempo. Me sinto péssima por afastá-los para uma missão que pode não dar em nada. Pelo menos Nadir consegue trocar mensagens com os cuidadores dela para acompanhar o dia a dia.

— Está bem. Na mesma — responde ele, uma ruga tensa se formando ao redor dos olhos. — Está sendo cuidada e protegida. Minhas cadelas de gelo estão fazendo companhia para ela.

— Desculpe por isso te manter longe dela.

Ele me lança um olhar firme.

— Nada me manteria longe disso, Rainha Coração. Minha mãe sequer sabe que estou aqui.

Nadir diz a última parte com uma emoção tão pura que estendo a mão para pegar a sua. Ele não hesita em entrelaçar os dedos nos meus, fazendo meu coração se encher com uma sensação boa e calorosa.

— Não é verdade. Ela sabe e entende.

Ele solta um suspiro indicativo de que gostaria que isso fosse verdade, mas não se ilude. Queria que houvesse algo que eu pudesse fazer para aliviar o sofrimento dela. E o dele.

Continuamos andando em silêncio até os edifícios do primeiro assentamento despontarem. São baixos e, mesmo daqui, seu estado de abandono é óbvio. Quanto mais perto chegamos, pior parece. É tudo tão frágil que uma rajada de vento forte seria capaz de varrê--los de lá.

Entramos numa fila de pessoas que vêm de outros assentamentos e reinos para a cidade. Soube que Coração chegou a ser o centro de cura e medicina em Ouranos, graças à magia que permitia aos Feéricos manipular o interior dos corpos. Flexiono a mão, me lembrando de quando era mais jovem e conseguia curar pequenos cortes e ferimentos. É outro motivo por que preciso tão desesperadamente recuperar minha magia. O que eu não daria para conseguir ajudar outros em momentos de necessidade.

Embora a magia de Coração propriamente dita tenha desaparecido, um legado de cura ainda persiste. As pessoas vêm de longe para comprar as poções e os remédios feitos por aqueles que já foram alguns dos médicos mais talentosos daqui. Massageio o peito ao sentir minha magia flutuar dentro de mim, torcendo para que o que Nadir disse sobre acessá-la dentro das fronteiras de Coração seja verdade.

Algumas pousadas em ruínas cercam a rua principal, e encontramos uma que parece um pouco mais conservada do que as outras. É lógico que restam apenas dois quartos para esta noite, então pegamos um, deixando o outro para Tristan e Mael.

Poderíamos procurar outra pousada, mas estamos com pouco tempo e temos missões a cumprir. O quarto até que é confortável, embora a cama seja muito menor do que eu gostaria. Nós dois olhamos para ela e depois nos encaramos, constrangidos. Talvez eu deva dividir o quarto com Tristan.

Deveríamos conversar sobre aquela noite em Coração, mas não sei o que eu diria.

Que penso nela o tempo todo? Que me arrependo do que disse e fiz? Mas que ao mesmo tempo sei que foi a decisão certa a tomar?

Que, apesar do que minha boca e o lado racional do meu cérebro dizem, quero jogar todos os meus receios fora e simplesmente me entregar a isso? A ele? Embora seja impossível ignorar minha atração física, o que sinto se tornou muito maior. Passei os últimos doze anos mantendo todos afastados, exceto por Willow e Tristan, e, pela primeira vez, me deparo com outra pessoa que quero adicionar à coleção de joias que guardo no coração.

Porém...

São tantos "poréns".

Limpo a garganta e deixo minha bolsa num canto. Depois pensamos na cama. Minha estratégia automática quando se trata de lidar com Nadir passou a ser a negação e uma boa dose de enfiar a cabeça na areia. Não é uma reação madura, mas nunca fingi ser uma pessoa muito sensata.

— Qual é o próximo passo?

— Vamos encontrar Etienne — diz ele, abrindo a porta para mim. Andamos pela pousada, atravessando a área comum, onde uma dezena de pessoas jantam em bandejas de comida e bebida. Não parece haver nenhuma distinção entre humanos, feéricos menores e Nobres-Feéricos, todos se misturando sem barreiras artificiais.

Quando saímos, pergunto a Nadir:

— Sabe como era quando Coração existia? Como meus ancestrais tratavam os feéricos menores?

— Não tão mal quanto Atlas ou meu pai, se é o que quer saber

— responde ele. — Mas ficavam mais restritos a posições de serviçais, muitas dentro do castelo, até onde sei.

Penso sobre isso, imaginando de novo que tipo de pessoa minha avó era. Era uma boa Feérica? Teria sido uma governante generosa e justa? Tudo que aconteceu foi um erro ou fruto de ganância? Dizem que tinha sede de poder, mas a que preço?

— E agora? Aqui? — pergunto enquanto continuamos a andar.

— O tempo e a necessidade acabaram corroendo essas distinções de classe — diz Nadir. — Chega a ser irônico, mas esses assentamentos são, a seu próprio modo, os mais progressistas do continente.

— Posso dar liberdade a eles? Quando eu... sabe. — Aponto com a cabeça na direção do Castelo Coração que sei que está ao longe, calibrando as palavras para ninguém ouvir.

O canto da boca de Nadir se ergue.

— Você pode fazer o que quiser.

— Eu enfrentaria resistência de outros governantes?

— Sim. Enfrentaria. Ninguém gosta de romper o status quo. Mas teria aliados em Aluvião e nos Reinos Arbóreos.

— Teria?

— Sim — diz ele, e gosto dessa ideia.

— Eu brigaria com os outros por isso.

— Sei disso.

Ele me lança um olhar expressivo, e aperto os lábios e assinto com a cabeça. Ótimo. Sim. É o que quero. Não vou tratar os feéricos menores como escravizados nem os confinar a um canto da cidade onde nunca precise interagir com eles. Vão ter liberdade para viver suas vidas e seguir seus destinos como todo mundo. Se isso incomodar alguém, dane-se. Vamos abrir nossas portas e acolher todos, custe o que custar.

Nadir está me observando com uma expressão curiosa.

— Quê? — pergunto.

— Só queria saber o que você está pensando — diz ele.

Abro um sorriso melancólico que Nadir com certeza não tem como interpretar. Pela primeira vez, eu não estava pensando nele, mas não posso dizer isso em voz alta.

— Só imaginando como tudo poderia ser.

Dá para ver pelo seu semblante que ele entende o que quero dizer. Seus objetivos seguem na mesma direção. Gosto que compartilhamos isso.

Chegamos a um edifício discreto e decrépito espremido na rua. Nadir abre a porta e faz sinal para eu entrar e subir um lance de escadas. Seguimos por um corredor estreito, e ele bate numa porta. Ouvimos uma movimentação do outro lado antes de ela se abrir.

Um Feérico muito alto a atende e nos encara em silêncio. Ele está todo de preto, com o cabelo escuro e liso na altura do queixo. Sua característica mais marcante é o tapa-olho que cobre o olho esquerdo.

Depois de um segundo, o Feérico entreabre o que parece ser um sorriso relutante e abraça Nadir.

— Que bom ver você — diz ele, caloroso, e suponho que esse seja Etienne.

Um momento depois, seu olhar pousa em mim e sua expressão séria retorna.

— E essa deve ser... — Ele se interrompe, espia o lado de fora e faz sinal para entrarmos.

Depois que a porta se fecha, Etienne se vira para nós e me observa de novo, como se estivesse tentando decidir se estou mesmo lá.

— Permita-me apresentar você a Lor — diz Nadir.

Etienne pisca com seu olho bom, e noto os vincos de uma cicatriz ao redor do tapa-olho, sentindo imediatamente uma afinidade por conta da cicatriz semelhante em meu rosto. Ele é esbelto, musculoso e bastante assustador, como um animal selvagem prestes a se soltar.

— Oi — digo, dando um aceno tímido e me sentindo cada vez mais desconfortável sob seu escrutínio. — Está tudo bem?

Em resposta, Etienne faz a última coisa que eu esperaria. Dá dois passos até estar bem na minha frente e se ajoelha.

— Majestade — diz ele, a voz grave e fervorosa. — Estou aqui para servir.

Não sei bem como reagir. Fico olhando para ele e depois para Nadir, que nos observa com um sorriso irônico.

— Hum, obrigada? — falo, dando um tapinha constrangido em seu ombro. — É muita... gentileza?

Etienne ergue o rosto com reverência. O que está acontecendo?

— Etienne é cidadão de Coração, Lor — Nadir explica finalmente. — Faz muito tempo que espera por você.

Essas palavras me atingem como um soco no estômago enquanto olho para Nadir e depois de volta para Etienne.

— Você não me disse isso.

Nadir dá de ombros.

— Queria que fosse uma surpresa. — Ele dá uma piscadinha, e eu deveria me irritar, mas Etienne ainda está ajoelhado, olhando para mim como se eu fosse a própria Zerra.

— Está esperando você dizer para ele levantar — Nadir finge sussurrar.

— Quê? — Agito as mãos na direção dele. — Ai, deuses. Levante. Por favor, levante.

Etienne abaixa a cabeça de novo e levanta antes de fazer uma reverência.

— Tem sido uma honra servi-la desde que soubemos de sua existência. Quando Nadir me contou que a havia encontrado, soube que nosso milagre tinha finalmente chegado.

Abro a boca, ainda sem saber como reagir. Nadir explicou que aqueles que moravam aqui acreditavam que sua rainha retornaria, mas ser confrontada com isso me deixa atordoada. Uma coisa é ouvir a respeito e pensar em tudo como um conceito, mas essas são pessoas reais com pensamentos e sentimentos, e que perderam tudo por conta do que minha avó fez. E imagino que queiram que eu desfaça a coisa toda.

— Você estava lá? — pergunto, sussurrando as palavras como se elas pudessem se revoltar e me partir ao meio. — Você a conheceu?

Por que Nadir não me contou sobre as origens de Etienne é uma discussão que vamos ter depois.

Ele balança a cabeça positivamente.

— Eu estava. Lutei contra os soldados de Aurora na noite em que invadiram a cidade. Vi e senti a explosão de longe, e fui arremessado pelo impacto. Acho que devo ter voado uns trinta metros. — Ele aponta para o rosto. — Foi assim que ganhei isso.

Meu peito se aperta de horror ao saber que minha avó foi responsável pelo ferimento dele.

— Sinto muito — sussurro, lágrimas ardendo em meus olhos, mas Etienne abana a cabeça.

— O que passou, passou. O importante é que você está de volta, minha rainha.

Assinto devagar, desejando que isso fosse verdade. *Como* vou desfazer tudo? Quando minha mãe descrevia as partes selecionadas de nossa história, eu não tinha como compreender a vastidão do todo. Ela fazia parecer que simplesmente apareceríamos um dia, tomaríamos um castelo e viveríamos felizes para sempre, mas agora entendo como essa ideia era ingênua.

Será que ela não entendia? Talvez não quisesse nos assustar com a verdade.

— Você perdeu sua magia? — pergunto, mas Etienne faz que não.

— Não tenho nenhuma conexão com a família imperial. Minha magia não é de Coração e retornou com as outras.

Lembro quando Nadir explicou os tipos diferentes de poder entre Feéricos, magia comum e imperial, e que a primeira poderia pertencer a qualquer um enquanto a segunda pertencia à terra a que o Artefato estava vinculado. Pelo menos isso minha família não tirou dele.

— E não, não conheci a rainha nem a Primária. Eu era apenas um soldado raso no exército de Coração — Etienne acrescenta.

— Ah — digo.

— Mas não se preocupe — ele logo emenda, como se sentisse minha decepção. — Como expliquei na última mensagem, conheço a pessoa certa para você conversar. Ela está muito ansiosa para encontrar você.

# 15

Seguimos Etienne para fora do apartamento minúsculo e voltamos às ruas de Coração. Está anoitecendo, o céu repleto de tons de rosa e vermelho. Olho ao longe, na direção em que sei que está o Castelo Coração, vazio e sem vida, exceto pelas rosas crescendo por toda sua superfície.

Nadir afirmou que as flores eram indícios de minha presença, e espero que isso signifique que estou no caminho certo. E que, por mais assustador que possa parecer tentar resolver tudo, talvez eu consiga encontrar um jeito.

— Coloque o capuz — diz Nadir e obedeço, escondendo o rosto nas sombras.

Alguém me reconheceria? Felizmente, meus traços físicos, como a pele marrom, o cabelo e os olhos escuros, são comuns entre o povo de Coração, e nós três caminhamos sem chamar atenção.

Nadir aperta minha mão enquanto Etienne nos guia em meio à multidão. Apesar das dificuldades visíveis, é óbvio que as pessoas construíram uma vida para si, em que amigos e famílias se encontram para beber, comer e conversar. Estar entre esses estranhos que esperam por algo que pode vir a ser minha responsabilidade faz minha garganta se apertar de emoção.

Finalmente, paramos na frente de uma loja com um par de janelas grandes viradas para a rua. Dentro, encontramos uma variedade de mesas e cadeiras descombinadas, além do aroma inconfundível de chá sendo preparado. No fundo, há um balcão coberto por fileiras e fileiras de frascos prateados, todos rotulados com diferentes sabores, desde pera com morango até algo chamado hortelã-rubi. Quero experimentar todos, mas não é para isso que estamos aqui.

Etienne segue a passos firmes ao atravessarmos a loja até uma porta nos fundos que nos leva para um corredor estreito. Subimos um lance de escadas, saindo em uma espécie de oficina. Mesas grandes estão cercadas por bancos onde as pessoas escrevem furiosamente em papel. Fileiras de armas cobrem a parede oposta e, encostada em outra, há uma estante tão cheia de livros que pilhas desordenadas começaram a se formar na base como montanhas vacilantes.

A princípio, apenas um ou dois dos quase dez Feéricos notam nossa entrada. Um grito sufocado de espanto atrai a atenção de mais alguns e, de repente, todos estão nos encarando. Troco um olhar com Nadir, mas ele está com aquele sorriso debochado de sempre, claramente imune a tudo.

Para meu horror, um a um, todos na sala levantam e começam a se ajoelhar, a mão no coração e a cabeça baixa. Há murmúrios de "majestade" e "rainha" e, sendo sincera, quero desaparecer. Como lidar com isso? O que vou fazer se essa for a realidade?

Nadir aperta minha mão.

— Está tudo certo — diz ele baixinho. — Encare como um treino.

— Você está acostumado com isso? — pergunto, mantendo a voz baixa.

— Cresci assim. — Aceno com a cabeça e me volto para a sala.

— Oi — digo antes de lembrar o que Nadir havia falado, acrescentando depressa: — Levantem. Por favor.

Todos obedecem, olhando para mim como se eu fosse um fantasma ressurgido das cinzas.

— Podem retomar o que estavam fazendo — diz Etienne, me resgatando desse constrangimento crescente. — Lor está aqui para ver Rhiannon.

Lanço um olhar para Nadir. Quem é Rhiannon?

Devagar, todos se viram, fingindo voltar às tarefas de antes, mas consigo sentir os olhares furtivos em minha direção. Acho que preciso me acostumar com isso. Não tem a ver *comigo*. Tem a ver com o que represento. O passado e o futuro que todos aguardam com expectativa.

Etienne me encara com seriedade e faz sinal para eu o seguir. Passamos pelas mesas e cadeiras até chegarmos a uma sala de estar nos fundos. Uma grande lareira domina a parede, com duas poltronas viradas para ela. Numa está uma Nobre-Feérica com cabelo escuro preso no alto da cabeça. Ela usa um vestido vermelho longo e, embora não tenha marcas de idade como todos os Nobres-Feéricos, sua presença revela algo sábio e antigo.

Está tricotando, as agulhas velozes envolvendo o fio rapidamente no dedo, uma cesta de lã aos seus pés. Quando nos aproximamos, a mulher ergue os olhos, dois pontos escuros se movendo ao me observar. Solto o ar numa expiração brusca. Todos ficam em silêncio quando ela coloca o tricô de lado e se levanta devagar.

— É ela? — pergunta a mulher, olhando para Etienne e depois de volta para mim.

— Esta é Lor — diz ele, e Rhiannon fecha os olhos devagar, apertando a mão no peito enquanto uma lágrima solitária escorrega por sua bochecha.

— Ainda não consigo acreditar.

Ela me surpreende estendendo os braços e me envolvendo num abraço. Levo um momento para notar que está tremendo. Ao se voltar para mim, vejo mil emoções diferentes refletidas em sua expressão.

— Você é a cara dela — diz Rhiannon baixinho, passando um

dedo delicado sobre minha bochecha e minha sobrancelha como se estivesse catalogando os pedaços do meu rosto na memória.

— Quem é você? — pergunto, desesperada para saber. Essa mulher *conhecia* minha avó e, pela cara, sentia amor e carinho por ela.

— Desculpa. Que falta de educação — diz Rhiannon, dando um passo para trás e secando os olhos. — Por favor, sente-se. — Ela aponta para a poltrona à frente dela. — Pode nos fazer um favor e trazer uma bebida? — pergunta a Etienne. Ele faz uma reverência e sai às pressas. Ergo uma sobrancelha, surpresa por esse guerreiro veterano estar correndo para atender ao pedido dela tão prontamente.

Nadir puxa uma cadeira ao meu lado enquanto Rhiannon nos observa por um breve instante. Ela não pergunta quem é Nadir e nem por que está aqui, o que deve significar que sabe algo sobre nossos planos.

— Eu conhecia sua avó — diz ela. — Éramos primas, e demorei muito tempo para me conformar com a morte dela.

— Primas? Somos parentes?

Rhiannon abre um sorriso suave.

— Primas distantes, de muitos graus. Mas sim.

— Você a conhecia bem?

— Ah, muito. — Ela sorri. — Sei todos os fatos que os livros de história erraram ou simplesmente ignoraram.

— Pode me contar tudo? — pergunto, mal me atrevendo a acreditar. Está sendo difícil assimilar que, pela primeira vez na vida, estou encontrando alguém da minha família além dos meus pais e irmãos.

— Conto o que você quiser — diz Rhiannon. — Mas adoraria saber de sua vida também. Onde esteve e todos os acontecimentos que a trouxeram até aqui.

Aceno devagar, olhando para Nadir em busca de confirmação. Não conheço essas pessoas e confio que ele está zelando pelos meus interesses.

— Está tudo bem. Todos aqui estão do seu lado. Etienne trabalha com eles há anos.

Eu me volto para Rhiannon e me permito relaxar. É difícil explicar, mas sinto uma paz que parece estranha, mas ao mesmo tempo tão familiar quanto um cobertor quentinho. Talvez seja a proximidade de Coração. Talvez seja o destino me lembrando de que este é o meu lugar.

— Certo — digo, e na sequência conto quase tudo para ela enquanto Rhiannon ouve pacientemente, fazendo perguntas aqui e ali, respondendo com solidariedade e surpresa. Durante nossa conversa, Etienne volta com uma chaleira e quatro canecas e puxa outra cadeira para se juntar a nós. Quando termino de falar, Rhiannon solta um suspiro carregado.

— Parece que a história se repetiu em muitos sentidos estranhos — ela comenta, dando um gole da bebida.

— Como assim?

— Apagaram isso dos livros, mas sua avó iria se unir com Atlas — diz ela, e me crispo de espanto, sentindo Nadir fazer o mesmo.

— Como assim? Quando? — ele pergunta.

Rhiannon olha para o fogo e depois de volta para mim.

— Foi pouco antes de ela conhecer Wolf. A mãe dela, a rainha Daedra, tinha se aliado com o Rei Sol, Kyros, e a intenção era que Serce e Atlas se unissem como demonstração de sua aliança. Em seguida, Afélio emprestaria seus exércitos a Coração para ajudar a derrotar o Rei Aurora. — Seu olhar se volta para Nadir, avaliando sua reação, mas ele faz que não é nada.

— Confie em mim, não é um problema — diz ele, e Rhiannon sorri.

— Mas Serce descobriu que eles a obrigariam a competir nas Provas, embora o Primário fosse o irmão dele. Deram alguma justificativa absurda, e ela se recusou. Pouco depois, conheceu Wolf, e o resto foi... destino. — Ela faz um gesto, e me recosto, chocada por essa revelação.

Minha avó recusou Atlas, mas lá estava eu, duzentos e oitenta e seis anos depois, competindo naquelas mesmas Provas pela mão do mesmo Feérico da realeza. Quais eram as chances? Será que isso tinha a ver com o motivo de Atlas me querer tanto lá?

— Como ele omitiu essa informação? — Nadir pergunta.

Rhiannon encolhe os ombros delicados.

— Poucas pessoas sabiam, e a maioria morreu no fim. Sempre supus que Atlas ou Kyros compraram o silêncio de todos os outros com aço ou ouro. Chegava a dar dó — diz ela, e bufo.

Parece que Atlas não mudou tanto ao longo desses anos.

Nadir está com uma ruga entre as sobrancelhas, claramente passando por uma miríade de pensamentos conflitantes.

— Enfim, depois que sua avó conheceu Wolf, acabou de vez. Foi amor à primeira vista. Nada mudaria a decisão dela — diz Rhiannon com uma forte dose de nostalgia. — Serce era extremamente teimosa.

— Sabe o que aconteceu no fim? — pergunto, e seu rosto fica sério em resposta.

— Sei um pouco — diz ela. — Depois que ela partiu para os Reinos Arbóreos, trocamos cartas com frequência.

Essa informação me revigora.

— Mais do que os livros contam?

— Sim — Rhiannon responde. — Mais.

— O que aconteceu? — Nadir pergunta, inclinando-se para a frente.

— Eles estavam trabalhando com uma Alta Sacerdotisa para uni--los. Precisava ser um tipo diferente de união porque os dois eram Primários. Essa sacerdotisa dizia que o poder de um casal aumenta quando a união se dá entre um Primário e um Feérico ou humano. No caso deles, sendo dois Primários, o efeito seria ainda mais forte.

— Nossa — digo, sem saber que resposta eu estava esperando.

— E depois não sei bem o que aconteceu — continua Rhiannon. — Quando os dois voltaram a Coração, eu estava fora, visitando amigos em Aluvião, mas trocamos mais algumas cartas. Sei que ela estava preocupada com a relutância da mãe em nomeá-la como sucessora depois que Serce rejeitou a união com Atlas, mas sua avó tinha certeza de que só ela seria forte o bastante para vencer Rion. Devia estar certa. — Rhiannon faz uma pausa e olha para mim. — Sempre me perguntei se não aconteceu algo fora do controle dela naquele dia. Algo que não planejou e que foi a causa de tudo. Ela nunca teria destruído seu lar ou seu povo de livre e espontânea vontade. Passou a vida inteira esperando pelo momento em que governaria.

— Quem era a sacerdotisa? — Nadir pergunta. — Você sabe?

— Seu nome era Cloris — diz Rhiannon. — Serce dizia que ela era meio louca.

— Você sabe como Atlas pode ter descoberto sobre Lor? — Nadir questiona, e ela faz que não.

— Bem que eu queria saber.

Nadir adquire um ar pensativo enquanto ficamos em silêncio.

— O que aconteceu depois que tudo veio abaixo? — pergunto. — Como você veio parar aqui? Há quanto tempo está aqui?

— Vim para ver a destruição com meus próprios olhos e fiquei para ajudar, pretendendo permanecer por pouco tempo. Mas meses se tornaram anos e, antes que eu me desse conta, este virou meu lar. Viajei por toda parte ao longo dos séculos, mas algo sempre me trouxe de volta, como se faltasse um pedaço de mim até estar mais uma vez em Coração. — Ela olha pela sala. — Todos sentimos isso. É por esse motivo que ainda estamos aqui.

— Esperando — digo baixinho.

— Esperando — Rhiannon concorda, mas não há reprimenda em seu tom, apenas certo encanto.

— Como ela era? Minha avó?

Rhiannon sorri.

— Ah, as histórias que eu poderia contar — diz ela com um sorriso saudoso.

— Você contaria?

— Claro. Por que não pedimos um jantar, e conto tudo que lembro?

# 16

# RAINHA AMARA

PRIMEIRA ERA DE OURANOS: REINA DE CORAÇÃO

— UM BRINDE — DISSE A RAINHA AMARA, levantando sua taça. — À união em tempos de adversidade e à chegada a um consenso.

Ela observava cada rosto cético do outro lado da mesa, a maioria bem mais velha e experiente — um fato que eles nunca perdiam a chance de mencionar. Quando seus pais faleceram de repente, a coroa caiu sobre sua cabeça. Nenhum desses nobres, a maior parte amigos e conselheiros de seu pai, achava que estivesse pronta.

Amara até pensava que eles podiam ter razão, mas estava fazendo o possível para fingir que não. Às vezes, conseguia. Apenas duas alternativas deixariam aquelas pessoas satisfeitas: se ela renunciasse ou se casasse com um daqueles falastrões e entregasse as rédeas a ele. Amara preferia morrer a fazer qualquer uma dessas coisas. Seu pai havia tentado prepará-la para isso, e esse era seu direito de nascença.

Relutantes, os convidados ergueram as taças e ela ergueu a sua ainda mais alto, fazendo questão de beber avidamente. Era o último vinho rubi de Coração, embora ninguém à mesa soubesse disso ainda. Os vinhedos nos arredores da reina haviam sido algumas das primeiras áreas a sucumbir ao Sono.

Amara sentou e fez sinal para a comida ser servida. A equipe do castelo havia sido reduzida a um contingente mínimo à medida que mais e mais pessoas eram afligidas pela doença misteriosa a cada mês.

— Conte-nos, então — disse um dos antigos conselheiros de

seu pai, um homem particularmente arrogante de nariz pontudo, olhos pequeninos e um queixo fraco como papel. — O que tem em mente para o Sono? Soube que a última bruxa que você contratou não só fracassou em sua tarefa como também sucumbiu à praga?

Amara mordeu a língua, odiando que cada uma dessas palavras fosse verdade. Ela havia praticamente esvaziado os cofres da reina para convencer a bruxa a atravessar o mar Lourwin, com base na alegação de que entendia da doença que afligia a reina de Amara. A praga tinha começado meses atrás. No início, era um incidente aleatório aqui e ali, mas depois progrediu num ritmo cada vez mais alarmante.

Amara havia feito o possível para conter as notícias, na esperança de evitar um pânico em massa, mas sabia que era um balão se enchendo de água, prestes a estourar. Ela fizera um bom trabalho com uma campanha de desinformação: o Sono afetava principalmente as classes mais baixas, que viviam aglomeradas em condições pouco higiênicas.

Isso fez com que ninguém ao redor daquela mesa prestasse tanta atenção ao Sono quanto deveria. Se Amara havia sido agraciada com algum dom nessa vida, era uma lábia que poderia vender gelo ao Rei Aurora. Mas até seus talentos tinham limites, e a notícia sobre bairros mais pobres que tinham sido quase dizimados estava se espalhando.

Ninguém estava morto, pelo menos não que desse para reconhecer, mas era como se estivessem, pois dava no mesmo. Em vez disso, estavam simplesmente adormecendo sentados ou às vezes em pé, no meio do que quer que estivessem fazendo, e não acordavam mais. Daí o nome pertinente, ainda que pouco original.

Não importava o quanto tentassem, as vítimas continuavam imperturbáveis, mas seus corações batiam e seus pulmões respiravam, e Amara tinha esperança de que isso significava que revivê-las era possível.

Só que, quanto mais se prolongava, pior a situação ficava.

— Sim — ela respondeu à pergunta sobre a primeira feiticeira que havia contratado, tentando controlar a irritação crescente. Eles adoravam colocá-la em seu lugar. Era um jogo. Enquanto estavam ali se ocupando com seus passatempos ridículos e guardando rancores mesquinhos, sua reina estava caindo aos pedaços, e nenhum deles parecia se importar. Mas logo o Sono os encontraria, e seriam forçados a agir. — Foi um infortúnio.

Amara não sabia mais o que dizer. Havia apostado e perdido. Qualquer um poderia ter feito o mesmo. O conselheiro lhe lançou um olhar de julgamento, erguendo as sobrancelhas como se ela fosse a maior idiota da história, e *ele* não teria cometido esse mesmo erro. Ela resistiu ao impulso de pegar sua taça de vinho e jogar na cara dele.

— Entendo que as coisas não correram como o planejado daquela vez — disse Amara, cautelosa.

Ela tinha uma razão específica para reuni-los ali hoje, e precisaria controlar seu temperamento para convencê-los de seus planos cada vez mais desesperados.

— Mas tenho uma nova pista. Uma feiticeira. Dizem que é a melhor e já quebrou maldições daqui e do outro lado dos mares mais vastos.

Antes mesmo que ela terminasse de falar, um resmungo coletivo rodeou a mesa.

— Você não pode estar falando sério — disse um de seus conselheiros. — Não outra charlatã!

Amara apertou seu guardanapo embaixo da mesa com tanta força que sentiu as fibras cederem em sua mão.

— Sei que disse isso da última vez, mas tenho um bom pressentimento sobre esta — falou, odiando como soava desesperada e suplicante. Ela precisava fazê-los entender.

— Sou a favor de deixar que levem todos — alguém disse com um sorriso presunçoso antes de plantar o cotovelo sobre a mesa e virar a taça. — Quem precisa deles? — Ele arrotou, e Amara torceu o nariz.

— Se todos se forem, quem vai servir seu vinho? — respondeu

outro nobre, e ela poderia ter dado um beijo nele. Salvo que ele sempre cheirava a cebola, então seria um beijo apenas teórico.

— Certo — disse Amara. — Por isso, preciso da ajuda de vocês.

Os cofres dela estavam vazios. Todos sabiam disso, embora ela tivesse tomado cuidado para minimizar a gravidade da situação.

—Vejam como um investimento — disse ela. — Assim que o Sono for curado, todos vocês serão agraciados com novas terras e títulos condizentes com a glória que trouxeram a Coração com sua generosidade.

Amara prendeu a respiração enquanto eles se entreolhavam sobre a mesa. Alguns começaram a falar ao mesmo tempo, e os ombros dela se afundaram ao responder às perguntas e objeções deles, esforçando-se para não chorar. Se seu pai estivesse vivo, ele saberia o que fazer. Mas havia morrido e a deixado sozinha com isso tudo.

Depois do que pareceram uns cem anos, um silêncio voltou a cair sobre o salão.

— Conte comigo — disse o primeiro nobre, e Amara mal conseguia acreditar nos próprios olhos ao ver vários outros assentindo com a cabeça. Ela queria pular e gritar de alegria, mas manteve a compostura, levantando e erguendo a taça enquanto mais e mais aquiesciam até todos resmungarem seu consentimento relutante.

— A Coração e a nosso futuro glorioso! — disse Amara com um sorriso largo.

Foi quando o homem sentado à ponta da mesa caiu para a frente, seu rosto afundando na sopa. Todos se sobressaltaram, e então o homem à frente dele também caiu, sua cabeça batendo no prato.

Amara observou, horrorizada, a boca aberta num grito silencioso, enquanto, um a um, todos começaram a despencar ao longo da mesa como peças de dominó.

O vinho escorregou de seus dedos, explodindo a seus pés numa chuva de vidro e líquido vermelho-sangue.

E foi então que ela gritou.

# 17
# LOR

### TEMPOS ATUAIS: ASSENTAMENTOS DE CORAÇÃO

DEPOIS QUE O JANTAR É SERVIDO, eu sento perto do fogo com Rhiannon enquanto ela me delicia com histórias de sua infância com Serce. Histórias das travessuras das duas e dos episódios de independência e rebeldia de minha avó contra a mãe. Absorvo tudo como areia seca absorve a água. Ou pelo menos tento. Minha atenção fica desviando para Nadir, que está sentado no meio da sala conversando com uma Nobre-Feérica que está flertando com ele descaradamente.

O pior é que ele parece estar flertando de volta. Pelo canto do olho, observo-a tocar o braço dele e *não* o tirar depois. Como se estivesse pegando Nadir para ela. Como se atreve? Eu me esforço para não reparar como ele se inclina para dizer algo com a voz baixa que a faz rir. Nadir não tem que fazer essa mulher rir.

Ele é o Príncipe Aurora, temperamental e caladão; não tem que fazer *ninguém* rir.

A voz suave de Rhiannon atravessa o véu de meus pensamentos irados.

— Ah! E a vez em que roubamos uma antiga relíquia das fadas da coleção do rei; diziam que quem a segurasse ganharia o poder de ver o futuro. Levamos a maior bronca! — Ela está rindo, e começo a rir também, embora seja forçado. Me sinto péssima por ignorá-la enquanto está dedicando seu tempo a mim. Eu me ajeito na cadeira, tentando virar as costas para Nadir. Não chega a funcionar, mas o que vale é a intenção, certo?

— Me conte — digo a Rhiannon, voltando a focar nela. Ela continua a falar enquanto trabalha em seu tricô, seu olhar se erguendo de tempos em tempos. Parece que também é catártico para ela relembrar com tanto carinho o passado. Sigo ouvindo e tento imaginar minha avó e Rhiannon, jovens e despreocupadas, aproveitando a vida.

O céu escureceu lá fora, enchendo-se de estrelas, e deve estar ficando tarde. Me pergunto como Tristan e Mael estão indo com seus cavalos.

Volto a ser distraída por Nadir, que ainda está conversando com a mesma mulher, e estou imaginando coisas ou ela chegou mais perto? Ele não está evitando os avanços dela, o que me faz ranger os dentes. Lembro a mim mesma que fui eu quem disse que estava tudo acabado entre nós. Que queria amizade e nada mais. Não tenho nenhum direito de me irritar. Mesmo assim, estou furiosa.

Eu me concentro em Rhiannon, tentando ignorá-lo. Ele não é importante. Não é ninguém. Minha magia se agita sob minha pele, apontando em sua direção, lembrando que posso até tentar me convencer disso, mas não estou enganando ninguém.

Alguns minutos depois, noto Nadir se aproximando. Rhiannon para de falar, e ele acena para ela.

— Muito obrigado, Rhiannon. Tenho certeza de que Lor está muito grata por isso tudo.

Não gosto que esteja falando por mim. Não digo isso em voz alta, porque ele não sabe ainda, mas estou lhe dando um gelo agora.

— Lor, vou resolver algumas coisas. Volto em uma hora e te levo de volta à pousada. Tudo bem?

Não respondo, irritada de uma forma que não tenho direito de estar. *Algumas coisas* para resolver? Tipo, sair para um lugar mais reservado, jogar aquela mulher contra a parede e comer ela? Essa imagem provoca uma dor intensa em meu peito, e a ignoro, deixando que se acumule como uma indigestão.

— Lor?

— Sim — digo, me contentando com monossílabos por pura necessidade.

— Não saia sem mim — diz ele, lançando um olhar sugestivo de que vou me meter em encrenca se desobedecer a seu comando.

— Tá.

Nadir hesita, e arregalo os olhos como se dissesse *já acabou?*

Ele acena com a cabeça e dá meia-volta, saindo da sala. Quando se retira, solto o ar preso no peito. Volto a olhar para Rhiannon, que observa o vão da porta por onde Nadir saiu com meio sorriso no rosto antes de se voltar para mim.

— Onde estávamos? — pergunto. — Me conte sobre meu avô. Como ele era?

— Hum — diz Rhiannon. — Eu o conheci por pouquíssimo tempo durante a cúpula, mas ele era ao mesmo tempo valente e extremamente bondoso. Amava sua avó com todo o coração.

Gosto de ouvir isso. As histórias dela sobre minha avó não são exatamente negativas, mas nem sempre a retratam de maneira superpositiva. Embora eu tenha certeza de que não era má, há um fio condutor claro de egoísmo permeando a maioria de suas ações. Talvez as duas só fossem jovens e imprudentes como todos os adolescentes. Elas tinham a liberdade que nunca tive de serem crianças.

— Você também se parece muito com ele — diz Rhiannon. — Não o tom de pele; esse você puxou a Serce. Mas, em seus traços, vejo Wolf.

Também gosto de ouvir isso.

— Acha que ele tentou detê-la? — pergunto.

— Não sei dizer, mas nunca tive essa impressão — responde

Rhiannon. — Ele teria feito qualquer coisa por ela desde o momento em que se conheceram.

Considero isso, me perguntando como se apaixonaram tão rápido.

— Eles abriram mão de muita coisa pelo outro — digo.

— Bom, claro. Eram almas gêmeas — diz Rhiannon como se fosse óbvio.

— "Almas gêmeas" — repito. — Ouvi referências a esse termo algumas vezes, mas o que realmente significa?

— Bom, é muito raro — diz Rhiannon, se ajeitando no assento, uma centelha dançando nos olhos. — Nos mil anos desde o Princípio dos Tempos, não devem ter existido mais de cem pares de almas gêmeas verdadeiras.

— Uau. Quais são as chances de uma encontrar a outra, então?

— Quase nenhuma — responde Rhiannon. — Sua avó me disse que sabia desde o momento em que o conheceu. Que o ar mudou ao redor dela, e ela soube que algo havia se transformado. Sua magia também começou a responder a ele.

Sinto meu couro cabeludo arder, como se um alarme disparasse no fundo da minha cabeça.

— Como assim? Responder… como? — Praticamente engasgo com as palavras que se prendem em minha garganta.

— Ela dizia que era como se a magia estivesse se esforçando para sair, se esforçando para chegar a *ele*. Se ficassem tempo demais afastados, a sensação ficava mais forte e, depois que os dois entenderam o que eram um para o outro, suas magias enfim se acalmaram, como duas metades se encaixando.

Rhiannon entrelaça os dedos e sorri com um olhar nostálgico.

Sinto o peito pesado, o ar em meus pulmões se movendo como uma massa densa enquanto minha magia se agita dentro de mim, me lembrando que está lá. Como se eu pudesse esquecer.

— Essa atração mágica pode ser sinal de alguma outra coisa? —

Minha voz fica estranhamente aguda, e Rhiannon franze as sobrancelhas, sem perceber meu pânico crescente.

— Não sei dizer. Nunca ouvi falar de isso acontecer de outra forma. Tive muito tempo livre na vida — diz ela com um sorriso sem graça. — Pesquisei muito sobre uniões de almas gêmeas por pura curiosidade. Às vezes acho que foi o amor deles que destruiu o mundo, o que quase chega a ser romântico, não acha?

Abro um sorriso fraco para ela enquanto os pensamentos se reviram em minha cabeça, ricocheteando dentro do meu crânio como flechas afiadas. Quando Gabriel disse o nome de Nadir naquela noite no baile da Rainha Sol, também senti uma mudança. Uma curva inequívoca no curso do meu destino.

*Almas gêmeas. Almas gêmeas. Almas gêmeas.*

— Merda — murmuro quando tudo se torna nítido.

Nadir é minha alma gêmea.

É a única explicação para tudo isso.

Para a maneira como ele me enlaçou desde o momento em que o vi pela primeira vez.

Será que Nadir sabe disso?

O que vou fazer?

— Lor? — Rhiannon pergunta enquanto volto à superfície da areia movediça que é minha espiral de pensamentos. —Você está bem?

Volto a olhar para ela e tiro o cabelo da testa.

— Sim, estou.

Não estou *nada* bem, mas não sei como dizer essas palavras em voz alta. Primeiro, e se eu estiver enganada? Talvez seja apenas uma coincidência. Talvez seja outra coisa. E se eu disser em voz alta e parecer uma completa idiota?

— Me conte mais sobre uniões de almas gêmeas — peço, rouca. — Por favor.

— São muito poderosas — diz Rhiannon. — Uniões de almas

gêmeas podem ser a fonte e o potencializador da magia. Não sei se Serce sabia disso, mas há maneiras de usar a magia de uma união de almas gêmeas para vários propósitos. — Ela continua falando sobre a sacralidade da união e como é uma marca da própria Zerra enquanto escuto sentada, afundando cada vez mais na cadeira.

— Calma, o que você disse? — pergunto, atraída por algo que ela acabou de falar.

— Quando dois Feéricos são almas gêmeas, eles devem se unir — Rhiannon repete.

— O que acontece se não se unirem? — pergunto, já com medo da resposta.

— Os dois morrem. No começo, é um tipo de declínio lento e doloroso em agonia e loucura. Depois, os dois simplesmente deixam de existir. Sem Evanescência. Sem nada.

— Entendi — digo.

Ela fica em silêncio, me observando como se conseguisse sentir o turbilhão se agitando dentro de minha cabeça.

— Não se preocupe. Foram raras as vezes em que isso aconteceu. É difícil resistir à atração de uma verdadeira alma gêmea.

Considero essas palavras antes de franzir a testa.

— Então, o destino simplesmente decide por você? E se uma pessoa não quiser se unir à outra?

Rhiannon abre um sorriso paciente e balança a cabeça.

— Não é bem assim. Quando Zerra concede um vínculo de alma gêmea, é porque essas duas pessoas são completamente perfeitas uma para a outra em todos os sentidos possíveis. Vai além da superfície; é muito mais profundo e especial.

Franzo a testa.

— O que vem primeiro, o ovo ou a galinha? Eles são perfeitos porque são almas gêmeas?

— Não, é mais cíclico. Um engendra o outro. Seria muito provável que vocês ficassem juntos, a menos que alguma ação drástica alterasse seus caminhos. É uma questão de destino e do propósito daquelas duas vidas. Não é diferente de nenhum casal que escolhesse a união, mas a união de almas gêmeas tem consequências muito mais poderosas.

— Não parece muito uma escolha se eles morrem quando recusam.

— Talvez. — Ela dá de ombros e inclina a cabeça. — Mas, no fundo, a escolha ainda é sua. Além disso, também há vantagens especiais para almas gêmeas.

— Por exemplo?

— Uma das mais conhecidas é a capacidade de ouvir os pensamentos um do outro. Pode ser muito útil. Mas não acontece com todo casal.

— Por que não?

— Não sei. Nunca descobri uma resposta. Serce nunca comentou sobre isso, então não acho que seus avós fossem capazes.

Passo a mão no rosto, à beira de um ataque de nervos.

— Tem certeza de que está bem? Parece um pouco abatida — Rhiannon pergunta. — Tenho alguns tônicos que posso administrar caso esteja mal. Sei que é muita informação.

— Sim, só estou cansada — digo, a mentira soando vazia em meus ouvidos.

Estou *sim* cansada, mas também nunca estive mais desperta em toda minha vida.

Almas gêmeas.

Nadir é minha alma gêmea.

— Aluguei você demais — falo. — Acho que Nadir deve voltar a qualquer minuto.

— Não precisa ir — diz Rhiannon, e tenho a impressão de que ela precisava de mim tanto quanto eu dela hoje.

— Vou voltar amanhã, pode ser? Foi muita informação, e acho que só preciso de um pouco de ar. Espairecer um pouco.

— Claro. Adoraria se você voltasse. Vou tentar pensar em mais algumas histórias. Quero ouvir mais sobre seus irmãos também. Sei que nunca nos conhecemos, mas eu e Serce éramos tão próximas que sinto como se vocês fossem meus netos. Somos uma família.

— Obrigada por tudo isso — digo. — De verdade. Você não faz ideia do quanto significa para mim. E vou trazer Tristan; ele deve estar para chegar.

— Maravilha — diz ela com um sorriso gentil, e me viro para sair, voltando pelo caminho que entrei.

A casa de chá está fechada a essa hora, embora muitos dos Feéricos que vi no andar de cima estejam sentados a uma das mesas, uma chaleira entre eles. Por instinto, procuro pela mulher com quem Nadir estava flertando e, quando vejo que ela não está entre eles, meu estômago se revira.

*Zerra*. O que vou fazer com isso tudo?

Todos param de falar quando entro no ambiente, e não consigo evitar a sensação de que sou um espécime em exposição.

— Oi — digo. Consigo sentir que estão querendo me fazer umas mil perguntas, mas, depois do que acabei de ouvir, preciso estar em qualquer lugar, menos confinada neste ambiente sufocante. — Até mais.

Baixo os olhos e atravesso o salão às pressas, abrindo a porta e respirando fundo o ar fresco da noite. Por vários momentos, fico de olhos fechados e cabeça erguida, tentando acalmar o ritmo acelerado do meu coração. Quando os abro, dou de cara com a imagem deslumbrante de um manto de estrelas e de uma lua prateada brilhando no céu.

Olho ao redor. A rua está mais silenciosa do que antes, com algumas poucas pessoas me cumprimentando ao passarem. Neve começa a cair suavemente, cobrindo tudo com uma camada de brilho gelado. A temperatura despencou, e esfrego as mãos, observando a rua, pronta para encerrar a noite e esperando ver Nadir.

O que vou fazer quando o vir? O que vou dizer? Precisamos conversar sobre isso. Será que ele sabe? O que isso quer dizer? Mas e se eu estiver errada? Não consigo impedir os mesmos pensamentos improdutivos de girarem em redemoinhos sem sentido. Não é assim que imaginei que o dia de hoje acabaria.

Bato os pés enquanto o frio se instala em minhas pernas e agora estou ficando irritada. Onde ele está? Penso no quartinho e na cama minúscula que precisaríamos compartilhar, e desejo e raiva se enroscam dentro de mim.

*Zerra.* Nunca vou conseguir voltar a dormir ao lado dele e fingir que é inocente. Minha alma gêmea. Penso se estou tendo um ataque de pânico quando fica difícil respirar, minha pele ardendo e minha cabeça latejando.

Porra, cadê ele?

Nadir está com aquela mulher. É a única explicação. Olho meu relógio de bolso e faço uma careta. Ele não está atrasado. Ainda tem quinze minutos para chegar.

Solto um suspiro e me esforço para me recompor. *Calma, Lor.*

Como vou encará-lo de novo? Andando de um lado para o outro na frente da loja, fico remoendo meus pensamentos, até que um som chama minha atenção. Alguém está chorando — parece uma criança. Vejo um menino pequeno na esquina, lágrimas grandes escorrendo pelo rosto. Ele está fungando alto, seu peito magro tremendo. Não convivi muito com crianças, e é difícil chutar sua idade, mas parece pequeno. E assustado.

Eu me aproximo com cuidado, tentando não o amedrontar. Quando estou a poucos metros, me ajoelho.

— Você está bem? — pergunto, e o menino olha para mim, soluçando entre as lágrimas. Limpa o rosto com a mão, puxando um fio de ranho. — Perdi minha mamãe — diz ele. — A gente estava no mercado, eu virei, e ela tinha sumido.

Olho ao redor, na esperança de encontrar uma mulher desesperada já correndo em nossa direção, mas não há ninguém. Não posso simplesmente deixar esse menino assim.

— Certo, não se preocupe. Vou te ajudar a encontrá-la — digo.

O menininho franze a testa.

— Não posso falar com estranhos.

— Certo — respondo. Garoto esperto. — Você tem toda a razão. Posso só sentar do seu lado até ela voltar, então? O mercado é perto?

Os ombros do menino relaxam quando me agacho.

— Não muito — diz ele. — Eu estava correndo atrás de uma pena, e acho que passou muito tempo. Quando olhei para cima, tudo estava diferente.

Certo. Bom, mesmo assim, ele não deve ter vindo de tão longe.

— Quero minha mãe — o menino choraminga, e não sei o que fazer.

— Tem certeza de que não quer procurar por ela? Meu nome é Lor. Qual é o seu?

— Aris. Escreve A-R-I-S — responde ele com orgulho, como se tivesse aprendido há pouco tempo e estivesse ansioso para exibir seu novo conhecimento.

— É um prazer te conhecer, Aris. E, pronto, agora não somos mais estranhos.

Sei que não é bem assim que funciona, mas ele é uma criança e talvez aceite. É óbvio que não quero lhe fazer mal nenhum, só quero levá-lo até sua mãe.

Aris me lança um olhar de dúvida, e respondo com o que espero ser meu sorriso de *não sou uma ameaça*.

— Lembra de que direção você veio? — pergunto. — A gente pode voltar pelo mesmo caminho e tentar encontrar sua mãe, pode ser?

— Pode — diz ele por fim. — Acho que foi por aqui.

O menino se aproxima, segura minha mão e me puxa pela rua. Olho para o relógio e devo conseguir voltar antes de Nadir aparecer. Essa criança precisa de mim agora. Nunca pensei muito sobre maternidade, mas gosto da ideia de ter uma família um dia.

Aris me puxa por uma rua pequena cercada de portas que dão para casas e outras lojas. Depois por outra, e cada vez mais nos embrenhamos em um labirinto de casas em ruínas.

— Tem certeza de que é por aqui? — pergunto enquanto nos afastamos mais e mais da rua principal. Ele acena com a cabecinha pequena.

— Sim, lembro desse lugar agora.

— Certo — digo, olhando ao redor. Depois para o relógio. Já passou da hora de Nadir me encontrar na casa de chá. Será que ele foi pontual ou estava tão ocupado com o pau dentro daquela mulher que se esqueceu de mim? Balanço a cabeça. Deuses, como sou dramática.

— Logo ali — diz Aris, puxando minha mão de novo ao virarmos em outra esquina. É um beco sem saída.

— Não acho que seja aqui — digo, e é então que a escuridão toma conta.

Grito, mas o som é abafado por um tecido escuro e grosso. A surpresa me desequilibra, e tropeço, batendo contra a parede antes de uma dor estourar atrás da minha cabeça e tudo desaparecer.

# 18

# NADIR

O SOL SE PÔS, E A NEVE CAI EM FLOCOS GROSSOS enquanto volto na direção da casa de chá a tempo de encontrar Lor. Um vento gelado atravessa minhas roupas, mas um dos dons de minha magia é a tolerância ao frio. O sino da porta toca quando a abro, e várias cabeças levantam quando entro. Embora a loja esteja tecnicamente fechada a esta hora, pessoas a frequentam a qualquer momento do dia.

Etienne explicou que Rhiannon é uma espécie de refúgio para muitos desses cidadãos deslocados, uma figura materna que proporciona uma válvula de escape para o desespero e a falta de estabilidade deles. Um lugar para se reunir, se mobilizar e planejar o futuro. Estou muito grato por ela estar aqui e poder dar a Lor algumas das respostas de que ela precisava.

Aceno com a cabeça para o grupo, passando por eles e subindo a escada. A oficina está quase vazia exceto por Rhiannon, que está sentada a uma mesa picando ervas meticulosamente como se seus pensamentos estivessem a milhões de quilômetros de distância. Ela ergue os olhos quando entro e sorri.

— Oi — diz ela contente. — O que posso fazer por você?

— Vim buscar Lor.

— Ah, ela saiu faz uns quinze minutos. Foi esperar você lá fora. Não a viu?

Minha nuca se arrepia de imediato, mas não vou entrar em pânico. Lor está em segurança aqui. Etienne me garantiu que estaria segura. Ela só deve ter se cansado de esperar e saído andando, e nos desencontramos.

Antes que eu me dê conta do que estou fazendo, meus pés já estão descendo a escada às pressas, voltando para a rua. A maioria das pessoas já se recolheu a esta hora, e as calçadas estão silenciosas.

Enquanto vasculho a região com os olhos, procurando em cada ponto, sinto um nó na garganta. Nem sinal de Lor. A porta se abre atrás de mim, e Rhiannon sai, as sobrancelhas franzidas.

— Talvez ela tenha voltado para a pousada — diz ela, repetindo meus pensamentos anteriores, e concordo com a cabeça. Deve ser. Tento não pensar no fato de que acabei de deixar Etienne lá, e teríamos cruzado um com o outro. Talvez Lor tenha pegado um caminho diferente.

Ela vai ter que se ver comigo por não me esperar e quase me matar de susto.

Nem me dou ao trabalho de me despedir de Rhiannon, porque meus pés já estão se movendo de novo, e estou focado em apenas uma coisa. Tento manter um ritmo equilibrado, mas não sei quem estou tentando enganar, então desato a correr, quase derrubando alguns dos últimos transeuntes na rua.

Quando entro na pousada, vejo que Tristan e Mael já chegaram. Eles estão na área comum discutindo feito um casal de velhos como de costume. Etienne está sentado com os dois, embaralhando cartas, tentando manter as mãos ocupadas. Diz que ajuda com sua ansiedade.

—Vocês a viram? Ela entrou aqui?

Os dois param de falar.

— Não — diz Mael. — Está falando de Lor?

— Claro que estou falando de Lor — retruco, passando por ele e subindo a escada às pressas. Ela está no quarto. É a única explicação que vou aceitar.

Abro a porta para descobrir que o cômodo está vazio e entro em pânico total.

— Cadê minha irmã? — Tristan pergunta. —Você a perdeu?

Dou meia-volta, e minha pior versão vem à tona, mas não consigo me segurar ao agarrá-lo pela túnica e o jogar contra a parede.

— Não a perdi — digo entredentes.

Eu e Tristan não começamos com o pé direito, e estou tentando encontrar um meio-termo por Lor, mas ele não me suporta, e dá para entender. Não estou exatamente facilitando.

— Onde ela está, então? — Tristan dispara, nem um pouco intimidado por mim, e por que deveria ficar? Ele também viveu em Nostraza. Passou a vida toda cercado por monstros. O que é mais um respirando em seu cangote?

— Etienne! — Estou gritando enquanto empurro Tristan mais uma vez e desço correndo a escada. — Venha!

Passo pela área comum com Etienne, Mael e Tristan atrás de mim, guiando-os para um beco silencioso atrás da pousada.

— Diga que não há mais nenhum dos homens do meu pai aqui — peço a Etienne, muito perto de perder o autocontrole.

— Não há mais nenhum dos homens do seu pai aqui. — Ele fala com tanta certeza que quero acreditar nele.

— Onde ela está, então?

Etienne engole em seco e desvia os olhos.

— Responda! Diga que não a capturaram.

— Não sei — diz Etienne, tensionando o maxilar. — Acho que podem ter se escondido.

— Merda! — grito. — Como você pôde cometer um erro desses?

Seus ombros ficam tensos, e ele passa a mão no cabelo.

— Nadir, eu… tinha certeza.

— Não o suficiente! Onde eles poderiam estar?!

Ele está andando de um lado para o outro, e lhe dou um momento para organizar os pensamentos. Etienne é um dos meus amigos mais próximos — esteve no mesmo campo de prisioneiros que eu e Mael tantos anos atrás —, mas, se fizer com que Lor seja morta, não posso me responsabilizar por meus atos.

— Etienne! — digo, perdendo a paciência muito antes do que pretendia.

— Estou pensando!

Mael e Tristan nos observam com cautela, os braços cruzados enquanto tento conter o ardor intenso da minha raiva. Preciso bater em algo. Arrancar o coração do meu pai. Sentir o órgão esfriar na minha mão e parar de bater lentamente, o sangue escorrendo entre meus dedos.

— Juro por Zerra...

— Acha que eu queria que isso acontecesse? — Etienne grita, virando para mim. — Ela é minha rainha, porra!

É então que perco o controle. Parto para cima dele, apertando o antebraço em seu pescoço e o jogando contra a parede.

— Você não faz *ideia* do que ela é para mim. Lor é sua rainha, mas ela é minha al...

Paro, quase arrancando a língua de tanto morder. Agora não é o momento para isso. Noto os olhares de Mael e Tristan. O primeiro me observa com uma clareza surpreendida e uma expressão que sugere ter enfim entendido tudo, enquanto o segundo está com a mesma cara confusa que Lor faz para mim há semanas.

— Nadir — diz Mael finalmente, se colocando entre nós à força e me empurrando para longe de Etienne. — Isso não vai nos levar a lugar nenhum. Vamos nos dividir e procurar por ela juntos. — Ele põe uma das mãos em meu ombro e aperta. — Vamos encontrá-la, meu amigo. Prometo... Vamos encontrá-la nem que seja a última coisa que faremos.

Seus olhos escuros perfuram a névoa do meu pavor, um lembrete de que ele faria qualquer sacrifício para tornar isso verdade. Não o mereço. Nunca mereci.

Concordo devagar, fazendo de tudo para acreditar nele.

— Etienne, pense — diz Mael. — Onde eles poderiam escondê-la?

— Nos armazéns ou no cais do rio — responde Etienne. — Tem muitos edifícios abandonados onde podem ter se escondido.

Tensiono o maxilar com tanta força que meus dentes estão prestes a cair. Como ele pôde ser tão descuidado? Como *eu* pude ser tão descuidado? Eu mesmo deveria ter confirmado antes de deixar que ela chegasse perto deste lugar.

— E se já a tiverem tirado dos assentamentos? — Tristan pergunta.

— Vou pedir para os outros perguntarem aos guardas se viram algo suspeito — diz Etienne. — Mas, a esta hora da noite, os portões estão fechados, e não vão deixar ninguém entrar ou sair. É bem possível que pretendam mantê-la aqui até de manhã ou até conseguirem enviar uma mensagem.

Nossos olhos se cruzam, e ninguém verbaliza o que estamos todos pensando. Uma mensagem para o rei. Mas qual? Um instinto me diz que é meu pai. Isso tudo me cheira a ele.

— Certo, faça isso — digo a Etienne. — Mael, vá com ele e procurem no cais. Tristan, vamos para os armazéns.

Todos concordam com a cabeça, e Etienne e Mael saem correndo enquanto eu e Tristan seguimos na direção oposta.

Usamos as sombras de abrigo ao passarmos furtivamente pelos edifícios. Deve ser melhor não chamar muita atenção, caso mais homens do meu pai estejam por perto. Precisamos correr para o mais longe possível.

Quanto mais avançamos pelas ruas estreitas e sinuosas, mais silencioso fica. Essa é uma região que é melhor evitar a qualquer hora do dia, e ainda mais à noite. Eu e Tristan nos entreolhamos, e aceno com a cabeça.

— Você tem uma arma? — pergunto. Tristan saca uma adaga do cinto. Não sei se ele é habilidoso, mas vai ter que bastar. Se for como Lor, ao menos sabe se virar numa briga. — Esteja pronto para usar sua magia.

Em silêncio, seguimos as ruas cada vez mais estreitas, os edifícios imponentes não nos permitindo enxergar além de poucos metros, projetando longas sombras onde qualquer coisa poderia estar se escondendo e esperando. Tento me concentrar além dos pensamentos apavorados da minha cabeça. Ouvir qualquer indício ou som de vida ou movimento. Devo ser capaz de sentir sua presença se estivermos perto o suficiente. Minha magia responde à presença de Lor, mas sempre estávamos a uma distância curta quando senti isso.

O nome dela se repete sem parar em minha mente, vezes e mais vezes.

*Lor, onde você está? Lor, por favor, esteja bem. Por favor, esteja viva.*

Se algo acontecer a ela, isso vai me destruir. Nada vai conseguir juntar os pedaços se meu pai colocar as mãos nela. Vai ser uma estátua de cristal estilhaçada, reduzida a nada além de poeira afiada.

Nossas respirações ofegantes se condensam no ar frio da noite enquanto avançamos pela escuridão, que parece um grosso cobertor de lã nos envolvendo. Por que essas sombras parecem vivas? Rezo com cada parte da minha alma para que Mael e Etienne já a tenham encontrado, mas também quero ser eu a eviscerar quem quer que tenha ousado tocar nela.

Zerra, rios vermelhos vão sangrar.

E, porra, vou adorar cada segundo.

Viramos uma esquina, e a mesma escuridão sobrenatural nos envolve. Há magia em ação aqui, sem dúvida. Mas é estranho, porque não sei de nenhum poder que possa ser usado por meu pai que seja capaz de criar sombras como essas. Mal consigo enxergar. Pisco algumas vezes, mas não adianta.

Assumindo um risco calculado, libero um pouco de magia, formando uma bola radiante para iluminar o caminho. Mas é abafada sob a escuridão como uma janela luminosa umedecida por um pano fino. O que é isso? Meu único consolo é que deve significar que estamos perto. Por que outro motivo alguém usaria magia para esconder essa região?

Viramos outra esquina, e pisco de novo, desejando poder ver melhor. É como atravessar um tecido escuro e denso. Tristan tropeça ao meu lado e, por instinto, estendo a mão para equilibrá-lo, encontrando seu braço.

— Obrigado — ele murmura no escuro, mas sai alto demais no silêncio.

— Ela deve estar perto — sussurro, torcendo para não soar como uma bola de canhão quebrando vidro.

Viramos outra esquina, tateando às cegas, usando as paredes para nos guiar, a escuridão quase me sufocando. E é então que sinto.

É vago no começo, um fio fraco de voz que conheço como meu próprio coração.

*Nadir. Nadir. Estou aqui. Estou aqui. Me encontre, por favor.*

Alguém começa a gritar. Meu nome. Seu eco abafado ressoa na minha cabeça, implorando para que eu a encontre.

É então que começo a correr.

# 19
# LOR

Vozes urgentes se agitam em algum lugar entre a consciência e a dor latejante atrás da minha cabeça. Uma discussão. Uma voz masculina seguida por outra.

— Precisamos enviar uma mensagem — diz um deles.

— Antes do amanhecer é impossível — o outro responde.

— Acha que alguém nos viu?

— Não.

— O que você fez com o pivete?

— Dei um dinheiro para ele ficar de boca fechada. Falei que arrancaríamos as unhas dele uma a uma se nos dedurasse.

Os dois riem com maldade enquanto minha mente vai clareando aos poucos, mas estou com dificuldade em formar pensamentos coerentes. O menino e o beco escuro. Aquele bostinha me enganou. Tenho presença de espírito suficiente para ficar quieta e continuar fingindo que estou desmaiada para ouvir a discussão deles. Eu me mexo apenas um pouco, sentindo a ardência da corda áspera que prende meus pés e minhas mãos.

Rezo para que isso seja um ataque aleatório e que esses dois não estejam a serviço do Rei Aurora. Etienne nos garantiu que todos os homens do rei tinham ido embora. Será que estava mentindo? Ou só se enganou?

A conversa continua enquanto resisto ao impulso de abrir os

olhos, certa de que, se notarem que estou acordada, vou sofrer ainda mais.

— O rei disse que precisávamos enviar uma mensagem imediatamente — uma das vozes implora com um gemido anasalado. Sinto um frio de pavor na barriga.

*O rei.*

Mas que Feérico Imperial estou enfrentando? E se não for Rion, mas Atlas? Mais de um rei está querendo minha cabeça, e como é que vim parar nessa confusão?

Em comparação, a vida era muito simples em Nostraza. Minha única preocupação era encher a barriga e me manter o mais longe possível dos guardas. Simples. Descomplicada.

Meu instinto me diz que esses são homens de Rion, e não sei bem qual opção é a pior. No fundo, tanto faz. A única coisa que importa é me afastar o máximo possível daqui. Quanto tempo se passou desde que eu marquei de encontrar Nadir? Será que ele se deu conta de que algo aconteceu? Viria me procurar?

É então que me lembro do que mais aconteceu antes do meu sequestro.

Minha *alma gêmea.*

Será mesmo verdade? Rhiannon disse que almas gêmeas às vezes conseguem se comunicar por telepatia. Nunca fizemos isso antes, mas estou desesperada o bastante para me agarrar a esse fio de esperança.

Mas talvez não seja verdade. Penso no sonho que tive na mansão quando Nadir estava me mantendo em cativeiro. Nós dois tivemos a mesma fantasia sobre ele entrar no meu quarto. Será que estávamos nos comunicando por… um vínculo de almas gêmeas?

Meu quadril dói de ficar deitada no chão duro, e minha cabeça está latejando. Meus pensamentos ainda estão lentos, como se estivessem sendo arrastados por uma corrente densa. Fora isso, pareço não ter nenhum ferimento, pelo menos por enquanto.

Arrisco abrir um pouco os olhos para discernir o ambiente turvo. O lugar está quase todo escuro, exceto por uma tocha tremulante pendurada na parede, onde consigo distinguir uma porta. A única janela do cômodo está coberta com uma cortina grossa.

Os homens estão sentados em cadeiras voltadas para a porta e passam uma garrafa de um para o outro. Estão usando roupas casuais sem nenhuma identificação, não os uniformes dos soldados de nenhum dos reis.

Fecho os olhos enquanto continuam conversando. Eles abandonaram a discussão, concordando que vão ter que esperar até a manhã para lidarem comigo. Agora estão falando sobre uma mulher que obviamente os rejeitou e que pretendem comer juntos. Escrotos.

Ignorando as vozes deles, começo a chamar por Nadir usando a mente. Talvez, se formos mesmo almas gêmeas, ele consiga me ouvir.

*Nadir. Nadir. Estou aqui. Me encontre.*

Será que ele consegue me localizar com base numa voz incorpórea? Quão perto precisa estar? Deve ser inútil, mas é o único plano que tenho. A menos que esses idiotas me façam um favor e fiquem bêbados a ponto de se afogarem no próprio vômito, não tenho nenhuma outra ideia para sair daqui.

Minha magia se agita em meu peito, e parece mais próxima que o normal. Um pouco menos contida. A previsão de Nadir de que ela poderia ser mais acessível perto das fronteiras de Coração não estava errada. Mas, sem usar as mãos, não consigo nem imaginar como controlá-la.

Por que sou tão ruim nisso?

Continuo chamando por Nadir e tento acessar minha magia, entrando lá no fundo e focando naquela faísca vermelha crepitante em meu peito. Seu brilho está mais intenso do que nas últimas semanas.

*Nadir. Nadir. Estou aqui. Me encontre.*

Repito o mantra de tantos em tantos segundos enquanto tento canalizar meu poder para algo útil.

— Ei! — Uma voz ríspida atravessa meus pensamentos. — Ela está falando.

*Merda.* Meus lábios deviam estar se movendo sem que eu notasse. Fico imóvel, mas essa sem dúvida é a coisa errada a fazer, porque agora eles sabem que estou acordada.

*Merda. Merda. Merda.*

Botas pesadas se aproximam, e eu paro de respirar, perdendo o fôlego.

Os passos param, mas continuo com os olhos bem fechados, por medo e por um instinto totalmente equivocado de autopreservação.

Se eu não os vejo, eles não têm como me ver. Certo?

Deuses, estou completamente fodida.

Depois de um riso de desprezo, um dedo suado toca minha bochecha, e meu corpo estremece antes de eu abrir os olhos. Dou de cara com o sorriso sinistro de um dos homens diante de mim.

— Está acordada há quanto tempo, queridinha?

As palavras são suaves, mas há um sadismo nítido em sua voz, como se ele mal pudesse esperar para devorar o tutano de meus ossos. Vejo o segundo homem se mover pelo canto do olho e sinto um nó nas entranhas por conta de uma inquietação crescente.

— Não temos nada de útil para fazer com você até de manhã — diz ele antes de se voltar para o parceiro. — O que poderíamos fazer para o tempo passar mais rápido? — O sentido em suas palavras é óbvio, e por que o gênero masculino é tão previsível?

É então que começo a me debater, forçando as amarras, mas sou como um peixe jogado na praia, cozinhando sob o sol quente e seco. Não tenho como fazer nada enquanto tomo ar. O primeiro homem ri.

— Você está presa, docinho. Não adianta nem tentar.

Agora estou entrando em pânico. Meu corpo todo está convulsionando de medo. Calafrios se espalham por minha nuca.

*Não. Não. Essa porra não vai acontecer de novo.*

E é então que sinto.

*Nadir.* Ele está perto. Tenho certeza. É como uma extensão de mim. Sua presença me toca, e sei que está aqui.

Então começo a gritar. Grito tão alto que minha garganta dói e meus ouvidos zumbem, mas continuo, tentando botar para fora antes que esses desgraçados me silenciem.

— Nadir! Estou aqui! — grito e grito seu nome sem parar.

De repente várias coisas acontecem ao mesmo tempo.

Uma explosão arrebenta a porta, faixas de luz colorida fazendo minha visão arder. Destroços voam, e faço o possível para abaixar a cabeça enquanto lascas de madeira e vidro despencam. Gritos e clamores precedem o baque funesto de corpos caindo. Ouço o barulho de ossos se quebrando, seguido por mais gritos em meio a uma névoa escura. Lampejos da magia colorida de Nadir e clarões de um verde aveludado.

Uma forte dor no fundo da cabeça turva minha visão, e os contornos se misturam como tinta úmida. Ao longe, noto os sons de luta e o cheiro intenso de sangue preenchendo meu nariz. Parece demorar uma vida até braços me levantarem e me segurarem contra um corpo quente que cheira a brisa de montanhas geladas e arestas cristalinas da geada.

Nós nos movemos depressa, balançando enquanto Nadir foge comigo para um lugar seguro.

A minha cabeça zumbe de dor à medida que vou perdendo e recuperando a consciência, desejando que meus olhos conseguissem focar em alguma coisa.

— Por aqui! — diz uma voz que reconheço como a de Tristan e, apesar de tudo, meus ombros relaxam.

— Você a encontrou! — diz outra voz. Parece a de Mael.

— Temos que sair daqui. Agora — diz Nadir, suas palavras firmes como aço. — Se tiverem conseguido enviar uma mensagem, este lugar vai estar cheio dos homens do meu pai antes do amanhecer.

— Vamos para o leste. — Parece Etienne. — Nos esconder nos Reinos Arbóreos até ser seguro viajar.

Então voltamos a nos mover. Gemo, tentando acordar e entender alguma coisa.

— Segure-se — diz Nadir. — Vou tirar você daqui. Sinto muito, Lor.

Quero responder que não é culpa dele e que eu não deveria ter seguido aquele menino, mas pensei que ele precisava de mim. Só queria ajudar.

Abro os olhos, o céu e as estrelas giram sobre mim enquanto continuamos a correr, flocos suaves de neve gelando meu rosto.

Até que tudo muda. Num momento, estamos no meio da cidade e, no outro, numa floresta sob folhas e galhos tão densos que quase bloqueiam o céu noturno. Pisco, sem saber o que acabou de acontecer. Desmaiei? Como chegamos tão rápido aqui?

Enfim paramos, e Nadir me deita na grama macia. Sinto suas mãos em minha bochecha, seus dedos explorando meus braços, minhas pernas e meu tronco em busca de sinais de lesão. Ele toca atrás da minha cabeça, e gemo quando uma dor dispara por meu crânio.

— Precisamos levá-la a um curandeiro — diz Nadir. — *Agora.*

E, mais uma vez, a escuridão toma conta.

## 20

# NADIR

### REINOS ARBÓREOS

Ando de um lado para o outro do quarto, mas esta cabana é do tamanho de um alfinete, e não posso fazer nada a não ser me sentir sufocado neste lugar. O curandeiro, cuja porta quase arrebentei, está sentado à beira da cama onde Lor está deitada de olhos fechados.

— Parece que deram algo para ela. Algum tipo de sedativo — diz Alder, o curandeiro élfico. — Ela tem alguma magia que eles estavam tentando suprimir?

Paro, virando para ele, um alerta cáustico subindo por minha espinha.

— Não — minto.

Alder me lança um olhar cético, mas não insiste. Ele se volta para Lor e continua a passar um pano embebido numa poção de ervas na testa dela, o qual jura que vai ajudar. Queria poder voltar aos assentamentos. Todos sabem que os melhores curandeiros estão em Coração, mesmo sem sua magia.

Os elfos são muito menores do que os Nobres-Feéricos, e Tristan e Mael estão sentados à cozinha minúscula, os móveis parecendo pequenos em contraste com seus corpos.

Depois que chegamos, Etienne saiu para algum lugar com os ombros curvados e uma cara ainda mais fechada do que de costume. Estou tentando não descarregar minha frustração nele por seu erro quase fatal, mas está difícil controlar meu temperamento. Foi um acidente, e ele já deve se sentir mal o bastante, mas estou furioso a ponto de rasgar o céu.

Alder cuida de Lor, murmurando algo enquanto toca nela aqui e ali, voltando a examinar o inchaço na cabeça. Ele me garantiu que é um ferimento superficial e que não deve causar nenhum dano permanente.

— Pode acordá-la? — questiono. — O que ela tem?

Alder ergue os olhos verde-escuros para mim com uma expressão de ternura que não mereço. Sinto a mão de alguém em meu ombro.

— Vamos dar uma volta — diz Mael. — Ele está fazendo tudo que pode.

Eu me desvencilho.

— Não. Não vou sair daqui.

— Tudo bem, mas para de gritar com ele.

Lanço um olhar fulminante para o meu amigo, mas seu sorriso paciente não vacila. Ele ergue um copo com um líquido verde-escuro que tilinta com bolinhas de gelo.

— Beba um pouco de Armata. Vai acalmar seus nervos.

Pego o copo e viro tudo em um só gole antes de devolver para ele e jogar os ombros para trás.

— Não. Não funcionou.

Começo a andar de um lado para o outro, e Mael suspira ao voltar à mesa. Tristan está observando a irmã atentamente, o rosto pálido contrastando com as olheiras escuras ao redor dos olhos. Foi um aliado de peso hoje. Tem um controle impressionante sobre sua magia, mesmo a tendo usado pouco. Ele me ajudou a destruir aqueles desgraçados sem dó nem piedade. Na verdade, acho que pode até ter se divertido em certa medida.

Me faz achar que talvez possamos ser amigos um dia.

Seu olhar se volta para mim como se pudesse ouvir meus pensamentos, a expressão mudando de uma forma que não consigo interpretar antes de voltar a encarar Lor.

Ela geme baixo, e estou ao lado dela num instante, ajoelhando e pegando sua mão.

— Acho que o efeito do veneno está passando — diz Alder. — Parece que era só para incapacitá-la por um tempo. Os efeitos devem passar por completo em breve.

Encosto a cabeça no ombro dela, sussurrando um agradecimento a Zerra.

— Dê mais um tempinho — diz Alder. —Vou passar um chá para ajudar com a dor daquele inchaço feio quando ela acordar.

Ele levanta e dá um tapinha em meu ombro antes de caminhar lentamente até a cozinha minúscula. Continuo na mesma posição ao lado de Lor, segurando sua mão como se ela pudesse se dissolver por meus dedos se eu soltasse. Não suporto pensar como cheguei perto de perdê-la. Eu me lembro do seu chamado. Nunca vou esquecer sua voz enquanto estiver vivo.

Sentado no chão, seguro a mão de Lor, observando suas pálpebras tremularem e sua testa se franzir como se monstros estivessem afligindo seus sonhos. Queria poder estender a mão e tirá-los dela. Aliviar toda a dor que sofreu e carregar comigo.

Finalmente. Finalmente, ela começa a acordar, encarando o teto. Já está claro lá fora, o sol nasceu depois do que pareceu a noite mais longa da minha vida.

Nossos olhares se encontram, e uma expressão em seu rosto me faz sentir como se ela estivesse me catalogando. Lendo todos os poros e células até penetrar as profundezas da minha medula. Tenho a sensação peculiar de que o mundo está balançando, mas não faço ideia do porquê.

— Que foi? — pergunto, mas ela abana a cabeça e ergue os olhos para Tristan e Mael, que estão atrás de mim.

— O que aconteceu? Foram os homens do seu pai, né?

Os olhares de todos se voltam para Alder, que está mexendo uma panela no fogão e cantarolando consigo mesmo. Levo um dedo aos meus lábios, lembrando que ela precisa ser discreta. Lor ergue a mão e toca minha bochecha com os dedos gentis, e preciso me controlar para não a pegar nos braços e lhe dar beijos até o sol se apagar.

— Você está coberto de sangue — diz ela. Não há condenação em sua voz, apenas uma observação distante.

— Eles precisavam morrer.

Lor pisca, os olhos escuros fervendo de raiva ao voltarem a focar.

— Eles sofreram?

Ergo uma sobrancelha e abro um sorriso de canto.

— Muito.

Ela assente e aperta os lábios.

— Que bom.

— Essa é minha garota — digo, e Lor me lança o mesmo olhar estranho. Antes que eu consiga perguntar qual é o problema, Alder surge com uma caneca fumegante no meu campo de visão.

— Tome — diz ele. — Beba um pouco.

Ajudo Lor a sentar, e ela se arrepia antes de tocar atrás da cabeça. Raiva, com suas nuvens densas de vingança fria, se espalha até a ponta dos meus dedos. O que fiz àqueles desgraçados não foi o suficiente. Espero que sofram até o fim da eternidade.

Ela aceita a caneca e dá um gole hesitante antes de torcer o nariz.

— Tem gosto de morte requentada — diz Alder. — Mas funciona que é uma beleza.

Ele ri e se afasta enquanto Lor se força a dar outro gole.

— Você está bem? — Tristan pergunta, sentando aos pés da irmã.

Ela faz que sim ao engolir com dificuldade.

— Vou ficar. Pensei que tivesse acabado pra mim.

Todos ficamos em silêncio por mais alguns minutos, e ela bebe o chá. A cor está voltando a suas bochechas, e o aperto em meu peito finalmente relaxa; ela sobreviveu. Claro que sim. Poderia sobreviver a qualquer coisa.

— Acha que consegue levantar? — pergunto, preferindo não ficar mais aqui. Não só deveríamos evitar ficar num mesmo lugar por muito tempo como precisamos voltar a Afélio. Lor tem que controlar sua magia agora mais do que nunca. Meu pai vai continuar tentando alcançá-la até um dos dois acabar morto. Disso tenho certeza.

— Acho que sim — diz ela, pondo a caneca já vazia na mesinha ao lado da cama.

Então empurra a cama para levantar, a mão de Tristan apoiando seu cotovelo.

— Opa — diz Lor, cambaleando.

Antes que consiga fazer qualquer coisa, eu a pego nos braços e recebo um olhar fulminante em retribuição.

— Não preciso ser carregada.

— Você quase desmaiou agora.

— Estou bem. Além disso, você está coberto de sangue.

Ela aponta para mim, e sorrio.

— O sangue dos seus inimigos, Lor. É só me pedir que mato qualquer pessoa por você. Reduzo o mundo todo a cinzas se quiser. — Embora eu diga as palavras de brincadeira, elas saem ardentes pelo fogo da verdade.

Lor me observa de novo com a mesma expressão intrigada, como se finalmente estivesse encaixando várias das minhas peças. O brilho em seus olhos quase arranca o ar de meus pulmões, e juro que o canto da boca dela se contrai como se estivesse tentando não sorrir.

Aconteceu algo entre o momento em que a deixei com Rhiannon e agora. Algo que parece um fio hesitante de... esperança?

— Etienne está esperando lá fora — diz Mael, revirando os olhos para nós. — Vamos.

Apesar das reclamações dela, seguro Lor, que enfim para de resistir a mim. Tomo isso como um sinal positivo. Do quê, ainda não sei. Tristan e Mael esperam do lado de fora, mas Mael para tão de repente que quase trombo com suas costas.

— O que você está...

Estamos cercados por uma dezena de guardas Nobres-Feéricos, todos usando o uniforme verde e bronze do exército dos Reinos Arbóreos. Duas lanças estão apontadas para o pescoço de Etienne, que mantém as mãos erguidas em sinal de rendição e tenta não fazer nenhum movimento súbito.

No centro do espetáculo está um Feérico Imperial no dorso de um cavalo enorme, suas asas de couro marrom abertas.

— Cedar — digo, tentando manter o tom indiferente, e não como se estivéssemos mergulhados em merda agora. Devagar, ponho Lor no chão, mantendo o braço ao redor da cintura dela. Lor ergue os olhos para o tio-avô com a mesma apreensão que todos estamos sentindo agora. — O que o traz aqui?

Cedar abre um sorriso presunçoso e desce do cavalo num único movimento fluido, uma nuvem de poeira levantando quando as botas atingem a terra.

— Meu caro príncipe. Achou que poderia simplesmente atravessar minhas fronteiras sem que eu soubesse da sua presença real? A floresta tem olhos e ouvidos por toda parte.

— Estávamos só de passagem — digo. — Então, se não se importa, não vamos mais incomodar você.

Tento pegar Lor de novo, quando de repente outras quatro lanças são apontadas em nossa direção e outras mais cercam Mael e Tristan. Eu poderia tentar usar magia para nos livrar dessa, mas Cedar sabe que não vou fazer isso. Causaria confusão demais. Além do mais,

tenho quase certeza de que nunca sobreviveríamos a uma persegui-
ção pela floresta com seu rei em nosso encalço. Este é o território
dele, o que nos deixa em grande desvantagem.

— Que falta de educação, Nadir. Você entra sem ser convidado, passa pela minha floresta, faz uso de meus curandeiros e quer ir
embora sem nem me cumprimentar. Assim você me magoa.

Tensiono o maxilar.

— Peço desculpas — digo. — Pensei que um rei tão importante
quanto você tinha mais o que fazer do que receber alguns viajantes
perdidos. Os Reinos Arbóreos não devem se ocupar com assuntos
tão irrelevantes, certo?

O comentário é irônico, e ele sabe, mas não morde a isca.

Em vez disso, sorri. Filho da puta egocêntrico.

— Claro, mas sempre tenho tempo para o príncipe da Aurora.
Aliás, acho que vocês todos deveriam vir ao Forte como meus convidados por alguns dias.

Sinto Lor enrijecer ao meu lado, e também fico em alerta. Isso
é um convite ou uma detenção?

— É muita gentileza sua — respondo. — Mas realmente temos
que seguir em frente.

— Para que a pressa? Aonde precisam ir tão rápido?

Encaro seu olhar verde-vivo e me pergunto o quanto sabe.

— Você nem me apresentou a seus companheiros. — Ele passa
os olhos pelo grupo, acenando para Mael, que já conhece, antes de
se voltar para Lor e depois Tristan.

Isso é muito ruim.

— Essa é… — começo, tentando pensar numa mentira convincente.

— Sei quem são, Nadir — diz Cedar, seu tom ficando inexpressivo ao passar um olhar avaliador por Lor e seu irmão. — Acha que
não reconheceria sangue do meu sangue?

# 21

# ZERRA, A RAINHA SOL

PRIMEIRA ERA DE OURANOS: AFÉLIO

A RAINHA ZERRA ESTAVA DEITADA NO DIVÃ, olhando pela janela. Ela usava apenas roupa íntima dourada, mas mesmo assim sua pele bronzeada estava coberta de suor. A janela estava aberta, deixando entrar uma brisa morna vinda da água, mas não era o suficiente para combater a estagnação opressiva do calor sem fim.

Um servo estava diante dela, abanando-a com uma folha gigante e, embora o esforço fosse louvável, tudo que realmente fazia era agitar o ar quente e sufocante. Era uma agonia. Ela estava murchando como pétalas de flores encharcadas de sal.

— Me traga um pouco d'água — ordenou a outra serva, que esperava com as mãos entrelaçadas. A menina saiu correndo, e Zerra torceu o nariz. Fazia apenas uma semana que finalmente tinha permitido que trocassem seus lindos uniformes dourados por roupas folgadas de algodão que tornavam o calor mais tolerável. Odiava como isso os fazia parecer desleixados e maltrapilhos, como móveis velhos, em vez de elegantes e impecáveis.

Mas, como não paravam de desmaiar de insolação, ela aceitou que ver servos desgrenhados era melhor do que não ter ninguém para lhe trazer uma bebida.

A garota voltou com um copo de cristal tilintando de gelo. Em silêncio, Zerra o pegou e o encostou na testa, em busca de um alívio passageiro.

Por todo o salão, outros cortesãos estavam deitados em divãs de olhos fechados, todos seminus. Já fazia dois meses e meio que isso estava acontecendo. O calor sem fim. A falta de chuva. Zerra havia perdido a conta de quantos habitantes dos distritos já haviam morrido. Tinha pessoas para cuidar desses assuntos, mas continuavam esperando que fizesse algo. Como se tivesse algum controle sobre o clima. Ela era uma rainha, não um deus.

Enquanto olhava ao redor do salão, encontrou o olhar de Eamon, que a observou com a sobrancelha erguida, a sugestão clara em sua expressão.

Zerra desceu os olhos pelo corpo perfeito dele, admirando o contorno do peitoral e do abdome e como uma linha de suor se curvava preguiçosamente sobre seus traços torneados, como um riacho fresco serpenteando um vale montanhoso.

Ele usou a cabeça para apontar na direção do vão da porta, para saber se ela gostaria de ir a um lugar mais reservado. Zerra considerou a oferta seriamente por três segundos, mas decidiu que estava calor demais para isso.

Embora quase nunca deixasse de aproveitar a chance de transar com Eamon, a ideia do corpo quente dele encostado no seu, ambos ficando ainda mais quentes, quase a fez desmaiar. Estava ficando insuportável.

Ela negou com a cabeça e murmurou a palavra "depois" em silêncio. Eamon assentiu e voltou a deitar, fechando os olhos enquanto era abanado com uma folha por sua própria serva.

Zerra admirou a vista da pele bronzeada dele por vários momentos, contentando-se com devaneios de sexo na varanda, ela debruçada na balaustrada e ele a penetrando por trás. Não era tão satisfatório quanto o ato em si, mas sua imaginação teria que bastar por enquanto.

Ela voltou a deitar a cabeça e observou as ondas do oceano pela janela, considerando a ideia de dar um mergulho. A água era um dos poucos lugares que oferecia uma fuga temporária desse tormento.

Infelizmente, isso também significava que quase todo Afélio tinha se reunido na costa. Zerra olhou com desagrado para a cena lá embaixo, observando a praia lotada de centenas de pessoas mergulhando nas ondas por horas a fio. Eles estavam passando o dia inteiro lá, sem fazer mais nada. Totalmente preguiçosos. Talvez ela precisasse impor alguns toques de recolher em relação ao uso da água.

— A névoa — disse ela, sem se dirigir a ninguém em particular, mas, um momento depois, o alívio de um milhão de gotículas refrescou sua pele corada.

Se continuasse assim, no mínimo precisaria isolar uma área da praia para seu uso privado. Nem morta enfrentaria a multidão suada. Na verdade, deveria ter feito isso há anos.

— Majestade — disse uma voz que Zerra conhecia, e isso a fez erguer os olhos com irritação. — Preciso falar com vossa majestade.

Ela inspirou fundo e se virou devagar, um sorriso forçado estampado no rosto.

— O que é, Cyrus?

— Recebi a notícia de que perdemos cento e trinta e duas pessoas ontem à noite. Elas não conseguem tolerar este calor. Precisamos fazer algo.

Zerra suspirou.

— Envie mais gelo — disse ela, com um movimento rápido da mão.

— Nossa produção está defasada — respondeu Cyrus. — Não há o suficiente para todos.

Ele a encarou com as sobrancelhas franzidas.

— E daí? O que quer que eu faça?

Cyrus hesitou.

— Alguma coisa. Quero que faça... alguma coisa.

As palavras eram suaves, mas Zerra se encolheu como se ele tivesse tirado uma luva de couro molhada e dado um tapa na cara dela.

— Não há mais nada que eu possa fazer. Vamos ter que esperar passar.

Cyrus abriu e fechou a boca antes de fazer uma reverência rápida. Ela notou a decepção no rosto dele, mas não sabia bem o que ele esperava que fizesse.

— Vou direcionar as pessoas para a água, então — disse ele, e Zerra concordou.

— Sim. Faça isso.

Ele abaixou a cabeça e se virou para sair. Ela o observou desaparecer pelo vão da porta e, com um grande suspiro, voltou a deitar no divã macio e fechar os olhos.

Estava ouvindo os sons da praia e os suspiros suaves dos cortesãos quando uma sombra fresca fez seus olhos se abrirem.

A cena ao redor havia mudado. Não estava mais no divã, mas numa superfície dura e estranha.

Sobre si estava um teto arqueado — ao menos, parecia um teto, embora também lembrasse o céu. Mais importante, o ar estava fresco. Deliciosa e maravilhosamente fresco.

Zerra suspirou e passou os braços e as pernas no mármore até alguém limpar a garganta, alertando-a para o fato de que não estava sozinha.

Ela levantou de um salto e se virou para encontrar várias pessoas que reconhecia.

Amara, a rainha de Coração. Terra, o rei de Tor. E, embora não o conhecesse, supunha que o homem de cabelo castanho comprido fosse Hawthorne, o Rei Arbóreo.

Eles a observaram levantar, e Zerra se deu conta de que estava seminua.

— O que está acontecendo? — ela perguntou, se aproximando deles na ponta dos pés, assumindo um lugar ao lado de Amara.

— Não sabemos — respondeu a rainha de Coração. — Estamos esperando. Acho.

Zerra assentiu, envolvendo os braços ao redor do corpo. Pela primeira vez em meses, sentiu um calafrio.

# 22
# LOR

### TEMPOS ATUAIS: REINOS ARBÓREOS

O REI CEDAR SE APROXIMA DE MIM em duas passadas longas enquanto processo suas palavras e troco olhares nervosos com Tristan. O rei assoma sobre mim ao parar, seu cabelo castanho comprido caindo sobre os ombros e a ponta de suas asas de couro marrom se estendendo na direção do céu.

Ele sabe quem somos? Eu me lembro dele no baile da Rainha Sol. Será que já sabia à época?

— Acha que eu não saberia quando meus familiares voltassem para casa? — o rei pergunta a Nadir. — A questão é: o que eles estão fazendo com você, e por que os trouxe para cá?

Nadir coça a nuca. Ele com certeza não havia previsto esse desdobramento.

— Não os trouxe aqui. Não para você, pelo menos. Precisávamos nos esconder.

Consigo ver o orgulho ferido de Nadir ao admitir isso, mas não há nenhuma outra explicação para nossa presença.

— E quanto ao por que estão comigo, isso não é da sua conta. — Nadir segura meu braço e me puxa em sua direção. — Então, se puder pedir aos seus capangas para abaixarem as armas, já estamos de saída. Não temos nenhuma desavença com você, Cedar. Não comece uma.

O rei ergue uma das mãos, e os soldados se aproximam ainda mais, com as armas apontadas para nós.

— Sinto muito, mas não posso permitir que faça isso. — E então, antes que Nadir possa se opor, Cedar acrescenta: — Não quero mal algum a vocês. A nenhum de vocês. Mas não posso deixá-los ir sem uma explicação e um momento para conversar.

— Como sabe quem somos? — Tristan pergunta, tentando se aproximar, mas se deparando com um par de lanças voltado em sua direção. Ele para de repente, encarando os soldados furiosamente até o rei fazer um aceno.

— Deixem o rapaz passar.

Cedar observa Tristan se aproximar, seus olhos analisando meu irmão da cabeça aos pés.

— Tenho escudos em minhas fronteiras projetados para avisar quando alguém com sangue da família real dos Reinos Arbóreos atravessa a área. Senti no dia em que vocês foram levados e senti algumas horas atrás.

Eu e Tristan trocamos outro olhar, nossa expressão transmitindo o mesmo choque por essas palavras. Ele *sabia*. Sabia que fomos levados. E não fez nada? Tenho tantas perguntas que nem sei por onde começar.

— Por favor — diz Cedar. — Eu teria o maior prazer em explicar mais, mas seria falta de cortesia da minha parte se tivéssemos uma conversa tão importante aqui, no meio da floresta. Venham ao Forte e sejam meus hóspedes por alguns dias. Dou minha palavra de que estarão seguros. — Ele se volta para Nadir. — E, se sua necessidade de se esconder significa que ninguém pode saber de sua presença dentro das minhas fronteiras, seus segredos estão seguros comigo.

— E com os outros? — Nadir pergunta.

— Meu povo é leal, e a floresta guarda segredos melhor do que ninguém.

Não faço ideia do que isso significa, mas a resposta parece satisfazer Nadir, que consente.

— Só se Lor e Tristan concordarem — diz ele, deixando a decisão para nós.

— Sim, eu gostaria — respondo, e Tristan também assente, embora sua expressão sugira que não tem um pingo de confiança no Rei Arbóreo.

Não apenas falhamos em descobrir quem em Coração está espalhando nossos segredos como agora temos que voltar a Afélio; no entanto, preciso ouvir o que nosso tio-avô tem a dizer. Passei metade da vida me perguntando por que esse rei da floresta ficou de braços cruzados quando meus pais foram mortos.

— Maravilha — diz Cedar, lançando mais um olhar demorado para mim e Tristan. Não sei se é a luz, mas vejo o brilho de lágrimas se formando em seus olhos. — Vocês dois se parecem muito com ele.

Há um momento de silêncio, então Cedar dá meia-volta e se dirige a seu cavalo antes de pular na sela. O resto dos soldados cerca nosso grupo e nos guia para dentro da floresta.

Conforme avançamos ao longo das trilhas de terra batida, me pergunto se vamos ter que andar muito. Depois de tudo que aconteceu ontem à noite, estou exausta e, passada a adrenalina de confrontar o rei e seus soldados, mal me aguento em pé.

— Você está bem? — Nadir pergunta. — Para andar? Posso carregar você se quiser.

Olho para ele, parando um momento para observar seu rosto.

Quando acordei na cabana do curandeiro e Nadir foi a primeira coisa que vi, algo mudou e girou no próprio eixo. Mais uma vez.

Entendi finalmente que ele vinha crescendo ao redor de mim como aquelas rosas brotando sobre a superfície do Castelo Coração, por mais impossível que fosse a sua existência, infiltrando-se nas rachaduras e se alimentando das réstias de sol.

Ele vê dentro da *minha* escuridão e a encara sem vacilar.

Não fiquei surpresa ao encontrá-lo coberto pelo sangue daqueles homens. Nadir é assim, e vou encarar seus recantos mais escuros também, buscando sua luz.

— Obrigada por me resgatar — digo, e sua testa se franze.

Ele abre e fecha a boca antes de dizer:

— Por que eu não resgataria?

Por que tenho a impressão de que ele planejava dizer outra coisa? *Minha alma gêmea.*

Claro que viria. Eu sabia.

E eu... teria feito o mesmo. Sem hesitar. Com uma fúria ardente e um sorriso no rosto. Eu os faria sofrer.

Tudo que Rhiannon disse aponta para Nadir com luzes vermelhas cintilantes. Não poderia ser mais óbvio nem se estivesse tatuado na testa dele.

Como posso ter pensado que o que sinto por ele era algo menos do que extraordinário? E é então que percebo ter cuidado dele, esse tempo todo, como um jardineiro cuidaria de um terreno com ervas daninhas enquanto Nadir me cultivou como um jardim.

A magia arde sob minha pele, sempre se estendendo em sua direção, ficando cada vez mais forte. Poderia rebentar? Será que foi isso que Rhiannon quis dizer quando afirmou que nos mataria se resistíssemos?

Quero dizer tudo que penso em voz alta, mas agora não é hora. Não quando estamos cercados pelos soldados do Rei Arbóreo.

Esse momento merece ser honrado. Ter espaço para respirar e fluir, sem que seja apressado ou precipitado. Nossos olhos se encontram e ardem com um universo de pensamentos não verbalizados.

Se me preocupo com o que Nadir vai dizer ou como vai reagir? Esse deve ser o único momento na minha vida em que tenho absoluta certeza do que vai acontecer. Ele deixou os sentimentos claros, e não sinto mais a necessidade de desabar sob seu peso abrasador.

— Tem certeza de que consegue andar? — ele pergunta. — Está um pouco pálida.

Meu sorriso em resposta tem um toque de ternura, como se eu estivesse sendo destrinchada, as partes duras de mim se desprendendo e voltando a se moldar suavemente em algo novo e inteiro. Nadir fez isso comigo. Descascou o casulo duro que usei por tanto tempo, me dando a chance de renascer.

— Por que você está me encarando desse jeito? — ele pergunta. Continuo olhando para ele. Para o arco de suas sobrancelhas e a linha do seu maxilar. Para o volume musculoso revelado por seu colarinho aberto. Ele é tão bonito que faz meu peito doer.

— Que jeito? — pergunto, piscando sem parar, de repente sentindo dificuldade para respirar.

Aperto o passo e volto a olhar para a frente. Ainda não estou pronta para esta conversa.

— Sabe se é longe? — pergunto quando Nadir me alcança, querendo mudar de assunto e desejando muito que tivéssemos um cavalo ou algo para cavalgar. Minha cabeça ainda está zonza, e eu deveria me deixar ser carregada de uma vez.

— Não sei exatamente — ele responde, observando as árvores.

— Parece que "família" continua sendo um termo vago para o Rei Arbóreo — digo. — Fazendo "sangue do seu sangue" andar atrás dele como prisioneiros.

Nadir sorri de canto.

— Bem-vinda ao lar, acho.

— Chegamos mesmo rápido aqui ou foi coisa da minha cabeça? Juro que estávamos no assentamento e, de repente, estávamos aqui. Embora seja totalmente possível que eu tenha desmaiado.

— Não, não desmaiou. Etienne nos trouxe aqui. — Lanço um olhar curioso para ele. — É a habilidade dele. Consegue teletransportar as pessoas consigo num piscar de olhos.

— Uau, isso é bem útil.

Nadir assente.

Etienne caminha na fileira à nossa frente, os ombros curvados e os olhos baixos.

— Ele está se sentindo péssimo — diz Nadir, acompanhando meu olhar. — Eu talvez tenha sido um pouco... duro com ele quando você desapareceu.

— Foi um acidente, não? — digo antes de me voltar para Nadir. — Sei que é seu amigo e odeio perguntar isso, mas tem certeza de que ele é cem por cento confiável?

Nadir leva a mão ao peito, a expressão séria.

— Absoluta. Eu nunca teria trazido você se não tivesse.

— Certo — respondo. — Então me dê licença um momento.

Corro à frente, alcançando os passos compridos de Etienne até finalmente ser notada.

— Oi — digo. Ele não responde, mantendo a cabeça baixa como se estivesse tentando não tropeçar numa raiz solta. Ou, mais provavelmente, me evitando.

— Desculpa — murmura Etienne depois de um momento, a voz rouca ainda mais grave que o normal. — Fiz uma cagada gigantesca.

— Erros acontecem — respondo. — Não vou fingir que não foi assustador, mas está tudo bem. Passei por coisa pior e saí viva. Certo?

Seus olhos escuros se voltam para mim, e vejo muita dor gravada no fundo deles. Qual é a história desse homem?

— Não mereço suas palavras. Era meu trabalho garantir sua segurança.

— E agradeço por isso. Mais do que você pode imaginar. Mas não quer dizer que as coisas sempre vão correr como planejamos.

Etienne balança a cabeça e olha para a frente enquanto continuamos a atravessar a floresta.

— Nadir não vai me perdoar. — Ele parece tão abatido que

quase quero dar um abraço nele. Algo me diz que Etienne não entenderia o gesto.

— Bom, ignore Nadir — digo. — Quem manda aqui sou eu.

Pisco, e sua expressão se suaviza, embora dê para ver que ele ainda está se martirizando.

— Sério — insisto. — Não te culpo por nada.

Etienne responde com um resmungo, e acho que é o melhor que vou conseguir por enquanto. Diminuo o ritmo a fim de lhe dar espaço para processar o que quer que esteja sentindo.

Nadir me alcança um segundo depois.

— Deu certo?

— Nem um pouco — respondo. — Ele acha que você está bravo.

— Bom, estou mesmo.

Volto um olhar cético para Nadir, que solta um suspiro antes de passar a mão no cabelo.

— Vamos nos resolver. Não é a primeira vez que ficamos irritados um com o outro.

Ao atravessarmos a floresta, algo chama minha atenção.

— O que é aquilo? — pergunto a Nadir, apontando para uma grande mancha preta na lateral de uma árvore e notando outra que brota nos galhos.

— Imagino que seja o mesmo que está acontecendo por todo Ouranos.

Erguemos os olhos, e muitas das folhas exibem a mesma mancha. Até o ar parece diferente. Respiro fundo, inspirando o aroma fresco de pinheiro e terra, mas está misturado a um leve odor nauseante de decomposição. Os guardas ao nosso redor estudam as árvores com uma atenção sombria. Mas não parecem surpresos, então não é algo novo, apenas preocupante.

— O desabamento da mina, aqueles terremotos que estávamos sentindo, a escassez de peixes, as outras coisas que não paramos de ouvir falar. São muitos eventos simultâneos para serem considerados naturais. Aconteceu algo semelhante quando nossa magia desapareceu, e estou começando a achar que está tudo conectado — diz Nadir.

— Conectado como? — pergunto.

— Ainda não sei. Talvez não seja nada.

Eu o observo por um momento, mas fica claro pela preocupação em seu rosto que ele não acredita nas próprias palavras. Tento conter um suspiro. Sem querer ser egoísta, mas a última coisa de que precisamos é mais um obstáculo em nossos planos.

Continuamos andando, e estou tão cansada que fico zonza. É só quando estou prestes a considerar aceitar a oferta de Nadir que avisto o fim da linha de árvores. Saímos da floresta para uma clareira ampla onde a maior árvore que já vi na vida se estende para o céu. É enorme, praticamente uma montanha. Mas noto as janelas e plataformas suspensas ao longo de seu tronco e me dou conta de que essa enorme casa na árvore deve ser o Forte Arbóreo.

Estou quase cansada demais para ficar impressionada pela imagem e começo a imaginar um banho quente e uma cama macia, torcendo para que meu tio-avô nos deixe descansar antes de "pôr a conversa em dia".

— Bem-vindos — diz Cedar, tendo acabado de desmontar de seu cavalo. — Vocês devem estar exaustos. Vamos preparar seus quartos, assim podem descansar.

Essas são, sem exagero, as melhores palavras que já ouvi.

Entramos no Forte passando por portas douradas altas que levam a um grande salão com um teto curvo sustentado por arcos também dourados e com um piso verde reluzente tão liso que parece vidro.

Uma Feérica vestida de couro marrom caminha pelo salão e, assim que nos vê, desata a correr. A rainha dos Reinos Arbóreos é tão linda quanto me lembro do baile da Rainha Sol, com o cabelo castanho comprido, os olhos verdes luminosos e um par daquelas asas impressionantes. Ela se joga nos braços de Cedar, e ele a gira no ar enquanto os dois se enchem de beijos molhados. Quanto tempo Cedar esteve longe? Se veio nos encontrar hoje cedo, não deve ter sido mais que algumas horas.

Ver os dois expressarem seu afeto me faz procurar Nadir. Quando o encontro, ele já está olhando para mim, e nossos olhares se demoram por um momento tenso antes de eu desviar o meu.

— É um prazer finalmente conhecer você! — diz a rainha. Lembro que seu nome é Elswyth. Ela pega minhas mãos e as aperta com firmeza. — Pensei que nunca teríamos essa oportunidade.

Franzo a testa com suas palavras. Eles estão agindo como se tivessem se preocupado com nosso desaparecimento, quando na verdade nos deixaram à mercê do Rei Aurora por metade das nossas vidas.

— Certo — digo, sem saber bem como responder, mas a rainha não desanima pela falta de entusiasmo. Ela está abraçando Tristan agora, seus braços envolvendo a cintura dele com tanta força que quase chega a ser um tanto constrangedor. Meu irmão está obviamente tão ressabiado quanto eu. Olhamos um para o outro e damos de ombro.

— Temos quartos prontos para vocês. E banhos — diz Elswyth, olhando para o sangue que cobre tanto Tristan como Nadir. — Parece que vocês passaram por poucas e boas a caminho daqui. Venham comigo.

Ela continua tagarelando, descrevendo a arquitetura do Forte e explicando sobre o Baile de Inverno que vai acontecer amanhã, para o qual todos estamos convidados. Maravilha, outra festa. Acho que já tive minha cota quando estávamos em Aurora.

Finalmente, Elswyth para diante de uma porta e faz sinal para eu entrar enquanto os outros quatro são levados para alojamentos ao longo do mesmo corredor. Meu quarto de hóspedes é revestido por tons variados de madeira polida, e o chão é feito de tábuas cor de mel cobertas por tapetes verdes grossos. Solto um suspiro alto ao ver uma grande cama de madeira com travesseiros e lençóis verde-esmeralda.

— Podemos preparar um banho quente para você, se quiser — diz Elswyth. — Vou mandar trazerem comida também.

Ela fica parada com as mãos entrelaçadas na altura da cintura e um sorriso radiante. Vou até a janela que tem vista para quilômetros e quilômetros de floresta verde se estendendo em todas as direções.

— Ótimo. Obrigada.

— É um milagre ter vocês aqui. Pensei que nunca mais os veríamos — diz a rainha, repetindo as palavras de antes e abaixando a cabeça. — Vou deixar você se instalar.

Ela vai embora. Dou uma volta pelo quarto, conferindo as gavetas e o guarda-roupa, encontrando uma calça verde grossa e uma túnica feita de um tecido macio e elástico. Eu as levo para o banheiro e tiro as roupas para me lavar. Ao terminar, encontro um prato de comida numa mesa baixa perto da janela.

Belisco o pão, mas minha exaustão supera a fome.

Entro embaixo das cobertas, desfrutando de seu frescor suave e suspirando antes de mergulhar num sono sem sonhos.

# 23

QUANDO ACORDO, O SOL ESTÁ BAIXO NO CÉU, e parece que dormi quase o dia todo. Deitada de barriga para cima, eu me espreguiço, sentindo as dores e os espasmos do meu confronto com os capangas do Rei Aurora.

Meu estômago ronca, vazio, e me dirijo à comida deixada para mim mais cedo. Alguém trouxe um prato novo de pão, queijo e fatias de carne curada. O jarro de água ainda está cheio de gelo, sugerindo que passaram aqui há pouco tempo.

Tento não deixar esse pensamento me incomodar. Eu estava exausta e dormi como uma pedra. O curandeiro havia dito que o veneno poderia continuar em meu sistema por alguns dias, me deixando mais cansada que o normal.

Enquanto belisco a rodela de queijo macio, ouço uma batida suave na porta.

— Entre — digo, e ela se abre para revelar Elswyth.

A rainha trocou as roupas de couro de antes por um vestido verde-musgo delicado que vai até o chão. Seu cabelo comprido cai em cachinhos tão brilhantes e aveludados que parecem feitos de mármore.

— Você acordou! — diz ela alegremente. — Como está se sentindo?

— Bem. Obrigada.

— Maravilha. Não sei se está com fome para uma refeição maior, mas mandei preparar um pequeno jantar comigo, com o rei, seu irmão e, claro, o príncipe e os companheiros dele. Quer nos fazer companhia?

— Claro — digo.

Agora que descansei, estou pronta para algumas respostas de Cedar.

— Posso lhe emprestar um vestido, se quiser. Mas caso se sinta mais à vontade assim, não tem problema. Hoje é informal, talvez seja melhor algo mais festivo para o baile de amanhã.

— Estou bem assim.

Ela sorri.

— Ótimo, então vamos.

Encontro um par de sandálias verdes e as calço antes de seguir Elswyth pelo Forte.

— Onde estão os outros? — pergunto.

— Já estão com Cedar.

Ela me guia por uma porta de vidro transparente até um pátio ao ar livre repleto de flores e vegetação. Uma trilha de pedra sinuosa nos leva para um jardim cercado por sebes e lanternas suspensas. No meio, há uma mesa redonda de madeira e, de fato, Nadir e meu irmão estão sentados com o Rei Arbóreo, junto com Mael e Etienne. Todos levantam quando entramos.

Nadir puxa uma cadeira para mim a seu lado, e me acomodo nela enquanto Elswyth senta ao lado do rei. Os dois se beijam como se não houvesse mais ninguém no ambiente, e me pergunto se eles também são almas gêmeas. É assim quando se para de resistir? Olho para Nadir, que está observando o rei e a rainha antes de voltar sua atenção a mim, o que faz meu coração disparar.

Finalmente, Cedar se afasta de Elswyth e me encara. Estou curiosa e impressionada que eles não se envergonhem de uma demonstração de afeto tão desinibida. Como deve ser isso? Passei muitos anos fingindo não sentir nada que alguém pudesse usar contra mim.

— Lor, é muito bom te ver depois de tantos anos. Da última vez que nos vimos, você dava na altura do meu joelho — diz ele.

— Nós nos conhecemos quando eu era criança?

Cedar abre um sorriso paciente que parece não condizer com sua postura ríspida na floresta.

— Você não deve se lembrar. Ainda era uma menininha na última vez em que visitei sua família no bosque.

— Não me lembro — digo, olhando para Tristan. A expressão em seu rosto sugere que ele também não se lembra dessas visitas.

— Por que só nos visitou quando éramos pequenos? — Tristan pergunta, claramente pensando o mesmo.

Cedar contrai os lábios.

— Seus pais me pediram para parar.

Não estava esperando isso.

— Por quê?

— Eles tinham medo de que fosse perigoso e acabasse atraindo atenção demais à localização de vocês. Acho que estavam certos, embora me doesse não poder mais vê-los. Não era o que meu irmão gostaria que acontecesse.

Ele está falando a verdade? Troco outro olhar com Tristan.

— Onde ficaram esse tempo todo? — Elswyth pergunta. — Quando sentimos que vocês atravessaram as fronteiras dos Reinos Arbóreos, tentamos descobrir imediatamente por quê. — Ela faz uma pausa, seu rosto empalidecendo como se a memória a assombrasse. — Quando vimos a destruição deixada para trás, tememos o pior.

— Vocês não sabem o que aconteceu? — pergunto.

— Não — diz Cedar. — Tentamos descobrir por anos. Com base no estado da cabana, só podíamos imaginar que alguém tinha levado vocês, mas não havia nem sinal nem vestígio de quem. Achamos que estavam todos mortos.

— Então não foi você quem contou a ele sobre nós — digo, frustração e alívio se embrulhando em meu estômago. Se não foi Cedar, *quem* foi?

— Eu nunca teria contado para ninguém. Juro — diz ele, solene, e, apesar de tudo, acredito em suas palavras. — Contar para quem?

Agora troco um olhar com Nadir, que assente.

— O Rei Aurora — respondo, com a voz firme. Por mais que os anos passem, essas palavras sempre vão ficar presas na minha garganta, como o caule espinhoso de uma rosa.

Cedar solta um suspiro, recostando-se na cadeira e passando a mão na cabeça, encaixando as várias peças.

— Então ele queria te usar ou te manter presa?

— Com certeza — respondo.

— Qual dos dois?

— Não sei bem, mas todos os sinais apontam para me usar para alguma coisa.

O rei e a rainha refletem sobre isso por um momento, com as expressões intrigadas.

— É por isso que você está em sua forma humana? — Cedar me olha de cima a baixo.

— Você sabe sobre isso? — Tristan pergunta, e Cedar assente.

— Sim. Sua mãe me mostrou uma vez para provar que estavam seguros sem que eu visitasse.

— É parte do motivo — digo, sem interesse em revelar a verdade sobre minha magia presa até ter certeza de que podemos confiar neles.

— Mas aquilo foi anos atrás. Onde vocês passaram todo esse tempo? — Elswyth pergunta, a voz suavizada pela preocupação. — O que aconteceu com vocês?

Odeio essa história. Odeio ter que revivê-la tantas e tantas vezes, como jogar sal e limão numa ferida aberta. Um mar de lágrimas faz meus olhos arderem. Foi-se o tempo em que eu era mestre em escondê-las e fingir que não existiam.

Tristan me resgata dessa tarefa e descreve nossos anos em Nostraza. Enquanto conta, sinto a dor e o sofrimento daqueles dias atingirem meu peito como se tivessem acontecido ontem. Continuo tentando pôr uma pedra sobre isso. Fingir que nada aconteceu, mas sei que é impossível. Mais cedo ou mais tarde, devo confrontar todas as verdades dolorosas que venho evitando. Mais cedo ou mais tarde, vou precisar me olhar no espelho e concluir se aqueles anos vão me destruir de uma vez por todas ou me fortalecer.

Depois que meu irmão termina, ficamos todos em silêncio.

— Sinto muito — diz Cedar. — Queria ter sabido.

— O que você teria feito? — Tristan pergunta com um tom de acusação na voz.

— Todo o possível — Cedar responde com convicção, e quero acreditar que é verdade. Ele parece sincero, mas sei como Feéricos Imperiais sabem mentir para atingir seus objetivos.

— E o resto de vocês? Cadê sua irmã? — Elswyth pergunta. — Eram três crianças, não?

— Está em outro lugar agora — digo. — Mas está bem. Na medida do possível.

— Que bom. — A rainha assente. — Não consigo ignorar a sensação de que já nos conhecemos antes — Elswyth me diz. — O baile da Rainha Sol. Você é igualzinha a uma das Tributos.

Claro, não apenas compareci àquele baile. Virei o centro das atenções quando Atlas surtou com Nadir.

— E você… — Elswyth aponta para Nadir. — Atlas te expulsou do baile e baniu você. Foi um alvoroço e tanto.

— Na verdade, pensei que você também me baniria — Nadir admite, e Cedar solta uma bufada.

— Atlas pode ter quantos chiliques quiser. Não quer dizer vou fazer a vontade dele.

— Pensei que fossem amigos — digo. — Foi o que ele me disse.

Cedar dá de ombros.

— Ele superestima o que representa para mim.

Por que será que não me surpreende ouvir isso?

— Ainda não entendo o que vocês estavam fazendo lá — diz Elswyth, nos observando.

— Certo. Bom, mais coisas aconteceram — digo.

Nadir coloca a mão sobre a minha.

— Mais coisas que o rei e a rainha não vão te obrigar a expor porque, para ser franco, você não deve nada a eles.

Noto como o maxilar de Cedar se tensiona antes de ele abaixar o queixo. Ele poderia argumentar que nos protegeu enquanto vivíamos nos Reinos Arbóreos. Que guardou, sim, nossos segredos, mas também vejo aonde Nadir quer chegar.

— Muito bem — diz Cedar. — Quem sabe consigo ganhar sua confiança com o tempo?

Ele toma um gole de vinho, lento e calculado, como se estivesse organizando os pensamentos. Devolve a taça à mesa com um tinido e me observa.

— Mas nada disso explica como você veio parar nos Reinos Arbóreos *agora*.

É a vez de Nadir intervir.

— Meu pai ainda está atrás dela. Não vou entrar em detalhes de como Lor e seus irmãos escaparam, mas, como já discutimos, meu pai quer usá-la.

— Mas para quê? — Cedar pergunta. — Ele não pode se unir a ela.

Noto como a mão de Nadir aperta o braço da cadeira, como se essas palavras o enfurecessem.

— Não, não pode. Sabemos que ele quer a magia dela, mas ainda não sabemos por quê.

Cedar parece considerar isso.

— Bom, seria útil descobrir.

Nadir arqueia uma sobrancelha com sarcasmo.

— Esse é o motivo por que estávamos nos assentamentos e como viemos parar aqui depois que os soldados dele descobriram nossa presença. Outra coisa que, espero, não preciso pedir para guardarem segredo.

Os olhos de Cedar brilham com o que quase parece divertimento.

— Com todo o respeito, Nadir, não suporto seu pai e não tenho o menor interesse em ajudá-lo a conseguir o que quer que seja. Nada que ele esteja planejando seria bom para ninguém além dele próprio.

Com isso Nadir abre um sorriso.

— Nesse caso, estamos na mesma página.

O canto da boca de Cedar se ergue.

— E seus pais? — Elswyth pergunta. — Onde eles estão?

— Morreram quando os homens do rei vieram atrás de nós.

— Ah, meus pêsames — diz ela. — Pensei que estavam com vocês.

— Vocês não encontraram os corpos? — Tristan pergunta, cortante. — Quando foram à cabana?

— Não. Não havia mais ninguém lá quando chegamos.

Ela diz as palavras baixinho, como se pudessem machucar. E machucam, arranhando uma ferida aberta em meu peito. Tremo só de pensar no que o rei pode ter feito com eles.

Todos à mesa ficam em silêncio, o clima sombrio. Ninguém tocou direito na comida.

Por fim, Cedar fala, com a expressão grave:

— Lamento muito por tudo pelo que vocês passaram, Lor e Tristan. Se houver algo que eu possa fazer para ajudar, é só dizer.

Independentemente do que acontecer, vocês têm um aliado nos Reinos Arbóreos. Meu irmão amava sua avó mais do que a própria vida, e ele gostaria que eu honrasse sua união. Não tenho dúvida de que nossos reinos teriam trabalhado juntos se eles tivessem... sobrevivido.

Ele não explicita o sentido por trás do que está dizendo, mas leio nas entrelinhas de sua declaração. Se isso virar uma guerra, Cedar estará ao meu lado. Não acho que esteja mentindo. Ele parece um homem de palavra e, embora eu ainda não entenda muito das estratégias de reis e rainhas, entendo que há certa relevância em definir essa fronteira aqui, com um grupo de testemunhas.

— Agradeço muito — digo, minha garganta se apertando pelo gosto amargo do passado.

— Sei que nada vai compensar tudo o que vocês perderam, mas faremos o que estiver ao nosso alcance — Elswyth acrescenta, a voz expressando nada além de preocupação sincera.

Esses dois. Ver como eles são me faz desejar mais do que qualquer coisa poder ter conhecido meu avô.

— Obrigado — diz Tristan, expressando a palavra que estou com dificuldade de articular.

Deixamos nossa história sombria para trás, terminando o jantar enquanto conversamos sobre assuntos mais leves, em particular a chegada do inverno e o baile para celebrar seu advento amanhã à noite. Quanto mais Elswyth fala sobre isso, mais me sinto arrebatada por seu entusiasmo.

— Sei que precisam voltar — diz ela. — Mas, por favor, fiquem para a festa. Seria uma honra tão grande ter vocês lá.

— Quem você vai dizer que eles são? — Nadir pergunta, fazendo sinal para mim e meu irmão.

— Parentes distantes — responde Elswyth. — Não é uma mentira. É?

— Não, creio que não.

— Mas acho que você deve permanecer incógnito — ela diz a Nadir. — Outro parente, talvez? Quase ninguém além dos nobres teria motivo para te reconhecer, e podemos convencê-los a guardar segredo. Nosso povo é leal.

Minha boca se abre num bocejo. Embora eu tenha dormido quase o dia todo, ainda estou sentindo os efeitos da noite anterior.

— Dito isso, acho bom descansarem hoje — diz Elswyth. — Prometo que vão dançar até altas horas amanhã!

Ela ergue a taça, e nós a seguimos. Ao olhar para a única família que me resta no mundo do outro lado da mesa, eu me sinto mais leve do que imaginava.

Pode ser bobagem, e posso estar dando importância demais a essa interação, desesperada pela família que perdemos, mas, pela primeira vez em muito tempo, sinto certa esperança ardendo no peito.

# 24

O Forte Arbóreo está movimentado com as preparações para o Baile de Inverno. Apesar de minhas reservas, é difícil não me deixar levar pela empolgação. Pouco depois do almoço, Elswyth aparece com algumas opções de roupa para eu escolher.

— Temos quase o mesmo tamanho — diz ela, pondo as roupas na cama. — Algo aqui deve servir.

Ela trouxe dois vestidos verdes espetaculares, um com detalhes dourados e outro com detalhes bronze, além de uma calça de couro macio que combina com um colete de couro verde bordado para ser usado com uma camisa branca justa por baixo.

— Por que a calça?

— É uma homenagem à caça. Há quem prefira usar uma versão formal dos trajes de caçador, embora um vestido também seja adequado para a ocasião.

— Nunca cacei nada na vida — digo. Embora Tristan e meu pai caçassem para nos alimentar, eu mesma nunca tive a chance de aprender a habilidade.

Elswyth ri.

— Não é essa a questão. A tradição vale para todos, quer tenham atirado uma flecha, quer não. O que vale é o espírito.

Seus olhos brilham intensamente.

— Bom, nesse caso, com certeza as roupas de caça.

— Perfeito. Vão ficar incríveis em você.

Ela sai para eu me vestir, e ponho a calça, que desliza como manteiga pela minha pele, a camisa e o colete, que é amarrado na frente com laços dourados. Elswyth também me deixa um cinto verde-escuro largo para usar ao redor do quadril e um par de botas de camurça de cano alto que vão até o joelho. O conjunto é completado por uma adaga cravejada de joias numa bainha ao redor da cintura. Eu a saco e testo seu gume afiado.

Em seguida, enrolo o cabelo, prendendo-o em um coque, e finalizo com um pouco da maquiagem que a rainha também deixou, incluindo uma leve sombra verde.

Ao me olhar no espelho, penso sobre as várias linhas na mão do destino que me trouxeram até aqui.

Talvez seja a influência de minha mãe ou o fato de que a reina estava perdida, mas sempre considerei Coração como meu verdadeiro lar. O castelo abandonado sempre havia sido seu sonho e seu objetivo para nós. Embora ela nunca tivesse chegado a viver lá, *ele* vivia na essência de seus pensamentos.

Mas este lugar também faz parte de mim. Tanto meu pai como meu avô eram dos Reinos Arbóreos. Esse sangue corre em nossas veias, e Tristan carrega sua magia.

Será que eu poderia forjar a mesma aliança com os Reinos Arbóreos que meus avós pretendiam?

Eu me pergunto quem é o Primário daqui e tomo uma nota mental para perguntar depois. Cedar e Elswyth não têm herdeiros, então quem será?

Ouço uma batida na porta e vou até ela para encontrar Tristan do outro lado. Ainda não tivemos a chance de conversar, mas tenho certeza de que ele deve estar alimentando muitas das mesmas dúvidas que eu.

— Como você está? — ele pergunta quando o convido para entrar.

Está muito bonito com uma roupa semelhante à minha, túnica verde sob um colete de couro e calça marrom, seu cabelo escuro desgrenhado sobre as orelhas pontudas. Assim como eu, ele perdeu aquele aspecto esquelético da fome, tornando-se o homem que sempre esteve destinado a ser.

— O que achou de tudo que disseram ontem à noite? — Tristan pergunta.

Eu me sento à sua frente, deslizando as mãos sob minhas coxas.

— Quero acreditar no que disseram sobre não saberem aonde fomos. O remorso deles parece genuíno.

— Concordo — diz Tristan. — Parece mesmo, e também gostaria de acreditar neles.

— Mas?

— Mas temos que ficar sempre alertas. Tem muita coisa em jogo, e não sabemos quem são nossos aliados de verdade.

Concordo com a cabeça, admitindo que ele tem razão. Queria viver em um mundo em que pudéssemos confiar nas pessoas ao nosso redor. Mas ter sangue real talvez signifique que essa nunca tenha sido uma opção.

— O que ele disse sobre me apoiar — falo. — Não pareceu da boca para fora.

— Você deve ter razão. Mas, mesmo assim, não podemos confiar cegamente.

— Eu sei.

— Chegou a pensar no que Elswyth disse sobre não terem encontrado os corpos dos nossos pais? — Tristan pergunta, me encarando detrás dos cílios grossos e escuros. Consigo ler sua expressão, mas não posso deixar que siga essa linha perigosa de pensamento.

— Tris, não. Se a mamãe estivesse viva, eu não seria a Primária, certo? Eles os levaram ou os enterraram ou fizeram algo que não posso nem imaginar — digo. — Não faça isso consigo mesmo. Eles se foram.

Seu maxilar se contrai, e ele olha para a janela antes de se voltar a mim. Está emocionado, sei o quanto quer isso. Tristan se lembra melhor deles do que eu ou Willow, mas alimentar essa esperança só vai causar mais decepção e sofrimento. Aprendi a aceitar a morte deles uma vez, e não acho que eu consiga fazer isso de novo.

— Se estivessem vivos, teriam vindo atrás de nós — digo com segurança. — Nada os teria impedido.

— E se não pudessem?

Balanço a cabeça.

— Eles teriam encontrado uma forma.

Os ombros de Tristan se afundam, e ele solta o ar.

— Só pensei que…

— Eu sei. Confie em mim, também pensei. Mas é impossível.

Não estou tão confiante quanto quero soar, porque também gostaria que fosse verdade, mas não vou deixar que ele faça isso consigo mesmo. Passamos tantos anos traçando planos de vingança e de como seriam nossos futuros tendo apenas Willow para nos controlar. Fora de Nostraza, precisamos nos concentrar no que está diante de nós. Não podemos nos permitir nos perder em devaneios que só servem para nos distrair.

Tristan abaixa os olhos para o chão e espera um momento antes de se empertigar. Ele bate na coxa e levanta, tentando criar coragem.

— Acho que temos uma festa para ir, então.

Sua expressão continua contraída, as linhas ao redor da boca e dos olhos tensas, mas ele se vira antes que eu possa dizer mais alguma coisa.

Eu levanto para ir atrás dele, e atravessamos o Forte seguindo as instruções de vários servos do palácio. Há feéricos menores onde quer que eu olhe, alguns trabalhando em posições de serviço, mas muitos vestidos para a festa. Espio um par de ninfas delicadas com vestidos de veludo verde e galhadas douradas na cabeça.

Entramos num salão enorme agraciado por um teto de madeira alto, curvo e decorado por nervuras douradas. As paredes e o chão são todos feitos de vários tons de madeira incrustada com verniz esculpido na forma de folhas. No alto, centenas de luzinhas douradas voam pelo salão, e levo um momento para me dar conta de que são, na verdade, vaga-lumes. Eles vagueiam, passando depressa pelos convidados antes de saírem em disparada. A cena é para lá de cativante.

A mesa longa que divide o salão está coberta de comida, incluindo uma fonte gigantesca de chocolate e várias esculturas de gelo no formato de animais: um cervo, um urso e uma coruja.

O vinho flui livremente, e os convidados circulam ao redor da comida antes de se acomodarem em mesas dispostas ao longo das paredes.

Passamos pela multidão, encantados com tudo. Quando meu olhar encontra o de Tristan, compartilhamos um momento de incredulidade. É muito difícil compreender que, há poucos meses, vivíamos nas entranhas de um lugar infernal e, agora, aqui estamos nós, cercados por música e risos.

Fico me perguntando por quanto tempo essa sensação de viver à beira do desespero vai continuar. Quando isto vai parecer sólido e não uma ilusão prestes a ser tirada de nós?

O outro lado do salão se abre para um espaço amplo onde casais dançam, rodopiando em círculos ao som de uma orquestra vestida de verde e bronze. Depois dela, há uma plataforma longa onde o rei e a rainha estão sentados. Nadir, Etienne e Mael já estão na frente.

Nadir está sentado ao lado de Cedar, com uma perna cruzada sobre a outra, conversando tranquilamente com o rei. Ele ergue a cabeça quando me aproximo, passando os olhos pelo meu corpo de uma maneira que deixa minhas pernas bambas.

De repente, não quero nada mais do que ficar a sós com ele ao sentir a pressão se ampliar em meu peito. As palavras estão na ponta da minha língua, querendo se soltar e desencadear o que tenho certeza de que vai ser uma reação que vai mudar permanentemente o rumo de nossas vidas.

Minha magia pulsa sob minha pele, batendo forte a ponto de machucar. Ela se recusa a ficar longe dele por muito mais tempo.

Ele inclina a cabeça, com a expressão penetrante, e me dou conta de que eu estava encarando de novo. Há quanto tempo estou aqui parada? Pelo olhar cético que Tristan está me lançando, deve ser tempo demais para não ser estranho.

— Tudo bem? — ele pergunta, e faço que sim.

Claro. Não exatamente.

Jogando os ombros para trás, eu me aproximo da plataforma e faço uma reverência para o rei e a rainha. Eles levantam e retribuem o gesto.

Meu olhar se volta para Nadir, que está usando seu traje preto habitual, embora obviamente não seja a mesma roupa coberta de sangue com que chegou.

— Como você conseguiu encontrar a única roupa preta em todo o reino? — pergunto, e ele responde com um sorriso provocante.

— Tenho meus segredos, Lor.

Reviro os olhos enquanto Cedar e Elswyth me dão um abraço caloroso. É tão… aconchegante.

Quero muito confiar que esses Feéricos Imperiais querem o melhor para nós. Eles são nossa família. Sabem nossos segredos e dizem que vão guardá-los. Vou precisar de todos os aliados possíveis. Mesmo se o objetivo não fosse reivindicar minha coroa, quero uma família. Quero o consolo e a segurança de pessoas que nos amem.

Mais importante, quero isso para Tristan e Willow.

Uma garçonete se aproxima com uma bandeja de prata equilibrada na mão e nos oferece uma bebida. Aceito uma tacinha de cristal cheia de um líquido lilás-claro.

— O melhor Noma Violetta que temos na adega — diz Cedar, apontando com orgulho para minha taça. — Mas é forte.

Sorrio e dou um gole que é ao mesmo tempo doce e amargo e amolece minhas pernas de um jeito agradável. Relaxo, desfrutando da sensação e decidindo que vou dançar muito hoje.

A música termina, as últimas notas ecoando pelo salão enquanto todos os olhos se voltam para a frente. Cedar e Elswyth levantam de mãos dadas. Eles erguem os braços livres e fazem uma reverência para a multidão que os observa.

— Bem-vindos! — diz Cedar, sua voz grave ecoando pelo salão. — Conforme o inverno se aproxima, vamos todos nos reunir para celebrar a mudança da estação. Nossas reservas estão cheias, e há comida para a estação toda. Então, por favor, bebam, divirtam-se e aproveitem a noite!

Um coro de brindes tilinta pela multidão e, então, Cedar e Elswyth avançam suavemente para o centro da pista de dança. A música volta, e eles começam a rodopiar antes de serem acompanhados por uma dezena de outros casais.

Durante a hora seguinte, eu me deixo levar pela exuberância e tranquilidade de pessoas sem tantas preocupações. Provei um pouco de tudo que a enorme mesa de comida dispunha; cada prato ainda mais saboroso do que aparenta. Tartare de veado com redução de framboesa. Patê de javali com alecrim. Torradas de cogumelo da floresta servidas com queijo de cabra e mel.

Tomo outra nota mental de viajar por todo Ouranos apenas para experimentar as comidas de todas as regiões. Eu me pergunto quais são as iguarias da reina estelar de Celestria. Torta de luar, talvez?

Depois de um tempo, eu sento ao lado de Elswyth para observarmos os dançarinos rodopiarem pelo salão.

— Está se divertindo? — ela pergunta.

— Sim.

— Que bom que puderam passar a noite.

Sorrio, meu olhar circulando a multidão até pousar em Nadir do outro lado do salão. Ele está conversando com Mael e um Feérico dos Reinos Arbóreos.

Eu o observo, admirando os contornos de seus ombros e braços. A forma que seus bíceps marcam o tecido preto. A cintura estreita e a curva de suas coxas fortes. Mas do que mais gosto é seu rosto. Aqueles olhos ardentes que não escondem nada de mim. Como aquela sobrancelha se arqueia de uma forma que me irrita, mas também me rende. Aquela boca capaz de insultar os outros e de me excitar mais do que eu achava possível.

Ele é meu desafio e meu apogeu, e estou sendo testada nos sentidos mais profundos.

O filho do homem que matou meus pais é minha alma gêmea, destinada por Zerra. O qual aparentemente foi feito para mim. Mas não é nenhuma surpresa. Acho que eu soube desde o momento em que joguei meu champanhe nele.

Agora, só tenho duas opções diante de mim.

— Lor?

Eu me viro ao ouvir meu nome, encontrando Elswyth me observando, um sorriso de cumplicidade no rosto.

Deuses. Eu o estava encarando de novo.

— Oi? — pergunto.

— Perguntei se você queria mais vinho?

Abaixo os olhos para minha taça vazia. Sim. Aceito a garrafa inteira.

— Claro. — Eu levanto com ela, enchendo nossas taças antes de fazermos um brinde. Conversamos por mais alguns minutos antes de Elswyth pedir licença para cuidar de seus deveres de rainha.

Depois que ela sai, considero fazer mais uma visita à mesa de comida quando meu olhar se fixa num ponto.

Nadir não está mais com Mael. Agora ele está conversando com uma Nobre-Feérica linda de cabelo castanho ondulado e volumoso, usando um traje semelhante ao meu. Estão ambos encostados na parede, próximos demais para o meu gosto. Esse cuzão está flertando de novo?

Considero criar uma distração para separar os dois. Talvez atear fogo em alguma toalha de mesa ou jogar alguém dentro da fonte de chocolate. Mas Cedar e Elswyth foram muito queridos e não merecem ter a festa arruinada porque o Príncipe Aurora é viciado em seduzir.

Por algum motivo inexplicável, Nadir também está usando um cachecol azul sobre os ombros, e não faço ideia de onde *aquilo* surgiu. A mulher estende a mão para tocar o braço de Nadir, seus dedos envolvendo o bíceps firme ao rir, e é então que minha visão fica carmesim.

Meus dedos se cravam na palma de minhas mãos enquanto me controlo fisicamente para não ir até lá e tirar o braço dela.

*Ele não é meu.*

Que se foda. Ele é meu, *sim*.

Algumas semanas atrás, eu disse que não queria pertencer a ninguém. Eu o odiava, odiava seu pai e tudo que eles representavam. Mas sei que isso não é mais verdade. O pai, sim, mas meus sentimentos pelo filho são muito mais complexos.

Mas tudo que fiz foi afastá-lo. Será que destruí o que poderia vir a existir entre nós? É tarde demais?

Ouço um rosnado e logo percebo que sou eu. Viro as costas para tirá-los do meu campo de visão e solto um suspiro que nada contribui para acalmar a pulsação vibrante da minha irritação comigo mesma.

Uma elfa passa, segurando uma cesta cheia de cachecóis azuis iguais ao de Nadir. Ela estende um como se estivesse oferecendo. Uma Nobre-Feérica de cabelo ruivo e vestido verde longo o pega e pendura sobre os próprios ombros com uma risadinha antes de sair andando.

— São o quê? — pergunto à elfa. Ela tem a pele verde-clara e o cabelo rosa suave que cai sobre as grandes orelhas pontudas.

A mulher sorri e tira outro da cesta.

— É um cachecol de Beijo de Inverno. — Há uma expressão tímida em seu rosto que sugere não ser apenas um acessório. Passo os dedos no tecido. É feito de uma lã incrivelmente refinada e deve ser a coisa mais macia em que já toquei.

— O que quer dizer?

Ela cochicha com um brilho nos olhos:

— Mulheres solteiras pegam e põem sobre os ombros daqueles de quem querem um beijo.

Então sorri e dá uma piscadinha.

Bom, isso me parece um pouco arcaico e bastante sexista, mas, considerando quantos lenços azuis noto sobre vários ombros agora, é óbvio que se trata de uma tradição popular.

Quando vejo Nadir pelo canto do olho, usando aquela merda de cachecol de Beijo de Inverno, minha raiva endurece tanto que poderia quebrar uma costela. Quem o deu para ele? Só posso imaginar que seja a mulher que *ainda* o está tocando.

Certo, também posso jogar esse jogo. E não sou de desistir de um desafio.

— Posso pegar um? — pergunto, e ela faz que sim.

— Claro. Divirta-se. — A elfa me dá um aceno descontraído e sai andando. Coloco o lenço nos ombros e procuro um alvo. Alguém extremamente atraente e sexy e alto para um caralho. Com um cabelo bonito e uma bunda durinha.

Nadir ainda está focado em conversar com a mesma mulher, e ranjo os dentes com tanta força que não vou ficar impressionada se quebrar um.

Dou a volta na mesa grande e, felizmente, não demora para um Nobre-Feérico muito bonito e *muito* alto me abordar.

— Olá — diz ele, olhando para o cachecol e depois para mim. — Sou Declan. E você?

Abro meu sorriso mais radiante para ele, torcendo para não parecer uma lunática. Não posso dizer que eu tenha muita experiência flertando, mas sempre consegui me virar. Claro, em sua maioria, os homens que tentei conquistar estavam confinados na prisão e não tinham lá muitas opções, mas tento não deixar isso me abalar.

Declan é realmente muito bonito, com o cabelo loiro-escuro e olhos verdes que brilham sob a luz de velas.

— Sou Lor — digo. — É um prazer te conhecer.

— Nunca te vi no Forte. De onde você é?

— Ah, sou uma parente distante da família real. Estava de passagem, e Cedar insistiu que passássemos a noite por aqui.

Ele sorri e se abaixa.

— Você não é secretamente uma princesa, é?

Minha risada em resposta é um pouco sem jeito, mas ele não parece notar. Dá para ver que só está me provocando, e não tem ideia de como está perto da verdade.

— Hum, se você se comportar pode ser que descubra.

Seu olhar brilha em resposta, descendo rapidamente para o cachecol, e até que isso é divertido. Talvez eu não seja tão ruim nesse negócio.

Tudo em mim resiste ao impulso de olhar para Nadir, mas não consigo me conter, e deixo meu olhar vagar por uma fração de segundo antes de voltar a olhar para a frente. Um rompante de triunfo sobe pela minha garganta quando noto que ele está me encarando, os olhos ardendo como as chamas do próprio inferno.

Volto imediatamente a atenção para Declan, chegando mais perto e tocando o centro do seu peito. É firme e esculpido, e até que me dei bem.

— Quer dançar? — pergunto, e ele faz que sim.

— Claro.

Declan me guia à pista de dança e me rodopia de um lado para o outro. Não sei bem o que estou fazendo, mas ele consegue me fazer sentir que estou acompanhando seu ritmo. Tento não olhar para Nadir sempre que rodamos pelo salão. Tento ignorá-lo porque estou me divertindo de verdade.

Depois de algumas voltas ofegantes, Declan me leva até a beira da pista de dança.

— Quer beber alguma coisa? — ele pergunta e me guia até uma mesa que me deixa diretamente no campo de visão de Nadir, que agora está sentado do outro lado do salão. Sua "amiga" está encostada nele, rindo, e quanto tempo ele pretende ficar conversando com ela? O que essa mulher pode estar dizendo de tão interessante, porra?

Nossos olhares se encontram, e sei que estou ganhando. Só não sei ainda o quê. É um milagre que ninguém esteja sufocando com nossa animosidade, que vai se expandindo até ocupar cada canto do salão.

Declan volta com a taça de vinho prometida. Ele a entrega para mim antes de puxar uma cadeira e sentar. Lanço outro olhar rápido para Nadir e decido que o céu é o limite ao subir as apostas.

Ponho a taça na mesa e sento no colo de Declan antes de envolver meu cachecol em volta da sua nuca e me abaixar. Ele tem um cheiro bom, de floresta e outras coisas verdes e terrosas. Eu me sinto mal. Não deveria o estar usando assim. Talvez devesse parar agora antes que o magoe.

Merda, sou uma pessoa horrível. Fui longe demais.

Declan sorri para mim, e estou prestes a desistir e pedir desculpas pelo meu comportamento. Vou culpar o vinho ou algo assim. O álcool subiu à cabeça e não estou acostumada. Venho de uma vila isolada e não sei me comportar numa sociedade civilizada. Espero que ele não fique bravo ao descobrir que não vai conseguir nada comigo hoje.

Mas é então que uma sombra ameaçadora paira sobre nós como um anjo caído abrindo as asas para bloquear o sol. Os olhos escuros de Nadir brilham em tons de violeta e esmeralda, a íris ardendo com uma raiva sem fim. Eu e Declan ficamos completamente paralisados, e não sei dizer se o que estou sentindo é medo ou outra coisa.

Algo com certeza descabido, fazendo algo arder sob meu ventre. Era para isso estar me excitando? Provavelmente não.

Porra, mas está me excitando, *sim*.

— Tire as mãos dela — diz Nadir de forma tão assustadora que Declan se encolhe e levanta as mãos devagar, num gesto de rendição. Nadir se abaixa, arranca o cachecol dos ombros dele e joga a peça no chão.

Estou chocada demais para me mexer. Como Nadir se atreve a sentir raiva? É ele quem está flertando com tudo que se mexe desde que saímos de Afélio. O lado racional do meu cérebro foi embora de vez.

Antes que eu possa dizer ou fazer qualquer outra coisa, Nadir se abaixa e me pega no colo, me carregando por sobre o ombro ao se virar e sair furiosamente do salão.

# 25
# NADIR

MEU SANGUE FERVE SOB A PELE enquanto atravesso o Forte como um furacão. Lor se debate e esperneia contra meu corpo.

— Me põe no chão! — ela grita, batendo os punhos nas minhas costas. — Nadir!

Dou risada, mas não acho graça nenhuma nisso tudo. É uma faca de aço se cravando no meu peito. Torcendo e torcendo lá no fundo. Quando a vi sentando no colo daquele arrombado, perdi a cabeça. Não aguento mais essa merda. Vamos ter que resolver isso agora, nem que acabe nos matando. Estou pronto para explodir como uma estrela no céu, sem que reste nada além de cinzas fumegantes.

— Juro! — Lor me ameaça, mas não há muito mais que possa fazer.

Ela arrancou e pisoteou em meu coração até não sobrar nada além de um pedaço anêmico de carne ressecada. Abro a porta do quarto dela com violência e vou até a cama, onde a deixo cair com um movimento brusco. Lor tenta se afastar, mas subo em cima dela antes que consiga sair de perto.

Meu corpo a imobiliza no colchão, e agarro seus punhos, segurando-os sobre a cabeça dela. Lor está resistindo como uma fera selvagem e, porra, meu pau já está duro.

Minha magia se ilumina, uma aura colorida escapando para me cercar com uma luz suave, cobrindo o rosto dela com um fulgor azul, verde e violeta.

— Nadir — ela sussurra com raiva, tentando soltar os punhos, mas está indefesa embaixo de mim. — Me solta!

— Não antes de você conversar comigo — falo baixo em tom de ameaça, fixando um olhar furioso nela. Lor me fuzila de volta. É bonita para caralho assim. Nas últimas semanas, ela estava tão quieta, tão contida. Apenas uma sombra da mulher que sei que é. Quero essa Lor inflamada e faria qualquer coisa para tê-la de volta.

— Conversar sobre o quê?

— Quem era aquele arrombado com quem você estava?

Seu sorriso fica maldoso, os olhos se transformando em diamantes capazes de cortar vidro.

— Não é da sua conta.

Ah, não. Acho que não, hein.

Deixo meu peso cair sobre ela enquanto sinto *tudo*. A suavidade de seus seios e de suas coxas, a maneira como suas pernas me envolvem. Quero tanto comer essa mulher que os limites do meu equilíbrio estão se desfazendo de tanto serem levados ao extremo. Estou me desmanchando de tanto desejo.

— Olha quem fala! — Lor grita, se sacudindo de novo. — Com quantas mulheres você flertou no intervalo de dois dias, Príncipe Aurora?

Flertando? Do que ela está falando? Então me dou conta. Achou que algumas conversas inofensivas era eu *flertando*? Ela realmente não entende.

*Mas* não sou contra usar isso a meu favor.

É minha vez de dar um sorriso maldoso.

— Está com ciuminho?

— Claro que não. Como você ousa me tirar de cima do meu... amigo se fica se esfregando com qualquer coisa que se mexa? — Seus gritos são tão altos que sua voz embarga, e o som é uma música doce e reconfortante para meus ouvidos. Ela se *importa*.

— Que diferença faz para você? — rosno. — Você se afastou e se recusa a falar comigo. Mas fica me olhando como... como... Deuses, não consigo entender que olhar é aquele!

— Me. Larga. — Seu olhar queima com um ardor forjado nas chamas mais profundas do Submundo. — Não vou falar até você sair de cima de mim.

— Está bem — digo, soltando seus punhos e recuando. Lor senta e levanta, ajeitando a túnica e o cabelo como se fosse uma cachorra raivosa prestes a encontrar a rainha para tomar chá.

— Como ousa me pegar como se eu fosse um saco de frutas e me jogar na cama? — ela grita antes de tentar passar por mim.

— Você disse que conversaria comigo — falo, segurando seu braço.

Num piscar de olhos, Lor saca a adaga amarrada ao redor da perna. Ela a aponta para mim, e recuo até parar ao pé da cama, a ponta afiada encostada no meu pescoço.

— Menti — diz ela, furiosa, pressionando a lâmina com mais firmeza, a respiração pesada e os dentes à mostra. Se pensa que isso vai me dissuadir, está bem enganada. Estou mais excitado do que nunca agora. — Você não tem o direito de me dizer com quem posso conversar.

— Eu sei — digo entredentes.

— Sabe? — ela questiona. — Porque está agindo como se não soubesse.

— Lor! — Agarro seu punho e o aperto em meu peito, a adaga ainda em sua mão. — Você é minha alma gêmea, porra, e você é *minha*.

As palavras escapam e vibram no ar, pairando entre nós. Para sempre ditas, um caminho sem volta. Não queria falar assim, mas ela me deixa tão maluco que não estou mais pensando direito.

— Eu sei! — Lor grita, solta o braço do meu aperto e sai andando. Essa é a última coisa que eu esperava que dissesse.

— Sabe?

— Sim! — Ela aperta o punho no coração como se não conseguisse respirar e faz uma expressão desconfiada, estreitando os olhos.

— Espera. Você sabia?

— Sim, claro que sabia.

— Desde quando?

Abano a cabeça.

— Acho que sempre soube, mas tive certeza depois daquela noite no Castelo Coração.

Ela se aproxima, tocando o centro do meu peito. Meus joelhos encontram o encosto de uma cadeira ao pé da cama, e me afundo nela. Lor cai em cima de mim, sentando no meu quadril, a lâmina apontada embaixo do meu queixo.

— E não me contou? — ela rosna, furiosa. Com as bochechas coradas e o cabelo desgrenhado, acho que nunca vi nada mais bonito em toda a minha vida. Estou tentando me concentrar em sua raiva e suas palavras, mas essa *necessidade* que pulsa no meu peito me distrai.

Não apenas física, mas a necessidade de que ela me *veja* como sou, sem barreiras, sem armadura, com o coração sangrando na mesa.

— Você tinha acabado de me dizer que não queria nunca mais que eu encostasse em você. O que eu podia fazer? — retruco, pegando seu antebraço e sentindo a lâmina apertar mais.

Suas narinas se expandem, e Lor solta um longo suspiro antes de se afastar de mim e caminhar em direção à janela, apoiando as mãos e a cabeça no peitoril.

— Quando *você* descobriu? Por que não disse nada? — acuso, parando atrás dela.

Ela se vira.

— Rhiannon. Ela estava falando sobre meus avós e o que sabia sobre almas gêmeas, e tudo se encaixou! Você é minha alma gêmea! Era a única coisa que fazia sentido!

— Tá! E por que estamos gritando sobre isso?

— Não sei! — Ela ergue as mãos. — Não sei o que fazer agora!

Está à beira das lágrimas, mas não entendo o que significam. Lor odeia tanto assim a ideia de ser minha alma gêmea? Sei que a faço lembrar das muitas coisas que perdeu e nunca vou ter como apagar o que meu pai fez, mas não sou ele. Farei tudo dentro do meu alcance para provar isso e protegê-la.

Quando ela está prestes a virar as costas de novo, uma emoção rasga meu peito, porque não consigo mais guardar nada disso. Preciso que entenda.

— Lor! Quando você vai pôr nessa sua cabeça que estou completamente apaixonado por você, porra?

Ela tenta se afastar, mas dou mais um passo à frente, fazendo-a encostar na janela.

— Só penso em você. Nunca senti isso por ninguém e faria qualquer coisa por você. Você se tornou meu ar e meu sangue e minha única razão para viver. Eu te amo, Lor. Eu te amo tanto que sinto que meu peito vai explodir.

A raiva em seus olhos diminui e vira outra coisa que não sei se consigo decifrar. É o mesmo olhar que ela tem me lançado. Confusão, receio e alguma terceira emoção que chega quase a ter gosto de eternidade.

— Ama?

Coloco as mãos na janela ao redor dela.

— Sim. Deuses, Lor. Como você não consegue enxergar?

Lágrimas enchem seus olhos enquanto ela abre e fecha a boca. A tensão no ar é tão densa que parece prestes a criar asas e sair voando. Lor me encara com os lábios entreabertos, e vejo um milhão de coisas em seu olhar.

Vejo a mágoa, a perda e a raiva que ela carrega lá no fundo. Mas também vejo a esperança, a alegria e a coragem de seu espírito. Vejo tudo que ela deseja e o quanto vou me esforçar para lhe dar cada pedacinho. O que vejo é quase demais, porque, mesmo que Lor não consiga dizer as palavras, tenho certeza de que pelo menos uma parte dela sente o mesmo.

Somos forças em confronto e estrelas cadentes. Estamos existindo à beira de dois penhascos, frente a frente, próximos o bastante para nos tocar, e agora ou nos seguramos, ou nos jogamos no vazio.

De repente, nós nos movemos ao mesmo tempo.

Sua boca colide com a minha, e há apenas calor e dentes e o toque frenético de nossas mãos. É de quebrar os ossos, sufocar os pulmões e me consome.

Seguro seu rosto com as mãos e a beijo como se estivesse me afogando. Como se tivesse me esquecido de respirar. Minha língua mergulha em sua boca, e ela geme. O som reverbera por todas as minhas células, envolvendo meu pau já duro como pedra.

Nós nos beijamos enquanto o quarto gira e o mundo se dissolve. Não há nada senão este momento e ela. Ela. Lor. Tudo que fez foi resistir a mim a cada passo do caminho, mas não me importo. Ela é o cume inatingível de uma montanha. Um planeta distante e inalcançável nos céus.

Vou lutar até o fim se for necessário.

Lor puxa minha camisa, tentando abrir os botões com as mãos trêmulas. Afasto-as e rasgo o tecido, os botões saltando ao chão. Ela tira os trapos dos meus ombros, e eu me pressiono contra ela enquanto seus dedos se cravam em minhas costas, tentando se aproximar ainda mais. Quero que ela me marque. Que arranque sangue e deixe cicatrizes, reivindicando o que é dela por direito.

Nem sei o que estou fazendo ao tatear os cordões de seu colete. Não consigo fazer minhas mãos funcionarem.

— Argh.

Deixo escapar um som frustrado e tento pegar a adaga de sua mão, só para descobrir que não está mais lá.

— Cadê? — pergunto.

Lor a pega de onde deixou no peitoril da janela e a ergue. Nós dois paramos quando nossos olhares se encontram. Um momento atrás, ela queria me machucar, e agora? Agora seu olhar arde com aquela chama que me atraiu desde o momento em que nos conhecemos. Não faria diferença se não fosse minha alma gêmea; eu teria ido até os confins do mundo por ela mesmo se nunca tivéssemos trocado nenhuma palavra.

Minha mão segura a sua ao tomar a adaga e a encaixar sob o primeiro par de cordões. A lâmina afiada corta com precisão e a deixa sem ar. Sem tirar os olhos dela, passo para o próximo, e seu peito sobe e desce. Estou me torturando, mas parte de mim quer que este momento dure para sempre.

Estamos à beira do que quer que o futuro nos reserva, e quero me lembrar dela assim pelo resto da vida.

Nós dois observamos meu avanço lento e calculado enquanto corto outro par de laços.

— Nadir — Lor sussurra, e o som é tão angustiado que faz meu pau latejar. Ela deseja isso tanto quanto eu.

— O que, Lor?

— Você está me matando agora — diz ela, e sorrio.

— Que bom — digo antes de finalmente cortar os últimos laços, e nós dois soltamos o ar engasgado. Minha mão envolve a lateral do seu rosto enquanto vou me encostando nela, e ela ergue os olhos para mim com um misto intenso de força e vulnerabilidade. Eu a beijo e sinto seu corpo relaxar contra o meu. Aproveito o momento, saboreando as sensações que me consomem, provando cada centímetro de sua boca e de sua língua. Cada sopro de sua respiração ao inalar seu perfume, essa mistura curiosa de rosas, tempestades e raios que me faz sentir em casa.

Mas a tensão vai crescendo e crescendo até não aguentarmos

mais, voltando a agarrar um ao outro. Eu a pego no colo, dobrando suas pernas ao redor da minha cintura, e a carrego até a cama. Não a jogo com mais delicadeza do que da última vez, mas ela não parece se importar. Depois que a puxo pelo tornozelo, pego o colarinho da sua camisa e rasgo a frente.

— Dessa vez, sei que você trouxe mais roupas — rosno, me referindo à nossa noite no Castelo Coração, e ela concorda antes de eu tomar sua boca com a minha. Suas mãos agarram os fios do meu cabelo, e ela me puxa para baixo com tanta força que as raízes doem. Eu poderia beijá-la para sempre, mas também morreria se não a penetrasse logo.

Ela passa a mão sobre meu pau, e quase desabo como se tivesse levado um chute no peito. Mas me força a me afastar. Lor me lança aquele olhar vulnerável. O mesmo que vi na primeira vez em Afélio, quando já estava me apaixonando.

— O que foi? — ela pergunta.

— É só que… não sei se consigo fazer isso de novo se você não estiver completamente envolvida. Quase me matou da última vez, e preciso ser honesto porque acabei de contar como me sinto e… — Paro de falar, não sabendo como continuar. Nunca fui tão vulnerável com alguém, mas com ela, parece certo. Parece necessário. Não posso guardar nada.

Lor senta, alisando o cabelo dos dois lados do rosto como se pretendesse levar isso a sério.

— Surtei naquela noite. Passei metade da vida pertencendo a homens que tentavam me usar, e ouvir você dizer aquelas palavras trouxe à tona todas as memórias sombrias que tentei reprimir. Quando percebi que Atlas tinha mentido para mim sobre tanta coisa, minha confiança se quebrou. Não apenas nele, mas em tudo. Estou tentando consertar essas minhas partes sem nenhum alicerce que me sustente.

Tento corrigi-la. Que não há nada para consertar. Que não foi isso que eu quis dizer, mas Lor ergue a mão.

— Sei que nunca foi isso que você quis dizer, Nadir. É só que levei um tempo para entender. Sei que nunca quis me prender. Você virou não apenas minha fortaleza, mas meu refúgio. Tudo que fez foi me dar espaço para abrir minhas asas.

Ela me encara, e uma esperança frágil vibra em meu peito. Está dizendo o que estou pensando?

— Desculpa — Lor sussurra, ficando sobre os joelhos e acariciando minha bochecha. — Eu me assustei naquela noite, mas me arrependi daquele momento várias vezes desde que aconteceu. Eu estava com medo de…

Ela desvia o olhar, mas guio seu rosto de volta para mim.

— Do quê?

— De ter estragado tudo. De ter chegado ao fim. Quando te vi com aquela mulher, pensei…

— Lor — murmuro, colocando a mão em sua lombar e a puxando para perto. — Eu disse que não queria mais ninguém. Era verdade na época e continua sendo. Ontem, quando você me agradeceu pelo resgate, o que eu realmente queria dizer era que eu teria estraçalhado o mundo todo para te encontrar. Como pôde pensar que eu não faria de *tudo* por você?

É isso. Estou colocando tudo para fora. Chega de esconder meus sentimentos. Chega de dar espaço para Lor fugir dos dela. Se ela não quiser isso, vou encontrar algum canto onde mergulhar para sempre na poeira até cair no esquecimento.

Mas ela está bem aqui. Consigo sentir.

Seus olhos se enchem de lágrimas.

— Eu sabia disso — sussurra. — Acho que eu sabia.

— Que bom — digo, e nós nos beijamos de novo. É suave no começo, mas uma tempestade está se formando, e nos rendemos à pressão que ameaça nos sufocar. O beijo se intensifica, e vou tirando as roupas dela o mais depressa possível.

Agora sei por que Lor sempre me pareceu tão familiar; estava destinada a mim desde o começo.

Puxo suas botas e depois sua calça, tomando cuidado para não rasgar a costura, mas, sério, quem se importa?

Ela continua linda e perfeita como na primeira vez que a vi. Não consigo acreditar que é minha. Espero que seja minha desta vez. Tenho certeza de que é o que está nos planos de Zerra. Por que outro motivo pareceria tão certo?

Eu levanto e a puxo comigo, só para poder contemplar seu corpo todo. Não sei do que preciso mais, minha língua ou meu pau dentro dela, mas, por tudo que é mais sagrado, até terminarmos, vou ter feito as duas coisas muitas vezes. Lor abre o botão da minha calça e enfia a mão, pegando meu pau, que parece prestes a explodir.

— Puta que pariu — gemo ao encostar minha cabeça na dela. —Você não faz ideia do quanto te quero, Lor.

— Também te quero — ela diz enquanto arqueia a cabeça e chupa meu pescoço, sua mão envolvendo meu comprimento e fazendo movimentos lentos e firmes. O gemido vibra por todas as células do meu corpo, meu orgasmo já começando a se formar, mas não quero liberá-lo. Ainda tenho muito a fazer.

Ela puxa a cintura da minha calça com a mão livre, e eu a ajudo, recuando antes de tirar tudo. Agora, estamos ambos completamente nus. Por vários segundos, só nos observamos. Guardo cada pedaço dela na memória. As sardas na curva dos seios. A suavidade das coxas. A pinta na costela esquerda. A marca de nascença no quadril e a marca de Nostraza gravada no ombro.

Seus olhos deslizam sobre mim, indo do meu rosto, passando pelo meu peito e descendo por minha barriga até parar no meu pau, que está tão duro que chega a doer.

Lor ergue os olhos devagar e passa a língua nos lábios, e me lembro vividamente de como foi ter sua boca ao redor dele. Aquele ainda foi o momento mais sexy da minha vida. E hoje tenho toda intenção de superá-lo.

Estou me esforçando demais para não dominar a situação. Embora todos os meus instintos primitivos queiram jogá-la na cama e tomá-la para mim, não quero assustá-la de novo. Quero que Lor sinta que essa escolha é dela e que tenha exatamente o que precisa.

Quando ela se encosta em mim, meu corpo todo estremece, todos os músculos se contraindo e se dissolvendo ao mesmo tempo. Sua boca toca a curva da minha clavícula, seus lábios ardendo em minha pele. Devagar, ela vai subindo pelo meu pescoço, ficando na ponta dos pés, e abaixo a cabeça até nossas bocas estarem a poucos centímetros uma da outra.

Paramos aí, respirando frente a frente, e neste momento entendo que não dá para voltar atrás.

Lor não só é minha alma gêmea. Não apenas é a mulher por quem me apaixonei. É todas as estrelas no céu e todos os desejos que já tive. Este momento vai definir o nosso futuro até a eternidade. Sinto isso dentro de mim. Não é apenas amor. Ela tem um destino a cumprir, e tenho certeza de que faço parte disso.

É algo muito maior do que qualquer um de nós.

— Nadir — Lor sussurra antes de diminuir a distância, sua boca envolvendo a minha. Então me empurra para trás até minhas pernas baterem no divã sob a janela. Eu me deixo cair, trazendo-a comigo quando ela senta no meu quadril. Com suas mãos apertando meus ombros, ela roça a boceta quente e molhada em mim, e gemo pelo êxtase absolutamente extraordinário da sensação.

Enfim, paro de me controlar e a toco, apertando seu quadril e a puxando para sentir mais dela. Meus dedos se afundam em sua pele macia enquanto me agarro a ela com toda a força. Minha magia vai se soltando mais, envolvendo meus braços e minhas pernas. Vejo o leve crepitar de relâmpagos vermelhos dançarem nos contornos do corpo dela.

— Nadir — ela geme de novo.

— O que você quer? — pergunto. — Faça o que quiser. Me coloca dentro de você. Me usa. Cavalga em mim, Lor. Estou a seus pés, faço o que você quiser.

Sua cabeça se ergue, e tenho medo de que tenha ultrapassado algum limite. Será que cometi o mesmo erro? Mas Lor sorri, o canto de sua boca se erguendo de uma forma que me faz querer morder cada centímetro dela.

Ela abaixa a mão e segura meu pau, passando os dedos sobre ele antes de se erguer sobre a minha cintura. Prendo o ar ao sentir meu corpo inteiro vibrar de desejo e necessidade e tudo que estou me esforçando para segurar.

Aos poucos, ela vai descendo, abrindo a boca para ofegar.

— Deuses, como você é apertadinha — gemo.

Minha testa encosta na dela, e percebo que Lor precisa de um momento para se acostumar, então dou isso a ela, contendo toda a minha vontade desesperada de meter tudo de uma vez.

— Olha para mim — peço, e nossos olhares se encontram quando do sua cabeça se ergue. Ela não desvia os olhos enquanto cada centímetro meu a penetra. — Deuses, que delícia. Você não faz ideia de quantas vezes imaginei isso.

Lor abre a boca e se abaixa para me beijar, nossas línguas se entrelaçando enquanto ela rebola o quadril. Por fim, estou completamente dentro dela, e nossos calafrios simultâneos quase fazem o ar ao redor reverberar como se ele próprio também estivesse prendendo a respiração.

— Lor — gemo.

— Hum?

— Preciso que comece a se mexer, senão vou perder a cabeça.

Ela sorri para mim com um brilho malicioso no olhar.

— Qual é a palavra mágica? — pergunta, e solto um rosnado baixo que a faz rir. Esse som é como música, e quero ser a pessoa que a faz rir assim todos os dias.

— Ainda não me torturou o suficiente? — pergunto, e seus olhos faíscam.

— Não cheguei nem perto disso.

Ela se inclina, rebola o quadril e começa a sentar devagar enquanto meus dedos se cravam em suas coxas. Não, isto não é foder. É fazer amor. Nunca fiz isso antes. Não dessa forma. Desata algo em meu coração, e é quase como se eu conseguisse respirar direito pela primeira vez.

Lor dá uma mordidinha no lóbulo da minha orelha antes de sussurrar:

— Faça o que *você* quer, Nadir. Sou sua, e você é meu. Não tenho medo e confio em você. Plenamente. Com meu coração e minha vida. Com tudo que o futuro nos reserva. — Ela me fixa um olhar que sinto da cabeça aos pés. — Não culpo você por nada.

Minha respiração estremece, as arestas se suavizando, minhas camadas relaxando.

Até este momento, não sabia o quanto precisava ouvir isso.

Eu perco o controle. Levanto Lor e a jogo na cama porque preciso da liberdade de comer essa mulher até nós dois desabarmos. Eu me ajoelho e a puxo para mim bruscamente, sem lhe dar a chance de tomar fôlego antes de eu enfiar a cara entre suas pernas.

—Ah! — ela exclama, erguendo o quadril, mas eu o imobilizo ao passar a ponta da língua em sua boceta, saboreando o gosto. Deuses, como eu precisava disto. Ela segura minha cabeça, seus dedos puxando meu cabelo enquanto lambo e mordisco até que contorça embaixo de mim.

— Eu... eu vou... — Lor murmura, mas recuo porque vou fazê-la esperar. Ela faz beicinho quando levanto e depois me estendo sobre seu corpo, abrindo um sorriso selvagem.

— Para trás — ordeno, e Lor não hesita em me obedecer. Tenho quase certeza de que é a primeira vez que faz isso sem discutir. Eu a observo por um momento, meu olhar pairando entre suas pernas, contemplando a visão do seu desejo por mim.

Vou subindo na direção dela, cobrindo seu corpo de beijos enquanto ela geme, seus seios se arqueando para mim. Estou tão perto do precipício. Faz tanto tempo que quero isso, e é quase insuportável.

— Nadir, por favor — diz ela, e é a minha vez de torturá-la.

— Por favor o quê, detenta?

Ela me lança um olhar, a expressão vulnerável.

— Você não me chamava assim desde que deixamos Aurora.

Odeio que esteja olhando para mim como se eu a tivesse magoado.

— Pensei que você não gostasse.

Lor morde o lábio.

— Talvez eu tenha aprendido a gostar.

— E, depois de tudo que aconteceu, não parecia mais certo.

— E agora?

— Agora acho que somos diferentes. Meio que somos detentos um do outro, não?

Sorrio e dou uma risadinha.

— Acho que sim. Talvez.

Ela balança a cabeça e finge estar indignada.

— Mas estou às suas ordens — digo ao me abaixar e começar a beijar seu umbigo antes de seguir até onde quero.

— Ah — ela geme. — Então não me faça esperar mais.

Vou subindo sobre ela, cobrindo-a de mais beijos. Na coxa e no quadril. Envolvendo suas costelas até pegar um mamilo na boca e morder com força suficiente para a fazer gritar.

— Você ficou me afastando, Lor. Agora é sua vez de sofrer.

Ela me lança aquele olhar furioso que sempre faz meu pau arder, mas quem estou tentando enganar? Não possuo força de vontade para cumprir essa ameaça.

Ergo a perna dela e me posiciono em sua entrada. Desta vez, não há nada de gentil. Estou dentro dela um segundo depois, e nós dois perdemos o fôlego.

— Diga se for forte demais — peço, mas Lor faz que não.

— Não é — diz ela, arranhando minhas costas. — Não pare.

— Então, olha para mim, Rainha Coração. Porque vou *acabar* com você.

Vou tirando meu pau devagar, saboreando como ela é quente e apertada, como se encaixa ao redor de mim com tanta perfeição. E volto a meter com força. É isso. Ela é minha. Minha alma gêmea e meu coração. Eu a amarei até o dia em que me tornar pó. Tudo que sinto é ela. Tudo que penso é nela.

Nós dois gememos quando eu a penetro de novo, centímetro por centímetro, até estar totalmente dentro dela. Estou à beira de um precipício, prestes a pular, e isso é ao mesmo tempo assustador e excitante. O vento em meu rosto e esse frio na barriga. Quero me segurar para sempre, mas é tarde demais. Já me joguei.

Continuo metendo, e Lor continua tentando me puxar para mais perto como se pudesse me envolver em sua alma. Nós nos beijamos enquanto meu quadril se movimenta, e consigo sentir que ela está chegando perto pela pressão no meu pau. Minha magia se libera, entrelaçando-se ao nosso redor junto com as sutis e quase invisíveis faixas de relâmpago vermelho que emergem à superfície, os poderes individuais de cada um de nós se fundindo. Curvas suaves e linhas duras, encaixando-se como duas peças que sempre foram feitas para ser uma só.

— Isso — sussurro. — Goza para mim.

Ela grita, e suas costas se arqueiam ao atingir o orgasmo, me apertando com tanta força que gozo em seguida, meu êxtase me percorrendo com uma força que quase me despedaça. Minha mente se esvazia, tudo se espalhando. Continuo metendo, querendo prolongar a sensação para sempre. Lor se move comigo, e nos beijamos de novo, ofegantes.

— Eu te amo, Lor — digo enquanto nossa magia paira ao redor como fios de fumaça. — Eu te amo. Até que a Evanescência nos separe, eu vou te amar. Mesmo depois, vou te seguir até os fins do tempo.

Ela olha para mim, sem dizer nada.

— E, se você não sentir o mesmo, eu...

Então me silencia com um dedo na minha boca e um não com a cabeça.

— Não, pare com isso. Também te amo — ela diz, e meu coração quase arrebenta para fora do peito. — Também te amo. Desculpa se demorei tanto tempo para enxergar.

# 26
# LOR

FICO ENCARANDO NADIR, o calor de minha declaração se espalhando por meu corpo. O semblante em seu rosto derrete meu coração. Sei que é verdade. Eu o amo.

Gostaria de dizer que aconteceu num piscar de olhos, como um grande despertar, de tanto que resisti. Mas não. Estava lá o tempo todo, acontecendo a cada toque, olhar e palavra, tomando forma e crescendo até eu não ter escolha senão admitir o que estava acontecendo.

— Por Zerra, eu tive que batalhar pra ouvir isso — diz ele, mas está sorrindo de orelha a orelha, e não consigo deixar de rir quando ele se abaixa e me dá um beijo intenso que preenche o espaço escuro atrás do meu coração com gotas líquidas de sol.

— Faz um tempo que sei — digo. — Mas estava com medo demais para admitir. Foi muito difícil superar tudo que você representava para mim, mas sei quem é de verdade. E entendo que não estava tentando me possuir de uma forma que eu não quisesse.

Nadir revelou suas cartas e, agora, é a minha vez de abrir o jogo, mas não me sinto mais perdida na névoa prateada, tentando encontrar algo a que me agarrar. Junto com meus sentimentos cada vez mais intensos, ainda que bastante complicados, aprendi a confiar nele com todo meu ser. Meu coração. Minha alma. E, agora, meu futuro.

Seu rosto se abranda, e ele sai de cima de mim, me aconchegando a seu lado.

— Entendo. Lamento por tudo o que ele fez. Por cada momento de dor que causou em você.

Balanço a cabeça e toco seu rosto.

— Não quero que isso nos separe mais. Eu não deveria ter sido tão dura com você. Nada daquilo foi culpa sua. Eu só tinha muita raiva.

Seu olhar fica mais sombrio, e Nadir me abraça mais forte.

— E se meu pai a tivesse matado e eu nunca tivesse a chance de te conhecer? Se Atlas não a tivesse raptado, quem sabe o que teria acontecido? Talvez eu deva agradecer a ele.

Sorrio porque já pensei o mesmo.

— Acho que eu ainda estaria lá, definhando.

— Não — Nadir responde. — Acho que não. O destino quis que isso tudo acontecesse. Tenho certeza. Parecia coisa do destino quando te vi pela primeira vez em Afélio. Eu sabia que algo havia mudado.

— Eu também — digo. — Quando Gabriel falou seu nome e que eu tinha que "pegar emprestado" o seu anel para o desafio, houve aquele momento em que tudo simplesmente... mudou.

Ele sorri e ajeita uma mecha de cabelo atrás da minha orelha antes de abaixar a cabeça e aninhar o nariz em meu pescoço.

— Então, o que essa história de alma gêmea quer dizer de verdade? — pergunto, e Nadir suspira.

— Sinceramente, não sei. Sei que quer dizer que temos uma conexão, claro, mas não sei bem o que isso significa. A longo prazo, digo.

— Significa que somos eu e você — respondo, tocando seu peito, e ele aperta minha mão.

— Sim. Com certeza. Você não vai surtar por causa disso, vai? — ele ironiza ao inclinar a cabeça.

Bato em seu braço de leve.

— Tá, eu mereci essa.

Nadir ri com carinho e fico olhando para ele, pensando em como viemos parar aqui.

— Por que você está me olhando assim agora? — ele pergunta. — O que eu fiz?

— Nada. É só que nunca te vi assim.

— Assim como?

— Sei lá — digo e considero minha resposta por um segundo. — Feliz?

Mas isso tem o efeito oposto do que pretendo, porque o sorriso dele se fecha, substituído por aquela expressão veemente que desperta uma parte violenta da minha alma. Amo esse olhar e como me faz sentir que sou a soma de todos os desejos dele.

Não sei como, mas Nadir consegue me abraçar ainda mais apertado.

— Lor. Passei a vida toda à beira da felicidade. Tive momentos felizes, e tenho memórias felizes, mas tudo era contaminado pelo meu pai e pela dor que ele causou à minha mãe. Por tudo que aconteceu na guerra e tudo que se seguiu. Mas posso dizer com toda a certeza do mundo que quando você disse que me amava foi a primeira vez que senti como é ser livre.

Ele para de falar, me olhando com uma intensidade que atravessa as camadas da minha alma.

— Ah — sussurro, porque é muita coisa para digerir. Compartilho o sentimento, mas seria banal repetir suas palavras. Preciso das minhas próprias, só que todas parecem insuficientes e não vêm por causa do nó que se forma na minha garganta. — Porra — deixo escapar, com toda minha elegância. — Você é muito bom nisso.

Seu sorriso retorna, e ele se afasta um pouco de mim.

— Que bom que pensa isso, porque pretendo lhe dizer o mesmo pelo resto da vida, Lor.

Seguro seu rosto entre as mãos.

— É isso, então. Eu e você?

— Se me quiser.

— Rhiannon disse que precisamos nos unir, senão vamos definhar e morrer.

— Estou pronto se você estiver — diz Nadir.

— Ela disse que precisaríamos fazer algo especial porque somos Primários.

— Vamos fazer o que for necessário. — Ele acaricia minha bochecha com o polegar. — Não se preocupe, Lor. Nada mais vai nos separar.

— Acho que precisamos recuperar minha magia primeiro.

Ele assente.

— Eu vi. Agora há pouco. Estava vindo à superfície. Mudou alguma coisa?

Faço que não.

— Eu também senti, mas ainda está trancada.

O olhar dele se intensifica com um brilho malicioso.

— Então talvez muito e *muito* sexo seja a resposta.

Dou risada.

— Você também imagina que é isso que o destino reserva para nós.

Mas Nadir não está mais ouvindo, porque sua boca está em meu pescoço, chupando a pele.

— Ah, já chega de conversa?

— Continue falando — ele murmura. — Estou ouvindo. Só vou...

Então desliza a mão entre nós, um dedo apertando meu clitóris, e meu quadril se arqueia.

— ... ficar aqui.

— Hum — gemo enquanto seu dedo desliza para onde já estou molhada. Ou ainda estou molhada? Não importa. Só sei que meu corpo deseja o dele com uma ferocidade capaz de destruir mundos. — Espera — digo, e ele para. — Naquela noite na Aurora, quando seu pai entendeu quem eu era. Você me prometeu algo muito específico e ainda não conseguiu demonstrar que coisas divertidas a *sua* magia seria capaz de fazer. — O sorriso no rosto de Nadir cresce à medida que vou falando. Inclino a cabeça e levanto uma sobrancelha. — Ou foi só papinho, ó Príncipe da Aurora?

Ele solta um grunhido e senta sobre os joelhos. É absolutamente lindo. Com a pele escura e os músculos firmes pintados pelas imagens coloridas de sua magia, o cabelo solto e desgrenhado. Seu pau generoso está ereto e pronto, e eu o encaro, depois encaro Nadir, passando a língua nos lábios, lembrando a última vez em que o coloquei na boca, quando não me deixei ser tocada.

Nadir solta um grunhido grave, como se lesse minha mente.

— Não esqueça esse pensamento — ele comanda, e eu dou risada. — Mas, antes, vou mostrar que não foi só papinho.

Eu me apoio sobre os cotovelos e lhe lanço um olhar desafiador.

— Prove, alteza.

O título escapa, parecendo certo desta vez. Eu me lembro de quando jurei para ele que preferia morrer a chamá-lo assim. Ele também deve se lembrar, porque algo em sua expressão muda, sua postura se arqueando na forma de um predador faminto que foi privado de sua presa por tempo demais.

Um momento depois, faixas multicoloridas de luz incandescente se desprendem dele e circulam no ar, torcendo-se em espirais de cor hipnotizantes ao redor de meus braços e de minhas pernas.

Quando Nadir me amarrou em seu quarto, eu sentia como se não fossem nada em minha pele. Quando as usou para destravar minha magia, eram apenas toques suaves, com a leveza de uma brisa de primavera. Agora é completamente diferente. Parecem as mãos dele, quentes, delicadas e insistentes.

Eu deito, aproveitando a sensação como um gato que encontrou um raio de sol. Do mais absoluto nada, o espaço começa a se encher de vaga-lumes, como os que avistei no salão de baile. Eles entram pela janela e nos cercam, voando contentes.

— De onde eles surgiram? — pergunto enquanto Nadir os observa com um sorriso enviesado. — Acho que gostam da sua magia.

Nós dois os observamos ziguezaguear, dançando com seus fios coloridos.

— Você é tão linda — diz ele, trazendo minha atenção de volta. — Eu poderia ficar o dia todo admirando você.

— Tudo bem, mas dá para continuar o que estava fazendo enquanto isso? Estou doida aqui.

Seu olhar fica sério.

— Foi uma ordem?

— E se tiver sido?

Nadir balança uma das mãos, e mais magia flui dele, envolvendo meu tronco e minha cintura antes de fios finos algemarem e prenderem cada um dos meus punhos. Minha magia escorre por meus braços e minhas pernas, torcendo e se contorcendo, mas não sei se é disso que precisa para se libertar.

Nadir levanta minhas mãos e as prende na cama, e fico completamente imobilizada sob ele.

— Você vai pagar por isso.

Testo as amarras, fingindo estar incomodada, mas muito curiosa com o que vem a seguir.

Sua magia continua a girar ao meu redor, e o olhar de Nadir é intenso ao deslizar uma faixa pelo centro do meu corpo, roçando como a ponta de um dedo. A luz violeta é quente enquanto me percorre, espalhando calor pelos meus membros e pelo meu ventre, até passar pelo umbigo e parar entre as coxas, tão perto e tão longe de onde quero ser tocada. De onde *preciso* ser tocada.

— Ainda acha que é só papinho? — ele pergunta com um sorriso perverso.

— Não sei. Você ainda não fez nada — respondo, completamente ofegante, enquanto a magia dele aperta de uma forma que reverbera por todo meu corpo. Reprimo um grito de prazer ao ouvir a risada diabólica de Nadir que, devagar, desliza aquela fita provocante mais para baixo, até o calor do meu centro úmido e pulsante.

Gemo quando ele abre mais minhas pernas e se apoia nos cotovelos, o rosto tão perto que consigo sentir seu hálito quente junto ao toque torturante de sua magia. Quero tocá-lo, mas ainda estou presa, e essa sensação me faz perder o controle frágil que eu estava mantendo sobre meus nervos.

Ele continua a me tocar ou, melhor, sua magia continua a fazer isso, dançando ao longo do meu clitóris, até que sinto uma faísca elétrica e grito quando meu corpo todo tenta se contrair.

— Ainda é papinho? — Nadir pergunta de novo e, desta vez, balanço a cabeça enquanto ele solta outra faísca, me acendendo como um candelabro.

— Ai, deuses, não — digo, sem saber o que mais falar.

Todas as sensações são tão extremas que chegam a ser quase insuportáveis, mas não quero que ele pare. Magia me toca por toda parte, pequenos choques cobrindo meus seios, mamilos e ventre, e agora, justo agora, me penetra, encontrando todo meu desejo. São quase como os dedos dele, só que um pouco diferente. Mais suaves e menos densos, mas igualmente presentes. Meu corpo todo está se contorcendo, e me debato contra as amarras porque mal consigo lidar com todas essas sensações conflitantes.

— Nadir — ofego e gemo mais e mais ao mover e empinar meu quadril. Ele emite outra faísca, e é então que me desfaço, meu orgasmo atravessando meu corpo com tanta força que grito. Nossa, isso nunca aconteceu antes.

O corpo de Nadir me cobre, e nossas bocas colidem enquanto a magia ao nosso redor muda. Ele solta minhas mãos antes de me virar de bruços e pressionar o peito contra minhas costas. Sinto a cabeça larga de seu pau e levanto o quadril, empinando a bunda para trás.

— Por favor — imploro.

— O que você disse? — Nadir pergunta com uma risada maliciosa, e sei o que quer.

— Não era só papinho. Não era só papinho *mesmo* — choramingo enquanto ele coloca o braço ao redor da minha cintura e me penetra.

— Cacete — geme. — Lor, nunca vou me cansar de você. Essa sensação é perfeita pra caralho.

Nadir começa a se mover, metendo com força, o que me faz agarrar os lençóis da cama. Ele deixa beijos longos e molhados em meus ombros, minhas costas e meu pescoço, e a cama range com a força de suas estocadas. Sua magia retorna, envolvendo meus membros e deslizando por baixo de mim até encontrar meu clitóris, enviando mais daquelas pequenas faíscas até eu desfazer de novo com um gemido rouco.

Nadir aumenta o ritmo, os movimentos cada vez mais frenéticos. Ele solta um gemido baixo, e sinto o calafrio que percorre seu corpo enquanto jorra dentro de mim, até desabarmos num monte quente de braços e pernas entrelaçados.

Depois que terminamos, ficamos deitados por vários minutos, abraçados.

— Está bem, vaga-lume? — ele pergunta, e faço que sim.

— Com certeza — respondo com um sorriso que Nadir retribui, iluminando todos os cantos sombrios de seu rosto. Ele me abraça apertado, seu corpo grande envolvendo o meu enquanto sua mão traça círculos largos na minha pele.

— Vaga-lume? — pergunto.

— Sei lá. — Ele dá de ombros. — Pareceu um bom momento para um apelido novo, e acho que esse... combina. — Então ergue minha mão, entrelaçando nossos dedos. — Rainha Coração com o raio vermelho muito louco.

Ergo os olhos, observando as criaturas minúsculas que continuam a pairar sobre nós como se fossem um céu particular com uma galáxia de estrelas douradas.

— Adorei — digo, uma onda de emoção crescendo no peito.

Neste momento, tudo parece se encaixar.

Relaxamos sob a perfeição preguiçosa de nosso êxtase, minhas pálpebras ficando pesadas. Quero dormir, mas também não quero perder nenhum único segundo de nós dois, aqui e agora. Podemos não ter muito tempo. Se um dia eu desbloquear minha forma Feérica, devemos ter séculos, mas nada é certeza agora.

Enquanto continuo a resistir à pressão do sono, uma memória vívida me vem à mente.

A conversa que tive com a Tocha na sala do trono do Torreão Aurora quando perguntei sobre Nadir.

*O príncipe quer algo de você, mas não é seu poder.*

Penso em meus avós.

Dois Primários que tentaram se unir e destruíram o mundo.

*Mas… esse caminho só leva a um coração partido, majestade. Esse caminho só leva à ruína.*

# 27

# REI HERRIC

### PRIMEIRA ERA DE OURANOS: AURORA

O REI HERRIC PAROU SOB O CÉU ESCURO, olhando para cima. Havia meses que não se viam as luzes boreais. As estrelas cintilavam com o brilho de sempre, mas, sem as luzes, pareciam uma flor sem pétalas. Tristes, solitárias e uma aberração da natureza.

O vento soprou pelas montanhas cobertas de neve, agitando o cabelo e manto do rei. Ele fechou os olhos e inspirou o ar frio, torcendo para que isso resfriasse o fervor em seu sangue.

Tremeu sob a brisa gelada que cortava seu nariz e a ponta de seus dedos, mas se recusou a levantar o capuz. Ele queria o desconforto como uma lembrança do que poderiam perder se isso continuasse. Era um rei, e seu dever era garantir o poder e a solidez de seu legado.

— Majestade — disse uma voz, despertando-o de seu devaneio. — Estão à sua espera.

Herric lançou um último olhar para o céu, torcendo para alguém atender a seus chamados. Quem sabe hoje eles receberiam o milagre pelo qual haviam pedido tantas vezes. Para onde foram as luzes? Por que não voltavam? O que levara a isso?

Finalmente, ele se virou para a entrada da caverna, endireitando os ombros, mantendo a postura confiante. Seu povo estava contando com ele, e Herric daria um jeito nisso. De alguma forma.

Ele assentiu e avançou até a fileira de seu conselho íntimo. Eles saíram da frente, pisando na neve com as botas de couro.

Herric estava evitando isso, mas já fazia semanas, e os novos relatos vinham se tornando cada vez mais alarmantes. Era um problema que não podia mais ignorar.

— Siga-me, majestade — disse seu guia ao se virar e os guiar para dentro da montanha.

Herric tomou cuidado para não escorregar nas pequenas pedras e rochas que estavam espalhadas pelo caminho, apoiando uma das mãos na parede para manter o equilíbrio. A temperatura caía à medida que adentravam a mina.

Num dia normal, ele teria ouvido os sons de atividade. O tilintar e o eco de metal batendo em pedra enquanto os trabalhadores lascavam o leito rochoso, escavando esmeraldas, rubis e diamantes que brotavam em abundância.

Ao menos antigamente, antes de as luzes boreais desaparecerem. Herric tinha certeza de que esses fenômenos estavam conectados.

Na primeira vez que aconteceu, foi curioso. Às vezes, as luzes ficavam invisíveis, mas isso era normal; se estivesse nublado ou as condições não fossem boas. Mas esses dias costumavam ser esporádicos e ocasionais. Quando se passaram três noites sem o menor indício de cor no céu, o rei começou a se preocupar. Quando mais uma semana se passou, ele percebeu que havia, sim, algo de errado.

Mas isso não importava. Afinal, por mais belas que fossem, a ausência das luzes não representava uma ameaça ao reino. Ao menos, foi o que pensou.

Uma semana depois, chegaram informações da mina. Algo que tinha o potencial de arruinar tudo.

Uma fileira de tochas iluminava o caminho, projetando sombras ao redor. Herric deu mais um passo, sua mão pousando num agrupamento de pedras batidas que se desfez antes de ele fechar o punho, sentindo cada grão ceder sob a leve pressão.

Eram joias. Na verdade, tinham sido. Sua cor havia se esvaído, sem deixar nem mesmo uma pedra para trás, apenas uma massa frágil e decomposta que se dissolvia ao mero toque.

— É o que falei — disse o guia, sua voz com um tom de desculpa e talvez certa advertência.

— Está assim em toda parte? — Herric perguntou, já sabendo a resposta.

O guia engoliu em seco e juntou as mãos atrás das costas.

— Ainda não... — Ele hesitou, como se considerasse o que dizer em seguida. — Mas está avançando rápido.

Herric acenou.

— Mostre.

O guia deu meia-volta, guiando o rei e sua comitiva até as profundezas da montanha. Finalmente, Herric ouviu o som distante de machados contra a pedra. Quando chegaram os relatos sobre o desaparecimento das pedras preciosas, ele havia ordenado que cavassem mais fundo e mais longe. Nem tudo devia ter sido afetado.

Por fim, o rei e os outros entraram numa caverna enorme, o teto alto arqueado sobre suas cabeças. No centro, havia uma poça cristalina, cujo fundo era coberto por milhares de joias cintilantes.

Era proibido garimpar na água; não faltavam joias em outros lugares, e a beleza do lago era preciosa demais para se considerar destruir.

Mas o que antes era um círculo de luz radiante, brilhando com um milhão de facetas, agora estava opaco e escuro. A água cristalina lhes permitia ver até o fundo monocromático.

A única explicação possível era que a presença das joias estivesse diretamente relacionada às luzes boreais, as quais haviam desaparecido. Herric não tinha ideia de como trazê-las de volta, mas eles teriam que continuar escavando. Não podiam desistir.

— Os mineradores continuam cavando cada vez mais fundo — disse o guia como se lesse os pensamentos do rei. — Tentando retirar o que podem, mas a decomposição... avança mais rápido do que eles.

— Você está com toda a mão de obra capacitada trabalhando? — Herric perguntou, e o guia fez que sim.

— Claro, majestade, mas o avanço é rápido. E parece acelerar a cada dia que passa.

Herric encarou o lago.

Sem as minas, o reino estava em perigo. Eles viviam ao pé das montanhas, onde o clima era frio demais para que cultivassem muita coisa, de solo rochoso e terra fina. Suas pedras preciosas eram cobiçadas por todos os reinos, oferecendo a seu povo a oportunidade de negociar pelo que queriam e precisavam. Elas os deixavam numa posição de grande segurança e poder.

— Quero ver — disse o rei. — As áreas em que ainda há pedras. Quero vê-las.

Havia um tom de desespero em sua voz, mas ele precisava confirmar com os próprios olhos. Seria a única coisa capaz de aliviar o aperto em seu peito.

O guia acenou com a cabeça, com a expressão em conflito, antes de dizer:

— Claro. Por aqui. Há mais uma coisa que gostaria de mostrar.

O homem deu meia-volta, deixando Herric sem saber o que mais poderia dar errado.

Eles desceram mais, se aprofundando na montanha enquanto Herric tentava ignorar a sensação de estar sendo enterrado vivo. Era impossível mensurar o peso da pedra sobre suas cabeças.

— Aqui — disse o guia, parando dentro de uma pequena caverna onde vários mineradores estavam ocupados picaretando as paredes. Todos olharam para Herric e sua comitiva, abaixando a cabeça em sinal de respeito. O guia apontou a tocha para a parede, e a luz iluminou uma veia de rocha escura e cintilante.

— O que é isso? — Herric perguntou, aproximando-se para ver melhor. Reluzia com uma presença pesada e densa, como uma névoa sólida se curvando e se agitando sob uma rajada de ar.

— Não sabemos bem — respondeu o guia. — Só começamos a notar recentemente. Parece que, quanto mais fundo vamos, mais forte fica.

— Deveríamos pegar uma amostra — disse Herric, passando os dedos ao longo da veia de minério, sentindo um aperto estranho no peito. — Testar suas propriedades.

— Claro. Vou mandar para o castelo.

O rei observou o material estranho por mais um momento antes de se voltar para o guia.

— E as joias? — ele perguntou.

O homem estava se virando para levá-los por outro túnel quando Herric ouviu.

Um estrondo nas profundezas da montanha.

— O que foi isso? — outra pessoa perguntou, com espanto. O chão vibrou sob seus pés, e outro estrondo fez a caverna toda tremer.

Fragmentos foram se desprendendo do teto, primeiro como pedrinhas, mas depois em pedaços maiores, enquanto o ambiente tremia sem parar.

— Corram! Saiam todos! — gritou o guia. — Está desabando!

Herric deu meia-volta, vendo seus conselheiros já em fuga passarem por cima das pedras caídas enquanto todos voltavam a subir pelo caminho que tinham pegado. Ele foi atrás, desejando que se movessem mais rápido ao sentir o chão tremer com tanta força que o fez perder o equilíbrio.

Seus joelhos caíram na rocha, e ao olhar por cima do ombro, viu uma névoa escura soprar dos recônditos da montanha. Ela o cobriu, enchendo sua boca e seu nariz.

O rei tentou gritar, mas as nuvens o sufocaram. Então, o chão cedeu sob seus pés e ele começou a cair, os braços e as pernas se debatendo descontroladamente enquanto ele girava no ar até tombar com um impacto doloroso numa superfície dura.

Por vários segundos, Herric ficou com a bochecha encostada no mármore frio até se dar conta de que estava em outro lugar. Não era mais a Aurora, muito menos o interior de uma montanha.

Vozes distantes o fizeram se ajoelhar e observar o ambiente novo. Parecia estar em algum tipo de salão, as paredes e o piso revestidos de mármore, cercados por uma fileira de janelas arqueadas de cada lado que deixava a luz forte do sol entrar.

Com a cabeça um pouco zonza, ele levantou com dificuldade e olhou para fora, mas só viu nuvens brancas através do vidro. As mesmas vozes chamaram sua atenção de volta, e Herric se moveu na direção delas, entrando num grande salão circular onde seis pessoas estavam reunidas.

Reconheceu a maioria delas. Rei Nerus de Aluvião, com sua pele pálida azulada e cabelo anil, e a rainha Astraia de Celestria, com suas madeixas brancas prateadas e grandes olhos pretos.

O Rei Terra de Tor estava falando, sua voz grave ecoando como pedregulhos em um deslizamento de terra.

— Tínhamos acabado de voltar da caçada de outono — dizia ele —, quando encontramos todos paralisados, transformados em pedra.

Quando Herric se aproximou, os governantes pararam de conversar, observando-o entrar no espaço vazio restante ao redor do círculo.

— Continue — disse Herric.

— Subimos a estrada sinuosa até o castelo, e todos os andares estavam iguais — disse Terra, girando o pescoço. — Finalmente, demos de cara com um troll de pedra. — Ele fez uma pausa, os olhos cinzentos piscando rápido. — Nem sabia que existiam de verdade. Mas estava lá, como um pesadelo de um livro de histórias, e havia petrificado todo mundo. Tentei enfrentá-lo, mas ele só me encarou. Aí tudo ficou cinza, e aqui estou eu.

A rainha Astraia falou na sequência.

— Foi um meteoro — disse ela, sua voz melodiosa desprovida de emoção. — Fizemos o possível. Meus manipuladores de estrelas tentaram tudo, mas sua rota estava fixa. Ficamos todos na praça principal e o vimos chegar. — A rainha engoliu em seco. — Eu... O que aconteceu com eles?

Sua pergunta terminou num sussurro que arrepiou o salão.

O Rei Aluvião falou sobre o dragão do mar que aterrorizava as costas de seu reino. Contou que havia velejado com um grupo de seus soldados de confiança até todos sucumbirem e se perderem nas profundezas. O Sono em Coração, as florestas atormentadas dos Reinos Arbóreos, e uma onda de calor em Afélio.

Quando chegou a vez de Herric, ele falou das luzes e de suas joias. Da nuvem preta que o havia consumido no desabamento da caverna.

Ao término de sua fala, eles olharam ao redor do círculo. Todos haviam se deparado com tanta tragédia. Tanta perda, mas por quê?

E onde estavam agora?

Um lampejo no centro do círculo chamou a atenção de todos.

Foi tremulando até uma figura surgir no meio. Herric estreitou os olhos, tentando enxergar a forma indistinta. A figura não parava de mudar. Primeiro, pareceu ser uma mulher de pele escura e cabelo preto, depois um homem de tez clara e cabelo loiro ondulado. A coisa continuou a se transformar, aparecendo como uma dezena de pessoas diferentes.

— Bem-vindos — disseram a figura, os tons de muitas vozes, agudas e graves, suaves e ásperas, se misturando.

— O que é isso? — o Rei Terra questionou. — Quem são vocês?

A figura continuou a tremular, e a mesma voz multitudinária falou:

— Vocês estão no fim da Primeira Era de Ouranos — responderam com um movimento dos braços. — Mas, quando uma porta se fecha, outra se abre. E a Segunda Era está prestes a começar.

# 28

# LOR

### TEMPOS ATUAIS

Eu e Nadir finalmente caímos no sono, e acordo com o calor da luz do sol entrando no quarto. Não fechamos as cortinas ontem à noite, então tenho que proteger os olhos da claridade intensa. Aproveito para me cobrir com a manta e me aconchegar na nossa conchinha. É tão gostoso sentir o braço dele me envolvendo, sua boca entreaberta com respirações lentas e preguiçosas.

Meus olhos contemplam os traços majestosos de seu rosto enquanto as palavras ameaçadoras de que me lembrei na névoa da semiconsciência giram em meus pensamentos.

*Coração partido e ruína.*

Outra lembrança desperta minha memória. Algo que Rhiannon disse.

*Às vezes acho que foi o amor deles que destruiu o mundo, o que quase chega a ser romântico, não acha?*

Por mais absurdo que pareça, não consigo evitar que as peças se encaixem na minha mente. E se tiver sido *isso* que causou a destruição?

O Espelho também fez alusão a esse fato quando estive diante dele.

*Isto nunca pode acontecer de novo.*

Não entendi o que essas palavras queriam dizer na época, e me pergunto se entendo agora.

Balanço a cabeça, tentando remover as pedras que se empilham em meus pensamentos. Aconteça o que acontecer, vamos dar um jeito de evitar ou enfrentar o que o destino puser em nosso caminho. Se houver algum obstáculo para selar nossa união, vamos encontrar alguém que possa nos ajudar. Vou fazer o que for preciso.

Por muito tempo, meu único objetivo era me vingar do Rei Aurora, mas meus desejos e minhas vontades se ampliaram como água sobre terra rachada e árida, nutrindo o chão sob meus pés. Quero mais do que apenas a necessidade dura e fria de fazer com que ele pague por tudo. Apesar da raiva que me alimentou por anos, quero mais do que isso, e penso que, aos poucos, estou aprendendo a aceitar que mereço.

Quando você passa a vida inteira sendo tratada como se não valesse nada, é fácil esquecer que vale, sim, *alguma coisa*.

Continuo observando o rosto de Nadir, traçando as linhas de seu nariz e de suas bochechas. Uma vez eu disse que ele não é atraente no sentido tradicional — a verdade é que é extraordinário demais para isso. Mas Nadir é tão terrivelmente bonito que eu poderia ficar aqui o dia inteiro memorizando todos os seus detalhes fascinantes.

O plano é retornar a Afélio hoje, mas não estamos mais perto de entender como Atlas ou Rion sabiam sobre minhas origens. Essa incógnita sempre presente pesa em meu estômago, corroendo-o como ácido. Eu me sinto vulnerável, exposta e desconfiada de todos. Em quem realmente posso confiar?

Meu olhar cai sobre Nadir, e apesar de tudo, sorrio para mim mesma, porque finalmente confio nele.

— Vai ficar me olhando para sempre, Vaga-Lume? — diz Nadir sem abrir os olhos, e meu coração dispara. — Sei que minha beleza é avassaladora, mas está ficando um pouco constrangedor.

Empurro seu ombro, e os olhos de Nadir se abrem antes de ele sorrir.

— Está acordado faz tempo? — questiono, e ele me puxa para perto enquanto tento empurrá-lo.

— O suficiente para saber que você estava suspirando por mim.

— Não estava, não — digo, mas é tão óbvio que estou mentindo que não consigo nem fingir seriedade.

Ele aninha o rosto no meu pescoço, a mão deslizando pelas minhas costas até encontrar minha bunda e a apertar com firmeza.

— Você não me engana. Sei que me quer, até quando se esforçava tanto para fingir que não.

Bufo, mas Nadir já está me beijando ao me virar e me imobilizar no colchão.

— Está dolorida? — ele pergunta, a mão descendo por minha barriga e meu quadril, os toques como beijos delicados.

— Um pouco — admito.

— Hum — diz ele, os dedos entrando no espaço entre minhas coxas. — E, mesmo assim, está toda molhada por mim.

— Posso estar as duas coisas. Uma não exclui a outra — respondo, e Nadir sorri, tocando meu clitóris. Ele se abaixa e chupa meu pescoço, me levando ao clímax com cuidado e carinho, até eu me desfazer de novo sob ele. Será que dá para ficar cega de tanto gozar?

Quando termina, Nadir rola para o lado e me pega no colo, me carregando até o banheiro, onde passamos uma boa hora no chuveiro "tomando banho".

Depois que finalmente saímos da névoa de vapor e do arco-íris de orgasmos, encontro um bilhete embaixo da porta nos convidando para tomar café da manhã com Cedar e Elswyth antes de partirmos.

Nadir chega por trás, envolvendo os braços ao meu redor e beijando meu ombro.

— Estava torcendo para podermos ficar nesse quarto, só nós dois, até o fim dos tempos — diz ele, lendo o bilhete. — Mas acho que temos assuntos a resolver.

Olho por cima do ombro e arqueio uma sobrancelha.

— E eu aqui pensando que vingança era a base da sua personalidade e não só um passatempo que você abandonaria depois da primeira noite de amor.

Nadir solta um rosnado baixo e me empurra na direção da cama, me fazendo cair de costas enquanto deita em cima de mim.

— Minha necessidade de vingança está totalmente intacta. Nunca duvide disso.

Ele me enche de beijos, e seus dedos encontram todos os lugares em que sinto cócegas, fazendo eu me dissolver num ataque de risos.

É muito... gostoso.

Quando para de me torturar, Nadir se afasta e vê algo em minha expressão.

— Que foi? — ele pergunta.

— Nada. É só que... gosto disso. — Minha mão pousa em sua bochecha, o polegar apertando seu lábio inferior, enquanto o canto de sua boca se curva para cima. Nadir mordisca meu dedo, e puxo a mão.

— Isso é tudo para mim — diz ele.

Por fim, conseguimos nos vestir e nos dirigimos para a sala de jantar com os dedos entrelaçados. Já andamos assim antes. Passamos a maior parte de nosso tempo no Torreão de mãos dadas, mas desta vez o significado é diferente. Não é mais só pelas aparências e, agora que nos declaramos um para o outro, significa algo mais. É uma ação tão pequena e inofensiva, mas me parece monumental.

Viramos o corredor para encontrar Tristan, Mael e Etienne já sentados com o Rei e a Rainha Arbóreos.

— Finalmente — diz Mael. — Pensei que precisaríamos mandar uma equipe de busca atrás de vocês. O que aconteceu ontem à n...

Seus olhos descem para nossas mãos e voltam a subir enquanto um sorriso radiante se abre em seu rosto. Ele dá um tapa tão forte na mesa que faz os copos e talheres tremerem.

— Vocês enfim transaram — declara, e sinto meu rosto ficar todo vermelho. Ainda mais quando Tristan endireita a postura, voltando um olhar furioso para Mael e depois para mim e Nadir, como se não soubesse que atitude tomar, mas tivesse certeza de que não poderia ficar neutro diante de uma cena como essa.

— Bons deuses, Mael — digo, cobrindo os olhos. — Você é incapaz de se comportar como uma pessoa normal?

Ele sorri e dá de ombros.

— Esse é meu normal.

— Aí é que está o problema — diz Nadir ao me guiar para dentro da sala até uma cadeira ao lado de Mael. Eu me sento e lanço um olhar fulminante para ele, mas Mael não dá a mínima, sorrindo para mim e depois para o amigo.

— Quem sabe assim você não para de fazer aquela cara de cu o tempo todo — diz Mael, e Nadir sorri.

— A esperança é a última que morre.

Cedar e Elswyth estão nos observando com expressões desconcertadas.

— Desculpem — digo, sem saber bem pelo que estou me desculpando, mas não sei onde enfiar a cara. — Ele ainda não está totalmente domesticado.

— Acho que — diz Elswyth, inclinando a cabeça com um sorriso irônico — devemos lhes dar os parabéns?

Minha cara arde ao sentir a mão de Nadir pousar em minha coxa e a apertar.

— Obrigado — ele responde, e afundo o rosto entre as mãos de vergonha. Ele acabou de aceitar parabéns… por sexo?

Nadir ri baixinho e dá um beijo no meu ombro. Ergo os olhos, querendo pedir para que pare, mas ele está me contemplando com uma reverência tão adorável que não tenho coragem.

— Podemos mudar de assunto, por favor? — peço.

— Você está com uma marca no pescoço — diz Tristan, estreitando os olhos para mim. — Parece um chupão.

Cubro a pele, certa de que estou roxa de vergonha. Ai, deuses, deveríamos ter ficado no quarto. Mael dá risada, e até Etienne esboça um sorriso raro.

— Tris! — sussurro. — Pare com isso. — Meus olhos percorrem a mesa, e me endireito, tentando fingir que tenho algum controle sobre a situação. — Um cavalheiro não chamaria atenção para isso.

Meu irmão revira os olhos.

— Então não deixe cretinos aleatórios chuparem seu pescoço, maninha.

Ele ergue o punho e dá um toquinho no de Mael enquanto os dois riem.

— Mas, sério — diz Tristan, se voltando com seriedade para Nadir. — Se fizer mal a ela, vou te matar. Simplesmente... destruir você por completo, Príncipe Aurora.

Nadir ergue uma sobrancelha, e penso que vai dizer algo arrogante e irreverente, mas, em vez disso, ele abaixa a cabeça.

— Não esperaria menos. Você tem minha palavra de que nunca, jamais, vou fazer mal a ela. Eu a amo mais do que você pode imaginar.

Seus olhares se encontram, e algum tipo de compreensão induzida por testosterona acontece entre os dois. Seria bom se eles se dessem melhor, porque não gosto nem um pouco dessa demonstração ostensiva de agressividade masculina.

— Se já tiverem acabado de agir como se eu fosse um móvel para ser discutido, podemos, *por favor*, mudar de assunto?

Eu me viro para Cedar, que me observa, curioso.

— Vocês dois — diz ele, apontando o dedo para nós. — O Príncipe Aurora e a Primária de Coração?

Deuses. Esse é o único tema em que conseguimos pensar hoje? Não temos questões mais importantes para tratar?

— Estamos... — digo, sem saber bem como continuar esse pensamento, quando sou interrompida por um leve abalo sísmico que faz tremer a mesa e o chão sob nós. Estendemos a mão para segurar os copos enquanto esperamos o terremoto passar.

— Isso tem acontecido muito? — Nadir pergunta, e Cedar responde com um aceno sombrio.

— Cada vez mais.

— As árvores — pergunto. — Vimos no caminho. Faz tempo que estão daquele jeito?

— Alguns meses — responde o rei.

— E você não faz ideia do que está causando aquilo? — Nadir pergunta.

— Nenhuma — diz Cedar. —Você faz?

— Não — responde Nadir. — No começo, pensei que fosse apenas um ciclo natural do meio ambiente…

Ele se cala, e está ficando óbvio que é mais do que isso.

— Enfim — diz Nadir, retomando o fio da conversa anterior. — Somos almas gêmeas.

Etienne deixa o garfo cair com estardalhaço no prato antes de o talher quicar e cair com outro estardalhaço no chão.

Elswyth se inclina para a frente, os olhos arregalados.

— É verdade?

Dou de ombros, me sentindo incrivelmente envergonhada.

— Almas gêmeas? — Tristan pergunta. — O que isso quer dizer?

— Quer dizer que ela está ligada a mim — diz Nadir, a expressão que sempre oferece a Tristan de volta ao rosto. — O que significa que você vai ter que me aturar.

— Não sei se entendi. — Meu irmão está confuso, o que é compreensível.

— É uma coisa que acontece às vezes.

— Às vezes não — diz Cedar. — É incrivelmente raro. Seus avós…

— Eu sei — digo. — Já me contaram que eles eram. Você sabia?

— Sim — ele responde. — Wolf me disse antes de os dois partirem para Coração, quando eles...

— Explodiram tudo — completo.

— Isso é extraordinário — diz Elswyth. — Então, todo esse tempo, vocês estavam bem debaixo do nariz um do outro. — Ela junta as mãos. — Que romântico.

Troco um olhar com Nadir. Queria que tivéssemos mais tempo para conversar sobre isso e explorar as inúmeras camadas.

— Estou muito feliz que vocês vieram — diz Cedar. — Parece que o destino tem algo muito grande reservado para vocês e a sorte fez com que nossos caminhos se cruzassem depois de todos aqueles anos. Eu estava falando sério quando ofereci minha aliança, Lor. Sempre pensei que a perda de Coração fazia mal para Ouranos. A magia de cura de sua reina era inestimável, e nunca vamos estar tão seguros sem ela.

— Obrigada — digo. — Você não sabe o que isso significa para mim.

— Sinto muito por tudo — diz Cedar. — Eu deveria ter me esforçado mais para te encontrar. A culpa me acompanha desde aquele dia.

Balanço a cabeça.

— Nada disso é culpa sua — respondo, com sinceridade. Ele não tinha nenhuma obrigação de nos proteger, e já passei tempo demais me culpando. Ninguém é responsável por nada do que aconteceu além do próprio Rion.

Depois de tantos anos ansiando, nós temos algum tipo de família de novo. Posso questionar a honestidade no coração de Cedar, mas quero dar a ele o benefício da dúvida. Passei tanto tempo desconfiando de todos que também quero derrubar essas barreiras pelo meu próprio bem. Essa raiva que guardei em meu peito vai me consumir se eu não encontrar uma forma de me libertar dela.

— Mesmo assim. Eu deveria ter tentado — diz Cedar ao olhar para Tristan, talvez buscando sua absolvição. Meu irmão está menos inclinado a confiar ou perdoar agora, e não o culpo. Ele precisa de mais tempo e tem direito a quanto quiser.

— Obrigado por nos receber — responde Tristan, deixando o resto implícito, mas fica claro pela expressão de Cedar que ele entende que ainda temos feridas abertas.

— De verdade, era o mínimo que poderíamos fazer — diz Elswyth, pousando a mão no braço do rei. — Vocês têm um lar aqui sempre que precisarem.

— Obrigada — acrescento.

— Nunca pensei que veria o dia em que os Reinos Arbóreos trabalhariam com a Aurora — Cedar diz a Nadir, se inclinando para a frente. — É uma virada e tanto na história.

— Bom, ainda não sou oficialmente a Aurora — Nadir responde, e Cedar concorda com a cabeça.

— Nunca gostei do seu pai. Só para você saber.

Meus olhos se arregalam ao alternar o olhar entre eles, mas Nadir sorri.

— Pois está longe de ser o único, majestade.

Cedar solta uma risada calorosa e então se vira para mim.

— Antes de ir, há algo mais que eu possa fazer? É só pedir.

— Na verdade… — respondo, porque na verdade há, sim.

Eu e Nadir falamos sobre isso em nosso devaneio atordoado de sexo e concordamos que fazia sentido pedir.

— Será que me deixaria ver o Cajado Arbóreo?

# 29

— O Cajado? — Cedar pergunta.

Eu e Nadir trocamos um olhar. Será que a generosidade do rei se estende à sua relíquia mais preciosa? Confia o suficiente em mim para deixar que eu me aproxime dela?

— Quero segurá-lo — digo, mordendo o lábio. Devo revelar a verdade de que as relíquias falam comigo? Nadir ainda está confuso sobre esse fenômeno, e me pergunto se é outro segredo que devo guardar.

Cedar me analisa sem dizer nada por um momento, antes de concordar.

— Muito bem.

Meus ombros relaxam por ele não parecer determinado a questionar as razões de meu pedido.

— Venham comigo.

Todos levantamos da mesa e, devagar, percorremos o Forte até chegarmos a um grande arco de vegetação decorado com flores. Depois que o atravessamos, cruzamos mais trilhas sinuosas e verdejantes até chegarmos a uma clareira. Um domo feito de trepadeiras e folhas se arqueia em cima, deixando a luz do sol entrar sob uma brisa fresca.

À nossa frente estão dois tronos de madeira entrelaçados por mais trepadeiras e flores.

Perco o ar diante dessa visão.

Este também poderia ter sido meu lar.

Esta é nossa outra metade.

Levo um momento para observar o ambiente. O ar tem um aroma doce e fresco, flores misturadas com pinho, e a grama é tão verde e farta que parece veludo. Meu irmão para ao meu lado, e estendo a mão para ele a fim de entrelaçarmos os dedos.

— Estava me perguntando — diz Cedar, aproximando-se de nós. — Algum de vocês tem o sangue de seu avô nas veias? Consegue canalizar a magia dos Reinos Arbóreos?

Eu e Tristan trocamos um olhar. Essa é uma verdade que cabe a ele revelar.

— Eu consigo — diz Tristan, proferindo as palavras como se tivesse tentado segurá-las com todas as forças. Todos olham para ele.

— Consegue? — Cedar pergunta, focando um olhar astuto em meu irmão ao coçar o queixo. Então se volta para mim:

— E você?

— Não — respondo. — Só Tristan.

— Quando estiver pronto, adoraria conversar sobre isso — Cedar diz a Tristan. — Posso ajudá-lo a aprender a usar e controlar sua magia. Imagino que não tenha tido muitas oportunidades de fazer isso.

Tristan concorda enquanto muitas emoções vívidas perpassam seu rosto.

— Eu adoraria — diz ele. — Muito.

— Fico feliz em saber. Meu irmão iria querer isso… assim como eu.

Cedar sorri e aponta para os tronos Arbóreos. O Cajado está apoiado sobre o assento esquerdo.

Ele é quase da minha altura e parece um galho de árvore robusto, nodoso e um pouco curvado. Comparado ao Espelho, à Coroa ou mesmo à Tocha, sua forma é simples, mas é lustroso a ponto de brilhar como vidro, e há uma beleza tranquila em sua simplicidade.

— O que planeja fazer? — Cedar pergunta quando nos aproximamos.

— Você se importa se eu o pegar? — Não sei a etiqueta apropriada para lidar com os Artefatos preciosos. Só posso supor que não se deve simplesmente entrar e pegar um sem a permissão de seu governante.

— Não. Por favor, fique à vontade — responde Cedar, com as sobrancelhas escuras franzidas. Fica claro que ele não entende o que está acontecendo, mas aprecio sua disposição a confiar em mim. — Mas posso perguntar por quê?

Aperto os lábios antes de decidir responder.

— Eles falam comigo.

— Não entendo.

— O Espelho. A Tocha. Os dois falaram comigo e me disseram coisas, espero que o Cajado possa fazer o mesmo.

— Por quê?

— Bem que eu queria saber.

Cedar abre a boca e então abaixa a cabeça.

— Certo. Espero que ele lhe ofereça algo de útil.

Volto o olhar para Nadir, que está à minha esquerda, as mãos nos bolsos, com aquela forte determinação no rosto que ele usa como escudo.

*Você consegue.*

Hesito. Ele acabou de…?

*Você acabou de falar comigo?*

Desta vez, sua testa se franze em confusão.

*Você acabou de falar comigo, Vaga-Lume?*

O vínculo de almas gêmeas. Abro um sorriso enquanto outro se insinua no canto da boca dele. Por que isso me deixa tão feliz?

*Depois falamos sobre isso.*

Nadir concorda com a cabeça. Eu viro as costas e pego o Cajado, erguendo-o e segurando-o com as duas mãos. A madeira é quente e suave, a superfície lustrosa tem nós e veios em relevo. De perto, consigo admirar sua beleza dourada e a textura da madeira, notando como cintila sob a luz.

Respirando fundo, fecho os olhos e tento buscar sua presença.

— Oi? — pergunto em minha cabeça. — *Consegue me ouvir?*

Espero, implorando por uma resposta. Como nenhuma vem, peço de novo, com medo do silêncio. E se o Cajado se recusar a falar comigo?

— Oi? — tento outra vez, apertando a madeira com tanta força que minhas mãos doem.

*É quem estou pensando?*

A voz surge em minha cabeça, e meus pulmões se esvaziam de alívio.

De novo, assim como com a Tocha, estou em outro lugar, não mais na sala do trono dos Reinos Arbóreos, mas num espaço que parece perdido entre a terra e o céu. Desta vez, estou cercada por folhas brotando em todas as direções. É como se estivessem ao meu lado, roçando em minha pele, mas também a quilômetros de distância. A sensação me atordoa, e afasto os pés, mantendo o equilíbrio.

— Oi! — chamo de novo.

*Rainha Coração,* o Cajado responde. *Finalmente veio me ver e trouxe o Primário, pelo que vejo.*

— *Você também sabe sobre mim?*

*Claro. Tão perto e tão longe por tantos anos. Quando notei que vocês saíram das fronteiras dos Reinos Arbóreos, pensei que estavam perdidos. Mas o senti a quilômetros de distância e alimentei a esperança de que um dia retornariam.*

— *Estou aqui* — digo. — *Pode me ajudar?*

*Com o quê?*

— *Qualquer coisa. Tudo. Tenho tantas perguntas. Sabe como destravar minha magia?*

*Não sou o guardião da magia Coração. Você vai precisar da Coroa para isso.*

— *Não está funcionando. Já tentei.*

*Talvez a arca, então.*

— *A o quê?*

O Cajado faz uma breve pausa.

*As arcas são objetos de imenso poder, mas muitas foram tomadas.*

— *Onde as encontro? O que são elas? Tomadas por quem?*

*Aquela que estava lá sabe.*

— *Lá? Você quer dizer…*

*Quero dizer quando a Rainha Coração tentou tomar demais.*

Engulo em seco.

— *Quem estava lá?*

*Uma das abençoadas de Zerra estava aos pés do meu rei perdido.*

— *O que você quer dizer?*

*Posso lhe mostrar. Se quiser.*

— *Sim.* — A palavra escapa num sussurro de expectativa. — *Me mostre. Posso ver o que realmente aconteceu naquele dia?*

Uma ondulação no ar anuncia que o que estou prestes a testemunhar vai mudar tudo, mais uma vez.

Um momento depois, a cena se dissolve, e estou dentro de um castelo todo revestido de mármore branco.

Um grupo de pessoas está reunido num canto, e um bebê chora. Meu avô Wolf segura a criança nos braços enquanto minha avó observa do sofá onde está deitada, coberta de suor e cercada por um grupo de mulheres limpando seu sangue entre as pernas. Ela claramente acabou de dar à luz uma criança.

Minha *mãe*.

Quase engasgo pelo luto, um soluço estrangulado ameaçando me sufocar. Não consigo tirar os olhos do seu rosto redondo e de seus braços e pernas delicados. Minha mãe.

Ninguém nota minha presença, e fica claro que não estou aqui de verdade. Estou apenas assistindo à cena.

Outra mulher, de cabelo escuro e usando a Coroa Coração, fala aos sussurros com Wolf. Daedra. Minha bisavó.

Ela vai até a porta e fala com alguém do outro lado antes de dois guardas entrarem no quarto. Um barulho desvia minha atenção para outro corpo caído no chão.

Uma mulher está encolhida com os braços em volta dos joelhos, balançando para a frente e para trás, falando sozinha. Ela parece ter sofrido muito. Há algo vagamente familiar nela, mas não sei apontar o quê. Deve ser a Alta Sacerdotisa.

Minha atenção se desvia de novo, e a cena pisca diante dos meus olhos. Wolf entrega o bebê aos guardas enquanto minha bisavó observa. Lágrimas escorrem pelo rosto dele, e meu coração se despedaça diante da profundidade de sua perda. Em parte por minha mãe, que nunca teve a oportunidade de conhecer os pais. E por todos nós, que nunca tivemos a chance de conhecer uns aos outros.

Os guardas se preparam para sair, mas minha bisavó os detém e tira a correntinha ao redor do próprio pescoço. Uma joia vermelha cintila, e perco o ar. Conheço aquela joia. Passei metade da vida a protegendo. Foi assim que minha mãe a conseguiu. Por que minha bisavó deu aquele pedaço? O que pretendia com isso?

Depois que os guardas saem com minha mãe, uma rajada de vento invade o quarto, e, do lado de fora, uma bola de luz paira como uma estrela. As inconfundíveis faixas coloridas me dizem que é magia Aurora. Rion está aqui.

A cena se distorce quando minha avó levanta do sofá. Ela é surpreendentemente ágil para alguém que acabou de dar à luz. Apanha a Coroa da cabeça de minha bisavó e a coloca na sua, o brilho frio de seus olhos passando de lúcido a maníaco.

Não preciso ouvir todas as palavras para entender que minha avó roubou aquela coroa.

Ela tentou tomar a magia de Coração.

Congelo ao testemunhar esse crime inimaginável. Que foi apagado da história porque ninguém *sabia*.

E, agora, fui agraciada com esse vislumbre que se torna meu fardo para carregar.

Minha avó pega a Alta Sacerdotisa pela gola e a arrasta para o centro do quarto, enquanto a mulher apenas balbucia coisas ininteligíveis. Minha avó a encara com uma aversão tão absoluta que algo se contorce em meu peito. Está claro que ela está à beira do abismo, prestes a se jogar, e nada vai impedi-la.

Ela tira um livro do bolso da mulher e abre numa página marcada. Wolf se junta a ela, e minha avó começa a recitar uma série de versos. É então que realmente compreendo o que mais estou testemunhando.

Foi este o momento. Foi este o fim.

Começo a recuar, mas não tenho para onde ir. Relembro a mim mesma que não estou de fato aqui. Nada pode me machucar, pelo menos não fisicamente, mas o que isso vai fazer com minha mente e meu coração? Eu me forço a olhar. Esse fardo é meu. Meu peso para carregar. Sou sua herdeira, por mais erros que ela tenha cometido, e é meu dever repará-los.

Minha avó continua falando ao mesmo tempo que sua magia faísca ao redor dos dois, o quarto inteiro brilhando e reluzindo como se estivéssemos presos dentro de uma estrela. O que ela está fazendo? O que está dizendo? Não consigo entender as palavras.

Magia vermelha e verde — o raio dela e as densas faixas verdes dele — flameja pelo quarto, contornada pelo mais tênue fio de fumaça preta, como ruínas em brasa. O ar crepita enquanto os pelos dos meus braços se arrepiam.

Dou mais um passo para trás quando um gemido estridente atravessa a atmosfera. Ele perfura meus ouvidos, e os cubro ao mesmo tempo que minha avó percebe que acabou com tudo. Está no arregalar frenético de seus olhos a certeza de suas mortes escritas em tinta indelével antes de, de repente, tudo se estilhaçar numa explosão de luz ofuscante.

Não estou aqui de verdade, mas quase sinto o calor no ar soprando meu cabelo e minhas roupas. Eu me protejo com os braços, mas não há perigo algum. Tudo passa como névoa.

A explosão parece durar para sempre até que, finalmente, um silêncio cai. Tudo desapareceu. Estou cercada por nada além de um círculo preto onde estavam meus avós. Ao longe, vejo o céu noturno e as estrelas cintilando. Até a magia da Aurora desapareceu.

Meu coração está acelerado, e lágrimas escorrem por meu rosto. Ela fez isso. Roubou a Coroa, matou a rainha e trouxe essa destruição para todos eles. Nunca vou esquecer seu olhar à beira da insanidade. Como se não importasse com quem fosse ferir, contanto que ela conseguisse o que desejava.

Quero sair deste lugar. Não quero que *esta* seja a minha história. Meu legado é uma mácula, encobrindo tudo. Dou mais um passo para trás, tateando e querendo saber como sair daqui. Não consigo fazer minha voz funcionar.

O Cajado. Quase tinha esquecido que foi ele que me trouxe aqui.

— Ei! — grito, me perguntando por que ele ainda está me forçando a ver isso. Acabou. Tudo se foi.

Mas um movimento chama minha atenção, e fico imóvel ao ver uma pilha de escombros se mover antes de eu ouvir uma tosse.

Alguém está vivo.

Não sei se isso é pior do que pensar que estão todos mortos. *Como* alguém poderia sobreviver a isso?

Depois de mais um momento, os destroços se movem de novo, e uma cabeça desponta dos escombros. É a mulher balbuciante. A Alta Sacerdotisa. Ao menos, acho que é. Ela está tão coberta de fuligem que é difícil dizer, mas seu cabelo prateado reluz sob a camada de sujeira.

Não parece mais insana. Ela levanta com dificuldade e avalia o estrago com um sorriso perverso, mas totalmente coerente. Seus olhos perderam aquele frenesi errático e agora estão claríssimos.

A Sacerdotisa abana a cabeça e passa as mãos no rosto, espanando um pouco da poeira. Dá um passo cuidadoso, seu joelho claramente machucado, mas segue em frente. Devagar, muito devagar, ela atravessa o quarto enquanto a observo, sem conseguir tirar os olhos dela.

Alguém sobreviveu.

Alguém que sabia que havia uma criança.

É então que a mulher para e vira a cabeça, encarando o ponto onde estou. Prendo a respiração e fico completamente imóvel. Ela não pode me ver, mas a forma como olha no fundo dos meus olhos arrepia minha nuca toda.

E é então que a reconheço.

É a Nobre-Feérica que matei quando eu era criança. Tenho certeza. Apostaria minha vida.

Ela me encara e abre um sorriso. Ergue os olhos para o céu e fica parada por alguns longos segundos antes de sair mancando.

Um momento depois, estou de novo na sala do trono dentro do Forte Arbóreo com o Cajado nas mãos suadas.

Respiro, enchendo os pulmões de ar como se tivesse acabado de sair de uma fossa oceânica.

— Lor — Nadir murmura, tocando minha lombar. — Você está bem? Está pálida.

— Não sei — sussurro.

— O que houve?

Balanço a cabeça enquanto Cedar se aproxima para tomar com delicadeza o Cajado das minhas mãos e o devolver ao trono.

— Lor? — Nadir pergunta, o maxilar tenso. Ele parece só estar esperando para saber quem precisa socar.

— Eu estava lá. Ele me mostrou aquele dia em Coração. Vi meus avós e minha mãe.

Olho para Tristan, desejando poder compartilhar as imagens em minha cabeça. Algumas delas. Não todas. Como Tristan reagiria quando soubesse o que ela fez?

— Alguém sobreviveu — digo, focando no mais importante primeiro. — Uma mulher. Tinha o cabelo prateado.

— Cloris Payne — diz Cedar. — Era a sacerdotisa com quem eles estavam trabalhando.

— Acho que ela pode tê-los enganado. Ou as coisas não saíram como o planejado.

Não tenho coragem de expressar o que vi nos olhos de minha avó. Sua maldade e ganância, e como ela *tomou* a coroa da mãe.

— Ela levantou e saiu andando. — Engulo em seco. — Mas isso não é tudo. Ela é a mulher que matei quando eu era criança. É ela quem sabia. Deve ter sido quem contou para seu pai e para Atlas.

— Quem? — Cedar pergunta, porque não revelei isso a ele na outra noite.

Depois que conto a história completa, todos chegam à mesma conclusão.

— Mas, se estamos supondo que Atlas terminou as primeiras Provas porque descobriu sobre você dois anos atrás, outra pessoa contou para ele, porque *você* a matou há catorze anos — diz Nadir.

— Não matei. — Nego com a cabeça. — Ela não morreu.

— Do que você está falando? — ele pergunta.

— Eu a vi em Afélio. Ou pelo menos pensei ter visto.

Descrevo o dia em que a vi na cidade e a segui antes de pensar que não fosse ela. Mas era. Será que ela sabia que era eu?

— Acho que ela usou algum tipo de feitiço de glamour para me enganar. Tenho certeza de que era ela. Seu nome estava na porra do prédio.

— Precisamos vê-la imediatamente — diz Nadir. — Se ela souber quem você é e for aliada de Atlas, já pode ter contado que te viu.

— Não. Ela teve dias para fazer isso, e Atlas não veio atrás de mim. Talvez não tenha sacado que era eu. Eu era apenas uma criança quando nos vimos pela última vez.

— Então precisamos descobrir o que ela sabe.

— Acho que sim.

Observo a expressão chocada de meus companheiros, sabendo que ficariam ainda mais surpresos se eu revelasse o resto.

Nadir estende a mão para Cedar.

— Obrigado por tudo. Mas parece que precisamos mesmo ir. Podemos continuar contando com sua discrição?

— Claro — responde Cedar. — Me avisem se precisarem de qualquer coisa. — Ele fala para mim e Tristan, e agradecemos com a cabeça.

— Por favor, voltem para nos visitar quando puderem. E adoraríamos ver sua irmã também — Elswyth acrescenta.

— Claro — digo. Se algum de nós tiver a chance.

Finalmente nos preparamos para sair. Vamos voltar a Afélio em cavalos oferecidos por Cedar.

Quando estamos prestes a partir, eu me lembro de outra coisa. O Cajado comentou que eu havia trazido o Primário comigo e que ele *o* havia sentido a quilômetros. A princípio, pensei que se referisse a Nadir como o Primário, mas agora percebo que não tem como ser. O Cajado Arbóreo não tem qualquer conexão com a Aurora.

— Posso fazer uma pergunta? — digo a Cedar. — Quem é o Primário Arbóreo?

Ele aperta os lábios.

— Infelizmente, o Cajado ainda não quis revelar a mim.

— Quer dizer que você nem sempre sabe?

Cedar nega com a cabeça, e sinto Nadir em estado de alerta.

— Nem sempre. Às vezes os governantes sabem assim que o Primário nasce. Às vezes é revelado depois, mas quase sempre antes de o rei ou a rainha descender. — Cedar inclina a cabeça. — Por quê?

Abano a minha em resposta.

— Curiosidade. Até algumas semanas atrás, eu nunca tinha ouvido falar de um, e agora sou uma… — Fico em silêncio. Nada disso é mentira, mas não é a verdade completa.

— Claro — diz Cedar. — É natural.

— Obrigada de novo.

Eu me viro para sair com os outros quando o olhar de Tristan encontra o meu. Ele está com um semblante perplexo no rosto e massageia o peito.

Ele sente o Cajado.

Assim como senti a Coroa em Coração.

Posso não ter nenhuma magia dos Reinos Arbóreos. *Eu* posso ser toda Coração, mas Tristan sempre teve um pé em cada lugar e, agora… tenho certeza de que ele é o próximo Primário Arbóreo.

# 30

# CLORIS PAYNE

### DOIS ANOS ATRÁS: AFÉLIO

CLORIS ENTROU NA CIDADE COM O AMONTOADO DE PESSOAS, sem que ninguém notasse sua presença. Ela apertava um longo cajado de madeira na mão fina e mancava pela rua de pavimentos dourados, apertando os olhos para a opulência ao redor. Os ossos de seu joelho nunca haviam voltado ao lugar, e aquele velho ferimento causado pela Rainha Coração sempre doía quando tempestades estavam se formando. O que ela não daria para voltar no tempo e cortar o pescoço daquela pirralha. Como fora ingênua.

Mas era Cloris quem riria por último, certo?

Enquanto Serce e sua alma gêmea se dissolviam em nada além de memórias e cinzas, corrompidos pelos próprios erros, Cloris tinha a proteção divina de Zerra a agradecer por ter escapado por um triz. As algemas de arturita a haviam deixado à beira da loucura, mas ela nunca havia perdido a fé em seu deus e, em troca, fora recompensada com a vida depois do pior desastre desde o Princípio dos Tempos. Zerra tinha, porém, se recusado a curar seu joelho como punição por seus erros, mas era melhor do que o desfecho alternativo.

Depois disso, Cloris tinha sido forçada a se esconder por anos. Havia quem soubesse que ela estava presente no fim, quando Serce estragara aquela união maldita. Alguns sabiam que Cloris estava trabalhando com a rainha, e ela se recusava a ser responsabilizada pelas ações daquela desgraçada. Nada daquilo tinha sido culpa sua.

Cloris ainda estava furiosa por aquela vaca a ter trancado numa jaula como se não passasse de um animal babão. Se já não estivesse morta, o objetivo da vida de Cloris seria garantir que Serce sofresse terrivelmente até o último suspiro. Agora, Cloris se contentaria com a prole.

Pouco mais de duas décadas antes, tinha enfim saído das sombras de sua reclusão. A poeira havia baixado o bastante para que voltasse à ativa. As memórias eram curtas, e todos os livros de história diziam que ela estava morta. Fazia sentido. Nenhum corpo sobrevivera ao caos.

Algumas pequenas alterações em sua aparência, como a cor dos olhos e o formato do queixo e nariz, e uma mudança de nome compuseram sua transformação. Era o disfarce perfeito. Ela ainda não podia voltar a suas irmãs no templo de Zerra, o que era mais uma coisa pela qual nunca perdoaria Serce, mas traçaria novos planos. Quando terminasse, seria recebida de volta ao rebanho de braços abertos. Finalmente realizaria o propósito que Zerra tinha em mente quando dera vida às sacerdotisas tantos anos antes.

A arca de Coração. Esse tinha sido seu objetivo quando havia tentado raptar a menina, e mais uma vez foi resgatada da morte pela mão divina da misericórdia de Zerra.

Ela tentou de novo quando abordou Rion doze anos antes. Claro, *aquilo* não havia corrido nem um pouco como planejado. Os governantes de Ouranos eram focados demais em si mesmos para ver a cena completa. Eram muito míopes para apreciar a magnitude do que poderiam realizar se apenas abrissem os olhos e *enxergassem*.

Olhando para o imponente Palácio Sol, Cloris ergueu a barra da saia, apertando os lábios.

Primeiro Serce. Depois aquela pirralha. Depois Rion. Ela torcia para que, na quarta vez, tudo desse certo.

Atravessou a multidão devagar, chegando ao portão de entrada.

Dois guardas de armadura dourada, com posturas rígidas e olhares atentos, cercavam o arco que levava ao palácio.

Ela sentiu o julgamento deles ao se aproximar. A curva dos lábios e o movimento dos olhos. Cloris conhecia a própria aparência. Frágil. Quebradiça. Fragmentada. Graças àquelas algemas, algo havia se rompido na mente dela e, mesmo tendo passado tantos anos tentando se curar, sempre haveria algo... errado.

Foi arrastando os pés na direção dos guardas e parou antes de erguer os olhos. Eles a observaram com aborrecimento, e Cloris resistiu ao impulso de estapear a cara dos dois pelo desdém.

— Estou aqui para ver o rei — disse ela, ficando o mais ereta possível e tentando projetar uma confiança que não sentia havia muito tempo.

Um dos guardas bufou ao trocar um olhar sarcástico com o companheiro.

— Acho que não, hein — disse ele. — Circulando. Seu lugar não é aqui.

Então a enxotou com um gesto que a fez tensionar o maxilar de raiva.

Em vez disso, Cloris chegou mais perto e levou a mão à gola. Só havia usado esse artifício uma vez nos séculos desde a destruição, quando fora ver o Rei Aurora depois de sair da floresta com a mesma missão equivocada.

As sobrancelhas grossas do guarda se uniram ao vê-la puxar o tecido do vestido, expondo a marca de uma Alta Sacerdotisa tatuada na curva de sua clavícula.

Conhecida como a marca de Zerra na linguagem comum, mas chamada de Selos Empíreos por todas as verdadeiras discípulas. A marca garantia uma audiência automática com qualquer governante de Ouranos quando apresentada. Ou pelo menos costumava ser assim.

Ela sabia que a marca contrastava com sua palidez. Uma inscrição escura contra uma tela nevada que vira pouca luz do sol nos últimos duzentos anos. Os sete Artefatos formavam um círculo, todos representados em detalhes minuciosos.

Os olhos do guarda se estreitaram ao ver a marca, chegando mais perto para enxergar melhor.

— Venho em nome da deusa — disse Cloris. — Estou aqui para solicitar uma audiência com o rei. — Não era a verdade completa. Zerra não falara mais com Cloris, não desde a última vez que a havia resgatado, como mais uma punição por seus fracassos. Mas ela estava tentando voltar às graças da deusa e, às vezes, era preciso distorcer a verdade em nome de uma causa mais nobre.

O guarda espiou a marca e coçou o queixo, claramente sem neurônios suficientes para avaliar a situação.

— Acho que é melhor permitir a entrada dela — disse o outro, que com certeza era o mais supersticioso dos dois.

— Não podemos simplesmente permitir a entrada dela. O rei vai pedir nossas cabeças. Está no meio das Provas.

O segundo guarda se voltou para Cloris.

— Ela está com a deusa. — Ele olhou para cima antes de se voltar de novo para ela. — Devemos permitir que a mulher entre.

O primeiro guarda hesitou mais uma vez.

— Não sei, não.

— Quer atrair a ira dela?

— E o rei? — o primeiro guarda questionou, e Cloris estava pronta para quebrar a cabeça deles. Mas manteve a calma e abriu um sorriso agradável enquanto os dois tentavam ligar os pontos.

— Eu tenho muito mais medo de irritar a deusa do que o rei. Sabe, danação eterna e tudo mais. Ouvi dizer que o Senhor do Submundo queima sua pele até derreter. Só sobra sangue, músculo e os seus gritos de agonia.

— Hum — disse o primeiro guarda, claramente cético sobre tais afirmações. — Pode ser.

Ele analisou Cloris mais uma vez, mas ela sentiu que a vitória estava iminente.

— Tudo bem. Venha comigo — disse o primeiro guarda. — Mas não toque em nada.

Ela acenou e abaixou a cabeça enquanto o guarda se virava e fazia sinal para que o seguisse. Eles atravessaram vários corredores resplandecentes, passando por salões cheios de Nobres-Feéricos dançando e bebendo felizes. Avistou um grupo de mulheres jovens reunidas no canto de um salão, todas de vestido amarelo, assistindo a um acrobata se contorcer através de um anel dourado suspenso. Cloris se lembrou do que o guarda havia acabado de dizer sobre as Provas e percebeu que chegara a Afélio bem a tempo.

Outro sinal de Zerra de que ela estava no caminho certo.

— Espere aqui — o homem lhe disse quando pararam diante de portas douradas enormes. Ele foi falar com outros dois guardas, que a encararam e discutiram entre si. Isso estava ficando muito cansativo. Houve um tempo em que uma Alta Sacerdotisa de Zerra teria sido recebida de braços abertos e agraciada com todos os luxos que o reino poderia oferecer. Não tratada como uma criminosa ordinária que veio surrupiar os talheres na blusa.

— Preciso lembrar que a marca de Zerra deve ser respeitada e exige uma audiência imediata com qualquer governante de Ouranos? Vocês não esqueceram o que a *deusa* faz com quem a desobedece, certo?

Eles poderiam temer a ira do Senhor, mas a dele não passaria de um fósforo molhado comparada com o que Zerra poderia invocar se desafiada.

Um dos guardas à frente dos aposentos do rei finalmente concordou e despareceu lá dentro. Bom, pelo menos era um progresso.

Todos esperaram em silêncio por vários minutos, a tensão prolongando no ar.

Por fim, o guarda retornou.

— Pode vir. — Ele fez sinal para Cloris se aproximar e a guiou para dentro do escritório com azulejos amarelo-claros e prateleiras douradas cheias de bibelôs e objetos raros. Uma grande janela arqueada do outro lado dava para o mar azul resplandecente de Afélio.

— Sente — disse o guarda. — Sua majestade deve chegar a qualquer momento.

Ela obedeceu, ocupando o sofá de couro lustroso adornado com botões dourados, e esperou.

E esperou.

Cloris perdeu a noção das horas, mas o sol começou a descer no horizonte e seu estômago se revirou de fome. Quanto tempo esse rei a faria esperar? Talvez tenha sido tudo um erro. Ela levou a mão à testa, sentindo as pontadas de uma dor de cabeça se formando nas têmporas. Era assolada por enxaquecas desde o dia fatídico em Coração, com uma intensidade tão agressiva que às vezes sua visão embaçava. Nenhum dos remédios normais fazia efeito, e tudo que ela podia fazer era passar dias deitada na cama com as cortinas fechadas, esperando que passassem.

Isso era um insulto. Era ridículo. Quando estava prestes a levantar e exigir ver o rei, a porta finalmente se abriu, e lá estava ele.

Ele abriu um sorriso radiante para ela.

— Obrigado pela paciência — disse o Rei Sol. — Foi um dia e tanto.

Ele entrou na sala e foi até o carrinho de bar no canto.

— Quer beber alguma coisa?

— Não — disse ela, seca. — Estou bem.

O rei se serviu de uma dose generosa de uísque, então se aproximou e sentou na cadeira à frente dela. Cruzando uma perna sobre a outra, deu um gole. Ele era puro charme despreocupado e elegância natural, com o cabelo acobreado e a pele bronzeada, como se não se importasse com nada no mundo. Como se não a tivesse feito esperar o dia todo.

— Agora, a que devo o prazer da visita? — o rei perguntou. — Como se chama mesmo?

— Mathilde — respondeu Cloris, usando o nome falso que havia adotado anos antes. Era o nome de uma amiga de infância que sucumbira ao Definhamento quando elas eram pequenas.

— Mathilde — Atlas repetiu. — O que posso fazer por você? Acho que nunca tive o prazer de conhecer uma emissária de Zerra antes. Imagine minha surpresa quando me disseram que você tinha vindo falar comigo.

Cloris se inclinou para a frente, torcendo as mãos no colo. Ela precisava abordar a questão com cuidado.

— Vim por uma questão de certa importância. — O rei esperou, observando-a com aqueles olhos verde-água enquanto dava um gole de sua bebida. — Há uma menina que vive em Nostraza. Ela pode ser de certo interesse para você.

Ele ergueu uma sobrancelha em resposta.

— Por que me importaria com uma menina de Nostraza?

— Não é uma menina qualquer. É… a neta da rainha Serce.

Atlas parou com o copo perto dos lábios, estreitando os olhos.

— Você interrompeu meu dia para me trazer mentiras? Esse comportamento condiz com as discípulas de Zerra?

Cloris esperava por isso. Tinha sido igual com Rion. Embora, da mesma forma que aconteceu com o Rei Aurora, ela percebeu que havia despertado o interesse dele.

— Não é uma mentira — disse ela. — Eu jamais viria até você sem ter absoluta certeza de que é verdade.

— Como obteve essa informação?

Uma pergunta justa que Cloris teria que responder com sinceridade, ao menos em parte.

— Eu conhecia Cloris Payne — disse ela. — Era minha irmã. Eu sabia que tinha se envolvido com a futura Rainha Coração e a alertei contra isso. Mas ela estava decidida. Fiquei preocupada que estivesse se metendo em um beco sem saída, então viajei até Coração para ver como ela estava. Mas, quando cheguei, já era tarde. Estava perto quando tudo aconteceu e os vi sair do castelo antes da destruição.

— Quem você viu sair? — Atlas perguntou, inclinando-se para a frente e descruzando as pernas, sua atenção completamente focada nela agora.

— A criança.

O rei hesitou, várias emoções passando por seu rosto.

— A criança morreu com Serce e Wolf.

— Não — Cloris respondeu. — Serce deu à luz pouco antes do fim. Os soldados do rei Wolf levaram a criança em segredo para os Reinos Arbóreos. Era a filha *deles*. Eu os segui até o Forte, onde ela foi entregue ao príncipe Cedar para sua proteção e tutela. Foi mandada para viver na floresta, obrigada a nunca revelar quem era.

Atlas franziu as sobrancelhas, apertando o copo na mão.

— Não parece possível. Como sei que está falando a verdade?

— Não estou mentindo. Que motivo eu teria para inventar isso?

Atlas deu um sorriso de canto.

— Pois é, que motivo? Por que está vindo até mim com essa informação?

Era aqui que Cloris sabia que ele hesitaria.

— Porque preciso que você tire a neta de Serce de Nostraza.

Atlas soltou uma risada.

— E como propõe que eu faça isso? Quer que eu vá até Rion

e lhe peça para libertar a suposta herdeira de Coração a meus cuidados? Tem ideia do que aconteceria se essa garota fosse descoberta?

— Claro que tenho — Cloris respondeu. — É por isso que estou aqui.

Ela falava com a voz suave e viu a mudança na expressão do rei. Soube nesse momento que ele acreditava nela.

— Mas, não, você não pode ir até o Rei Aurora e pedir por ela. Ele não a deixaria partir.

— Ele sabe quem ela é?

Outra pergunta justa.

— Sabe.

— Então por que a mantém presa? Por que não a tirou? Não a usou de alguma forma? Ou, melhor ainda, não a matou?

— Porque ele a quebrou — Cloris respondeu.

Ah, sim, Rion tinha cometido um grave equívoco na forma como tratara a menina. Ela havia selado a própria magia, e ele tentou várias e várias vezes fazê-la soltar à força. Cloris ficou de braços cruzados, vendo-a gritar, se contorcer e chorar. Vendo-a lutar contra ele até o rei não ter outra escolha senão desistir.

Mas, em vez de admitir, Rion tinha declarado que a garota era inútil e que não havia por que se incomodar com ela. Se houve magia, não estava mais lá. Mas Cloris tinha certeza de que a menina havia apenas sido abalada, mas não destruída.

O que ela sabia era que a garota seria para sempre inútil se permanecesse em Nostraza. Havia tentado repetidas vezes convencer Rion a fazer algo diferente com ela, mas o rei se recusou, dizendo que não adiantava. Ele tinha medo. Devia saber o que a resistência a ele significava.

Cloris havia implorado para que Rion não a matasse, e ele aceitou com relutância depois que ela o lembrou que, se a garota morresse, a magia de Coração seria transferida para outra pessoa, e eles poderiam não ter ideia de quem. Com a menina segura em Nostraza, ao menos poderiam ficar de olho nela.

Fazia anos, mas Cloris sabia que a garota ainda estava viva. E o que ela precisava agora era pôr as mãos nela e desfazer o estrago que Rion havia causado. Essa poderia ser a única forma de encontrar a arca perdida de Coração.

— O que você quer dizer com "quebrou"? — Atlas perguntou.

— Quero dizer que ele a torturou até a magia dela... morrer.

— Não existe mais magia nenhuma em Coração — ele declarou, mas havia certo peso em suas palavras, como se já percebesse que isso não poderia ser verdade. O Rei Sol não era famoso por sua inteligência, mas era astuto o suficiente para acompanhar o raciocínio dela.

— Existe, sim — Cloris sussurrou. — Ainda existe magia se você souber onde procurar.

Atlas hesitou de novo, uma barreira caindo atrás de seus olhos. Ela entendia que era muito para assimilar. Rion havia reagido da mesma forma.

— Ainda não entendo o que isso tem a ver comigo — disse Atlas, embora Cloris conseguisse ver que ele estava ansioso para saber *como* exatamente as histórias se conectavam.

— Você não está unido a ninguém — disse Cloris, e Atlas concordou devagar. — Quer mesmo se prender a uma daquelas meninas bobas?

— Uma união com a Rainha Coração?

Clareza atravessou o olhar dele como se tivesse limpado um espelho embaçado com a manga e finalmente enxergasse um futuro glorioso resplandecendo no horizonte.

— Sei sua verdade — disse Cloris. — O que *fez* com seu irmão?

Ela inclinou a cabeça e o encarou, deixando que ele próprio preenchesse as lacunas desconfortantes. Graças à sua conexão com

Zerra, Cloris sempre soube que Atlas não era o Primário. Até então, ela não havia se preocupado com a forma que ele tinha encontrado para assumir o título de rei, mas agora usaria esse conhecimento a seu favor.

— Meu irmão morreu de Definhamento — disse Atlas. — Todos sabem disso.

Definhamento era uma doença rara que só afetava Nobres-Feéricos. Acontecia quando sua magia começava a se voltar contra eles, basicamente os corroendo de dentro para fora. Ninguém sabia o que a causava ou por que apenas certos Feéricos eram afetados, e não havia cura. Às vezes, os Feéricos conseguiam viver por décadas com o Definhamento corroendo seus corpos devagar, mas em outras a doença surgia de repente, e um Nobre-Feérico saudável acabava morrendo em poucas semanas.

A história era que o antigo Rei Sol, Tyr, fora um dos que sucumbiram rapidamente.

Cloris apertou os lábios, resistindo ao impulso de preencher o silêncio incômodo entre eles. Mas era melhor deixar que Atlas se enforcasse sozinho.

— Estou no meio das Provas — disse o rei, como se ainda não estivesse pronto para aceitar o que estava diante dele, questionando a proposta de Cloris. — É tarde demais.

— É? A quarta prova foi completada?

De novo, ela ficou em silêncio enquanto deixava que ele resolvesse a questão. Não, não era tarde demais.

— Digamos que acredito em você. Como eu me uniria à Rainha Coração? Como isso funcionaria? — Ele estreitou os olhos e acrescentou: — O que você quer em troca por isso tudo?

Era aqui que Cloris precisava jogar as cartas com cuidado. Ela havia deixado escapar muitas coisas a Rion num momento de fraqueza. Seus pensamentos se confundiam demais às vezes, e ele a tratava com tanta dureza que Cloris dava com a língua nos dentes contra sua vontade. Ela tinha revelado informações que não pretendia. Era um erro que não cometeria novamente.

— A garota é a chave para encontrar algo que perdi — respondeu Cloris. — Ou, melhor, que a irmandade perdeu há muitos anos. Quando eu estiver com ela, vou poder usá-la para encontrar esse objeto, e ele também vai permitir a união de vocês.

Pronto. Ela torcia para que isso parecesse lógico o bastante.

— Que tipo de objeto? — Atlas perguntou.

— Um de grande poder. Capaz de manipular os Artefatos. Quando eu o tiver, vou ajudar você a possuir tudo que deseja e, então, devolvê-lo a seu devido lugar, com minha deusa.

Era em parte verdade. Cloris sabia que as arcas eram capazes de canalizar a magia dos Artefatos, embora não soubesse a verdadeira extensão do poder delas. Tinha quase certeza de que não poderia realmente forçar uma união com a herdeira de Coração, mas só precisava que Atlas acreditasse que poderia por tempo suficiente para pôr as mãos na garota. Depois que tivesse a arca, Cloris se livraria da menina e, se tudo desse certo, acabaria com a maldita linhagem de Serce para sempre.

— E se eu recusar? — Atlas perguntou.

Ela ainda não havia pensado nessa parte. Iria para outro governante? Poderia correr o risco de mais um saber? Aluvião seria o único reino que faria sentido, mas Cyan já estava com a cabeça cheia demais.

Atlas era muito mais maleável a essa proposta. Um rostinho bonito e uma promessa de poder; isso o convenceria. Cloris torcia para que a menina fosse bela o bastante, embora temesse o que anos em Nostraza poderiam ter lhe causado.

— Há quanto tempo está esperando? Para se unir a alguém com poder de verdade? Quando Serce... recusou vossa majestade, não foi incômodo?

Os olhos dele faiscaram diante dessas palavras incisivas, o assunto claramente ainda sensível mesmo depois de tantos anos.

— Como sabe sobre isso? — ele rosnou.

— Faz diferença? — Cloris perguntou, observando-o sem vacilar. Mas lá estava. O momento em que ela sabia que o havia convencido.

Essa seria a chance dele de refazer a história. Recuperar o que havia perdido.

— Temos um acordo? — ela perguntou.

Atlas assentiu, os olhos distantes, mil pensamentos rodopiando em sua cabeça.

— Vou ter que tomar certas providências. — Fazia tempo que ele havia abandonado a bebida e estava sentado com os cotovelos sobre os joelhos, passando um polegar sobre o lábio inferior. — Pode levar um tempo para tirar a garota de lá sem levantar as suspeitas de Rion.

— Claro — disse Cloris. — Vai ser preciso cuidado para lidar com isso, mas tenho certeza de que alguém com seus talentos e recursos está à altura da tarefa.

— Você vai ficar na cidade, então — disse Atlas. — Como minha convidada, claro.

— Seria uma honra — ela respondeu, escondendo o sorriso triunfante com um aceno reverente. — Estou ansiosa para trabalhar com você.

Atlas levantou, esfregando a palma das mãos nas coxas.

— Preciso voltar.

— Obrigada por me ouvir.

— Vou tomar as providências para que fique na cidade. Vai ser confortável.

— Obrigada de novo — disse Cloris, abaixando a cabeça mais uma vez. Quando voltou a levantá-la, o Rei Sol já havia saído.

# 31

# LOR

### TEMPOS ATUAIS: NA ESTRADA PARA AFÉLIO

VOLTAMOS A AFÉLIO. Não disse nada a Tristan sobre o que descobri, porque não sei bem como fazer isso. O Primário Arbóreo. Ele vai ficar feliz? Com medo? Tão sobrecarregado quanto eu?

Por alguma razão, sempre imaginamos que eu sentaria num trono com Tristan e Willow ao meu lado; era essa a história que minha mãe contava para nós. Mas talvez devêssemos ter previsto que um dia seguiríamos rumos diferentes.

— Que foi? — Nadir pergunta depois que paramos para descansar.

Mael e Tristan saíram para explorar as redondezas, discutindo sobre que espécies de peixe habitam o riacho próximo, enquanto eu e Nadir ficamos perto da fogueira. Etienne retornou aos assentamentos para garantir que estava tudo estável depois dos homens do rei terem burlado sua vigilância. Ele vai fazer mais uma varredura para assegurar que o lugar está realmente seguro, e só então vai nos encontrar em Afélio para ajudar com a próxima fase do nosso plano, qualquer que seja.

— Nada — respondo.

Nadir segura minhas mãos e me lança um olhar sério.

— Você não pode esconder mais nada de mim.

— Descobri mais uma coisa com o Cajado — digo, mordendo o canto do lábio. — Sobre Tristan.

O olhar de Nadir fica astuto.

— Você deve conversar com ele primeiro.

— Obrigada — digo, grata por ele entender que preciso falar com meu irmão a sós. Não seria justo com Tristan.

— Só isso? — Nadir pergunta.

— Tem mais uma coisa sobre minha avó — admito.

— O que tem ela?

— Foi proposital, Nadir. A mãe dela. A sacerdotisa. Todas avisaram que não funcionaria. Que ela estava fadada ao fracasso. Minha avó tentou tomar a magia de Coração e conseguiu. Roubou a Coroa da cabeça da mãe e tentou tomá-la para ela. Nada daquilo foi um acidente. Ao menos não como as pessoas imaginam.

Nadir fica em silêncio por um momento, e ouço o crepitar do fogo e o farfalhar das folhas sob a brisa.

— O que mais te incomoda em saber isso?

A pergunta me força a considerar várias opções. *O que* está me incomodando?

— Acho que saber que ela foi egoísta e não se importava com mais nada em sua sede de poder. Nenhuma das histórias que Rhiannon me contou sobre ela retratava minha avó sob a luz mais lisonjeira. Pensei que talvez ela só fosse jovem e imprudente, mas, depois de ver o que realmente aconteceu, não tenho mais tanta certeza.

— Mas você entende que nada disso reflete quem você é como pessoa?

Zerra, como ele sempre consegue enxergar dentro de mim?

— Será que não? Já amaldiçoam o nome dela por todo o Ouranos, sem nem saber a verdade completa. O que você acha que pensariam de mim se também soubessem disso?

Nadir se abaixa e me dá um beijo suave atrás da orelha.

— Eles vão te julgar pela rainha que você é. Não pela que morreu há séculos.

Minha resposta é um olhar desconfiado.

— Claro. Porque tenho certeza de que você nunca foi julgado pelas ações do seu pai.

— É diferente — diz ele, tensionando o maxilar. — Meu pai ainda está vivo e praticando muitas dessas "ações", mas sua avó viveu há muitos anos. Eles podem me julgar porque sou filho dele e estive ao lado do trono a vida toda.

Os olhos de Nadir ficam sombrios por algum trauma não verbalizado, e acho melhor não questionar o que ele está dizendo, porque sei que há coisas que ainda não me revelou. Talvez com o tempo ele se abra. Ainda assim, não sei se é mesmo tão diferente e tenho certeza de que ninguém vai ignorar o que minha avó fez. Todos querem um bode expiatório pelos males que sofreram, e se não puder ser ela, será quem usar sua coroa.

Apoio a cabeça no ombro dele e solto um suspiro. Seu braço me envolve, a mão subindo e descendo por meu braço.

— Nadir?

— Sim, Vaga-Lume?

Ergo os olhos para ele e abro um sorriso.

— Quê? — ele pergunta.

— Vai levar um tempo para me acostumar. Você me chamando desse jeito. Nós dois assim.

Há um breve lampejo de insegurança em sua expressão, que me faz ajeitar a postura e tocar seu rosto.

— Não estou falando num mau sentido. É só que éramos uma coisa desde o dia em que nos conhecemos e, agora, somos outra. E foi de repente. Não houve uma transição. De inimigos a almas gêmeas.

As últimas palavras ecoam na clareira silenciosa. Uma promessa e um juramento.

— Você nunca foi minha inimiga, Lor. Nunca te vi assim, mesmo quando estava me descabelando na mansão de tão maluco que você me deixava.

Solto uma risada.

— Você tinha acabado de me *sequestrar*.

— *Resgatar* — ele me corrige.

— Você era *meu* inimigo — sussurro. — Eu tinha tanta... raiva. Precisava de um lugar para direcionar toda aquela fúria, e você era quem fazia mais sentido.

— Eu sei. — Mas seu sorriso presunçoso diz tudo, e sou muito grata por Nadir não guardar rancor daquele tempo. — Mas, lá no fundo, eu sabia que eu e você estávamos destinados a ficar juntos. Só precisava de paciência.

Dou risada.

— Paciência? Você me pegou no meio de uma festa e me jogou em cima do ombro porque olhei para outro homem. E quebrou o punho de outro porque ele foi gentil comigo.

Nadir abre as mãos.

— Bom, fiz o melhor que pude.

— Obrigada por me dar o espaço de que eu precisava nessas últimas semanas. Estava acabando comigo. Eu queria você, mas não queria querer você.

Ele dá uma risada seca.

— Você não faz ideia de como cheguei perto de enlouquecer, Lor.

— Pretendo te manter sempre alerta, Príncipe Aurora.

Nadir toca minha bochecha, as pontas dos dedos ásperas e suaves no sentido mais perfeito e delicioso.

— Sei que sim — ele sussurra ao apertar o polegar em meu lábio inferior.

— Foi injusto te culpar por qualquer coisa. Obrigada por me aturar.

— Lor, eu... — Eu me aproximo e dou um beijo nele, silenciando qualquer discordância que ele queira expressar.

— Não. Você não vai se culpar. Seu pai. Atlas. Meus avós. Eles são os únicos culpados. Tudo que peço é que me dê todo o apoio que puder para me ajudar a lidar com minhas... questões.

Ele abaixa a cabeça com um leve sorriso.

— Está se referindo a sua raiva e impulsividade inconsequente?

Sei que Nadir só está brincando, mas não é muito longe da verdade.

— Seria um começo.

— Escute, Rainha Coração — ele continua. — Amo essas coisas em você. São o que a tornam quem é. Então, sim, estou aqui para te ajudar a lidar com todos os demônios que precise matar, mas nunca perca essa chama. Você pode ser minha alma gêmea, mas eu me apaixonaria de qualquer maneira porque você é impossível de ignorar.

— Está bem — sussurro enquanto as palavras tocam algo lá no fundo do meu peito.

Nunca tive alguém que me visse e me entendesse com tanta clareza. Sim, tenho Tristan e Willow, mas eles só vão até certo ponto. O amor de irmão é diferente do de um companheiro, ainda mais um destinado a estar ao seu lado.

— Pode contar comigo também — digo, erguendo os olhos para ele. — Se precisar.

Nadir abre um sorriso de canto, e tenho a impressão de que está guardando algo. Mas não deixo isso me incomodar. O que quer que seja não tem nada a ver comigo; ele também só precisa de espaço. Com tudo que sei sobre a mãe e o pai dele, sei que não sou a única com monstros assombrando as próprias memórias.

*E isso?*

Sua voz entra em minha cabeça.

*O que é que tem?*

*Estou pensando em todas as safadezas que agora posso te dizer quando não estivermos sozinhos.*

Reviro os olhos.

*Esse está longe de ser um uso respeitoso desse talento.*

O sorriso dele se alarga, e seu olhar é como um presente embrulhado em papel cintilante.

— Rhiannon disse que às vezes almas gêmeas conseguem ouvir os pensamentos um do outro — digo em voz alta. — Pensei que tínhamos que nos unir primeiro, mas pelo visto não.

— Descobri que te ouvia na noite em que aqueles homens pegaram você em Coração.

— Eu te chamei — digo. — Talvez só faltasse reconhecer o vínculo de almas gêmeas para fazer funcionar.

Nadir pega minha mão e beija o dorso dela.

— Eu te amo — ele diz.

*Ruína. Coração partido.*

As palavras da Tocha rondam os recantos de minha mente.

— Nadir, tem mais uma coisa que precisamos falar sobre o vínculo. Acho que duas coisas aconteceram naquele dia com meus avós.

— O quê? — ele pergunta.

— Minha avó tentou assumir a magia de Coração, mas acho que algo deu errado com a consumação da união. Era para isso que precisavam de Cloris. Só que ela não podia ajudar os dois no fim, então minha avó tentou fazer sozinha. Foi o que causou ao menos parte do estrago.

Nadir me observa com uma expressão séria.

— Se quisermos nos unir, precisamos encontrar um jeito de fazer isso sem explodir metade de Ouranos de novo.

Ele passa as mãos no rosto.

— Porra, nada nunca é fácil para nós, né?

— Pelo menos entediado a gente nunca fica.

— Vamos encontrar um jeito, Lor — diz ele, colocando a mão atrás do meu pescoço. — O que quer que precisemos fazer.

Concordo com a cabeça. Nadir tem razão.

Não é esse nosso destino. Não vou permitir que seja.

Olhamos um para o outro, e meu coração se aperta.

O sol está começando a se pôr, o ar ficando mais frio enquanto os olhos de Nadir ficam vorazes.

Ele se inclina e chupa de leve a curva do meu pescoço.

— Quero você — diz, com a voz áspera. — Aqui. Agora. Toda abertinha no chão, onde eu possa chupar à vontade. Quero te comer num lugar onde possamos ficar sozinhos, onde ninguém possa nos ouvir por semanas, para fazer você gritar meu nome até perder a voz.

Sua mão vai subindo do meu joelho para a coxa, provocando arrepios em minha pele mesmo através do couro da calça de montaria. Eu me pergunto se vai chegar o dia em que eu não o deseje tanto como agora.

— É só dizer, Príncipe Aurora — digo, ofegante, e sua mão desliza entre minhas pernas, a palma apertando a costura da calça com a quantidade perfeita de pressão.

— No alto de uma montanha, talvez — diz Nadir. — Ou nas profundezas de uma floresta esquecida, onde ninguém nos encontre.

Deixo escapar um gemido quando ele roça a mão em mim. Eu seguro em seu braço e jogo a cabeça para trás, ganhando uma série de beijos dele ao longo de meu queixo.

Antes de tudo, precisamos acessar o Palácio Sol. Primeiro, precisamos passar por Atlas e escapar do pai de Nadir, que está à nossa procura. Se sobrevivermos a tudo isso, talvez tenhamos a chance de realizar essa fantasia.

— Vou fazer tudo que puder para garantir que tenhamos isso — diz ele, mais uma vez lendo meus pensamentos. Sua mão continua a roçar em meu centro, e fecho os olhos ao arquear as costas.

— Que porra vocês estão fazendo? — diz uma voz que faz Nadir parar de imediato. Meu cérebro leva um momento para processar, e quero me opor a essa interrupção indesejada. — É isso que temos que aturar agora? Vocês dois se comportando como coelhos tarados sempre que viro as costas?

Nadir rosna e tira a mão do meio das minhas pernas. Mael abre um sorriso presunçoso para nós, os olhos brilhando de alegria.

— O que aconteceu? — pergunta a voz de meu irmão, que alterna o olhar entre mim e Nadir, e sinto minha cara arder. Uma coisa é Mael aparecer, mas outra bem diferente é meu irmão nos apanhar no auge do desejo.

— Interrompemos algo — diz Mael com a voz cantada, e o rosto de Tristan fica furioso.

Tristan está pingando, o cabelo e a roupa completamente encharcados.

— Por que você está todo molhado? — questiono, desesperada para mudar de assunto.

Mael dá risada e tira um peixe morto do ombro.

— Achamos um tronco no rio, perfeito para tomar um rola. Fizemos uma aposta, e ele perdeu. — Mael sorri para Tristan, que lhe lança outro olhar fulminante.

— Ah, que bom que vocês estão se dando bem — digo, enquanto Tristan se abaixa para tirar uma túnica da bolsa.

— O desgraçado trapaceou — diz meu irmão, trocando a blusa molhada por uma seca.

— Não trapaceei — Mael rebate, apertando a mão no peito. — Achei mesmo que tinha visto um urso.

Ele olha para mim e dá uma piscadinha.

— Era um esquilo. — Então faz um gesto com a mão. — Esquilo. Urso. Me confundo às vezes. Sou um homem da cidade.

Eu e Nadir trocamos um olhar, tentando segurar nosso sorriso enquanto eles continuam a discutir.

Mael começa a preparar o peixe e, pouco depois, oferece a cada um de nós um pedaço tenro.

— Também aprendeu a cozinhar no exército? — pergunto, aceitando a comida e me lembrando do que Nadir me contou naquela noite no Castelo Coração.

Mael bufa.

— Não. Não nasci em berço de ouro. Precisei aprender a cozinhar desde cedo. Eu era o mais velho de onze irmãos, e cada um tinha que fazer sua parte.

É difícil imaginar Mael fora de seu papel como capitão de Nadir, mas é óbvio que ele também teve uma vida antes disso.

— Onde eles estão agora? — pergunto quando ele senta à nossa frente.

— Na Aurora. Depois da guerra, Nadir me nomeou capitão, e tirei minha mãe da casinha minúscula onde crescemos. Ajudei cada um de meus irmãos a se instalar em suas próprias casas. Não preciso de muito vivendo no Torreão, e minha remuneração é… generosa.

Ele e Nadir se entreolham, e é óbvio que estão dizendo algo sem palavras. Não sei o que Mael quer dizer por "generosa", mas tenho a impressão de que entendo.

— Que bom que nunca levei jeito com números — diz Nadir. — Tenho certeza de que você bebe mais uísque do meu estoque do que te pago num ano.

Mael bufa e sorri.

— Pelo menos o dobro.

— Bom, talvez um de vocês possa me ensinar um dia — digo. — Nunca tive a chance de aprender.

— Claro — diz Tristan. — Porque ela foi jogada na prisão quando era…

— Tris — digo, interrompendo-o. — Não começa. É desnecessário.

Eu entendo. Embora eu tenha perdoado Nadir por tudo, meu irmão não tem motivo para fazer o mesmo.

— Quê? — Tristan pergunta. — Está tentando proteger esse cara? — Ele aponta para Nadir.

— Não, estou tentando me proteger.

— Lor, não tenho o direito de impor com quem você… decide passar seu tempo. Você sempre deixou isso claro, mas…

— Não, não tem. Sempre foi verdade. Mas também entendo por que não esteja pronto para confiar nele. Também demorei bastante.

— Nem tanto assim — diz Tristan, e aceno com a cabeça.

— Tem razão. Deve parecer rápido, mas passamos muito tempo juntos, e preciso que aceite que Nadir é parte da minha vida agora, mesmo que não esteja pronto para fazer com que ele seja parte da sua.

— Lor — Nadir interrompe. — Está tudo bem.

— Não, não está. Tristan, por favor. Você e Willow são as duas pessoas mais importantes da minha vida. Você sabe disso. Mas não é justo continuarmos sendo nós três contra o mundo.

Poucos meses atrás eu não passava de uma prisioneira que nunca sabia se veria o próximo dia. E, agora, competi por uma coroa, estou sendo perseguida por dois reis raivosos e conheci o homem com quem devo passar o resto da vida. Tudo mudou.

Quando eu e Willow discutimos alguns dias atrás, era eu quem estava com medo de que ela já pudesse estar se afastando de mim, mas agora que nossas vidas se expandiram de maneiras que nenhum de nós jamais imaginou, entendo que tudo isso seja inevitável. Nós fomos ingênuos ao pensar que, se um dia saíssemos de Nostraza, não teríamos que lidar com um milhão de influências externas disputando nossa atenção.

Os olhos de Tristan vão de mim para Nadir e voltam.

— Por que ele é sua *alma gêmea*?

Mael dá uma risadinha, e Tristan lança um olhar sinistro para ele, que levanta as mãos em súplica.

— Desculpa. Não estou rindo de você.

— Está rindo de quem, então? — Tristan questiona.

— Dele. — Mael aponta para Nadir, que ergue uma sobrancelha em resposta. — Você tem estado bem maluco desde que ela apareceu. É um alívio saber que havia um motivo, e não era apenas sua personalidade cativante.

Nadir abre a boca como se fosse discutir e a fecha antes de me abrir um pequeno sorriso.

— Eu talvez tenha ficado um pouco perdido nas últimas semanas.

— Vocês estão destinados ou coisa assim? — Tristan pergunta.

Explico tudo que venho sentindo e o que Rhiannon me contou sobre o vínculo. Quando acabo, meu irmão fica em silêncio.

— Lembre que nossos avós também eram almas gêmeas — digo, e isso faz algo mudar em sua expressão. — Rhiannon disse que eles se amavam muito.

Tristan passa a mão no rosto.

— Quer dizer que você está amarrada a ele. Ao filho do rei que matou nossa família e nos encarcerou por metade de nossas vidas.

— O próprio — concordo baixinho. — Espero que, com o tempo, você aprenda a aceitá-lo. Entendo por que é difícil confiar em Nadir, mas acredite em mim quando digo que ele só quer o melhor para mim. — Hesito, pensando que Nadir me raptou de Afélio para poder me interrogar e me disse que teria me eliminado se eu me revelasse alguém sem importância. — Na maioria das vezes.

Entendo por que ele fez aquelas coisas, que não tinham nada a ver comigo. No fundo.

— Significa que você também está amarrado a ele, Tris. Porque qualquer futuro que eu tenha depois do que estamos tentando realizar inclui vocês dois.

Tristan solta um suspiro profundo e encara Nadir como se o olhasse de verdade pela primeiríssima vez.

Nadir sorri e se inclina para a frente, estendendo a mão.

— Bem-vindo à família, irmão.

O olhar de Tristan é duro como pedra, e Nadir dá uma piscadinha.

— Certo, ainda é cedo demais. Vamos trabalhar nisso.

# 32

# GABRIEL

### PALÁCIO SOL

JÁ ESTOU ODIANDO ESSE DIA. Na real, meio que tenho odiado todos os dias nos últimos tempos. Desde que Atlas marcou a data para a união com Apricia, não tenho um momento de paz. Ela está em todos os lugares, gritando com quem estiver perto, e não importa o quanto eu tente me esconder, ela consegue me farejar como um cão de caça... ou talvez um rato ou alguma outra praga desagradável com um olfato absurdamente apurado e uma tendência a espalhar angústia.

Apricia parece estar convencida de que, como os guardiões existem para fazer a vontade de Atlas, também existimos para fazer a dela. Nem fodendo. Mesmo se eu não quisesse jogá-la em águas infestadas por tubarões, a última coisa na minha lista de tarefas seria pegar arranjos florais para ela e segurar a cauda do vestido ridículo que mandou fazer.

Quase caí na risada quando ela entrou no escritório de Atlas com ele. O vestido tem quase a largura de uma casa, e tantos cristais e contas de ouro que me surpreendeu que Apricia conseguisse parar em pé. Até Atlas achou difícil ficar sério, mas conseguiu fingir achá-la bonita.

Ele mudou bastante nas últimas semanas. Perdeu peso e está com olheiras. Sei que não está dormindo porque ainda não encontramos Lor. A uma semana da união, está me pressionando cada dia mais. Torço para que Lor esteja encontrando uma forma de entrar no palácio para que eu não precise continuar mentindo. Não porque queira ser sincero com Atlas, mas porque a tensão de guardar esse segredo — os desconfortos e as dores assolando meus membros e minhas articulações — significa que não vou aguentar por muito mais tempo.

Hoje, não sei como acabei dentro da sala de estar de Apricia, tendo sido convocado por um grito estridente que ecoou pelos corredores. Ela era tão insuportável assim durante as Provas ou sua posição a tornou pior?

Agora está descrevendo a disposição de lugares para o jantar após a cerimônia, embora eu não tenha ideia do porquê. Acha mesmo que vou me lembrar disso? Ou que me importo com qual nobre mimado senta perto de qual? Quando ela se vira para a janela, ainda falando, aperto o nariz. Em poucos dias, todos esses nobres vão entrar no palácio, não apenas dos vinte e quatro distritos, mas também do resto de Ouranos.

Apricia vira de repente, e ergo os olhos, me sentindo como um garoto flagrado com a mão dentro da calça. O que é ridículo. Zerra, como ela consegue? Parte de mim está considerando entregar Lor a Atlas apenas para que Apricia não vire minha rainha de verdade. Mas nem eu sou tão sacana assim. Acho. A esta altura, as chances são meio a meio.

— Está prestando atenção? — ela questiona, e preciso me esforçar para não revirar os olhos a ponto de ver dentro do crânio. Minha testa dói pelo esforço de mantê-los no lugar.

— Claro — digo, inclinando a cabeça. Mas, como tecnicamente ela ainda não é minha rainha, não sou obrigado a acrescentar "majestade" à frase, um detalhe que Apricia deve notar porque franze o cenho.

— Então quem eu disse que deve sentar ao lado de Lady Boliver?

Puta que pariu. Coço o queixo, pensando se devo tentar responder ou apenas sair andando. Não estou nem aí se Apricia vai ficar brava, a menos que signifique que ela vai me seguir pelo corredor sacudindo sua vassoura até meus tímpanos estourarem e escorrerem das orelhas.

— Lord Ferdinand? — digo, porque decido que responder incorretamente vai ser mais divertido, e deus sabe que preciso de todo alívio cômico possível agora.

Seus olhos se estreitam, cortantes a ponto de perfurarem meus órgãos vitais.

— Eu disse Lord Summers — Apricia sussurra entredentes. — Se estragar essa cerimônia...

— Talvez... — digo, interrompendo-a, o que deixa suas bochechas vermelhas e seu pescoço corado de uma forma nem um pouco atraente. Ela parece uma lagosta que experimentou o batom da mãe e ficou bem feia. — ... eu não seja a melhor pessoa para essa conversa? Nunca tive uma boa cabeça para nomes.

— Você é o capitão — diz Apricia. — É sua obrigação conhecer essas pessoas melhor do que ninguém.

— Garanto que, dentre os muitos deveres ilustres e respeitáveis que estão sob minha responsabilidade, esse não é um deles — digo, e não sei como, mas ela consegue ficar ainda mais vermelha. — Eu não saberia a diferença entre Lord Summers e Lord Spring Flowers nem se minha vida dependesse disso. Sem dúvida, esse é seu domínio.

Ela me encara, considerando minhas palavras, e me pergunto se isso pode funcionar. Se consigo convencê-la a atormentar outro pobre coitado com essa tarefa desagradável.

— Tem razão.

— Perfeito. Vou deixá-la em paz, então — falo e dou meia-volta, tentando escapar como se alguém tivesse jogado um fósforo em minhas botas encharcadas de óleo.

— Nesse caso, vou te deixar responsável pelas entregas — diz Apricia, sua voz se elevando no fim, e congelo. — Haverá dezenas e dezenas na próxima semana. Flores. Tecidos. Comida. Vinho. Alguém vai precisar decidir para onde isso tudo vai.

Devagar, vou me virando, e solto uma expiração superficial.

— Apricia... — Eu me interrompo diante de seu olhar furioso, que sugere que ela adoraria arrancar meu baço e o servir como um aperitivo regado à manteiga. — *Majestade.* Já estou muito ocupado com a segurança do rei. Deve haver outra pessoa para fazer isso.

Estou rangendo tanto os dentes que vão se desgastar até não restar nada. Meu olhar se volta para uma Feérica no canto, as mãos unidas e os lábios sugados como se estivesse tentando segurar o riso. Acho que a vi sendo entrevistada uma semana atrás, e sinto pena por ela ter conseguido o emprego.

De quem está rindo? De mim? De Apricia? A Feérica ergue os olhos e encontra os meus antes de desviar o olhar rapidamente e cobrir a boca, os ombros magros tremendo. Concluo que, sim, ela está rindo de Apricia e está se solidarizando comigo, porque só um masoquista não ficaria do meu lado.

Um estalo de dedos traz minha atenção de volta à ameaça dourada que está infernizando minha vida agora.

— Não, faz todo o sentido. Você já é responsável por quem entra e sai, então administrar as entregas extras é lógico. Cuide disso.

Apricia dá meia-volta e começa a disparar ordens para as criadas. Eu me pergunto se isso quer dizer que estou dispensado. Quero reclamar que não tenho tempo para a tarefa, mas seria burrice não aproveitar minha chance de escapar. Vou conversar sobre o assunto com Atlas. Até agora, evitei levar a ele as exigências de sua futura rainha, mas estou no meu limite.

Saindo do aposento, solto um suspiro de alívio. A voz de Apricia consegue me acompanhar pelo palácio até eu estar muito, muito longe de sua ala. Mesmo assim, consigo ouvir sua tagarelice como se estivesse tatuada em meu cérebro.

Depois de um tempo, dou a volta e sigo por um corredor escuro, indo até a entrada da torre de Tyr. Quando chego, confiro de novo, mas tudo está tranquilo, o corredor silencioso como sempre. Tiro as chaves e destranco a porta. Não tenho nada para ele hoje; esta é uma visita espontânea. Só sinto a necessidade de dar oi.

Fecho a porta atrás de mim e subo a escada. Tyr está sentado ao lado de uma janela aberta quando entro. Seus olhos estão fechados ao deixarem a brisa leve e o sol quente pousarem em seu rosto. Não consigo lembrar a última vez em que o vi fazer isso. Não sei se ele sabe que estou aqui, mas continua parado, então aproveito a oportunidade para observá-lo por um momento.

Recordo aqueles anos, que parecem uma vida atrás, quando Atlas o confinou.

O pai de Atlas e Tyr, Kyros, decidiu descender depois da Segunda Guerra de Serce, dando espaço para Tyr assumir. Ele foi pessoalmente afetado pelos duros golpes que Afélio sofreu durante a batalha. Não era mais o mesmo depois que a poeira baixou, e acho que se contentou em deixar o filho assumir para descender com a mãe deles para a Evanescência a fim de se recompor.

Apesar desses fracassos, era um bom rei e, onde quer que esteja, espero que tenha encontrado paz.

Tyr nomeou dez novos guardiões como parte de sua ascensão, incluindo eu. Eu treinava havia anos, já sabendo que esse era meu único futuro. Não tinha sobrenome nem família, apenas as memórias da infância para assombrar meus sonhos dia e noite.

Meu pai era um filho da puta abusivo e um bêbado cruel cujo passatempo favorito era espancar e estuprar minha mãe. Ele trancava meu irmão gêmeo e eu na despensa quando se enfurecia para poder bater nela em paz sem, como dizia com muita eloquência, "nosso chororô amolecendo seu pau".

Depois que a fazia desmaiar, ele partia para cima de um de nós.

Tentávamos proteger um ao outro, mas era inútil. Éramos pequenos, e meu pai era um homem cruel e perturbado.

Um dia, ele perdeu o controle. Foi longe demais e matou minha mãe e meu irmão. Lutei com ele, quebrando uma cadeira em sua cabeça. Ainda não sei como consegui. Ele ficou inconsciente, e finalmente vi minha chance de escapar. Odiei deixar minha mãe e meu irmão, mas não havia mais nada que pudesse fazer por eles.

Eu me perdi na floresta, por onde vaguei por semanas, sozinho, machucado e faminto, até o rei Kyros e um grupo de caça toparem comigo quando os tentei emboscar com um pedaço de pau. Eu não fazia ideia de como caçar para me sustentar. Havia encontrado alguns cogumelos, frutas e coisas menores, mas tinha muito medo de comer a maioria, sem saber quais eram venenosos.

Menti e disse que estava completamente sozinho. Era quase verdade. Eu não sabia se meu pai ainda estava vivo, mas, para todos os efeitos, minha família não existia mais, e eu estava só no mundo.

Quando fui ordenado como um dos guardiões de Tyr, foi ao mesmo tempo o fim e o começo da minha vida. Embora eu me tornasse um servo sem nenhuma autonomia própria, eu também nunca mais passaria por nenhuma necessidade na vida.

Atlas governou por muitos anos ao lado de Tyr, mas eu conseguia sentir que ele estava sempre tenso e não conseguia se contentar com seu papel, querendo ir além. Ele odiava não ter os mesmos poderes destrutivos do irmão, tendo que se contentar com ilusões mais dóceis. Também nunca havia superado a rejeição da Princesa Coração tantos anos antes, mesmo que já quase não houvesse alguém vivo para lembrar.

Nunca subestime a fragilidade de um homem que sofre de falta de autoconfiança.

Atlas começou a desestabilizar Tyr a cada oportunidade, tentando corroer a confiança do rei ao dizer que todos os problemas de

Afélio eram resultado direto das suas falhas. Tentei abrir os olhos de Tyr para aqueles jogos de poder, mas Atlas sempre foi um mestre da manipulação, tecendo ilusões para sustentar suas verdades. Às vezes, me pergunto quem de fato detinha o verdadeiro poder.

Eu estava com Atlas no dia em que encontramos Tyr claramente abalado por algo. Ele encarava o irmão com o olhar mais assombrado do que nunca e andava de um lado para o outro, passando as mãos no cabelo e falando sozinho.

Atlas questionou qual era o problema, e foi só depois de muita insistência que Tyr admitiu que o Espelho havia falado com ele.

Tinha acabado de revelar o Primário de Afélio. E não era Atlas.

Nunca vou esquecer esse momento. Foi como se todas as nossas vidas tivessem saído do rumo, nossos destinos se dirigindo ao desastre. Embora fosse apenas um pressentimento à época, eu não fazia ideia de como tudo mudaria.

Atlas perdeu o controle, destruindo o escritório, quebrando janelas e objetos, rasgando livros e arrancando retratos das paredes, até eu e Tyr finalmente o subjugarmos. Vários outros guardiões vieram ajudar, mas só eu tinha conhecimento da verdade revelada por Tyr.

Depois disso, Atlas se acalmou, embora eu conseguisse ver que era uma camada fina sobre a turbulência que o atormentava desde a guerra.

Certo dia, ele declarou que Tyr estava sendo levado pelo Definhamento. Que estava fraco demais para ver ou falar com quem quer que fosse, exceto eu e os outros guardiões.

Até hoje, não sei o que Atlas fez com ele, mas sempre desconfiei que fosse veneno, drogando Tyr até que ficasse fraco demais para fazer algo a respeito. Não sei que mentiras sussurrou no ouvido do irmão, mas, de alguma forma, conseguiu convencê-lo a dar a ordem para os guardiões de que Atlas assumiria a coroa e ninguém jamais deveria falar da existência de Tyr na torre.

Mas Atlas não podia matar Tyr, porque a magia de Afélio seria transferida para o verdadeiro Primário, e ele correria o risco de perdê-la para sempre.

Arranjaram um corpo para o funeral, e Atlas usou sua magia para deixá-lo tão parecido com Tyr que quase me enganou. Depois algemou o irmão com a arturita e o isolou na torre, onde está desde então.

Passado um tempo, Tyr se recuperou do que quer que Atlas tenha feito com ele, mas sua vida acabou.

O segredo que somos obrigados a guardar é a pior coisa que já precisei fazer.

— Como você está? — pergunto a Tyr ao me sentar ao seu lado. Atlas quase nunca vem vê-lo, e os outros guardiões não se sentem à vontade em sua presença. Não por nada que Tyr tenha feito, mas porque os faz lembrar de sua traição forçada. Da verdade da qual somos cúmplices, embora nenhum de nós tenha muita escolha.

Nos meses depois que Atlas o prendeu, convenci Tyr a agir contra a vontade do irmão apenas uma vez. Tyr ordenou que os guardiões reunissem o conselho de Afélio em sua sala de reunião habitual para podermos expor as mentiras de Atlas. Sabíamos que eles nunca acreditariam sem poder ver Tyr vivo em carne e osso.

Mas a paranoia de Atlas ia além do que imaginávamos, e ele já havia instalado espiões na casa de todos os líderes distritais. Com vinte e quatro distritos e apenas dez guardiões, descobriu o plano antes que executássemos todas as partes.

Quando o conselho chegou, Atlas estava pronto para cumprimentá-los. Ele convenceu todos de que estavam ali para discutir a construção de um monumento a cada um no centro de seus distritos e, graças à sua bajulação e àqueles egos frágeis, ninguém questionou que os fatos não se encaixavam.

Depois que saíram, eu nunca vi Atlas tão furioso. Ele gritou com

Tyr e voltou sua raiva contra mim e cada um de meus irmãos. Mandou torturar todos nós diante dos olhos de Tyr, guardando o pior para mim.

Não sei se Atlas tinha ciúme da minha relação com Tyr e se ressentia de nossa proximidade, mas, o que quer que fosse, enfim encontrou uma maneira de usar isso contra nós.

Minha mente fez o possível para apagar aqueles dias.

A dor. O sangue. As queimaduras. Os gritos.

As cicatrizes em meu peito, minhas costas, meus braços e pernas nunca vão me deixar esquecer.

Depois disso, Tyr se recusou a voltar a agir contra a vontade de Atlas. E, assim, seguimos nesta dança viciosa, girando em círculos, sem que nenhum de nós saiba como sair dessa forca cada vez mais apertada.

— O palácio está um caos graças à futura rainha — digo, e juro ver a leve sombra do sorriso de Tyr.

Quero desesperadamente saber como isso vai acabar se Atlas pôr as mãos em Lor.

Ela é uma Primária, então quem se unir a ela vai receber os benefícios de sua magia quando Lor ascender. Depois que descobri as origens dela, tudo fez muito mais sentido. Era isso que Atlas estava buscando. Ele se ressente por não ter a magia de um Primário. Mas vai funcionar se usar o Espelho?

Será que Lor tem o Artefato de Coração? Até onde sei, a Coroa estava perdida, mas suponho que ela e Nadir não tenham me contado toda a verdade.

— Ela é um pé no saco — acrescento, e Tyr vira a cabeça devagar, seus olhos azuis ardendo com as muitas coisas que não dizemos há tantos anos. Houve um tempo em que pensei que eu e Tyr...

Abano a cabeça, me recusando a ser atormentado pelas coisas que poderiam ter acontecido.

Não importa. Esse futuro se extinguiu há muito tempo.

Talvez nunca tivesse sequer começado, e eu só me iludisse o tempo todo. Tyr era o rei, e quem quer que fosse seu parceiro precisaria ser escolhido pelas Provas. É provável que eu nunca tenha sido uma opção, ao menos não oficialmente.

Mas agora nunca vou saber.

Eu relaxo e ouço o som das ondas se quebrando na costa enquanto desfrutamos juntos da solidão. É um dos poucos momentos na semana em que enfim me sinto em paz. Quando consigo escapar do tumulto dos meus pensamentos turbulentos.

Depois de tantos anos preso a essa família, há dias em que penso que eu teria ficado melhor abandonado na floresta onde Kyros me encontrou.

Após ter superado o choque inicial de minha aparição, Kyros me pegou no colo e me levou à sua cabana de caça na floresta. Pensei ter morrido e ido para o céu, e foi então que conheci Atlas e Tyr, que eram poucos anos mais velhos do que eu. Passamos semanas juntos correndo de um lado para o outro, aprendendo a caçar animais pequenos e nos metendo em todo tipo de travessura pelas quais crianças pequenas eram conhecidas. Aquela deve ter sido a época mais feliz da minha vida. Eu havia escapado de um pesadelo e acordado num sonho. Pensava em minha mãe e meu irmão o tempo todo, mas queria muito esquecer de tudo.

Foi só quando me levaram de volta a Afélio que me falaram que eu estava sendo recrutado. Eu era novo demais para entender, mas entrei para um grupo de Feéricos jovens que estavam sendo treinados como os futuros guardiões do Rei Sol. Era um processo extenuante, tanto que poucos desenvolviam as habilidades necessárias, e as vagas para o círculo íntimo do rei eram raras.

Os guardiões também foram uma criação do rei Cyrus, o mesmo que havia orquestrado as Provas. Assim como seu otimismo descabido em relação ao Tributo Final, ele tinha usado a corporação dos guardiões como uma oportunidade de dar uma vida melhor àqueles com pouca coisa além de um nome. Em teoria, é bonito. Na prática, é mais complicado.

Eu, Atlas e Tyr já éramos amigos, e os outros se ressentiam de minha proximidade com eles. Eu estava determinado a provar que meu lugar era aqui, então treinava até desfalecer dia após dia. Essa dedicação me fez conquistar uma vaga como o guardião mais jovem que o Palácio Sol já tinha visto, embora eu soubesse que diziam que só conquistei essa honra por causa de minha relação com os príncipes.

Mesmo assim, passei pelo processo doloroso de deixar as asas crescerem. É uma magia insólita e rara que eu não conseguiria explicar nem se apontassem uma besta para meu peito, mas um objeto encantado foi usado para realizar a cerimônia.

Nunca vou esquecer a agonia que dilacerou meu corpo quando meus novos apêndices rasgaram a pele como uma borboleta saindo do casulo. Levei meses treinando meus músculos para o peso não me causar dor nas costas e muitos mais para voar com eles. Apesar da dor, eu considerava uma honra e um golpe de sorte Kyros ter me encontrado aquele dia.

Mal sabia eu que tudo se tornaria uma maldição.

Meus pensamentos voltam ao presente e a Tyr, que agora me observa.

Suas sobrancelhas estão franzidas como se quisesse saber no que estou pensando. Queria que ele falasse. Às vezes me pergunto se lembra como.

Ele era uma pessoa muito diferente. Audaciosa e extrovertida, por vezes em prejuízo próprio, mas agora não passa da sombra do homem que eu conhecia. O homem por quem pensei que poderia me apaixonar um dia. Não que eu não o ame assim, mas é o tipo de amor nascido da necessidade de proteger. Não é o amor que nenhum de nós queria.

— Estava pensando em como nos conhecemos — digo, respondendo à sua pergunta silenciosa. — A cara que seu pai fez quando apareci com um pedaço de pau.

Rio da lembrança, e a boca de Tyr se curva para cima no menor dos sorrisos.

— Eu era tão educado quanto um troll escondido numa ponte — acrescento, na esperança de provocar outro, mas Tyr suspira e desvia o olhar para a janela.

— Precisa de mais alguma coisa? Algo que eu possa trazer até aqui? — pergunto. Odeio como me sinto inútil sempre que estou com ele. É um horror vir, mas, se eu parasse, Tyr não teria mais ninguém, e não posso fazer isso.

Ele nega com a cabeça, ainda sem olhar para mim. E tomo isso como minha deixa para ir embora.

— Vou trazer mais alguns livros — digo, olhando para as prateleiras de histórias que sei que ele ouviu umas cem vezes. — E se fizéssemos aqueles exercícios? Vou voltar amanhã.

Tento fazer com que Tyr se movimente sempre que possível. Tenho medo de que, confinado a este espaço pequeno, ele definhe por completo. Às vezes, cede e faz o que peço, mas dá para ver que não tem interesse. Preciso que resista mais. Preciso que resista para que este não se torne seu único destino. Com Atlas perdendo o controle e fazendo joguinhos, estou mais certo do que nunca de que Tyr está vulnerável.

— Tyr — digo, agachando e pegando seu antebraço. — Preciso que você se mantenha forte. Não sei o que está acontecendo, mas acho que os planos de Atlas têm o potencial de acabar muito mal. Preciso que esteja pronto.

Ele se vira e me encara, e juro que, pela primeira vez em décadas, vejo algo em seu olhar que é diferente de uma simples derrota resignada. Aperto seu braço, e Tyr olha para onde o estou segurando antes de erguer a cabeça. Ele acena muito de leve, embora eu não saiba bem o que isso significa.

— Por favor — digo de novo. — Eu… não sei ainda, mas não aguento mais isso, e você também não.

Tyr acena mais uma vez e engole em seco. Levanto para sair, um peso ardente em meu peito.

Depois que fecho a porta, desço a escada em espiral, perdido em pensamentos. Esqueço meu protocolo habitual e abro a porta sem ouvir se alguém está passando pelo corredor. Ouço o som de alguém tropeçando e um "Ah!" quando saio. Uma Nobre-Feérica está agachada agora, recolhendo um monte de toalhas. Parece estar se esforçando muito para evitar meu olhar.

Eu a observo, querendo saber se estava escutando atrás da porta. Será que ouviu?

— O que está fazendo? — pergunto, e ela olha para cima. Reconheço que é a mesma dama de companhia que vi com Apricia hoje. A mesma que vi nas entrevistas de seleção. Ainda há algo de familiar nela que não consigo identificar.

— Desculpa, estava passando e tropecei — diz a Feérica, recolhendo as toalhas sem se dar ao trabalho de dobrá-las. — Desculpa atrapalhar.

Ela abaixa a cabeça e sai correndo.

# 33

# ZERRA, A RAINHA SOL

### EVANESCÊNCIA

ZERRA OUVIU CADA GOVERNANTE de Ouranos relatar os horrores que haviam recaído sobre seus povos. Ouviu a dor em suas vozes. A paixão em suas palavras. Os extremos a que chegaram na tentativa de salvar seus reinos.

Ela ainda se sentia envergonhada por não estar usando nada além da pouca roupa íntima dourada. Pôs os braços ao redor da cintura quando chegou sua vez de falar, e descreveu o calor. A falta de chuva. A sede. A lassidão pachorrenta que atormentava Afélio.

— O que você fez? — a rainha Amara de Coração perguntou. — Como tentou impedir e aliviar o sofrimento deles?

A pergunta era inocente, mas tocou em um ponto sensível. Zerra se lembrou do rosto de Cyrus, o último que vira antes de ir parar ali, quando ele havia implorado para que fizesse algo. Ela se lembrou como o havia dispensado com um gesto, mais preocupada em transar com Eamon e esvaziar a praia para uso particular.

— Eu... os incentivei a usar a água — disse Zerra, ajeitando uma mecha de cabelo rebelde atrás da orelha num gesto nervoso. Sua cara ardeu de vergonha ao gaguejar.

— E? — Astraia, a Rainha Estrela, perguntou. — O que mais?

— Dei gelo a eles. Bom... até esgotar.

Zerra não sabia se havia imaginado o julgamento nos rostos deles, mas por que a estavam questionando se não haviam questionado mais ninguém?

Como ela não tinha mais nada a acrescentar, passaram para o rei Herric da Aurora.

Ele fora o último a chegar e, depois que o escutaram descrever o esgotamento de suas minas de joias, a atenção deles foi atraída para um lampejo crescente no centro do círculo.

Uma figura surgiu, e Zerra tentou distinguir seus traços, mas eles não paravam de mudar. Transformando-se de uma mulher de cabelo prateado e pele enrugada a um jovem de cabeça raspada e uma barba rala no rosto.

— Bem-vindos — disse a figura com uma centena de vozes, todas se misturando numa melodia desafinada. Zerra piscou, tentando focar nelas, mas o esforço a deixou tonta e a fez esfregar os olhos com o dorso da mão.

— O que é isso? — o Rei Terra questionou. — Quem são vocês?

A figura continuou mudando, e falou com aquela voz desorientadora:

—Vocês estão no fim da Primeira Era de Ouranos — responderam. — Mas, quando uma porta se fecha, outra se abre. E a Segunda Era está prestes a começar.

Todos se entreolharam.

— O que isso quer dizer? — Amara perguntou.

A figura se voltou para a Rainha Coração, e Zerra notou enquanto observava que não era um número infinito de pessoas, mas os mesmos rostos se repetindo. Ela estreitou os olhos, tentando contar. Doze. Talvez. Era difícil ter certeza.

— Somos os Empíreo — eles disseram. —Vocês podem nos considerar como seus deuses. Somos os cuidadores desta terra e de inúmeras outras desde sua criação, há mais anos do que vocês poderiam compreender. E, embora tenham pouca importância no cosmo majestoso do universo, parece que o tempo de governança de vocês chegou ao fim.

— Do que estão falando? — o rei Nerus de Aluvião questionou. — Como assim, temos pouca importância?

Os Empíreo se voltaram para ele na sequência.

— Quando seu povo chegou, esta era uma terra incipiente, desprovida de magia, exceto pelas primeiras sementes que reviravam as profundezas do solo. Com o tempo, ela deu origem aos Feéricos.

*Magia*, Zerra pensou. Ela sabia que havia magia em Ouranos. Feéricos viviam nas florestas e montanhas, onde faziam flores brotarem e aves cantarem. Criaturas mágicas com asas, peles coloridas e olhos incandescentes. Viajantes cansados relatavam ter sido resgatados quando tinham se perdido, e fazendeiros contavam histórias milagrosas de suas colheitas se recuperando de secas. Alguns diziam que não passavam de mentiras e delírios lunáticos, mas Zerra sempre havia acreditado que eram reais.

— Mas a magia continua a crescer, e os Feéricos não possuem mais a força para contê-la. As pragas e doenças cercando seus lares são o resultado desse poder crescente. Ele deve ser aproveitado, controlado e direcionado — os Empíreo disseram. — Portanto, trouxemos vocês aqui.

Eles moveram a mão, e sete objetos apareceram, pairando num círculo ao seu redor. Um espelho dourado. Uma coroa prateada com uma pedra vermelha. Uma tocha preta. Um cajado de madeira. Uma rocha cintilante. Um coral perolado. E um diadema branco cravejado com pedras da lua.

— Esses sete Artefatos estão vinculados à magia de seus reinos. De hoje em diante, cada um de vocês será vinculado a eles e, em troca, à magia em si.

Os Empíreo fizeram outro gesto com a mão, e os objetos foram se aproximando de seus benfeitores, cada um escolhendo o seu, até o espelho pairar sobre a cabeça de Zerra.

— Junto à magia, vem a ascensão de vocês a Nobres-Feéricos,

com dádivas que os elevam sobre sua condição mortal. Vida longa. Maior força física. Sentidos mais apurados.

Zerra observou os rostos ao redor do círculo, desconfiada, mas esperançosa. A proposta parecia promissora, mas devia haver alguma pegadinha.

— O que eles fazem? — Amara perguntou, olhando a coroa prateada que girava devagar sobre ela.

— Com esses objetos, vocês vão ganhar uma capacidade única, conhecida como Magia Imperial. — Os Empíreo passaram a descrever a magia de cada governante. Zerra, como a rainha de Afélio, receberia o poder da luz e poderia usá-la como arma e também para manipular ilusões. Ela estava tendo dificuldade de conter sua incredulidade.

— Quando chegarem ao fim da vida — os Empíreo continuaram —, vocês viverão para sempre na essência de seus Artefatos e terão a tarefa invejável de selecionar o governante mais digno para sucedê-los. Nunca mais alguém alçará à liderança de um povo apenas por direito de nascença.

Embora os Empíreo não houvessem se referido a ela em específico, Zerra poderia ter jurado que aquelas palavras incisivas foram direcionadas a ela, porque tinha herdado o título de rainha por falta de alternativa, não por merecimento.

— No entanto, um de vocês vai ficar aqui.

A esperança cautelosa que rodeava a sala se transformou em algo mais afiado.

— Um de vocês será designado a zelar por Ouranos. Agirá em nosso nome como o cuidador dos Artefatos, atuando como uma camada adicional para garantir a estabilidade do continente.

— Ficar aqui? — Amara perguntou. — Por quanto tempo?

— Pelo tempo que Ouranos existir.

Os lábios de Amara se apertaram, seus olhos escuros cheios de desconfiança.

Os Empíreo ergueram a cabeça.

— É muito a pedir, entendemos isso.

— Será permitido visitar o reino? — Terra perguntou.

— Não. O responsável deverá permanecer aqui, na Evanescência.

Zerra observou o rosto pálido de Tor enquanto ele dava um pequeno passo para trás. Ela sabia que ele era casado com um homem que amava muito.

— É possível trazer quem amamos para cá? — perguntou Tor.

— Sim, mas eles não foram feitos para este plano.

— O que isso significa? — Amara perguntou.

— Significa que, embora o corpo físico deles possa estar com vocês, o espírito e a mente definharão aos poucos, até não passarem de sombras das pessoas que já foram.

— Mas nosso povo precisa de nós — disse Astraia.

— Nossas famílias precisam de nós — acrescentou o rei Nerus de Aluvião.

Os Empíreo acenaram com a cabeça, mas não disseram nada ao olharem para cada um dentro do círculo. Zerra se retraiu, tentando parecer pequena. Não que ela tivesse alguém importante na superfície à sua espera, mas esse parecia um trabalho importante.

O silêncio se estendeu pelo ambiente até, enfim, alguém o quebrar.

— Eu aceito — disse Herric, o queixo erguido. — Aceito essa missão.

Os Empíreo se voltaram para ele, as mãos entrelaçadas diante do corpo. Eles miraram o Rei Aurora em silêncio por vários segundos.

Zerra observou Herric os encarar. Os olhos do rei reluziram com promessa e astúcia. Ele sempre havia sido extremamente ambicioso, e essa era uma missão de grandessíssima honra.

Não apenas um rei.

Não apenas um Nobre-Feérico com magia.

Mas um deus.

— Não — disseram os Empíreo. — Você é necessário em casa.

— Mas você acabou de dizer que...

Eles ergueram a mão e o interromperam.

— Nossa decisão está tomada. Não é você.

— Que absurdo! Ninguém mais deseja isso. Sou a melhor opção! — A voz de Herric se ergueu, reverberando pelos cantos do ambiente em um eco de frustração. Ele continuou a gritar enquanto Zerra encarava os Empíreo. Embora seu corpo estivesse voltado para o Rei Aurora, ela notou um rosto olhando diretamente para si, como se saísse da parte de trás da cabeça deles. Uma mulher de olhos gentis e cabelo loiro ondulado e suave ao redor do rosto.

Ela sorriu para Zerra e abaixou a cabeça.

Zerra teve a sensação estranhíssima de que aquele deus estava mandando uma mensagem para ela, e um arrepio a atravessou.

— Basta! — disseram os Empíreo, cortando a falação de Herric. O comando vibrou pelo ambiente com tanta força que fez as paredes tremerem. — Buscamos outra pessoa.

Herric lhes lançou um olhar fulminante, a expressão marcada pela malícia. Ele apertou os lábios e, naquele momento, dois pensamentos ocorreram a Zerra.

Primeiro: essa não seria a última vez que Herric faria isso.

Segundo: os Empíreo estavam esperando por ela.

A mulher que havia visto um momento antes apareceu de novo, seu corpo se solidificando por alguns segundos ao mesmo tempo que acenava.

Zerra nunca tinha sido uma boa rainha. Ela sabia disso. Não era cega ou inocente a ponto de não entender que, enquanto seu reino sofria, havia escolhido não fazer nada.

Ao ouvir as histórias dos outros sobre a devastação e como haviam buscado soluções incessantemente, sentira a vergonha angustiante da própria inação.

Ela nunca havia merecido ser a rainha de Afélio e, diante dos nobres governantes de Ouranos, isso nunca tinha ficado tão óbvio.

Zerra nunca buscara grandeza. Nunca buscara glória ou reconhecimento, mas parte dela queria ao menos ser lembrada por *algo*.

Por isso, levantou a cabeça, relaxando os braços ao jogar os ombros para trás.

Finalmente, ela faria algo nobre. Algo que pudesse compensar sua vida de egoísmo.

— Eu aceito — disse Zerra, e todos se voltaram para ela.

Os Empíreo sorriram e, pela primeira vez na vida, Zerra sentiu o brilho resplandecente do valor se derramar sobre sua pele.

— E quem você vai indicar em seu nome? — eles perguntaram.

— Cyrus — ela respondeu de imediato. Ele merecia. Havia tentado de tudo, e ela tinha resistido a cada passo. — Meu conselheiro.

— Assim será.

— Isso é um erro! — disse Herric, retomando a gritaria, o corpo tremendo de fúria. — Sou um rei melhor! Posso governar essas pessoas! Não é ela que vocês querem.

Ele bradou e gritou, os olhos desvairados, mas os Empíreo e Zerra haviam tomado suas decisões.

Os Empíreo ignoraram o comportamento de Herric, levantando uma mão antes de os outros seis governantes desaparecerem, deixando Zerra sozinha no silêncio retumbante de seu novo e eterno cenário.

# 34
# LOR

### TEMPOS ATUAIS: AFÉLIO

Depois de deixarmos os cavalos nas imediações, nosso retorno a Afélio passa despercebido graças à maré crescente de pessoas entrando na cidade. Parece que o Rei Sol está organizando um grande evento para sua união, mas por quê? Será que espera que essas preparações resultem em minha captura? Ou pior: e se seus planos tiverem mudado e ele tiver algo muito mais sinistro reservado para mim?

Uma carroça passa em alta velocidade, quase atropelando um grupo de menestréis itinerantes no caminho.

— Para que a pressa, porra? — Nadir rosna, o canto de seu lábio se curvando para cima.

Olho por cima do ombro na direção de Tristan e Mael, que nos seguem de perto. Planejamos voltar ao Sacerdotisa de Payne amanhã, na esperança de encurralar Cloris, mas hoje preciso conversar com meu irmão sobre o que descobri acerca de seu destino. Quando me volto para a frente, Nadir está me observando, e tenho certeza de que está tramando formas de me deixar para trás, como se isso fosse me manter segura.

Desvio o olhar, na esperança de transmitir a mensagem clara de que vou arrancar e comer seu coração cru se ele pensar em tentar me impedir.

Mas Nadir só abre um sorriso presunçoso, o que me faz enrubescer.

*Te amo.*

As palavras entram em minha cabeça e me fazem perder o fôlego e corar. Vou precisar de muito tempo para me acostumar com isso.

Depois de um momento, respondo com *também te amo*.

Seu sorriso não consegue se manter descontraído, e sinto a turbulência de suas emoções conflitantes.

Olho para a frente enquanto atravessamos a cidade congestionada. Nadir faz sinal para o seguirmos e entramos em outra rua, tentando driblar o caos. Acabamos no perímetro norte da Umbra, onde cartazes e pôsteres retratando o rosto de Atlas estão por toda parte.

Eu me aproximo de um e o examino. A palavra "tirano" está escrita em letras grandes e garrafais sobre a imagem dele, assim como uma lista das reivindicações dos feéricos menores. Muitos dos cartazes sofreram vandalismo; alguns são bem-humorados, como um bigode fino, um focinho de porco ou chifres saindo da cabeça, mas outros são mais sinistros, com cortes rabiscados no pergaminho e manchas vermelhas violentas que imagino serem feitas para representar sangue.

Nós quatro trocamos um olhar. Estou cautelosa com nossa presença em meio a isso tudo. Embora a união seja uma distração útil para acessar o Espelho, não contávamos com esse contratempo. Queria que pudéssemos fazer mais para ajudar os feéricos menores sem atrair atenção.

— Venham — diz Nadir, entrando numa praça. — É melhor não demorarmos.

Atravessamos o lugar rapidamente, sentindo a agitação crescente de nosso entorno. É diferente das multidões que chegam para a união; tem o ar de selvageria e perigo.

— O que acha que está acontecendo? — Mael pergunta, consciente da mudança ao nosso redor.

— Não sei — Nadir responde. — Continuem andando. Não gosto disso.

Seguimos pela praça, mas, um momento depois, perco o equilíbrio com o som de uma explosão.

Eu grito ao cair no chão, minhas mãos raspando nos paralelepípedos. Ouço uma cacofonia de gritos e clamores em meio ao zumbido em meus ouvidos. Há pessoas berrando e chorando. O estrondo de pedra e cimento se partindo.

Depois de várias respirações profundas, tento mover os braços e as pernas. Vou me virando devagar, as articulações reclamando de dor. Quando sento, fico em choque com o que vejo.

Uma parte da cidade foi destruída, deixando uma mancha preta de escombros queimados. Felizmente, estávamos na extremidade da explosão e escapamos do pior.

Em desespero, busco Nadir e meu irmão. Quando avisto Nadir, vou me arrastando até ele.

— Nadir! — chamo. Ele está caído de lado, e o viro de barriga para cima, sofrendo para mover seu corpo grande. Nadir geme quando aproximo a orelha de seu peito, deixando escapar um soluço ao ouvir as batidas do coração. Seus olhos se abrem devagar, e ele pisca algumas vezes.

— Você está bem? — pergunto, lhe dando um beijo.

— Sim — ele responde —, acho que sim. O que foi isso?

— Alguém deve ter detonado uma bomba ou coisa assim.

Nadir geme, e noto o fio de sangue perto de sua têmpora.

— Você está machucado — digo, tirando um lenço do bolso e limpando com delicadeza o ferimento em sua testa. Ele faz uma careta.

— Ai — resmunga.

— Não me diga que o guerreiro Feérico malvadão está com um dodói — brinco, tentando conter as lágrimas. Nadir aperta meu punho e me puxa para perto. Dou um gritinho ao cair em cima dele e ser esmagada num abraço apertado, sua mão na minha cabeça.

— Você está bem? — ele murmura com a cara enfiada no meu cabelo, e faço que sim.

— Estou.

— Puta merda, que alívio.

— Nadir!

Nós dois olhamos para Mael, e a cena faz meu sangue endurecer como blocos de gelo.

— Tristan! — Eu levanto num instante, correndo na direção de Mael, que está carregando meu irmão inconsciente nos braços. A túnica e o pescoço de Tristan estão cobertos de sangue, seu rosto escurecido por fuligem.

— Ele não acorda por nada — Mael me diz enquanto Nadir se aproxima atrás de mim.

— Tris! — digo entre soluços.

— Vamos — diz Nadir. — Este lugar vai encher de soldados de Atlas a qualquer momento. Temos que levá-lo de volta para a casa. Não é longe.

Mael já está avançando, e o sigo pelo labirinto de destroços. Pessoas estão caídas por toda parte, algumas machucadas e outras apenas em choque, mas muitas estão mortas. Quem fez isso?

Olho para as ruínas em chamas, notando que um grupo de rebeldes deu a volta pelo prédio destruído com Erevan, seu líder, à frente. Ele está com o punho erguido, gritando palavras que não consigo ouvir, mas sei que está incitando os feéricos menores. Noto que o que causou a explosão teve o cuidado de não destruir a Umbra, forçando o pior do estrago para o Décimo Segundo Distrito.

Está claro que essa foi uma mensagem para Atlas. Ele não pode continuar ignorando-os por muito mais tempo.

Troco um olhar com Nadir antes de corrermos pelas ruas, finalmente chegando ao portão dos fundos de nosso abrigo.

— O que aconteceu? — Nerissa pergunta assim que entramos.

Como sempre, ela está no jardim, as ferramentas abandonadas na terra. — Ouvi uma explosão.

Seus olhos pousam no corpo de Tristan, caído nos braços de Mael, e sua palidez fica cinza.

— Entrem. Agora.

Vamos para a cozinha, onde Mael deixa Tristan com delicadeza sobre a mesa enquanto Nerissa corre de um lado para o outro, juntando ataduras e materiais.

— O que ele tem? — pergunto ao mesmo tempo que Mael rasga a parte da frente da túnica de meu irmão. Há um corte profundo em seu peito que faz a bile subir por minha garganta.

— Ai, deuses — sussurro.

Nerissa volta com os braços cheios de materiais de primeiros socorros.

— Precisamos de um curandeiro. Não consigo resolver isso.

A pele de Tristan está pálida e suada. Pego seu punho, tentando encontrar um batimento. Há um pulso fraco, pouco mais do que um sussurro.

— Não temos tempo — diz Mael. — Já estive em campos de batalha suficientes para reconhecer um ferimento fatal. Além disso, eles vão estar ocupados com os feridos na explosão.

Deixo escapar um soluço engasgado e aperto a mão fria e inerte de Tristan.

*Não.* Não meu irmão. Não depois de tudo que passamos. Ele não pode me deixar.

Uma mão delicada envolve minha nuca, e ergo o olhar para encontrar o de Nadir, que está focado em mim.

— Lor — ele diz baixo. — Você me disse uma vez que sua magia é capaz de curar as pessoas.

Antes que as palavras saiam de sua boca, já estou abanando a cabeça.

— Não consigo — respondo. — Não é…

— Consegue, sim — diz ele. — Você consegue. Está aí. Está dentro de você. Preciso que acredite. Ele vai morrer se não o ajudar.

Encaro meu irmão. Seu cabelo preto está colado à testa. As olheiras sob seus olhos contrastam com a palidez cinzenta de sua pele. Meu lindo irmão, que passou por mais coisas do que qualquer jovem deveria passar. Que foi sobrecarregado com o cuidado das duas irmãs caçulas e fez tudo que pôde para protegê-las.

Apertando os lábios, aceno com a cabeça. Se há alguém no mundo por quem consigo fazer isso, é Tristan. Devo tudo a ele, incluindo minha vida. Eu nunca teria chegado tão longe sem ele.

Eu me aproximo e ponho as mãos em seu peito.

— O que está acontecendo? — Nerissa pergunta, mas Nadir abana a cabeça.

— Confie em nós. Confie em Lor.

Eu me concentro naquela porta trancada em meu peito. Não está fechada com tanta firmeza quanto semanas atrás, mas ainda resiste como se estivesse sendo forçada em dobradiças enferrujadas. Pouco a pouco, Nadir foi me ajudando a abrir. Ele está à minha frente, e nossos olhares se encontram.

— Ele também era uma criança — digo. — Precisou nos proteger, mas não tinha quem o protegesse. — Lágrimas escorrem por minhas bochechas, fluindo livremente enquanto se derramam por meu queixo, misturando-se ao sangue de meu irmão.

— Eu sei — diz Nadir. — Mas garanto que Tristan não se arrepende de nada que fez para proteger vocês.

Aceno com um nó na garganta e me obrigo a me concentrar. Faz tanto tempo, mas me lembro dos cortes e arranhões que sofríamos explorando a floresta na nossa infância. Quando minha mãe nos proibiu de usar nossa magia, foi como se um pedaço de mim tivesse se perdido. Passei muito tempo me questionando se teria conseguido salvar meus pais se o Rei Aurora não nos tivesse levado.

A magia dentro de mim crepita como faíscas estáticas e a forço a sair pouco a pouco. Meu irmão vai morrer se eu não fizer nada, então faço todo o possível. *Não* vou deixar que ele morra.

— O que está acontecendo? — Ouço a voz de minha irmã ao longe. — Tris!

Ela grita, o som angustiante me despedaçando numa pilha de lascas.

— Espere — diz a voz suave de Nadir. — Ela o está curando.

Mantenho o olhar focado no rosto de Tristan, mas também sinto Willow à minha frente.

— Willow — sussurro enquanto a magia vai saindo devagar de mim. — Não podemos perdê-lo.

— Não vamos perdê-lo, Lor. Você consegue. Sei que consegue.

Vou extraindo a magia pouco a pouco, pequenos fios por vez. Quando estava praticando com Nadir mais cedo, era uma torrente desenfreada, mas agora não posso usar força bruta. É uma tarefa que requer mais precisão e mais delicadeza. Raios de eletricidade percorrem minhas veias, mas os contenho porque não são do que preciso neste momento.

Vou mais fundo, fechando os olhos, buscando os pedaços de mim que sei que já existiram, enterrados por tanto tempo. Encontro o fio mais suave de minha magia. Não é como a de Nadir, mas há uma qualidade sinuosa diferente nela em relação à minha magia de relâmpago. É densa, como faixas grossas de cetim em vez de luz aérea.

É a magia de cura de que me lembro. Deixo que saia em espirais por meus braços até a ponta dos dedos e a guio devagar, muito devagar, para dentro de Tristan. Meu corpo treme pelo esforço de contê-la, mas é o que preciso fazer. Eu me lembro dessa parte. Se deixar que saia demais, ela se transforma na forma mais destrutiva de minha magia. Aos poucos, eu a transfiro para o peito de meu irmão.

Esqueci como é difícil.

Dois braços calorosos envolvem minha cintura, e reconheço o cheiro de minha irmã. A magia resiste ao mesmo tempo que tenta se libertar. É como segurar pela pontinha das unhas duas cordas que me puxam em direções opostas.

— Está funcionando, Lor — diz Willow, o corpo encostado ao meu. — Não pare.

Tremo enquanto mais e mais magia sai dos meus dedos, e finalmente tiro os olhos do rosto de Tristan para examinar a ferida em seu peito. Está funcionando. As bordas ásperas da pele rasgada estão começando a se encaixar como dentes. Estou chorando. Acho que nunca chorei tanto. O dia em que meus pais morreram foi o pior da minha vida, mas sei que isso não vai ser nada se eu perder Tristan agora. Eu nunca mais seria a mesma.

— Você está conseguindo — diz Willow. Ficamos em silêncio, observando a névoa vermelha de minha magia envolver Tristan até que, alguns minutos depois, a ferida termina de se fechar. Quando tenho certeza de que toda a marca foi apagada, engasgo de emoção e abaixo as mãos, cambaleando para trás enquanto o mundo se inclina. Um par de braços fortes me segura para eu não cair.

Nadir me abraça, segurando atrás de minha cabeça com a mão, e sussurra em meu ouvido:

— Sabia que conseguiria.

— Ele está bem? — pergunto. Nerissa e Amya estão em volta de meu irmão.

— Está respirando — diz Nerissa. Percebo a firmeza de sua boca. Ela está tentando ser corajosa, e é óbvio que meu irmão passou a significar algo para ela. — E o coração dele está batendo mais forte.

Solto um suspiro de alívio, segurando em Nadir e deixando lágrimas molharem seu peito.

—Vamos levá-lo para um lugar mais confortável — Mael diz a

Nadir, que me solta para ajudar a carregar Tristan escada acima. Eles o acomodam na cama dele, e Amya e Nerissa cuidam dos restos de sua túnica destruída.

Trago uma bacia de água com um pano e sento na beira da cama para limpar o sangue e a fuligem do rosto de Tristan enquanto ele dorme. Sua cor está voltando aos poucos, e não consigo acreditar que realmente o salvei. A magia em meu coração se revira, ainda com aquela energia abafada, mas está lá, e tenho a estranha sensação de que está orgulhosa de mim.

*Preciso* me libertar dessa jaula. Eu poderia ajudar muitas pessoas com isso.

— Acha que ele vai melhorar? — digo a ninguém em particular. Só preciso que alguém me assegure de que meu irmão vai ficar bem.

— Sim. Graças a você, ele vai — diz Willow baixinho, sentando ao meu lado, e meu olhar se volta para Nadir. Espero que ele consiga ver a gratidão em minha expressão por sua ajuda. Pela maneira como acreditou em mim mais uma vez.

Ele se aproxima e passa a mão em meu cabelo.

— Vou descobrir o que aconteceu lá fora — diz Nadir. — E talvez o resto de vocês possa buscar alguma comida para nós?

Todos acenam com a cabeça antes de se dispersarem, e Nadir dá um beijo no topo da minha cabeça. Sou muito grata por ele estar aqui para assumir o controle quando sinto que estou me desfazendo em pedaços.

Willow arqueia uma sobrancelha pelo gesto íntimo.

— Parabéns, Vaga-Lume — ele sussurra antes de sair do quarto, e minha irmã me volta um olhar curioso.

— Acho que você tem muito o que explicar — diz ela.

Franzo o nariz.

— Pode-se dizer que sim.

# 35

ENQUANTO ESPERAMOS TRISTAN SE RECUPERAR, conto a Willow tudo o que aconteceu, primeiro nos assentamentos e depois no Forte Arbóreo, incluindo a novidade um tanto significativa sobre Nadir. Minha irmã sempre teve mais facilidade em perdoar, e quando explico o significado de almas gêmeas, ela fica extremamente feliz por mim.

— Lor — diz Willow, os olhos castanhos se enchendo de lágrimas. — Vejo como ele te olha. Sei que deve ser muito difícil aprender a confiar nele, mas acho que consigo dizer quando alguém tem bom caráter, e aquele homem faria tudo por você. Não acho que poderia estar em mãos melhores.

Sorrio para Willow, me lembrando de suas palavras durante nossa briga. Que ela era a razão pela qual eu o afastava. Alguém poderia pensar que sua doçura era sinônimo de fraqueza ou ingenuidade, mas não é. Passei tempo demais raivosa e desconfiada de todos ao meu redor, e acho que a maneira como Willow vê o bem nas pessoas, apesar de tudo pelo que passou, é a maior força que alguém pode possuir.

—Você não está com raiva porque estou praticamente dormindo com o inimigo?

— Praticamente? Não vai me dizer que ainda não transaram?

— Willow! — exclamo. — Que pergunta!

Ela ri.

— Quê? Preciso fingir que vocês não fazem qualquer lugar pegar fogo quando estão juntos?

Faço uma expressão sarcástica.

— Justo. Só não estava esperando essa pergunta de você.

Willow se empertiga e ajeita uma mecha do cabelo.

— Por que não? Não é porque tenho menos experiência que não tenho vida sexual.

— Ah, é? — pergunto, me fazendo de sonsa. — E com quem você está sendo sexual, minha querida irmã?

As bochechas de Willow ficam imediatamente rosadas, e começo a rir.

— Cala a boca — diz ela, e isso só me faz rir mais.

— Desculpa — digo, fingindo seriedade. — Conta. Quero saber. Talvez alguma Princesa Aurora?

As bochechas ficam ainda mais vermelhas, e Willow vira a cabeça como se quisesse sussurrar algo em meu ouvido.

— Talvez — diz baixinho, e sorrio. Apesar de tudo, gosto de Amya. Acho mesmo que ela é do bem e confio que tem boas intenções.

— Que tal falar um pouco mais? — provoco, e o sorriso de Willow fica suave, os olhos cintilando com um brilho que transforma seu rosto em uma versão dela que eu nunca tinha visto antes. Gosto disso. *Amo.*

— Estamos indo devagar, mas já nos beijamos.

Sorrio ainda mais e a envolvo num abraço.

— Estou feliz por você, mas cuidado, está bem?

Ela abre a boca para reclamar, mas a interrompo.

— Não estou dizendo isso por achar que você não consegue se virar, mas porque todos passamos por poucas e boas. Eu diria essas exatas palavras para qualquer pessoa na mesma circunstância.

Willow acena com a cabeça e dá um tapinha em minha mão.

— Está bem. Obrigada. Estou sendo cuidadosa.

—Você sempre é — digo, recebendo um sorriso em resposta.

— Tristan não está nada contente com isso — digo. — Eu e Nadir, quer dizer.

— Ele é cabeça-dura como você. Vai superar — diz Willow.

— Essa deve ser a coisa mais maldosa que você já disse sobre mim — diz a voz pastosa de Tristan.

— Tris! — nós exclamamos.

Ele abre os olhos devagar, a boca se transformando num sorriso lento.

— Está acordado faz tempo? — Willow pergunta, e ele revira os olhos.

— Infelizmente, tempo suficiente para ouvir que minhas irmãs estão transando com a prole do homem que matou nossos pais.

— Não estou transando com Amya, porra! — Willow exclama, e eu e Tristan trocamos um olhar e depois começamos a rir. Acho que nunca ouvi minha irmã falar um palavrão antes.

— Olhe só você — digo. — Mal saiu da prisão e, *agora*, tem uma *vida sexual*, beija e fala palavrão.

Uma almofada acerta meu rosto, e caio da cadeira, rindo tanto que aperto a barriga. Ergo os olhos para encontrar Willow com sua arma estofada na mão e um sorriso no rosto.

— Você me bateu? — exclamo, ainda dando risada.

Willow olha para a almofada e depois para mim com um sorriso satisfeito.

— Sim. Foi bom.

— Ai, deuses — diz Tristan. — O que você fez, Lor? Ela está se transformando em você.

— Cala a boca — digo e tento sentar de novo na cadeira, mas estou rindo tanto que não consigo. — É falta de educação fingir dormir enquanto as pessoas estão conversando, aliás.

Tristan dá de ombros e faz uma careta. Willow solta a almofada e para ao lado dele no mesmo instante.

— Você está bem? — ela pergunta. — Precisa de água? — Então pega o copo na mesa de cabeceira e o ajuda a sentar.

— Estou. Só dolorido e cansado. — Ele toma um gole d'água. — O que aconteceu?

Contamos sobre a explosão na praça que o deixou inconsciente. Mael e Nadir saíram para tentar reunir informações, e estou tentando não me preocupar com o tempo que estão fora.

— Você me curou? — Tristan pergunta. — Um ferimento tão grave? Você não fazia isso há anos.

— Acho que nunca fiz nada parecido — digo. — Mas não podia deixar você morrer, Tris.

Ele responde com um aceno de cabeça, os olhos brilhando.

— Obrigado — diz.

— Eu não teria conseguido sem a ajuda de Nadir. — Falo de maneira incisiva, na esperança de que as palavras causem algum efeito em meu irmão. Sua expressão fica mais sombria.

— Estou tentando, Lor. Você não pode esperar que eu simplesmente confie nele depois de tudo que aconteceu.

— Eu sei — concordo. — Só estou pedindo para tentar.

— Vou tentar. Estou tentando. Juro.

Solto um suspiro.

— Obrigada.

— Não que Tristan possa bancar o inocente, não é mesmo? — diz Willow, fazendo charme. — Por que não falamos sobre Nerissa?

A testa de Tristan se franze enquanto ele finge que não sabe de nada, e é a vez de Willow e eu rirmos às custas dele. Acho que gosto dessa versão espirituosa da minha irmã.

— É sério que vai fingir que não está caidinho por ela desde que chegamos? — pergunto, e Tristan franze ainda mais a testa.

— Não sei do que vocês estão falando — diz ele. — Talvez ela até seja... bonitinha.

Willow revira os olhos, e Tristan dá de ombros com um sorriso envergonhado.

— Ei, se vocês podem explorar coisas, eu também posso.

— Está certo — digo. — Justo.

Ficamos em silêncio, desfrutando do conforto de estarmos juntos, mas já sei que vou ter que nos levar de volta ao precipício.

— Preciso contar uma coisa — digo a Tristan. — Queria conversar com você assim que voltássemos, mas então aconteceu tudo isso.

— O que é? — Willow pergunta, uma ruga de preocupação se formando entre os olhos.

Não acho que meu irmão vá se importar se eu também revelar isso para Willow, e não consigo mais esconder essa informação.

— Lembra o que te contei sobre as coisas que o Cajado Arbóreo disse? — pergunto, e ela faz que sim. Pego sua mão e olho para Tristan. — Ele... insinuou algo sobre você.

— O quê? — Tristan pergunta e tenta sentar, mas faz uma careta. Coloco a mão em seu ombro.

— Não se mexa. É melhor continuar deitado.

— Você está me preocupando — diz Willow, mordendo o canto do lábio.

— Não é *ruim*. Pelo menos, acho que não.

— Lor, fala logo de uma vez — Tristan pede.

— Certo, acho que ele me disse que você é o Primário Arbóreo. — As palavras saem num só fôlego, e faço uma careta antes de estampar um sorriso tenso enquanto Tristan parece em estado de choque.

— Como assim? — ele pergunta.

— Quer dizer, o Cajado não disse isso explicitamente, mas comentou que eu havia trazido o Primário comigo e que sentiu *você* quando estávamos longe. Não nós. *Você*.

— É por isso que você perguntou a Cedar?

— Sim. Faz todo o sentido, não? Você tem magia dos Reinos Arbóreos que nenhuma de nós tem, e nosso avô era o rei deles. E você sentiu o Cajado, não?

Tristan esfrega o peito, claramente recordando aquela tensão enigmática.

— Mas também tenho magia de Coração — diz ele.

— Talvez tenha passado um pouco para você. Pelo que li, nossa avó era muito poderosa.

— O que faço com essa informação? — ele pergunta, pânico estampado na voz.

Abro a boca e passo a mão em seu braço, na esperança de oferecer certo consolo.

— Por enquanto, nada. Acho. Mas, em algum momento, Cedar vai descobrir.

— Mas era para ser você — Tristan sussurra. — Não eu. Eu estava bem com isso. Tranquilo.

— Eu sei — digo. — Não precisa fazer nada agora. Vá se acostumando com a ideia. Quando estiver pronto, pode voltar a vê-lo e conversar.

— Acha que Cedar vai ficar feliz com isso? — meu irmão pergunta. — E se ele odiar a ideia?

— Acho que ele não tem o direito de ter uma opinião sobre isso.

Tristan solta um longo suspiro.

— Ótimo. — Então troca um olhar comigo e com Willow. — Vocês vão comigo?

— Claro — responde Willow, pegando e apertando sua mão.

— Tris, sem dúvida — digo. — O que você precisar.

— Você contou para Nadir? — Tristan pergunta, mordaz.

— Não. Queria conversar com você antes.

Seus ombros relaxam.

— Obrigado por isso. — Ele aperta os lábios, um conflito interior refletido em seu olhar. — Pode contar. Se ele é mesmo o que você diz, então precisa ser franca com ele sobre as coisas.

— Obrigada, Tris.

Não chega a ser uma aceitação, mas já é um avanço.

Uma batida na porta interrompe nossa conversa.

— Pode entrar — grito, e a porta se abre para revelar Nadir seguido por Mael.

— Oi — digo, o aperto em meu peito relaxando. Eu levanto e dou um abraço em Nadir, encostando a bochecha em seu peito. — Você voltou.

*Estava com saudade, Vaga-Lume?*, ele pergunta por meio do nosso vínculo, os lábios encostados no alto da minha cabeça.

*Sim.*

Ele me aperta com mais força.

*Eu também.*

— O que vocês descobriram?

Amya e Nerissa chegam na sequência com duas bandejas cheias de comida e bebida. Elas as colocam sobre a mesa no canto, e todos enchemos nossos pratos, sentando no chão e em cadeiras espalhadas pelo quarto.

— Podemos ir lá para baixo — diz Tristan enquanto se ajeita com outra careta.

— Você vai ficar de cama até se recuperar completamente — Nerissa o repreende com um tom que não abre nenhum espaço para discussão e ajeita os travesseiros dele. Ela entrega um prato para meu irmão, e eu e Willow trocamos olhares, tentando conter nossos sorrisos.

— Não é nada bom — diz Nadir, a atenção de todos se voltando para ele. — Parece que, quanto mais Atlas os ignora, mais os feéricos menores estão se rebelando. O ataque de hoje tinha a intenção de forçar uma audiência. Todas as solicitações que fizeram foram negadas até agora.

— O que isso quer dizer? — Amya pergunta. — Quais são os outros planos deles?

— Ainda não conseguimos descobrir — diz Mael. — Não sem nos revelar para Erevan, e não acho que isso seria aconselhável. Ele pode não ser um amigo de Atlas, mas quem sabe que tipo de vantagem a informação sobre o paradeiro de Lor poderia oferecer?

— Acha mesmo que ele a entregaria? — Willow pergunta.

— Acho que não — Nadir responde —, mas é um risco que não estou disposto a correr a menos que estejamos desesperados. Ainda estamos trabalhando com a premissa de que, quanto menos gente souber, melhor.

Ficamos em silêncio por alguns momentos.

— Temos mais alguma novidade? — ele pergunta, olhando para Willow. — Teve alguma sorte no palácio?

Willow faz que sim com a cabeça.

— Não sei se é alguma coisa, mas segui Gabriel.

— Você fez o quê? — pergunto, mas ela ergue a mão.

— Ele entrou numa parte escura e estranha do castelo. No começo, podia jurar que não conseguia ver o corredor, porque meus olhos passaram reto, mas Gabriel entrou lá e eu o segui.

— *Por que* você fez isso? — questiono.

— Não foi de propósito. Eu estava carregando toalhas e o vi, e ele estava muito sério. Aí desapareceu naquele corredor estranho, então fui atrás.

Nadir morde a boca.

— Uma ilusão. Atlas deve estar escondendo algo por lá.

— Sim — Willow concorda. — Ele segurava um chaveiro, então destrancou uma porta e desapareceu por um tempo. Deve ter passado uma meia hora até sair.

Willow coça a ponta do nariz.

— Fingi entrar na frente dele. Ele derrubou minhas toalhas e ficou chocado ao me ver. Disse que eu não deveria estar ali.

— Willow — Tristan diz da cama. — Não acredito que você fez isso. E se ele a tiver reconhecido?

— Acho que não me reconheceu — ela responde. — Além disso, não é por isso que estou lá? Para reunir informações? Sou capaz de fazer coisas, sabe.

Willow lança um olhar para Tristan, e vou ficar fora dessa porque não quero reviver essa briga.

— Desculpa — diz Tristan. — Mas você precisa ser cuidadosa.

— Eu sou — rebate Willow.

— Você deveria estar traçando um mapa do palácio — Mael observa, com a boca meio cheia.

— Já fiz isso — diz Willow, levantando e pegando uma bolsa num canto do quarto. Ela tira um rolo de pergaminho. — Ainda não está concluído, mas já dá uma noção.

Willow desenrola o mapa no chão à sua frente enquanto nos aglomeramos ao redor, e indica o ponto onde marcou a sala do trono e os aposentos do rei e da rainha.

— Está ótimo — diz Nadir, puxando o papel para perto. — Sabe aonde isso leva? — Ele aponta para a porta atrás da sala do trono.

— Pensei que Lor poderia usar como uma saída. Há uma escada em espiral que desce para os andares inferiores do palácio — responde Willow. — Se olhar aqui, mapeei uma rota por esses túneis caso ela precise.

— Que incrível — diz Amya com admiração na voz. — Talvez você tenha um futuro como artista ou cartógrafa.

Willow abre um sorriso suave.

— Quem sabe?

Comemos em silêncio por alguns minutos, todos perdidos em pensamentos.

— Então, o que Gabriel ou, mais provavelmente, Atlas está escondendo? — pergunto depois de um tempo. — E acham que tem algo a ver com isso tudo? — Gesticulo um círculo para englobar as Provas, minha liberação de Nostraza e tudo que aconteceu desde então.

Nadir abana a cabeça.

— Não sei, mas pode ser importante descobrir, por via das dúvidas.

— Vou ver o que mais consigo encontrar — diz Willow, e eu e Tristan estamos prestes a discordar quando ela levanta a mão e nos silencia. — Vou descobrir — ela fala com firmeza suficiente para nós dois fecharmos a boca. É difícil mudar velhos hábitos, mas estou tentando melhorar.

— Ótimo — diz Nadir. — Quanto mais informações tivermos, melhor.

— Então, qual é o plano agora? — Mael pergunta.

— Vamos ver Cloris — Nadir responde. — Eu e você.

— E eu — digo, e sei que ele está prestes a listar todos os motivos por que eu deveria ficar. — Eu vou. Não adianta.

— Mas se ela contar para Atlas…

— Já teria contado. Se tiver me reconhecido, ela já sabe que estou aqui. Preciso confrontá-la pessoalmente.

Nadir me lança um olhar desafiador, que retribuo.

— Está bem — diz ele. — Vamos amanhã à tarde.

— Ótimo — digo, cruzando os braços sem piscar.

— Ótimo.

# 36
# NADIR

### DÉCIMO SEXTO DISTRITO

Na tarde seguinte, eu, Lor e Mael paramos na frente do Sacerdotisa de Payne. Por mais que eu quisesse que Lor tivesse me deixado cuidar disso, não havia como dissuadi-la. Não que eu realmente achasse que seria capaz. Ela sabe se virar. Sei disso. Mas a ideia de Atlas pôr as mãos nela me faz congelar de medo. Se eu entendesse o que ele quer dela... Bem, quem sabe hoje será o dia em que descobriremos isso.

— Por que não vim aqui antes? — Mael pergunta, admirando a fachada ornamentada enquanto troca sorrisos com um Nobre-Feérico bonito que não usa nada além de um pequeno tecido sobre o volume do quadril. Que, mesmo à distância, é bem impressionante.

Lor também o observa atentamente, com certa curiosidade, e resisto à vontade de pegá-la, jogá-la sobre o ombro e lembrá-la de que sou o único homem que vai tocar nela de novo. Os olhos dela encontram os meus e se estreitam como se ouvisse meus pensamentos possessivos.

Sorrio porque ela pode fingir o quanto quiser. Lor sabe que é minha agora, com todo o lance de territorialismo de Feérico e muito mais.

Ela desvia o olhar, admirando a mulher bonita do outro lado da porta, que usa um vestido branco transparente que não deixa nada à imaginação. Não fico surpreso ao descobrir que nenhuma dessas "oferendas" tem a menor graça para mim. Meu único interesse é minha alma gêmea.

Lor pega minha mão. Parece tão pequena na minha, e consigo ver que está nervosa diante do que nos aguarda. Aperto sua palma levemente e seus ombros se endireitam, disparando mais uma onda de desejo primitivo.

É isso mesmo. Vou ser sua rocha e sua força sempre que precisar.

— Venham — o Feérico nos diz, movendo o dedo e abrindo um sorriso branco radiante. — Prazer e dor esperam na casa da sacerdotisa.

— Conte comigo — Mael responde, batendo uma palma e esfregando as mãos. O milagre seria conseguirmos tirá-lo daqui antes de o sol nascer amanhã ou mesmo depois.

Mael sobe os degraus como um cachorrinho entusiasmado, e eu e Lor o seguimos de mãos dadas. Somos recebidos por outra bela Nobre-Feérica, vestindo roupas feitas para imitar a vestimenta religiosa das abençoadas de Zerra, mas com algumas modificações muito notáveis e escandalosas.

— Para três? — ela pergunta antes de seu olhar pousar em Lor. — Voltou com amigos dessa vez.

Lor faz que sim, e contraio o maxilar.

*Não acredito que você seguiu Cloris para esse lugar completamente sozinha.*

Seu olhar se volta para mim.

*Sem lição de moral, Príncipe Aurora. Você não manda em mim, e posso fazer o que quiser.*

Arqueio a sobrancelha.

*Está bem. Talvez não tenha sido a melhor decisão, mas vamos deixar pra lá.*

*Sem problemas. Vou encontrar uma forma de te punir depois.*

Como se fosse possível, seu olhar fica ainda mais fulminante, e não sei como meu cabelo não pega fogo.

*Não se preocupe. Nós dois vamos curtir. Esse lugar está me dando muitas ideias.*

A fúria desaparece de seu rosto, que fica rosa.

*Adoro te deixar sem graça, Vaga-Lume.*

— Pare com isso — Lor sussurra, e a Nobre-Feérica que nos recepcionou olha por cima do ombro com curiosidade antes de nos guiar por um arco que dá para um grande átrio decorado para parecer um templo. Eu me pergunto o que a deusa pensa sobre ter seu nome usado dessa forma. Algo me diz que não se importaria. As histórias de seus primórdios, quando ela levava bebida, comida e sexo em abundância para seus primeiros seguidores, eram lendárias.

— Gostariam de beber alguma coisa? — nossa anfitriã pergunta e nos guia até uma mesa.

— Vamos querer seu vinho mais caro — diz Mael, e ela acena com a cabeça antes de deixar um cardápio no meio da mesa.

— Já trago. Enquanto isso, este é nosso menu. Atendemos solteiros, casais ou grupos, dependendo do que preferir.

Em resposta, Mael sorri para mim.

— O que me diz, Nadir? Que tal ficarmos os três pelados?

Um rosnado baixo escapa de minha garganta com a ideia de alguém tocar em Lor, mesmo que seja meu melhor amigo.

Mael apenas ri, e Lor revira os olhos.

— Obrigada — diz Lor. — Não estamos aqui para isso, na verdade. Queria saber se poderíamos conversar com a dona deste belo estabelecimento, madame Payne?

A mulher hesita, evidentemente surpresa. Então acena com a cabeça.

— Posso ver se ela está disposta a vê-los, mas minha patroa não costuma receber visitas. Posso saber quem gostaria de falar com ela?

Lor troca um olhar desconfiado comigo enquanto morde o lábio. Conversamos sobre isso antes e concordamos que ela provavelmente teria que revelar quem é. Não gosto dessa ideia, mas só me resta concluir que, se Cloris Payne planejasse fazer algo com Lor, não lhe faltaram oportunidades. Ao menos Lor não veio sozinha e posso protegê-la.

— Diga que... — Lor hesita, e sei que está arrancando um pedaço de si ao contar isso, depois de ter escondido a verdade por tanto tempo. — ... a neta de Wolf está aqui para vê-la.

Observo o rosto da funcionária, procurando por quaisquer sinais de reconhecimento. Qualquer indício de que essas palavras possam significar algo. Concordamos em usar o nome do avô de Lor em vez do de Serce, cujo uso é muito mais comum em Ouranos. Embora seja um nome dos Reinos Arbóreos por excelência, não é tão usado a ponto de levantar suspeitas.

— Ela vai saber o que significa — Lor acrescenta, e a funcionária assente. — Garanto.

— Claro. Vou avisá-la. E buscar seu vinho.

— Obrigada — Lor diz enquanto a mulher faz uma mesura rápida e sai andando, expondo tudo que seu vestido transparente não esconde atrás.

— Acha que vai dar certo? — Lor pergunta, se aconchegando em mim. Adoro como ela cabe embaixo do meu braço, onde sempre foi seu lugar. — Acha que desconfiou de alguma coisa?

— Acho que não — digo. Não tenho tanta certeza assim. Revelamos ao menos parte de nossas cartas e, agora, vamos esperar para ver de que lado a sorte está.

Depois de alguns minutos, a mulher retorna com a garrafa que pedimos e três taças. Ela as põe na mesa e se dirige a Lor.

— A sra. Payne disse que está disposta a ver você, mas tem alguns assuntos para tratar antes. Disse para aproveitar o entretenimento da boate por conta da casa, e alguém vai te buscar quando ela estiver pronta.

Lor abre a boca, obviamente pronta para protestar. Aperto sua mão, e ela desiste do que ia dizer. Desconfio que seja uma jogada de poder para nos deixar nervosos, mas podemos esperar. Fazer um alvoroço não vai nos ajudar em nada.

— Certo — diz Lor. — Obrigada. Vamos esperar, então.

— Podem ficar aqui ou passar para a área de apresentações, se preferirem. Uma bem interessante está prestes a começar.

A mulher aponta para um palquinho redondo no final do salão cercado por divãs cobertos de seda, onde outros Nobres-Feéricos estão reunidos.

— Obrigado — digo. — Vamos fazer isso.

— Claro. Por favor, avisem se precisarem de mais alguma coisa.

Com outra mesura rápida, ela sai.

— Não acha que Cloris esteja correndo até Atlas agora, acha? — Lor pergunta, torcendo uma ponta do cabelo com nervosismo.

— Acho que não — respondo. — Se ela te reconheceu, já sabe que você está em Afélio. Você mesma vive me apontando isso.

— Mas e se ela não soubesse que era eu e, agora, acabamos de contar que estou aqui? Somos alvos fáceis?

— Lor, vai dar tudo certo — digo, pegando sua mão. — Não vou deixar que nada aconteça a você.

Ela me abre um sorriso irônico.

— De onde você tira essa confiança?

Dou uma piscadinha.

— Conquistei honestamente.

Ela solta uma risada cética quando um Nobre-Feérico se aproxima de nossa mesa.

— Alguém aqui gostaria de algo?

Ele está seminu, exceto pelo short minúsculo que mal cobre o volume de seu pau enorme, revelando músculos bronzeados e definidos em cada centímetro do corpo. Mael sorri, e tenho quase certeza de que o perdemos por hoje. Meu amigo sempre teve uma queda por loiros.

— Talvez — Mael responde, estendendo os braços no encosto do sofá. — O que está oferecendo?

O homem abre um sorriso malicioso.

— O que quiser. — Ele se inclina para baixo, aproximando o nariz do de Mael. — Mas sou extremamente habilidoso com a boca.

Mael solta um gemido baixo.

— Bom saber. — Então seu olhar se volta para mim.

— Se não precisarem de mim por um tempinho...

— Vá — digo, já sabendo que era provável que isso fosse acontecer. — Só não demore demais.

—Você me conhece, rápido como um raio — ele responde e levanta da mesa. O homem pega sua mão e o guia para longe sem dizer mais nada, enquanto meu amigo dá um tchauzinho desinteressado para nós por cima do ombro.

Lor está rindo.

— Quanto tempo você acha que ele vai levar?

—Ah, ele não vai voltar mais — digo, e ela ri de novo. — Vamos descer para assistir ao show?

— Claro — diz ela. — Sabe, na primeira vez em que vim, pensei em como seria estar aqui com você.

Eu levanto e pego o vinho e as duas taças numa das mãos, então estendo a outra para Lor. Ela a toma, e seguimos na direção do palco.

— E como pensou que seria? — pergunto.

— Não gostei. Não queria você olhando para mais ninguém assim.

Meu sorriso em resposta é selvagem.

— Adoro quando você fica possessiva. — Eu a puxo para perto, envolvendo o braço ao redor de sua cintura e sussurrando em seu ouvido: — Você reclama da minha natureza primitiva de Feérico, mas, no fundo, é igualzinha. — Lor me lança um olhar irritado que sempre provoca algo dentro de mim. — E nunca precisa ter medo de eu olhar para outra pessoa. Só existe você.

Chegamos à área de assentos, e coloco o vinho numa mesinha lateral antes de sentar e puxá-la para meu colo.

— Eu sei — ela sussurra ao colocar os braços ao redor do meu pescoço. — Só existe você também.

Essas palavras. O jeito como ela me toca. Seu cheiro. Meus olhos se fecham, e solto um longo suspiro. Esperei tanto tempo por isso. Não sinto apenas por *ela*, sinto *tudo* quando estamos juntos. Cada pedacinho de alegria e tristeza. Cada risada e cada lágrima que já derramei. Penso em todas as coisas que quero que experimentemos, e rezo para termos essa chance.

— Para onde você foi? — Lor pergunta, me trazendo de volta à realidade.

— Só pensando no futuro — digo, e ela me abre um sorriso triste.

— Sirva um pouco de vinho. — Estendo uma taça para ela ao mesmo tempo que a luz diminui e a multidão se silencia num murmúrio ansioso.

Lor se vira para o palco, e adoro que continua em meu colo — não que eu fosse deixá-la sair, de toda forma.

Um momento depois, dois Nobres-Feéricos, um homem e uma mulher, sobem ao palco. Eles estão completamente nus, quase sem nenhum pelo em seus corpos. Ambos são espécimes de perfeita magnificência, escolhidos a dedo para este propósito de excitar e inspirar cada sentimento e emoção selvagem.

O homem tira uma corda de seda longa e começa a enrolar o corpo da mulher numa série de nós e tranças complexos, destacando os seios e a bunda dela. Ele a pega no colo, encaixando-a num gancho que desce do teto antes de segurar seus joelhos e envolvê-la em mais cordas até ela ficar aberta como uma libélula capturada na teia de uma aranha. Devagar, a mulher começa a girar.

— O que acha? — pergunto, tocando as costas de Lor e sussurrando em seu ouvido. Não deixo de notar como ela se arrepia com meu toque e, meus deuses, essa é a melhor sensação que eu poderia imaginar. Não acredito que essa mulher incrível é minha.

— É interessante — Lor sussurra de volta, inclinando a cabeça diante dos artistas como se tentasse determinar se aquilo a excita ou assusta.

— Talvez devêssemos aceitar a oferta daquele quarto — digo, e ela abre um sorriso. Temos coisas importantes a fazer, mas só quero tocá-la e ficar com ela. Quero tempo para explorar sem distrações essa coisa monumental que estamos nos tornando.

Contenho o medo de que possamos nunca ter isso. Meu pai e Atlas estão atrás dela. Todos parecem querer algo de Lor, e vivo com o pavor de que eu *não* consiga protegê-la.

— Talvez — ela sussurra, e estou prestes a tacar o foda-se. Quem liga para as responsabilidades agora? Mas uma silhueta paira sobre nós.

É a mesma Feérica que entregou nossa mensagem a Cloris.

— Madame Payne está pronta para ver vocês agora — diz ela. — Por favor, me acompanhem.

# 37
# LOR

AO OUVIR A VOZ DA FEÉRICA, ergo os olhos, tentando organizar os pensamentos. Está quente aqui, e abano o rosto com a mão, tentando refrescar as bochechas coradas.

— Obrigada — digo por fim, saindo do colo de Nadir e levantando. Ele pega minha mão antes de a mulher fazer sinal para a seguirmos. Saímos do solário por um corredor revestido de mármore e subimos uma escada dourada em espiral.

No alto, há outro corredor, este iluminado por arandelas e coberto por tapetes grossos e escuros, as paredes revestidas de madeira suntuosa. No fim dele, vejo portas duplas. Nossa guia bate duas vezes de leve antes de as abrir. Passamos por elas, e então a Feérica faz uma pequena mesura.

— Madame Payne vai chegar em um instante — ela nos informa antes de fechar as portas atrás de nós.

Entramos na sala de estar decorada com tons escuros intensos e móveis forrados de veludo. A estética toda me faz lembrar do Torreão.

Nenhum de nós consegue relaxar, o nervosismo só aumentando. Eu sento, tensa, na ponta do sofá no meio da sala enquanto Nadir anda de um lado para o outro atrás de mim.

Depois de um minuto, uma porta do outro lado se abre, e pisco. Lá está ela.

Cabelo prateado num coque alto e olhos azuis brilhantes, sua pele lisa com um aspecto que esconde a idade. Ela usa um vestido luxuoso de seda roxa que parece caro e para à porta, levantando o queixo. Todos nos encaramos, medindo uns aos outros como oponentes num campo de batalha repleto de cadáveres.

Quando seus olhos focam em mim, vejo suas narinas se alargarem sutilmente. Sua expressão não revela nada, mas tenho a sensação de que Cloris está contendo uma torrente de emoções reprimidas.

Ela segura uma bengala esculpida e, depois de mais um momento de silêncio, dá um passo, o joelho dificultando seus movimentos. Lembro que ela saiu mancando na visão do Cajado Arbóreo, e imagino que seja uma lesão daquele dia que nunca tenha terminado de cicatrizar.

O quanto ela se ressente do que minha avó fez? Será que foi tudo por vingança?

Cloris avança devagar enquanto eu e Nadir a observamos. Seus sapatos provocam um som oco pelos cantos da sala.

Ela para à minha frente e solta um longo suspiro.

— Pensei que nunca a veria de novo — diz ela. — Como você cresceu.

Sua voz não guarda qualquer sentimento de nostalgia que costuma acompanhar essa frase. É fria e julgadora, como se estivesse avaliando meu valor, tentando decidir se represento uma ameaça.

— Bom, passou mais de uma década — digo, constatando o óbvio, ao que ela acena com a cabeça.

— De fato.

Estou esperando que me diga que pareço algum dos meus avós ou outro sentimento que se refira ao passado, mas Cloris fica em silêncio, olhando para mim por tanto tempo que começo a ficar constrangida.

Nadir parou de andar de um lado para o outro e está do lado oposto do sofá. Trocamos um olhar desconfiado.

*Mantenha nosso relacionamento em segredo. Quanto menos ela souber a nosso respeito, melhor.*

A voz dele entra na minha cabeça, e resisto ao impulso de concordar, com medo de que isso nos entregue. Ele tem razão. Nada de bom pode vir se Cloris souber quem somos um para o outro.

— Eu não imaginaria encontrar vocês juntos — diz ela a Nadir por fim.

Ele não reage, embora eu note a leve tensão em seu maxilar.

— Por que não?

Cloris inclina a cabeça, um sorriso seco se abrindo em seus lábios como se dissesse: *Vamos parar com os joguinhos.*

Por fim, ela senta numa das cadeiras, apoiando as mãos no topo da bengala, e me encara.

— O que posso fazer por você, Lor?

Não gosto dessa mulher. Tudo nela deixa minha pele arrepiada.

— É você que está contando a todos quem eu sou?

Nadir senta ao meu lado, mas mantém distância.

— Não acho que duas pessoas contem como "todos" — ela zomba.

— Por quê? — pergunto, tentando manter a voz imparcial e não como se uma raiva avassaladora estivesse me deixando tonta. Tentando soar como se estivesse no controle de minhas emoções. Mas tudo o que sinto é a amargura de ter sido traída por alguém que nem conheço. — Por que você faria isso com a gente?

Cloris solta uma risada desdenhosa.

— Minha querida, não tinha nada a ver com vocês.

— Você destruiu nossas vidas — digo, e não há como negar a ameaça de lágrimas em minha voz. Não posso deixar que ela me veja chorar. — Você nos tirou tudo. Por quê?

Cloris relaxa no encosto e me olha com uma indiferença fria. Ela realmente não se importa, mas preciso saber. Não busco nem espero seu arrependimento. O que passou, passou. Preciso de respostas.

— É curioso — diz Cloris. — Como as coisas acontecem. Como os planos que você traça podem falhar e, mesmo assim, o destino contribui para orquestrar um resultado positivo, que você sequer vislumbrava. Quem diria que, um dia, a Primária de Coração em pessoa apareceria à minha porta.

Mordo a bochecha, perplexa e assustada, esperando que ela siga em frente.

— Contei para eles, sim — Cloris continua. — Fiz isso porque odiava a vaca da sua avó? Se fosse examinar minhas motivações, é possível que essa tenha feito parte, mas tudo que sua família sofreu foi efeito colateral. Só aconteceu para tornar o desfecho ainda mais satisfatório.

Seus lábios se abrem num sorriso fino e frágil. Ela está gostando disso.

— Por favor, explique melhor — peço, notando Nadir se ajeitar como se quisesse se aproximar de mim. Mantenho o olhar focado em Cloris, determinada a não lhe oferecer nenhuma informação que ela possa usar a seu favor. Já é suspeito o bastante que eu tenha aparecido com o Príncipe Aurora.

— Sua avó veio até mim — diz Cloris — porque precisava que eu conduzisse a união entre ela e Wolf. Serce havia descoberto que a união entre dois Primários exigia precauções adicionais em comparação a uma comum.

Minhas unhas se cravam em minhas palmas enquanto tento manter a respiração calma, sabendo que mais um obstáculo foi posto em nosso caminho. Meu palpite de antes estava certo.

— Eu sabia fazer isso — Cloris continua. — Sua avó me prometeu algo que eu buscava em troca, mas eu não confiava nela.

Ela faz uma pausa e tira um fiapo da saia.

— Portanto, agi em segredo e contei para o Rei Aurora que ela planejava traí-lo. Veja só, os dois estavam conspirando para roubar a Coroa de Coração, e Serce dizia que ajudaria Rion a conquistar todos os reinos e lhe entregaria Ouranos de bandeja, exceto a reina dela e os Reinos Arbóreos.

Fico sem fôlego com essa revelação. Recordo a conversa com Nadir na Aurora quando ele me lembrou de que tudo que Rion afirmava sobre os acontecimentos do passado era contra a palavra de uma rainha morta. Não me surpreende ouvir que ele distorceu a verdade para melhorar a própria imagem.

— Por que falar com meu pai? — Nadir pergunta.

— Porque eu não gostava e nem confiava nela. Queria manter minhas opções em aberto — Cloris responde. — E Serce não tinha a menor intenção de honrar seu acordo. Ela queria usar a união com Wolf para superar Rion e tomar Ouranos para si. Contei tudo ao Rei Aurora, e meus instintos se revelaram corretos quando ela me aprisionou assim que teve certeza de que eu realmente sabia como fazer o ritual.

Cloris faz uma pausa; sua expressão é quase serena, mas uma raiva sufocada cintila no fundo de seus olhos.

— Então, fingi enlouquecer a ponto de ela não me achar mais capaz de realizar a tarefa. Sua falta de visão e impaciência foram sua derrocada. Ela tentou realizar o ritual sozinha...

Cloris faz uma pausa quase dramática.

— E todos sabem no que deu.

Cai um silêncio, e meu peito se contorce. Tenho tantas perguntas que não sei por onde começar. Minha avó não apenas tentou roubar a magia de Coração como tentou conquistar todo o Ouranos. Ela era um monstro. Uma tirana. Uma assassina com sede de poder.

— Por que fazer isso? Você sabia que deixar Serce seguir em frente poderia matar todos, incluindo você, certo? — Nadir pergunta, e lanço um olhar de gratidão a ele porque não sei se consigo falar.

Cloris ri com desdém.

— Sou uma das abençoadas de Zerra. O povo deste continente ingrato pode ter esquecido. Podem ter deixado os templos dela ficarem em ruínas. Podem usar o nome dela em vão, mas Zerra vive e protege aqueles que servem em seu nome.

O olhar de Cloris se turva com algo que parece estar beirando a insanidade. Suas palavras estão envenenadas por rancores antigos e uma percepção distorcida da realidade.

— Sei — diz Nadir por fim, e ela estreita os olhos como se percebesse a insinceridade na voz dele. É difícil contestar a afirmação dela. Vi a explosão. Vi a destruição que causou, e Cloris havia levantado e saído andando praticamente ilesa. A intervenção divina pode ser a única explicação lógica.

Ela nos abre um sorriso arrogante.

— Ah, sei o que pensam de mim. Não passam dos devaneios de uma mulher louca, mas, em breve, todos vocês verão que estão errados. Que Zerra vive e se cansou de ser ignorada.

Apesar da confiança em suas palavras, sinto certa hesitação escondida nelas.

— Mas? — pergunto, torcendo para meus instintos estarem corretos. — Algo está errado? O que você queria da minha avó?

Cloris torce o nariz, olhando com desdém para mim.

— A deusa está enfraquecendo. Seu poder diminui. Acha que todas aquelas histórias de tremores de terra, florestas doentes e secas são mera coincidência? Acha que não havia um propósito maior em jogo?

Nadir se ajeita ao meu lado, sem dúvida pensando sobre a queda da mina que matou todos aqueles feéricos menores. Penso nas florestas apodrecendo. Os rumores em Afélio sobre o número baixo de peixes e os tremores constantes que temos sentido sob os pés. Embora fosse impossível dizer por quê, eu imaginava que esses eventos deviam estar conectados. Ouvir a confirmação deixa minha nuca toda arrepiada.

— Isso é por causa de Zerra? — pergunto, cautelosa.

— Não é por causa dela — Cloris retruca. — É por causa de todos vocês. Usam sua magia com impunidade, drenando a terra e a deusa. Não era para ser assim.

— Como era para ser? — pergunto.

Cloris hesita, e consigo ver que está considerando o quanto quer revelar para nós.

— Você perguntou o que eu queria da sua avó — diz ela, e aceno com a cabeça, ficando na beira do assento. — Sua família possuía um objeto poderoso chamado arca. Em troca de minha ajuda, pedi que Serce o cedesse para mim.

— O que é? — pergunto.

*Uma arca.* É então que lembro que o Cajado também mencionou uma arca, mas outra memória está martelando em minha cabeça.

— É um objeto usado para canalizar e ampliar magia.

— Minha avó sabia o que era?

— Na época, eu achava que não.

— Então você estava tentando manipulá-la? — acuso.

Cloris aperta os lábios e estreita os olhos.

— Sua avó era a manipuladora, Lor. Não haja como se eu fosse a errada nessa história.

— Então por que você contou para Atlas e o Rei Aurora sobre mim? — questiono. — Qual era o propósito?

— Porque ainda busco a arca, e sua magia está vinculada a ela. — Cloris diz as palavras depressa, como se não quisesse que eu as ouvisse de verdade.

— O que isso quer dizer? — Nadir pergunta. — Seja específica. Chega dessas respostas evasivas. O que *é* essa coisa?

— Cada Artefato tem uma arca correspondente — diz Cloris, embora eu possa ver sua dor ao admitir isso para nós. — E suas magias estão interligadas.

— Então você quer me usar para encontrá-la — concluo, com a voz desprovida de emoção. Não passo de um peão nas tramoias de todos.

— A arca teria salvado Serce e Wolf? — Nadir pergunta, já um passo à minha frente. — Era disso que eles precisavam para completar sua união?

Cloris ri, e fico surpresa com o som.

— Ah, Príncipe Aurora. Não vou revelar todos os meus segredos hoje.

Troco outro olhar com ele. Isso foi um sim ou um não?

— Por que está nos contando tudo isso? — Nadir pergunta. — Nada explica por que você revelou Lor a Atlas e a meu pai.

Cloris bate um dedo levemente no lábio inferior.

— Bom, *essa* é uma história muito boa — diz ela. — Será que conto?

— Se quiser minha ajuda, vai ter que contar — digo.

Ao lado dela está uma mesinha com uma garrafa de uísque bourbon e um copo de cristal. Ela se serve de uma dose e dá um gole demorado. Não nos oferece ao voltar a encher o copo, agindo como se nem estivéssemos ali. Eu me questiono se Cloris estava realmente fingindo enlouquecer para enganar meus avós ou se de fato estava a um passo da loucura.

— Explorei o castelo depois da explosão. Vasculhei os escombros por dias, me escondendo daqueles que vinham em busca de sobreviventes, mas a arca não estava em lugar algum. Suspeitei que Serce soubesse desde sempre o que era. Ela havia me enganado de formas que nem me dei conta. Ou talvez tenha acontecido outra coisa. Não sei.

"Seja como for, continuei buscando. Não apenas dentro e ao redor de Coração, afinal eu não tinha como saber se realmente estava lá, mas em todo o continente, na surdina. Eu precisava me manter escondida. Ninguém podia saber que eu havia sobrevivido.

Meu nome foi quase tão amaldiçoado quanto o de Serce por muito tempo, e servia a meus propósitos deixar que todos pensassem que eu estava morta."

— Por que você a queria? — pergunto. — Para qual propósito?

— Por Zerra — responde Cloris. — Fui incumbida de encontrá-la há séculos e passei a maior parte da vida à procura dela.

— Por quê? Para que *ela* precisa disso?

— Vou te contar tudo que disser respeito diretamente a você — diz Cloris. — Contudo, minha relação com a deusa é confidencial.

O olhar duro que ela me lança sugere que não vai vacilar nesse ponto.

— Então o que aconteceu? — pergunto, ignorando a questão por enquanto, resolvendo voltar a ela depois.

— Depois de um tempo, entendi que precisava de alguém com a magia de Coração para encontrá-la. E, embora a magia teoricamente tivesse acabado por conta de todos os erros de Serce, eu sabia que havia mais um sobrevivente daquela noite e que *mais alguém* havia garantido que a magia não fosse roubada da Primária.

— Como assim? — pergunto. — Garantido?

Cloris me fixa um olhar penetrante.

— Você está com ele? O pedaço da Coroa de Coração que Daedra concedeu a sua mãe?

De novo, tento não reagir.

— Não sei do que você está falando.

Cloris me observa, e tenho quase certeza de que não acredita em minha mentira.

— Daedra viu quem a filha era naquela noite e entendeu que Serce tinha passado dos limites. Vi a Rainha Coração enviar um pedaço da Coroa com a próxima Primária.

— Por quê? — Nadir pergunta, se inclinando para a frente.

— Desconfio que tenha sido uma forma de escapar ao castigo

quando Serce tentasse roubar a magia de Coração. O dom de Primária passaria dela para a próxima. Mas ninguém poderia ter previsto o que aconteceria.

— A explosão. Foi esse o castigo? — diz ele.

— Não — diz Cloris. — Aquilo foi a união que ela tentou orquestrar sozinha; era poder demais entre eles para selar o vínculo sem as devidas precauções. A punição foi quando todos perderam a magia por cinquenta anos.

Minha visão se turva com essa revelação. Lembro a história que Nadir me contou. Que todos odiavam minha avó porque perderam a magia. *Nada* disso tinha sido um acidente.

Ele abre e fecha a boca, com uma expressão sombria.

— Como Daedra sabia que precisava mandar um pedaço da Coroa?

Que bom que ele está fazendo perguntas, porque minha cabeça não para de girar.

Cloris encolhe os ombros magros.

— Só posso supor que a Coroa tenha revelado a ela em algum momento. Talvez o Artefato estivesse tão desesperado quanto Daedra. Seja como for, busquei a criança. E eis que não apenas ela estava viva como estava em posse da magia que sua avó havia salvado.

— E teve *três* filhos.

Ela dispara outro olhar para mim.

— Eu não esperava encontrar tanta força em alguém tão jovem. Embora meu objetivo inicial fosse sua mãe quando nos encontramos na floresta, imaginei que talvez ela não fosse a Primária, afinal. A magia havia pulado para você. Eu pretendia te usar como trunfo contra sua mãe, mas não era para você ser capaz de fazer aquilo comigo. Foi então que soube que *você* era a razão por que a Coroa havia achado melhor proteger sua família da ganância de Serce.

Ranjo os dentes, desejando, *sim*, tê-la matado naquele dia. Não consigo acreditar que cheguei a me sentir mal por isso.

— Quando conseguiu me superar, soube que precisava encontrar outro caminho. Voltei ao rei mais ambicioso de Ouranos, contei o que sabia e esperei que ele a encontrasse.

Cloris se recosta e deixa que as palavras se assentem. Ela não precisa me contar o que aconteceu depois. Doze longos anos atrás daquelas grades. Vivi aqueles dias muitas e muitas vezes.

— Mas você era ardilosa — diz Cloris, torcendo o nariz. — Rion não acreditou nas minhas afirmações, desconfiado de como eu lhe havia entregado a traição de Serce de bandeja. E você se recusava a deixar que ele visse sua magia. Quase o convenceu de que você não era quem eu jurava ser.

Ela aperta os lábios como se tudo fosse culpa minha. Quero levantar e dar um tapa na cara dela.

— Nossa, como você *gritava* — diz Cloris com uma voz quase melodiosa, e levanto num piscar de olhos. Os braços de Nadir me envolvem quando tento dar um soco nela, errando por pouco. Cloris se encolhe apenas uma fração, mas mantém aquele horrível sorriso fino.

— Você estava lá — disparo. — Viu o que ele fez?

Ela faz um gesto com a mão como se aquilo não importasse, e parto para cima dela de novo, mas Nadir me segura com firmeza.

— Lor — ele sussurra. Sei que também está com raiva. Consigo sentir que está tremendo, mas ele tem razão: dar uma surra em Cloris não vai nos levar a lugar nenhum.

*Deixe que ela fale.*

Cloris franze o cenho, encarando nós dois, e espero ter imaginado a faísca sagaz que brilha em seus olhos.

— Quando você se recusou a se revelar, eu o convenci a te deixar viva — ela continua como se nada tivesse acontecido. — Então, ele te jogou na prisão por segurança, mas não quis mais saber de mim.

Respirando fundo, tento controlar minha raiva enquanto recupero o controle. Não preciso ouvir Nadir para saber que ele está fazendo o possível para não estraçalhar a sala inteira.

— E então? — pergunto depois de um momento. — Por que Atlas depois?

— Porque eu ainda precisava de alguém para te tirar de lá. Alguém com a devida motivação. Quando apareci, ele estava prestes a se unir a outra pessoa.

— Você é a razão por que ele cancelou as primeiras Provas — concluo, e ela faz que sim.

— Sou. Quando contei sobre você, Atlas as cancelou imediatamente e começou a trabalhar num plano para te tirar de Nostraza.

— Ele queria se unir a Lor? — Nadir pergunta. — E pode fazer isso? Não teria os mesmos obstáculos que Wolf e Serce?

— Tecnicamente, sim — diz Cloris depois de uma breve pausa, mas há certa falsidade nas palavras dela. — Mas não contei nada a ele.

Eu me afundo no sofá, envolvendo o rosto entre as mãos, atordoada por tudo que acabei de ouvir. Passei muito tempo me perguntando que sucessão de acontecimentos me levaram à sala do trono de Afélio, mas nunca imaginei nada disso.

— Você sabia quem eu era no outro dia? — pergunto. — Me reconheceu?

— Reconheci — responde ela.

— Por que não foi até Atlas então? — Nadir pergunta.

— Por que tem tanta certeza de que não fui?

Nadir dispara um olhar para ela, que revira os olhos.

— Porque ele fracassou, não? O Espelho a rejeitou como eu desconfiava que faria, e agora Atlas não me serve de nada. Eu só precisava que ela saísse de Nostraza. Ele cumpriu seu propósito, e a pessoa de que realmente preciso é Lor.

Cloris olha para mim, e bufo com escárnio antes de ela se inclinar para a frente.

— O Espelho revelou algo a você?

Arqueio uma sobrancelha.

— Você só pode estar de brincadeira.

Cloris aperta a boca e se recosta.

— Você recuperou sua magia? — ela pergunta com cuidado, como se soubesse que está passando dos limites.

— Sim — digo com um olhar incisivo. — E é incrivelmente forte.

Ela não precisa saber que ainda tenho minhas dificuldades, mas deixo que pense que sou perigosa.

— E, antes que pergunte, não faço ideia de onde está a arca.

Mas a questão sobre o Espelho traz de volta algo dentro de mim, um fragmento que cai com estrépito.

*Um presente a vossa majestade.*

E se não for minha magia, mas outra coisa que tenha se perdido?

— Hum — Cloris responde. — Imaginei que você diria isso, e estou disposta a acreditar.

— O que você quer, então? — Nadir pergunta, rangendo os dentes. — Está fazendo muitas revelações.

Cloris sorri.

— Não há nada que eu tenha contado a vocês que possa me prejudicar de alguma forma. Seu pai foi um idiota por não acreditar em mim, mas agora ele sabe a verdade, e não dou a mínima para o que acontecer com Atlas.

— Então *o quê*? — Nadir pergunta de novo.

— Quero fazer um acordo — diz Cloris. — Vocês encontram a arca para mim, e não vou revelar sua localização para nenhum dos reis que querem cortar seu lindo pescocinho.

Rio com sarcasmo.

— Já provei uma vez que posso te matar. Vou acabar com você agora e encerrar isso de uma vez por todas. — Aponto o polegar para Nadir. — E tenho reforços. Desta vez, vou garantir que morra para sempre.

As narinas dela se alargam e sua boca se comprime antes de sua expressão se suavizar.

— Vocês se acham muito espertos, não? Que conseguem me enganar?

— Do que está falando? — pergunto, e Cloris baixa os olhos, puxando o tecido da saia e a arrumando de novo ao redor dos tornozelos antes de voltar a se dirigir a nós.

— Acham que uma Alta Sacerdotisa não consegue identificar um vínculo de almas gêmeas quando está na presença de um? Também fui a primeira a saber que sua avó estava grávida. Posso não ter o relâmpago e a destruição de vocês, mas também detenho poder à minha maneira.

Um brilho perverso se ilumina em seus olhos.

Ela não precisa vocalizar a ameaça ou a oferta estendida na ponta desse galho podre de oliveira: eu a ajudo, e ela nos ajuda a superar quaisquer obstáculos necessários para selar a união.

Meu olhar se volta para Nadir, e tenho certeza de que consigo adivinhar o que ele está pensando.

Cloris revira os olhos.

—Vocês não podiam ser mais óbvios.

Um grunhido baixo se forma em minha garganta.

Ela ri, mais uma vez revelando a força da vantagem que tem.

— Temos um acordo?

— Vou pensar.

— Pense. Seria uma pena ver outro amor como o seu... — Ela estala os dedos. — ... *desaparecer.*

Quando eu recuperar minha magia, talvez consiga arrancar a resposta dela.

E reduzir essa mulher a cinzas.

Eu e Nadir levantamos e nos dirigimos à porta.

— Você ainda carrega a marca dele, pelo que vejo.

— Quê? — Eu me viro.

Cloris está em pé agora, e aponta na minha direção.

— No rosto.

Minha cicatriz. Toco a bochecha, o pavor frio arrepiando minha nuca. Sempre carreguei essa cicatriz com orgulho, porque me lembrava do que eu faria para proteger as pessoas que mais amo.

— Os guardas da prisão fizeram isso. Eu estava protegendo minha irmã.

Um sorriso perverso se abre em seu rosto.

— A mente é uma coisa engraçada — ela devaneia. — É curioso como distorce uma verdade e esconde uma memória que preferimos esquecer, transformando-a em algo um pouco mais tolerável. Um pouco mais... nobre, talvez?

Entendo o que Cloris quer dizer um momento depois. Essa é uma marca de Rion. Do que ele fez comigo. Sua magia fez isso, e a tenho usado como uma insígnia para combinar com a de meu ombro. Um lembrete de que, não importa o quanto eu corra, ainda pertenço a ele.

De repente, sinto que fui mergulhada em lodo tóxico enquanto um ardor se espalha por meu tronco. Eu a encaro, meu peito se apertando atrás das costelas.

— Vou esperar sua resposta, Lor — diz Cloris, e bate a porta na minha cara.

# 38

MEUS BRAÇOS E MINHAS PERNAS ESTÃO TREMENDO, e fico olhando para a porta. Meus dedos estão completamente dormentes, e meus pulmões, cheios de cimento.

— Lor? — ouço Nadir dizer, mas sua voz está distante demais com o zumbido em meus ouvidos e os pontos pretos em minha visão. Fulgores brancos brotam à minha frente, e cambaleio quando a vertigem me tira do eixo.

— Não... não consigo... — Aperto o peito, onde meu coração bate sem controle contra as costelas, mas sinto que estou respirando dentro de uma parede de tijolos, o ar sólido como granito. Um suor frio escorre pelas minhas costas, mas meu rosto queima como brasa.

— Lor! — Sinto os braços fortes de Nadir ao redor de mim, me segurando antes que eu caia no chão como uma âncora lutando contra a maré, e então desabo.

— Foi... ele... — choramingo, meu corpo todo tremendo, e arranho o rosto. — Quero tirar! Quero tirar! Tire!

Minha voz ecoa pelo mármore frio com a ressonância de uma tumba.

— Tire! — grito tão alto que minha voz embarga. — Não foi por eles! Foi ele! Tire!

— Lor. Está tudo bem. Vamos nos livrar dela. — A voz reconfortante de Nadir é a calma branda no meio da minha tempestade.

— Vamos encontrar alguém que possa cuidar disso. — Ele me envolve e abraça com força, apertando meu rosto contra seu peito. Estou tremendo. Não consigo parar de tremer.

Aperto o tecido de sua túnica como se estivesse caindo num deslizamento de terra. Choro e choro, me permitindo derramar as lágrimas que escondi por doze anos. Nadir me abraça, fazendo um carinho suave em minha cabeça e em minhas costas enquanto balançamos no mar de minha angústia.

Meu coração se acalma devagar, não mais ameaçando sair do peito. Eu me desvencilho de Nadir com o cabelo grudado na bochecha, e ele o tira com a ponta delicada do dedo. Uma grande mancha escura e molhada marca a frente de sua túnica.

Seco o nariz com a parte de trás da manga e fungo.

— Desculpa.

— Tudo bem — diz Nadir, ajeitando meu cabelo atrás da orelha. — Vamos encontrar alguém para cuidar disso imediatamente.

— Callias se ofereceu — sugiro, com a voz áspera e fina. — Ele disse que poderia arrumar durante as Provas, mas não deixei porque sou uma imbecil do caralho. Pensei que estava sendo… sei lá… corajosa? Ou forte? Tentando provar àqueles guardas que não poderiam me machucar. Mas eles deviam estar rindo de mim.

— Lor, você é todas essas coisas — diz Nadir com a voz suave. — Você é, *sim*, muito corajosa e forte. Eu estava falando sério quando disse que era nobre. Não é culpa sua que Rion tenha feito isso, e seus argumentos para manter essa marca são seus. Não deixe que ele tire essa verdade de você. Isso não muda quem você é nem a força do seu amor por seus irmãos.

— Podemos encontrar um jeito de mandar uma mensagem para Callias? — pergunto.

Estou caindo e preciso que Nadir me segure. Não tenho dúvidas de que vai estar me esperando de braços abertos.

A resposta dele é um olhar cético. Mandar uma mensagem para o palácio não é a ideia mais prudente, mas preciso de alguém que sei que pode tirar a marca. O que quer que Nadir veja em meu rosto faz sua expressão se abrandar.

— Claro. Vamos dar um jeito. Está bem? — Ele segura meu queixo entre o indicador e o polegar.

Faço que sim, apertando os lábios para conter outra onda de lágrimas se formando em minha garganta.

— Não tem problema se precisar chorar — diz Nadir com tanta ternura que um soluço se solta do fundo da minha alma.

Não consigo acreditar que esse é o mesmo homem que me amarrou ao pé da cama dele há não muito tempo. Por algum motivo mórbido, a lembrança faz meu soluço se transformar em uma risada.

— Que foi? — ele pergunta, claramente perplexo por minha mudança súbita de humor.

— Eu só estava pensando na vez em que você me fez dormir no chão do seu quarto.

— Lor, des...

Balanço a cabeça, soltando outra risada enquanto me desfaço.

— Está tudo bem. Não estou brava. Irritar um ao outro. Era o que a gente fazia. Lembra que Mael dizia que essa era a nossa preliminar?

O canto de sua boca se ergue.

— Mal dormi naquela noite. Só conseguia te sentir.

— Somos dois — digo, secando o rosto e o nariz de novo. — Deuses, devo estar com uma cara horrível.

— Não está, não — diz ele. — Você é a coisa mais linda que já vi.

— Tenho certeza de que você diz isso a todas as suas almas gêmeas. — Ele sorri mais uma vez.

— É melhor sairmos daqui. — Nadir olha para a porta fechada da sala de estar de Cloris, e é só agora que me lembro de onde estamos.

— Acha que ela ouviu tudo isso?

— Não — diz ele, inexpressivo.

— Mentiroso. — Nadir me abre um sorriso irônico antes de seu maxilar se contrair e seus olhos perderem o brilho, tornando-se poços de tinta escura.

— Lor. Preciso que você entenda que um dia vou fazer uma escolha no que diz respeito a meu pai. Uma que talvez mostre que não sou uma boa pessoa, e espero que você possa me perdoar por isso.

— Eu entendo — digo. — Não vai ter nada o que perdoar. Não há nada que me faria questionar você.

Ele me beija intensamente antes de se afastar e encostar a testa na minha.

— Vamos — diz Nadir, me ajudando a levantar e nos guiando de volta por onde viemos.

— Aonde você acha que Mael foi? — pergunto.

— Não sei, mas ele consegue voltar sozinho para casa.

Saímos para a rua iluminada, piscando sob a luz do sol.

— Precisamos recuperar a força total da sua magia. Não suporto a ideia de você ficar vulnerável perto do meu pai de novo.

— Você sabe algo sobre isso? — pergunto enquanto caminhamos. — Sobre as arcas?

— Não — responde Nadir. — Nunca ouvi falar, mas precisamos saber o que elas realmente fazem. Não acredito numa palavra do que Cloris acabou de nos contar.

— Eu também não. — Paro de andar, obrigando Nadir a fazer o mesmo. — Acha possível que o Espelho esteja com a arca? E se esse for o presente e não minha magia? O Cajado deu a entender que esse poderia ser um caminho para desbloqueá-la. Cloris também disse que a arca é um amplificador.

— Eu tinha considerado isso. Precisamos entrar no palácio logo. Não podemos deixar que Cloris ponha as mãos nessa arca.

— E a outra parte? — pergunto. — Sobre selar nossa união.

— Se ela sabe fazer isso, outra pessoa também deve saber.

— E se não conseguirmos encontrar outra pessoa?

A multidão avança ao nosso redor, e Nadir me puxa para perto com a mão em meu pescoço.

— Se tivermos que dar a arca a ela, é isso que vamos fazer.

— Mas e se…

Ele me puxa e me beija intensamente.

— Não. Já falei uma vez que não deixo nada impedir o que quero, e estava falando a verdade. Não há nada que eu queira mais do que você.

Eu o encaro e aceno com cabeça.

— Vamos dar um jeito — diz Nadir com toda a bravata de sempre, e acredito nele. — Aconteça o que acontecer.

Voltamos a andar de mãos dadas, ambos perdidos em pensamentos. O silêncio entre nós é confortável, apesar da minha reação a tudo que aconteceu. Percebo que não preciso ser nada perto dele além de mim mesma. Ele me aceita, com todas as minhas falhas.

Entramos no beco que leva ao portão dos fundos da casa e encontramos todos reunidos na sala.

O mapa de Willow está estendido sobre a mesa, e consigo ver que ela acrescentou mais detalhes.

Quando entramos, todos se ajeitam e nos observam com expectativa. Um momento depois, a porta de trás se abre, e Mael aparece no vão, corado e sorrindo como quem ganhou na loteria.

— Se divertiu? — Nadir pergunta, e Mael lhe dá um sorriso enviesado ao se afundar no sofá, soltando um suspiro satisfeito.

— Imensamente.

— Você estava chorando? — Willow me pergunta. — O que aconteceu?

— Falaram com ela? — Tristan questiona, e aceno com a cabeça.

— Sim. — Opto por não revelar os detalhes que me fizeram

surtar. Vou explicar depois a verdadeira origem de minha cicatriz a meus irmãos.

O que revelo é o que Cloris nos contou sobre as arcas. Todos ouvem com atenção.

— Enfim, agora achamos que é isso que o Espelho quer me dar — concluo.

— Como podemos descobrir mais? — Amya pergunta. — Não entendo como nunca ouvimos falar de nada disso.

— Tenho a impressão de que esse é o tipo de informação que só os ascendidos têm — diz Nadir.

— Tenho uma amiga que trabalha nos arquivos — diz Nerissa. — Posso perguntar se há algo escrito sobre esse assunto?

— Seria ótimo — respondo. — Obrigada.

Ela assente, feliz em poder ajudar.

— E você? — Nadir pergunta a Hylene. — Teve alguma sorte?

Ela joga um cacho ruivo sobre o ombro.

— Claro. Vou comparecer às festividades com um tal de Lord Cedric Heulfryn.

— Muito bem — Nadir a parabeniza com um aceno de cabeça.

— Espera — digo. — Heulfryn. Parente de Apricia?

Os olhos de Hylene cintilam.

— Irmão, na verdade.

Solto uma risada, sem saber por que isso é tão engraçado.

— Impressionante — diz Mael. — Até que você é útil por aqui.

Hylene franze a testa, e tenho certeza de que, um dia, Mael vai encontrar uma adaga em seu pescoço. Ou talvez seu próprio pau, dependendo do humor de Hylene.

— Isso é bom — diz Nadir. — Você vai ser uma convidada no palácio por alguns dias.

— Vou fazer as malas. Fiquei de chegar em breve. Então, precisamos andar logo com qualquer que seja o plano que estejam tramando.

— Ela tem razão — diz Willow. — Também não vou conseguir voltar mais. Apricia deixou claro que devemos permanecer ao lado dela nos dias anteriores à cerimônia.

Nadir aperta o nariz, e sinto sua frustração crescente.

— Conseguiu acessar uma programação dos eventos? — ele pergunta.

Minha irmã sorri e tira um papel.

— Sim. Está tudo aqui.

Nadir o pega, e leio por sobre seu ombro.

— O que é a apresentação? — pergunto, notando seu lugar no calendário um dia antes da união.

— É quando Atlas e Apricia vão receber os cidadãos de Afélio um a um. É meio que um convite de consolação para quem não é importante o bastante para estar na cerimônia real — diz Amya.

— Qualquer pessoa pode participar? — pergunto.

— Em teoria, sim.

Ela aperta os lábios e não precisa expressar o que está pensando. Os feéricos menores com certeza não são convidados.

— Já estão montando uma tenda enorme na frente dos portões — diz Willow.

— Então, a sala do trono vai estar vazia? — pergunto.

Nadir faz que sim e coça o queixo.

— Vai ser uma distração parcial. Pode ser do que precisamos.

— Mas como entrar sem sermos vistos? — pergunto.

— Há uma entrada lateral — diz Willow, apontando para seu esboço. — É por onde as entregas estão chegando. E se entrarmos por lá?

— É uma ideia — Nadir responde, e Mael começa a interrogar Willow sobre quem cuida do acesso, que tipo de perguntas eles fazem e se examinam os carrinhos e fornecedores que entram e saem com atenção. Willow responde o melhor que pode, mas ainda estamos trabalhando com muitas lacunas e suposições.

Meu nervosismo aumenta conforme conversamos. Será que consigo fazer isso? Somos mesmo capazes de entrar e sair sem que ninguém nos veja?

— Lor, acho que você precisa praticar mais um pouco sua magia — Nadir me diz. — Está melhorando com ela, mas eu ficaria mais tranquilo se você tivesse um pouco mais de controle.

— Claro — concordo. — Eu também.

— Perfeito. Vamos voltar à clareira amanhã. Nerissa, tente descobrir tudo que pode o quanto antes, para sabermos com o que estamos lidando. Ainda não estou totalmente feliz com o plano, mas estamos chegando perto.

Todos concordamos com murmúrios.

Que Zerra nos ajude.

# 39

# CLORIS PAYNE

### AFÉLIO: ALGUNS MESES ATRÁS

CLORIS ESPERAVA NO ESCRITÓRIO DE ATLAS, mais uma vez vítima da falta de consideração dele com o tempo alheio. Ela fora convocada no meio da noite e arrastada até ali, mal tendo a chance de trocar de roupa. Três daquelas abominações aladas, os guardiões do rei, invadiram o Sacerdotisa de Payne, entraram em seus aposentos privados e exigiram que ela os acompanhasse.

Cloris nem se deu ao trabalho de reclamar. Resistir seria inútil, e nada os impediria de realizar a vontade do rei.

Agora, ela andava de um lado para o outro do escritório, olhando pela janela e voltando ao meio da sala para repetir o circuito. Quanto tempo Atlas a faria esperar desta vez? Seu olhar perpassou as estantes à esquerda, até que ela parou abruptamente.

Escondida nas sombras havia uma pequena caixa de vidro dentro da qual um objeto estava apoiado no suporte que o mantinha em pé. Cloris tentou ouvir se alguém estava se aproximando antes de ir até a estante na ponta dos pés, com medo de que o menor barulho fizesse com que o objeto se dissolvesse numa nuvem de fumaça.

Levou os dedos à caixa, descobrindo que estava trancada. Não podia ser o que pensava. Depois de olhar a porta outra vez, usou uma pequena faísca de magia para enxergar melhor.

A bola de luz em sua mão iluminou a imagem da mulher esculpida no objeto quase retangular, a parte superior larga o bastante para acomodar seus ombros antes de se afunilar até os pés.

Sua deusa.

Feita de um material escuro com brilho prateado, cintilava suavemente sob a luz de Cloris. Na mão de Zerra havia um espelho, uma cópia exata do Artefato que ficava na sala do trono do Palácio Sol.

Cloris piscou várias vezes, sem conseguir acreditar nos próprios olhos.

Era a arca de Afélio. O que ela estava fazendo aqui depois de tanto tempo?

Muitos anos antes, Zerra tinha enviado Cloris e duas de suas irmãs, Rosa e Adrienne, em busca das três arcas restantes. As outras já estavam sob seu domínio, mas a deusa ainda não havia conseguido obter todas.

Rosa havia sido delegada a Aluvião. Adrienne, a Afélio. E Cloris foi em busca da arca de Coração. Adrienne morrera alguns anos antes — ela não entendia por que Zerra não a tinha salvado também —, e havia anos que não recebia notícias de Rosa. Mas, até onde Cloris sabia, nenhuma delas cumprira a missão. Um fato que foi confirmado naquele momento, quando ergueu os olhos para a arca de Afélio.

Cloris não entendia o que a deusa queria com as arcas, mas nunca fora sua função fazer perguntas demais.

Ela havia partido em sua busca, deparando-se com becos sem saída repetidas vezes. Isso até descobrir sobre uma herança chamada Arca de Coeur, parte da coleção da rainha, o nome escapando da boca de um nobre bêbado durante uma soirée em que ela se fazia passar por cortesã.

Embora o nome fosse um pouco ridículo, ela tinha certeza de que era o objeto que procurava. Que, depois de muitas vidas escondida, a arca havia ressurgido. Por anos, Cloris arquitetara uma forma de se aproximar da família real quando se deparou com Serce. Claro, nada daquilo terminou como ela havia previsto, voltando mais uma vez à estaca zero.

Apesar de Zerra não falar mais com ela, Cloris nunca desistiu de sua busca, na esperança de, um dia, voltar às graças da deusa.

Vozes chamaram sua atenção, e ela se sobressaltou quando a porta se abriu. Abaixou a mão, apagando a magia e a escondendo atrás das costas como se isso a fizesse parecer menos culpada. Adotou uma expressão de calma inocente, mas nem valeu o esforço.

O Rei Sol estava furioso, o cabelo desgrenhado e o olhar febril, e não viu nada ao bater a porta atrás de si com tanta força que quase abalou os alicerces da sala.

— A porra do Espelho a rejeitou — ele rosnou, e Cloris congelou antes de engolir um nó de tensão na garganta. Ela previra isso. O Espelho não teria por que escolher a Rainha Coração para si.

— Entendi — disse ela. — Que pena.

— Que pena? — Atlas disparou, partindo para cima dela com os ombros curvados. — Que pena?! Encerrei as Provas anteriores para isso. Ordenei a morte daquelas meninas porque você mandou eu me unir a Lor! E agora o Espelho a rejeitou e escolheu outra pessoa!

Cloris alongou o pescoço e entrelaçou as mãos diante de si.

— Não posso controlar o que o Espelho decide fazer. Parece que esse não é o destino dela.

— Destino dela? E o *meu* destino?! Você me prometeu…

— *Nada* mudou — disse ela, levantando a voz. — Quando eu estiver em posse do objeto que busco, você poderá usá-lo para reverter a decisão do Espelho.

— Você mentiu para mim! — Atlas gritou, dando outro passo na direção de Cloris. Ele segurou sua garganta e a jogou contra a estante, as prateleiras machucando suas costas. — Que jogo é esse, bruxa? Fale a verdade!

Cloris abriu a boca em busca de ar, um medo profundo vibrando em sua barriga.

— Eu não estava... — ela balbuciou. — Por favor.

Arranhou o braço dele, mas não era páreo para aquela fúria. Atlas apertou seu pescoço com mais força enquanto tremia e arreganhava os dentes.

— Por favor — Cloris implorou sem fôlego. — Juro... para... você...

— Não vou mais ouvir nenhuma de suas mentiras — ele grunhiu.

— Não... só... por favor... não... é.

Atlas afrouxou o aperto apenas o bastante para Cloris conseguir respirar.

Ela puxou um pouco de ar.

— Fale — disse ele. — E se tentar me foder, vou esmagar sua traqueia sem pensar duas vezes.

— Você ainda pode usá-la — disse Cloris. Sua voz estava rouca, e ela tinha certeza de que sua pele já estava cheia de hematomas.

— Como posso fazer isso se o Espelho escolheu outra pessoa?

Devagar, ela se endireitou.

— Falei que o que preciso é poderoso.

Ele a encarou.

— E daí?

— E daí que, se me entregar a garota, posso encontrar o objeto e podemos reverter o que o Espelho fez.

— Você disse que ela se uniria a mim! — rugiu ele.

— Sim, mas não posso fazer isso sem o que busco. Pensei ter deixado essa condição clara — disse Cloris, tentando manter a paciência. Será que o Rei Sol era mesmo tão burro? — Você também vai finalmente poder se livrar de seu irmão de uma vez por todas.

Cloris estava mentindo de novo, mas ela diria qualquer coisa para convencer Atlas. Depois lidaria com as consequências daquilo.

O Rei Sol não era apenas burro, mas também ingênuo, porque ela viu como os olhos dele brilharam diante daquelas palavras.

— Mesmo? — ele perguntou, e Cloris quase se sentiu mal por semear a frágil flor dessa esperança.

—Você será o rei.

Era uma resposta evasiva que não confirmava nada, mas ele acreditou.

Atlas invadiu seu espaço, trazendo o rosto tão perto do dela que Cloris conseguia sentir as gotas de saliva enquanto ele dizia, cortante:

— Se fizer qualquer coisa que eu considere suspeita, não hesitarei em te matar. Entendido?

— Sim — disse ela com um aceno de cabeça, tentando conter as lágrimas de raiva e frustração que se acumulavam em seus olhos. Tudo que queria era servir à sua deusa. Era pedir muito? — Sim.

Finalmente, ele a soltou, o lábio se curvando num rosnado enquanto andava de um lado para o outro, passando a mão pelos cabelos e murmurando consigo mesmo.

Cloris conseguia quase sentir a presença da arca atrás dela na prateleira, e se perguntou se Atlas entendia o que tinha em sua posse. Estava em meio a outros objetos de grande valor, trancada em uma caixa que ela desconfiava só poder ser aberta com magia Imperial. Mas a arca não era apenas valiosa; era inestimável. O segundo objeto mais poderoso do reino.

— Posso fazer uma pergunta? — Cloris arriscou. — É um objeto lindo esse que você tem. — Ela apontou para a arca, tentando encontrar algum sinal de reconhecimento no rosto de Atlas.

— Sim? E daí?

— De onde veio?

Ele deu de ombros.

— E eu vou saber? É usado para transformar os guardiões.

Atlas virou as costas, ainda passando a mão no cabelo. Ela teve a impressão de que ele falou aquilo sem querer, ainda abalado com os acontecimentos.

— Ah — disse ela. — Só isso? Tem um nome?

Atlas a encarou como se ela fosse uma lunática.

— Por que teria?

— Por nada. Pensei ter visto um parecido no mercado dia desses.

Ele fechou a cara numa expressão ainda mais cética.

— Por que caralho estamos falando disso?

Cloris sorriu. Atlas não era o Primário nem o verdadeiro rei. Não fazia ideia.

— Tem razão — disse ela. — Sobre a garota. Se a entregar a meus cuidados, podemos continuar.

— Aonde você a levaria?

— Ainda não tenho certeza.

— Como posso confiar que você vai cumprir o que prometeu?

Cloris levou a mão ao peito como se estivesse ofendida pela pergunta.

— Majestade, sou uma mensageira de Zerra. Não mentiria jamais.

Atlas estreitou os olhos.

— Você vai ser acompanhada por uma escolta de meus guardiões. Meu capitão vai se certificar de que seja vigiada. — Ele fez uma pausa. — E protegida — acrescentou sem muita importância.

Cloris tremia só de pensar em ficar na presença daquelas criaturas, mas abaixou a cabeça. Fazia sentido e, na verdade, Atlas estava fazendo um favor a ela. Quando a magia de Lor fosse libertada, poderia ser difícil controlá-la. Cloris precisaria de alguém que a contivesse. Depois que possuísse a arca, simplesmente desapareceria, deixando a garota com os guardas de Atlas.

Também teria que encontrar uma forma de roubar a arca de Afélio, mas um problema por vez.

— Muito bem — disse Cloris, fazendo uma reverência. Sempre a serva obediente.

Atlas tensionou o maxilar.

— Ótimo. Mas, se eu descobrir que está mentindo para mim de novo...

— Entendido — falou Cloris. — Apenas a traga para mim.

Eles se viraram ao ouvir uma batida na porta.

— Entre — disse Atlas.

A porta se abriu, e dois dos guardiões entraram.

— Majestade — disse um deles. — A Tributo Final escapou do palácio.

# 40
# LOR

### TEMPOS ATUAIS

No DIA SEGUINTE, eu e Nadir partimos para a clareira onde praticamos com Tristan na semana passada. Quando passamos pelo mesmo templo em ruínas, paro para observá-lo sob uma nova perspectiva, pensando na tarefa que Zerra atribuiu a Cloris. Embora tenha desconversado, ela pareceu sugerir que a deusa precisava da arca para se salvar. Mas de quê, exatamente?

A tranquilidade da clareira contrasta com o caos intenso de Afélio. Somados os confrontos com os feéricos menores e o espetáculo crescente da união, as muralhas da cidade se tornaram uma forca, cada dia mais apertada.

Embora o calendário diga que é inverno, a temperatura vem subindo a semana toda, e minha testa já está pingando de suor. Estou com um vestido leve sem mangas, o tecido colado à pele ruborizada.

Desmontamos de nossos cavalos e andamos até o meio da clareira.

— Preciso me colocar em perigo mortal hoje? — Nadir pergunta, olhando para a pilha de escombros que criamos da última vez.

— Não — respondo. — Preciso aprender a fazer isso sem que esse seja o motivo.

Ele se aproxima de mim e envolve minha cintura.

— Nunca agradeci direito por me salvar do meu pai naquele dia em Coração — diz, com a voz rouca. — Sem sua proteção, ele teria vencido.

Solto um suspiro trêmulo.

— Era estranho, mas naquele momento eu só via uma raiva ardente, e não entendia por que aquilo me afetava tanto. Eu teria feito qualquer coisa para te proteger. Queria fazer com que seu pai sofresse por aquele momento e por tudo que fez a você. — Minhas palavras vão ficando mais intensas até saírem quase num rosnado. Nadir sorri.

— Adoro quando você fica possessiva, Rainha Coração. Me deixa louco de tesão.

Para provar seu argumento, ele pega minha bunda e me puxa para perto, onde posso sentir que não está mentindo.

— Bom, vai se acostumando — sussurro enquanto Nadir beija a curva de meu pescoço. — Se alguém se atrever a pôr as mãos em você, vou fazer a pessoa sangrar. Já quebrei o braço de uma mulher por roubar meu sabonete. Imagine o que eu não faria se ferissem minha alma gêmea?

— Zerra, nunca vou me cansar de você — ele murmura em minha pele, e acredito no que diz, porque sinto o mesmo.

— Talvez não precisemos praticar. Que tal mergulhar sem roupa na cachoeira? — provoco, e ele resmunga.

— Precisamos, sim. — Nadir me solta. — Se você se comportar e me obedecer, talvez eu a recompense.

Ele dá uma piscadinha, vira e sai andando enquanto reviro os olhos.

— Ouvi essa, hein! — Nadir grita.

— Não falei nada!

— Vamos, Vaga-Lume — diz ele, virando-se para mim com um sorriso travesso. — Me mostre do que é capaz.

Fecho os punhos e estreito os olhos, me concentrando na agitação em minhas veias. Naquela porta que ainda está trancada, mas vem ficando cada vez menos densa e sólida. Eu a estou derrubando aos poucos, mas será que consigo fazer isso a tempo para fazer a diferença?

Eu me concentro, e um fio de magia se acende por meus braços e minhas pernas enquanto Nadir continua andando para trás, aumentando a distância entre nós. Quando parece satisfeito, ele envia fitas de luz em minha direção, mas não como um ataque. Elas se entrelaçam suavemente ao meu redor, e minha magia responde com um desejo sem fim.

Um arrepio percorre meu corpo com o aflorar da minha eletricidade. Só que, dessa vez, não é uma torrente descontrolada. Vai surgindo devagar, envolve meus braços em linhas angulosas que seguem a curva da magia de Nadir, como se dançassem juntas sobre vidro. Solto um suspiro surpreso, hipnotizada com a impressão de que isso é uma extensão de mim. Recordo essa sensação de muito tempo atrás.

Olho para Nadir e, mesmo do outro lado da clareira, vejo seu orgulho. Ele puxa sua magia de volta, deixando apenas a minha, e continuo admirada. Esse dom é tão extraordinário. Realmente acreditei que estava perdido para sempre. Ainda não está *tudo* em seu devido lugar. Ele está enfraquecido, e aquela porta segue fechada, mas está saindo, e tenho certeza de que está ficando mais forte.

Quando curei Tristan, chegou muito perto da superfície e de se libertar.

Duas habilidades convivem dentro de mim: uma de destruir e outra de criar. Algo me diz que vou precisar muitas vezes das duas até tudo acabar.

Nadir envia outra rajada de luz em minha direção. Levanto o braço e a bloqueio, e nossas magias se encontram, chocando-se e causando um halo vermelho, verde, azul e roxo que paira no ar. Não consigo deixar de pensar que isso nos representa, contraditórios e conflitantes, mas que também abrem espaço um ao outro para criar algo que faz meus ossos doerem e meu sangue ferver.

Ele faz de novo, e entro na ofensiva, respondendo com um controle que não tenho há anos.

Nadir para e me observa, ofegante, esperando que eu use todas as minhas forças. Tomo a iniciativa, disparando relâmpagos de todos os lados enquanto ele se defende. Não tenho medo de machucá-lo. É óbvio que ainda tem muito mais controle e poder, então continuo lançando com força total.

Sempre quis ser o tipo de mulher que faz os monstros caírem de joelhos. Que derruba impérios. Que tem o mundo na palma da mão. E, pela primeira vez na vida, sinto que isso está a meu alcance.

Resolvo interromper os ataques, recolhendo toda a magia, que se dissipa ao redor. Suor escorre por minhas têmporas, mas ainda não terminei. Estendo as mãos, mirando um ponto alto de um penhasco. Meu disparo acerta a rocha, um pouco abaixo do alvo pretendido. Tento de novo e de novo, lançando rajadas enquanto minha mira fica mais certeira.

Nadir dá a volta e para atrás de mim, dando instruções. Minha mira melhora, e sinto que meu controle está voltando, embora eu nunca tenha treinado dessa forma quando era criança. Não tínhamos essa liberdade, com medo de sermos descobertos, e minha mãe se preocupava demais para nos permitir tentar mais coisas.

Paro por fim. Meu corpo treme de exaustão, e suor cobre minhas costas, grudando a túnica em meu tronco. O sol está a pino, caindo sobre nós com um calor implacável.

Braços me cercam por trás.

— Você é foda — diz Nadir em meu ouvido. — Linda. Destemida. Absolutamente incrível.

De repente, sinto o impulso avassalador de chorar. Um soluço se forma em minha garganta, e me viro para envolver o pescoço dele enquanto deixo as lágrimas caírem, chorando em seu ombro. Ele me abraça, apertando com força e beijando de vez em quando meu pescoço, minha bochecha ou minha têmpora.

Parecem mensagens. Lembretes de que está aqui, um poema ou uma carta de amor escrita em cinzas.

Estou chorando por tudo. Por tudo que perdemos. Por meus pais. Por meus irmãos. Por tudo que quero oferecer a eles. Por Nadir, sua mãe e Amya. Por Mael e até por Gabriel. Por tudo que também quero proporcionar ao homem que amo. Fui tão completamente indefesa por tanto tempo e, enfim, tenho algo tão grande quase sob meu controle.

Aos poucos, meus soluços vão parando e eu recuo. Nadir ajeita um fio de cabelo atrás de minha orelha.

— Você está bem? — ele pergunta, e faço que sim.

— Estou. Zerra, virei uma chorona. — Ele ergue o canto da boca. — Obrigada por me deixar desabafar.

Nadir toca minha bochecha e me observa com um olhar que faz meu peito se apertar.

— Quero ser seu refúgio, Lor. Aconteça o que acontecer, sempre vou estar aqui por você.

Aceno com a cabeça, lágrimas ameaçando escorrer de novo por conta da intensidade em suas palavras.

— Eu também — digo. — Quero ser isso para você também. Você me deu algo que nunca pensei que teria.

Nadir me lança um olhar atormentado.

— Que foi? — pergunto.

— Você não conhece os meus segredos mais sombrios — diz ele. — Às vezes tenho medo de que, se souber, vai mudar de ideia sobre mim.

— Eu nunca faria isso.

Ele hesita.

— Não precisa me contar agora — digo. — Quando estiver pronto. Mas espero conquistar sua confiança um dia.

Nadir me aperta com mais força.

— Confio em você. Com todo meu ser. É em mim mesmo que não confio.

Solto um suspiro, porque entendo o que ele está tentando dizer. Ainda tenho meus demônios guardados sobre o tempo em Nostraza que não estou pronta para revelar. Não por conta dele. Mas por mim.

— Tudo bem — digo. — Entendo.

Ele me beija, seus lábios tocando os meus com delicadeza. Nossas bocas se movem juntas com leves mordidinhas e toques. É carinhoso, mas também intenso.

Quando paramos, uma cortina de desejo turva seus olhos.

— Está um calor aqui. Acho que é hora daquele mergulho que você sugeriu.

Um sorriso safado se abre no rosto dele, e Nadir me puxa na direção do riacho onde fica a cachoeira.

— Ah, mereci minha recompensa? — pergunto, e ele sorri, apertando minha bunda com força.

— E mais um pouco.

Começo a rir, tirando a túnica e as botas.

Observo Nadir se despir, já salivando com a ideia de tocá-lo. Não demora para estarmos os dois sem roupa, o sol aquecendo nossa pele. Coloco o pé na água e dou um gritinho, porque está mais fria do que eu esperava.

Um momento depois, Nadir me pega no colo e nos mergulha no riacho. Eu me seguro em seu pescoço, gritando enquanto ele ri. Dou tapinhas em seus ombros, e ele segue em direção à cachoeira até flutuarmos pela piscina onde ela desaba.

Nadir envolve minhas pernas ao redor de sua cintura e nos beijamos, os dedos dele apertando meu quadril. Sinto suas pernas batendo ao nos movermos. Ele afasta a boca da minha por um breve momento, emitindo um arco de magia que abre a queda d'água, criando um espaço para passarmos por baixo.

— Aonde estamos indo? — pergunto, erguendo a cabeça para trás a fim de sentir as gotinhas suaves de água fria.

— Não está curiosa para saber o que há do outro lado?

Ele está chupando meu pescoço, roçando meu corpo em seu quadril, onde a fricção já está me deixando louca.

— Você não parece estar prestando tanta atenção à nossa volta — brinco, mas soo ofegante ao sentir sua mão encontrar meu clitóris.

— Você me pegou no flagra — diz Nadir. — Estava procurando um lugar isolado para eu poder fazer isso.

Ele me apoia numa rocha e me ergue para eu me sentar na beirada.

É uma sensação incrível sair do sol quente, o toque da água acalmando nossa pele. Eu me recosto na pedra, e as mãos de Nadir descem até meus tornozelos, a neblina cobrindo meu rosto, meus seios e minha barriga.

Ele me empurra até meus calcanhares subirem na beira da rocha, deixando minhas pernas bem abertas, e me encara com um brilho intenso nos olhos antes de levantar meu tornozelo e começar a beijá-lo, subindo devagar até a parte interna do joelho e da coxa.

Meu corpo vibra em resposta, as pernas tremendo e a pele se contraindo.

— Nadir — sussurro quando ele beija o ponto sensível na dobra de minha coxa de um lado e depois do outro.

— Hmm? — ele pergunta, sem pressa, explorando meu corpo devagar, com os lábios e a língua, me tocando em todos os lugares, menos onde mais preciso. — Quer alguma coisa, Vaga-Lume?

Lanço um olhar fulminante para ele, que solta uma risada maliciosa antes de abaixar a cabeça mais uma vez e me fazer tremer enquanto explora sem pressa.

Finalmente, a ponta de sua língua toca meu clitóris e me faz gemer, minha cabeça caindo para trás.

— Deuses, amo quando você faz esse som — Nadir murmura antes de usar a superfície da língua, lambendo de cima para baixo. Minhas costas se arqueiam, e ofego quando ele envolve as mãos em minhas coxas, sua língua me penetrando e o fazendo gemer. — Você é gostosa pra caralho.

Ele me lambe inteira, a barba áspera em seu queixo servindo como mais um ponto de fricção que faz meu quadril se contorcer.

— Nadir… — Perco o fôlego quando ele mordisca meu clitóris, e minha barriga se contrai ao sentir um orgasmo se aproximar.

Ele para.

— Vai para trás — ordena, o que eu obedeço, abrindo espaço para que também suba na saliência rochosa. Nadir me segue e levanta meu corpo antes de encaixar as mãos sob minhas coxas e me erguer nos braços.

Nós nos beijamos, minhas mãos se enroscando em seu cabelo enquanto seus dedos apertam minha pele.

Devagar, ele me guia na direção da parede, me deixando a alguns centímetros da superfície que foi alisada pela mão gentil da natureza.

— Segure-se — diz Nadir, apontando para a rocha onde partes salientes servem de apoio para as mãos. — Eu te amo — complementa. — Meu coração. Minha alma gêmea. Eu te amo pra caralho.

— Eu te amo — sussurro. — Também te amo. Muito.

Devagar, ele me abaixa e se encaixa em mim. Reviro os olhos ao sentir a cabeça de seu pau. Nós dois assistimos enquanto ele me penetra, e gemo com a forma como preenche cada centímetro meu do jeito mais incrível.

—Assim mesmo — Nadir rosna. — É uma delícia entrar em você.

Quando está tudo dentro, ele faz uma pausa para recuperarmos o fôlego, meu peito apertado por emoções que se acumulam no fundo de minha garganta.

— Nadir — digo, ofegante ao senti-lo tirar e voltar a me penetrar com uma lentidão agoniante. Pensei que ele iria me foder rápido e forte, mas é exatamente disso que preciso. Depois de tudo que aconteceu na última semana, preciso de um momento para me esconder nessa cachoeira, abraçada à pessoa contra quem eu lutava, mas que acabou se tornando meu maior refúgio.

Sempre vou ter meus irmãos, que sempre vão ser tudo para mim, mas o que sinto por Nadir parece divino. Se Zerra realmente governa o destino de almas gêmeas, parece ser mesmo algo sagrado. Eu estava errada quando disse a Rhiannon que o vínculo de almas gêmeas não parecia de fato uma escolha.

Sinto que é uma escolha que fiz. Que, aconteça o que acontecer daqui até a eternidade, era inevitável. Como a luz do sol da manhã atravessando uma janela. Como a maré cedendo à força do oceano. Como o sangue saindo na ponta de um dedo ao ser picado por um espinho.

Nadir é minha escolha. E teria sido várias e várias vezes até o fim do mundo.

— Lor — ele diz, a voz ofegante enquanto continua a me comer. Com uma das mãos protegendo minhas costas, usa a outra para tocar meu clitóris de leve ao mesmo tempo que movimenta o quadril.

Minhas pernas tremem, e meus dedos doem de tanto apertar a pedra acima de minha cabeça. Nadir me penetra como se eu fosse um anjo servido como oferenda. Um momento depois, ele apoia as mãos no meu quadril e mete com força, tomando cuidado para minhas costas não baterem na parede.

— Mais — peço, sem fôlego, quando ele faz de novo, e deixo a cabeça cair para trás. — Mais forte.

Nadir perde o controle. Viramos um turbilhão de movimentos enquanto ele mexe o quadril, metendo com força. Com uma das mãos apoiada na parede atrás de nós e a outra segurando minha lombar, Nadir me fode e enche meu pescoço e ombro com beijos de boca aberta.

Nossos gemidos enchem o espaço, o som da cachoeira como pano de fundo. Nossa magia vem à tona, girando ao redor e preenchendo o lugar com a luz de Nadir e os reflexos pálidos e instáveis do meu relâmpago. Sinto os dois se entrelaçarem, fundindo-se, finalmente com permissão para brincar.

Aqui estamos livres. Aqui ninguém pode nos ouvir. Aqui posso esquecer por um momento todas as coisas que agem contra nós e tudo que estamos tentando fazer.

Guardo tantos pedaços conflitantes de minha alma e meu coração. Há tantos caminhos para percorrermos. Linhas se abrindo para formar um futuro que ainda não se revelou com nitidez. Sei apenas que Nadir faz parte dele.

Temos apenas um objetivo agora, e não sei se isso vai me aproximar do que quero. Recuperar meu lar e me vingar do Rei Aurora. Não importa o que aconteça. Não importa o quanto eu esteja arrasada. Não importa quantas vezes eu fracasse, Rion ainda é o foco de cada fantasia sanguinária que criei todas as noites que vivi em Nostraza.

Pelo que fez com meus pais. Pelo que fez com meus irmãos. Pelo que fez com Nadir, e tenho a impressão de que mal arranhei a superfície do tormento que o rei infligiu ao próprio filho.

Enquanto Nadir segue com as estocadas fundas, ele pega minha boca e nos beijamos como se esses fossem nossos últimos momentos. Toda vez, toda santa vez que faz isso, sinto como se estivesse me apaixonando de novo.

Sinto seu pau pulsar e ficar ainda mais grosso, e então ele chega ao clímax com um gemido trêmulo que ecoa por todo seu corpo.

Nadir continua a me penetrar, diminuindo o ritmo antes de uma de suas mãos encontrar meu clitóris. Ele o circunda com um dedo áspero e, então, também me desfaço, minhas costas arqueando em sua direção, minhas mãos apertando a pedra enquanto grito. Minhas pernas se fecham ao redor de Nadir, e meu orgasmo vem em ondas fortes, chegando à ponta de meus dedos até eu sentir como se tivesse sido torcida e virada do avesso.

Quando finalmente paro de tremer, ele me abraça. Descanso meus braços ao redor de seu pescoço, e Nadir me apoia contra a parede. Ficamos juntos ali, sentindo a água espirrar e o ar fresco passar sobre nossa pele ardente. Prometendo em silêncio que, nas camadas de trevas nebulosas, somos a luz um do outro.

# 41
# GABRIEL

### EM ALGUM LUGAR DE AFÉLIO

— Foi uma burrada gigantesca — digo a Erevan antes de gemer, deixando a cabeça cair para trás no sofá onde estou sendo atendido por uma loira com os peitos mais perfeitos que já vi. Ela me chupa como se eu fosse um pirulito, oferecendo a única forma de relaxamento que parece fazer efeito ultimamente.

Erevan está sentado a poucos metros de mim, uma beldade de cabelos escuros ajoelhada entre suas pernas, proporcionando a ele um entretenimento parecido. Como primo de Atlas e Tyr, Erevan me conhece há quase tanto tempo quanto eles. Todos crescemos juntos, nos envolvendo nas encrencas típicas de crianças da realeza com pouca supervisão dos pais. Claro, eu não era herdeiro nem parte da família, mas minha proximidade com os príncipes garantia certas vantagens.

Quando crescemos, nossos caminhos se separaram. Tyr estava sendo treinado para ser rei, tendo Atlas como possível sucessor. Eu estava destinado à corporação de guardiões, e Erevan foi enviado para estudar em Aluvião, para aprender história e política na esperança de um dia liderar o conselho de Afélio. Acho que sua mãe esperava que ele encontrasse alguma bela jovem para se unir, mas algo aconteceu durante seu tempo na costa oeste. Ele abandonou os estudos e retornou a Afélio, onde renunciou a qualquer reivindicação que tivesse à linhagem real e se mudou para a Umbra. Perdemos o contato por muitos anos, até que ele ressurgiu com uma lista de demandas em nome dos feéricos menores.

Na época, Atlas já era rei e dispensou Erevan com palavras frias, declarando que, se ele reaparecesse à sua porta com pedidos de natureza semelhante, faria com que fosse expulso de Afélio, mas não antes de sofrer pela insubordinação.

Mas Erevan não desistiu. Em vez disso, voltou à Umbra, onde começou a reunir apoio entre os feéricos menores. No começo, encontrou resistência; eles tinham sido completamente subjugados e relutavam em reagir, com medo das punições que Atlas poderia impor.

Erevan, porém, tem o dom de convencer as pessoas, mas não no sentido traiçoeiro de Atlas. Desde pequenos, todos sentíamos o magnetismo que ele emanava. Erevan tinha um jeito que fazia você querer conquistar o orgulho dele, mas nunca abusava desse poder. E nunca deixava de mostrar o caminho que acreditava ser o melhor para quem estava ao seu lado. Creio que, se o Espelho não tivesse indicado Tyr quando Kyros descendeu, Erevan teria sido a melhor escolha de rei para Afélio. Já me perguntei inúmeras vezes se ele teria caído nos truques de Atlas e se estaríamos todos paralisados nas posições em que estamos agora.

— Precisávamos mandar uma mensagem — diz Erevan, respondendo a minha repreensão sobre a explosão no Décimo Segundo Distrito dias atrás. Centenas morreram, e uma parte da cidade foi destruída. Tenho guardas trabalhando sem parar, patrulhando a fronteira da Umbra, com medo de que a cidade mergulhe em uma guerra total. Com os visitantes adicionais para a união real, nossas forças estão a ponto de ruptura e rasgos estão se formando em toda parte. — Atlas não pode continuar nos ignorando.

A mulher entre minhas pernas mama com força, desviando minha atenção. Não consigo formular uma resposta ainda, então deixo que ela continue, sentindo meu pau ficar ainda mais duro a cada passada de língua. Meu quadril se move por conta própria, metendo fundo na garganta dela e fazendo lágrimas escorrerem por suas bochechas.

Ela aperta minhas coxas quando agarro seu cabelo e assumo o controle, fodendo sua boca e deixando todas as frustrações dos últimos meses se dissiparem por um momento fugaz de alívio. Depois de mais um minuto, sinto um formigamento na base da espinha enquanto ela engole cada gota, como a profissional que é.

Quando acaba, me solta com um barulhinho úmido antes de levantar, me proporcionando uma visão de seu corpo esguio e torneado.

— Mais alguma coisa? — a loira pergunta, inclinando a cabeça, e a dispenso com um gesto.

— Só mais uma bebida.

Ela pega o copo e sai andando enquanto admiro sua bunda. Erevan está fechando a calça, também tendo acabado de terminar.

— Atlas está furioso — digo, retomando a conversa agora que consigo voltar a pensar.

— Acha que me importo? — ele pergunta, aceitando uma bebida que a mulher de cabelos escuros lhe oferece. A minha também chega.

— Qual foi o sentido daquilo? Você matou alguns dos seus, Erevan. A boca dele se contrai.

— Eu sei. Foi um acidente.

Passo a mão no rosto com um longo suspiro.

— Você precisa tomar mais cuidado. Se continuar fazendo essas merdas, vai perder o pouco apoio que ainda tem no conselho. Alguns deles perderam imóveis na explosão.

Erevan me lança um olhar cortante.

— *Imóveis.* Acha que me importo com alguns prédios destruídos quando os feéricos menores não têm nada?

— Você tem toda a razão — concordo. — Mas não é assim que eles pensam. Você precisa falar a língua deles. Apelar para o que dão importância. E, infelizmente, é dinheiro. Converse com os conselheiros. Convença-os de que mudar as leis beneficiaria os negócios e encheria os cofres de seus bancos.

Erevan dá um longo gole, o olhar voltado em outra direção.

— Já falamos sobre isso antes. Eu me recuso a ser um vendido. Quero que façam isso porque é a coisa certa a ser feita.

— Erevan — digo.

— Não. — Ele me lança outro olhar cortante. — Se os favores deles se estendem apenas ao que é lucrativo e não ao que é *certo*, quanto tempo levará até voltarmos a essa posição? Eles precisam fazer isso pelos motivos certos, senão não significa nada.

Solto outro longo suspiro.

— Sei que você tem razão...

Interrompo a frase no meio. Erevan tem, *sim*, razão, mas também é idealista demais para o próprio bem. O desgraçado até se recusa a usar a própria magia em solidariedade aos feéricos menores. Admiro seus princípios, mas ele vai ter que aprender a jogar mais sujo para ter alguma esperança de vitória.

— O que preciso é de uma maneira para expor Atlas — diz Erevan. — Algo que destrua sua credibilidade tão completamente que peçam pela cabeça dele.

Meu olhar se volta para Erevan, que está passando a ponta do dedo no lábio inferior.

— O que está pensando? — pergunto, e ele balança a cabeça.

— Não sei. Estava me perguntando se podemos usar a cerimônia de união de alguma forma.

Eu me endireito, sobressaltado.

— Nem pense nisso. Se aprontarem outra dessas, vocês vão estragar tudo pelo que estão trabalhando. Vão perder todo o apoio que têm em Afélio.

— Não vamos fazer isso — ele rebate. — Mas precisamos chamar a atenção de todos. Não apenas em Afélio, mas em todo Ouranos. Fora a Aurora, ninguém trata os feéricos menores tão mal. Algum outro governante pode se unir à nossa causa.

— Acho que você é um sonhador — respondo.

Erevan bufa em desdém.

— Talvez.

Ele dá outro longo gole de sua bebida.

— Lembra quando éramos crianças e Atlas trancou nós três naquele galpão e nos deixou lá por horas? — Erevan pergunta, com um sorriso de canto.

Dou risada e abano a cabeça.

— Depois fingiu nos salvar para parecer o herói? — ele acrescenta.

— Como poderia esquecer? Lembra que você ficou tão assustado que se mijou?

— Era *água*. Derramei *água*. Quantas vezes preciso dizer? — Erevan resmunga, e nós dois começamos a rir da velha piada.

— Deuses, ele sempre foi um cuzão — diz Erevan depois de um momento de silêncio. — Por que deixávamos que se safasse de tanta merda?

— Ele era uma herdeiro real — aponto. — E era muito bom em conseguir o que queria.

Quando digo que nós quatro brincávamos como amigos, a verdade é que havia uma hierarquia dentro do nosso grupinho, e eu estava sempre lá embaixo, com Erevan pouco acima de mim.

— O que acha que teria acontecido se Kyros não tivesse te encontrado na mata naquele dia? — Erevan divaga. É uma pergunta que já me fiz mil vezes.

— Eu teria morrido lá — digo, sabendo que é verdade. Parte de mim tem certeza de que eu teria tentado voltar até meu pai para fazer com que sofresse pelo que fez à minha família. Mas era provável que ele me matasse primeiro, e não tenho certeza se eu teria a coragem de qualquer forma. No fim, era o melhor destino.

Agora que não sou mais uma criança assustada, considerei voltar para ver se ele ainda está lá, padecendo em sua vida vazia e miserável.

Erevan não responde, e fico olhando para o meu copo vazio.

— Então, o que vai fazer? — pergunto. — Como vai... expor Atlas?

— Não sei. Vou pensar em algo. Certeza que o desgraçado tem esqueletos no armário que ainda não descobri.

Ele olha para mim, e queria poder contar tudo que sei. Seria disso que precisa? Se Afélio descobrisse que Tyr está vivo, nada salvaria a pele de Atlas. Mas não posso. As palavras ficam engasgadas. Uma coisa é contornar as regras de Atlas e soltar algumas meias verdades aqui e ali, mas revelar seus segredos seria como se um veneno fosse injetado diretamente em minhas veias.

— Se souber de algo... — Erevan sugere.

— Vai se foder — retruco. — Você sabe que não posso.

Minha raiva se acumula em nuvens carregadas, ameaçando me afogar enquanto Erevan me olha com pena.

— Sim, eu sei. Desculpa. Vou pensar em algo.


Depois de minha conversa com Erevan, volto ao Palácio Sol, fazendo o possível para não ser notado pelas dezenas de cortesãos que vêm de todas as partes do continente. Mas, por mais que eu tente evitar contato visual, mantendo a cabeça baixa, é impossível esconder minhas malditas asas. Eu me destaco como a luz vermelha cintilante de um farol sobre um lago escuro.

Embora eu não vire a cabeça por nada, sinto todos os olhares curiosos me dissecando. Felizmente, conheço esse palácio como a palma de minha mão e não demoro para encontrar uma área mais tranquila.

Soltando um suspiro aliviado, encosto numa parede, passando a mão no cabelo.

— Gabriel.

Callias, o cabeleireiro do palácio, avança em minha direção, cercado por duas Tributos. Lembro que são aquelas de quem Lor ficou amiga, Halo e Marici.

— Estávamos procurando você — diz Callias, e contenho um resmungo. Por que ninguém me deixa em paz?

— Onde Lor está? — a mulher à esquerda de Callias pergunta. Halo, com cabelo preto e crespo e pele negra, está agora de cara fechada.

— Como assim? — pergunto.

Callias dá um sorriso envergonhado.

— Posso ter deixado escapar que a vi — diz ele, e solto um suspiro alto.

— Você é mesmo péssimo em guardar segredos — digo.

— Eu sei — Callias concorda.

— Queremos vê-la — a outra Tributo, Marici, diz. — Estamos preocupadíssimas.

— Ela está bem? — Halo questiona. — Onde está?

Ergo as mãos, esse bombardeio de perguntas fazendo minha cabeça doer.

— Não posso dizer — respondo, e Halo coloca as mãos no quadril, as sobrancelhas franzidas. — Fiz uma promessa.

Isso abranda sua expressão.

— Só queremos saber se Lor está bem — diz Halo. — Ela precisa de nossa ajuda?

— Não sei — respondo.

As expressões em seus rostos transbordam preocupação, e algum lugar suave e ridículo lá no fundo de meu peito vacila. Sou mesmo um idiota.

390

— Olhem, vou tentar mandar uma mensagem para ela — eu me pego dizendo, já arrependido. — Se Lor aceitar que vocês saibam o paradeiro dela, aviso. Até lá, não me incomodem de novo com isso.

Halo abre a boca para protestar, mas eu a interrompo.

— É o melhor que posso fazer — digo. — Jurei que guardaria segredo sobre a localização dela.

— Certo — responde Halo. — Respeito isso. Diga que queremos vê-la e torcemos para estar a salvo.

Alongo o pescoço e massageio o nariz.

— Sim. Claro.

Antes que elas possam me pedir algo mais, dou meia-volta e saio andando, na esperança de me perder onde ninguém mais encha a porra do meu saco.

# 42

# REI HERRIC

### SEGUNDA ERA DE OURANOS: AURORA

— Continuem — Herric ordenou enquanto andava de um lado para o outro, lançando um fio de magia da Aurora e observando as cores rodopiarem no céu escuro.

Fazia anos que ele havia recebido esse dom dos Empíreo, e ainda era difícil de controlar. Embora a Tocha fizesse o possível para ajudar, ela não passava de um objeto encantado, e a maior parte do trabalho árduo ficava por conta dele. O mesmo acontecia em todo o Ouranos; a magia era forte e imprevisível e, embora menos tragédias assolassem a terra, o controle absoluto ainda estava distante. Ninguém sabia se era algo que melhoraria com o tempo ou se esse se tornaria seu estado permanente.

Havia alguns meses, Herric tinha ordenado que seus operários escavassem os escombros do desabamento da mina que precedera a Evanescência. Ele queria recuperar aquela estranha pedra preta que haviam encontrado.

Tinha vindo a ele num sonho certa noite. A memória do que sentira antes de serem obrigados a fugir. Magia. Havia reconhecido de imediato, mas agora que fora presenteado com a própria, lembrou a pulsação ao seu redor. Uma vez que estava habituado com a essência e o sabor dela, tinha certeza de que havia sentido sua presença soterrada nas profundezas daquela montanha.

— Uma mensagem, majestade — disse uma voz, e Herric parou

de andar de um lado para o outro. Um dos guardas lhe entregou uma carta escrita em papel dourado. Ele já sabia de quem era.

Herric passou o dedo sob o selo dourado, abrindo-o. Um convite de Zerra para um jantar na semana seguinte. Ele sorriu. Nunca havia superado o fato de que os Empíreo tinham se recusado a lhe conceder domínio sobre o continente, descartando-o e selecionando aquela pateta inútil como o deus que zelaria por todos. Jamais superaria essa escolha.

Até onde ele sabia, Zerra não estava fazendo nada em seu palácio no céu. Embora ela não conseguisse tocar a superfície, era capaz de invocar as pessoas para que a encontrassem, e Herric havia aceitado seus convites. Zerra queria apaziguar a situação entre os dois, e ele fingiu concordar, mas apenas para descobrir quais eram as fraquezas dela.

Na primeira vez que fora à Evanescência, Herric havia encontrado o que só poderia ser descrito como uma cena de devassidão, regada a vinho, comida e sexo. Ela tinha o mundo na palma da mão e escolhia esbanjar seu poder em festas e luxo. Era uma afronta.

Zerra claramente não se incomodava com o fato de que quem quer que levasse da superfície se tornaria, com o tempo, um invólucro vazio de nada. Um corpo sem alma ou vida. Herric cuidava para limitar a duração de suas visitas à Evanescência, se mantendo atento a si mesmo para qualquer sinal de que pudesse sofrer um destino semelhante.

Ele sempre tinha sido hábil em entender o que as pessoas queriam ouvir, e havia usado isso para convencer Zerra a abaixar a guarda. Ela era uma criatura vaidosa. Bastaram alguns elogios estratégicos e a sugestão de que sentia atração por ela para que também fosse convidado para a cama.

Ele havia aceitado, desempenhando os deveres carnais com entusiasmo suficiente para ser convincente. Não sentia nada por ela, mas Zerra era uma mulher bonita, e ele não podia reclamar do alívio físico.

Seu objetivo era encontrar uma forma de usurpar a posição dela. A deusa não era lá muito inteligente, e Herric achava que fazê-la revelar seus segredos não se provaria tão difícil.

— Obrigado — disse ele. — Por favor, mande uma mensagem de volta informando que eu teria o maior prazer em visitá-la.

— Muito bem — respondeu o guarda com uma reverência antes de sair andando. Nesse momento, um estrondo retumbante chamou a atenção de Herric para o túnel que estavam cavando.

— Conseguimos abrir passagem! — veio o grito que fez o rei correr em direção ao canteiro de obras. Alguém já estava subindo para buscá-lo, fazendo uma reverência ao vê-lo.

— Por aqui, majestade.

Herric desceu até as entranhas da montanha, chegando a uma grande caverna. As paredes eram feitas de pedra escura e cintilante, como se alguém tivesse prendido o céu noturno embaixo da terra.

Ele voltou a sentir aquela vibração. A que ressoava em seus ossos e sugeria a presença de magia. Levaria o tempo que fosse necessário para testar cuidadosamente a substância. Com a imprevisibilidade da magia de Ouranos, Herric não se atrevia a tentar nada ali nas profundezas da montanha, para não arriscar outro desabamento.

— Muito bem — disse ele para os operários, que o observavam com as ferramentas ao lado do corpo.

— O que devemos fazer agora, majestade? — perguntou um dos mestres de obra.

— Levem um pouco para a superfície — respondeu Herric. — Vamos descobrir do que é capaz.

# 43

# LOR

### TEMPOS ATUAIS

— Largue esse livro. Vamos sair — diz Nadir no vão da porta da sala.

Estou sentada no chão com Nerissa, uma montanha de livros espalhados ao nosso redor. Só temos mais dois dias até a cerimônia de apresentação, e nossos planos ainda estão em andamento. Ao mesmo tempo que finalizamos os detalhes de nossas ideias um tanto nebulosas para invadir o Palácio Sol, estamos vasculhando textos em busca de menções às arcas, na esperança de descobrir algo sobre elas.

— Aonde? — pergunto.

— Não posso dizer.

— Você espera que eu saia daqui com você sem nenhum tipo de explicação? — pergunto, fechando o livro em meu colo. — Não me conhece?

Nadir sorri de canto.

— Claro, e é por isso que sei que você já está morrendo de curiosidade. — Ele para e sorri. — Juro que vai valer a pena.

Reviro os olhos.

— Está bem. Mas é bom que tenha comida envolvida. Chocolate e queijo e coisas deliciosas recheadas com outras coisas.

Ele dá uma risadinha e estende a mão, me ajudando a levantar.

— Chega de conversa. *Vamos logo.* Senão vamos nos atrasar.

— Atrasar para quê?

— Lor — Nadir rosna.

É verdade que estou curiosa, então cedo enquanto ele me guia pelo portão dos fundos e pelas ruas de Afélio. Chegamos ao cais, onde uma pequena balsa nos espera, balançando no mar ao mesmo tempo que o poente transforma as ondas em tonalidades de aquarela laranja e rosa.

— Por aqui — diz Nadir, me guiando para o pequeno barco decorado com luzinhas brancas. Depois que sentamos no banquinho atrás, Nadir coloca um braço ao redor de meus ombros. O capitão nos guia para longe da doca antes de a balsa começar a atravessar a água.

— Me diga aonde estamos indo — exijo de novo, mas Nadir só abre um sorriso presunçoso e se recusa a responder. Cruzo os braços e me recosto, fingindo fazer birra enquanto ele se aproxima e beija atrás da minha orelha.

— Paciência, Vaga-Lume. Aproveite o passeio.

Tento conter o sorriso, mas faço o que ele diz, me inclinando e erguendo o rosto, adorando como a brisa bagunça meu cabelo. É lindo aqui. Afélio começa a se afastar ao longe, os pináculos e as cúpulas dourados da cidade cintilando sob a luz cada vez mais fraca.

Olho para Nadir, que me observa com um sorriso satisfeito.

— Quando vou descobrir? — pergunto.

— Em breve. — Ele tira uma faixa fina de tecido do bolso. — Antes, precisa colocar isto.

Olho para ele com hesitação.

— Vai me vendar?

Aproximando-se, Nadir envolve o tecido sobre meus olhos e sussurra em meu ouvido.

— Confie em mim.

— Eu confio — digo, com firmeza. — Você sabe disso, certo? Eu confio.

Ele vacila ao amarrar um nó atrás de minha cabeça, ficando quieto.

— Eu sei, Lor — diz depois de um momento. — E nunca vou dar razão para perder sua confiança.

— Também sei disso.

Ele beija minha orelha e volta a me abraçar. O vestido preto simples que estou usando deixa meus braços e minhas pernas expostos, e a brisa fresca me dá calafrios. Sua mão pousa em meu joelho, acariciando a pele ao mesmo tempo que a protege com seu calor.

— Estamos quase lá.

Sinto o balanço do barco e acompanhamos as ondas suaves até um leve impacto indicar que paramos.

Nadir pega minha mão e me ajuda a levantar.

— Venha — diz ele, me levando para fora da balsa até o que parece ser areia firme.

— Não me deixe cair — digo ao tatear o caminho. Estou muito curiosa para saber o que está acontecendo, mas me permito deixar levar e apenas curtir. Independentemente do que Nadir tenha planejado, será algo de que vou gostar. Tenho certeza.

— Jamais — diz ele com tanta sinceridade que engulo em seco o nó que se forma em minha garganta.

Aperto sua mão, e continuamos a andar.

— Cuidado, tem um degrau aqui — Nadir me avisa, e me leva até uma superfície que parece grama.

— Estamos chegando?

— Quase — diz ele, e consigo ouvir a diversão em sua voz.

— É bom valer a pena.

— Apenas o melhor para você — ele responde, e finalmente paramos. Nadir fica atrás de mim, e o sinto desfazer o nó atrás de minha cabeça.

— Pronta?

— Sim! Quanto tempo mais você vai me fazer esperar?

Há um coro de risadas antes de Nadir tirar a venda. Fico sem ar ao olhar em volta. Estamos numa pequena ilha, a água se estendendo por todos os lados.

No centro de uma pequena clareira está... todo mundo.

Tristan e Willow, Amya e Mael, Hylene e Etienne. Eles estão ao redor de uma mesa longa de madeira coberta de comida, cercada por árvores decoradas com centenas de luzinhas brancas. Acima de todos, circula uma nuvem de vaga-lumes dourados.

— O que é isso? — pergunto, incrédula.

— Feliz aniversário! — eles gritam enquanto Amya e Nadir erguem uma mão cada, emitindo faixas de magia que se contorcem e dobram para formar as palavras no céu escuro.

— Eu... — Willow e Tristan correm em minha direção e me dão um abraço apertado. Sinto uma lágrima escorrer por minha bochecha.

— O que é isso tudo?

Nadir me abraça por trás, a mão grande se abrindo em minha barriga.

— Seus irmãos deixaram escapar que seu aniversário é amanhã. Algo que você se esqueceu de mencionar para mim. — Ele arqueia uma sobrancelha, e dou risada.

— Desculpa. Com tudo que está acontecendo, não pareceu importante — digo, completamente emocionada.

— Lor, você é sempre importante para nós — diz Willow. — Faz tantos anos que não conseguimos comemorar direito. Quando Nadir sugeriu fazermos algo especial, não pensamos duas vezes.

Ergo os olhos para Nadir.

— Você fez tudo isso?

Ele abre um sorriso de canto.

— Tive ajuda.

— Temos algumas visitas especiais — diz Willow, e é então que noto outras três pessoas que me fazem abrir um sorriso gigante.

— Halo! Marici! — grito, correndo até elas e dando um abraço em cada uma. — O que estão fazendo aqui? — Atrás delas está Callias com as mãos nos bolsos.

— Ficamos sabendo que você estava na cidade e convencemos Gabriel a mandar um recado.

— Convenceram? — pergunto.

— Atormentamos até ele não ter opção — Halo reformula, e rio antes de voltar a olhar para Nadir.

— Nossos recados na verdade coincidiram — ele comenta. — Você disse que queria ver Callias e, quando soube que suas amigas estavam perguntando sobre você, imaginei que gostaria de vê-las. Pensei que não faria mal marcarmos um encontro longe da casa.

— Nunca contaríamos para Atlas — diz Halo. — Você sabe disso, Lor.

— Sim. — Eu a abraço de novo.

Callias também me dá um abraço e, ao soltar, observa meu rosto.

— Então quer dar um jeito nisso? — ele pergunta, e faço que sim.

— Quero.

— O que está acontecendo? — Willow questiona. — Dar um jeito no quê?

— Minha cicatriz.

Nenhum dos meus irmãos diz nada por um momento, apenas cruzando o olhar rapidamente.

— Vocês sabiam? Quem a causou de verdade?

Tristan solta um longo suspiro.

— Lor, você tinha se convencido de que ganhou essa marca por ter ajudado Willow, e isso parecia te reconfortar, então não a corrigimos. — Ele troca outro olhar preocupado com nossa irmã. — Espero que entenda que pensamos que seria melhor assim.

Aperto a boca ao concordar. Era mesmo. Não posso culpá-los por tentarem me proteger da sombra dessas memórias.

— Entendo por que fizeram isso — digo, e os dois relaxam visivelmente. — Mas, agora que sei, quero que suma.

— Claro — diz Willow. — Nunca esperamos que você fosse querer mantê-la.

— Certo — sussurro.

— O que fazemos primeiro? — Callias pergunta. — Trouxe meus apetrechos, e dá para trabalhar aqui mesmo. Como é resultado de magia, pode precisar de algumas sessões para apagar completamente, mas hoje já conseguimos dar uma boa melhorada. O que acha?

— Perfeito. Mas… vamos comer primeiro.

— Gosto da ideia — ele declara, e Halo e Marici me cercam de novo.

— Estou muito feliz que tenham vindo. Estava louca para ver vocês. Quero saber tudo que fizeram desde as Provas — digo.

Nós sentamos à mesa, repartindo comida e vinho. Callias, Marici e Halo estão à minha frente, enquanto estou espremida entre Nadir e Willow, e elas compartilham tudo que está acontecendo no palácio. A maior parte das novidades gira em torno do fato de que Apricia continua insuportável, ainda mais porque Atlas fica adiando a união.

— O cabelo dela está quase completamente loiro agora — Halo bufa com a cara no copo.

— Passo o dia todo tentando fazer com que ela fique "reluzente como a Rainha Sol deve ser" enquanto insulta qualquer coisa que se mova — diz Callias, revirando os olhos. — Como se fosse a cor do cabelo que faz uma rainha.

— E vocês duas? — pergunto a Halo e Marici. — Desculpem não ter conseguido fazer nada para ajudar vocês com Atlas no fim.

Marici faz que não é nada.

— Atlas não tem o menor interesse em nenhuma de nós. Estamos bem.

Meus ombros relaxam de alívio.

— Que bom. Sei que não é ideal.

— É o melhor que poderíamos desejar, dadas as circunstâncias — diz Halo, e sorrio.

— Pode nos contar onde você estava? — Marici pergunta. — O que aconteceu no fim das Provas?

Solto um suspiro.

— Não acho que seja uma boa ideia — digo. — Sei que vocês estão do meu lado, mas, quanto menos pessoas souberem, melhor. Pode ser que não tenham escolha senão revelar informações se Atlas descobrir.

— Claro — Halo concorda. — Entendemos. Você nunca foi uma rata da Umbra, foi?

Bufo em resposta.

— Bom, nunca fui da Umbra, mas a parte da rata deve ser verdade.

— Por algum motivo, eu já imaginava — diz Marici, os olhos azuis transbordando de doçura.

— Um brinde! — Mael exclama na ponta da mesa, atraindo a atenção de todos. — A Lor em seu aniversário. Ao meu amigo Nadir, que finalmente encontrou não apenas o amor, mas uma alma gêmea, caralho! E a botar para foder em Afélio!

Todos concordam e erguem as taças enquanto continuamos a comer. Olho ao redor da mesa e sou invadida por uma sensação calorosa de esperança. Vamos tentar invadir o Palácio Sol daqui a dois dias e estamos contando com a sorte. As chances não estão a nosso favor, e é bem provável que Atlas me capture, mas pelo menos tive este momento. Isso vai ter que bastar.

Quando terminamos de comer, Callias se inclina sobre a mesa.

— Quando quiser.

— Certo — aceno. — Vamos.

— Quer que eu vá também? — Nadir pergunta, segurando minha mão.

— Não — respondo. — Acho que preciso fazer isso sozinha. — É um momento para remover um pedaço de um passado a que eu estava me apegando, e é melhor não estar com alguém ao meu lado.

Nadir se abaixa e sussurra em meu ouvido:

— Quanto tiver terminado, venha me ver na praia. Tenho algo para você.

— Está bem — digo.

Callias levanta e dá a volta na mesa, estendendo a mão.

— Vamos, Tributo Final.


Uns trinta minutos depois, passo pelas árvores. Os sons alegres dos outros guiam meu caminho, e sinto um calor doce. Apesar dos pesares, sou grata por tudo de bom que aconteceu.

Quando me aproximo da praia, vejo Nadir sentado num trecho de grama, voltado para a água e abraçando os joelhos. Aproveito para observá-lo, desejando poder ver seu rosto despreocupado.

Um momento depois, eu sento ao lado dele.

— Oi — digo, e Nadir me encara com a testa franzida.

— Parece igual. Callias teve dificuldades?

— Não — respondo. — Mudei de ideia. — Ele arqueia uma sobrancelha, e continuo a explicar: — Percebi que o sentido por trás dessa marca é o que escolhi. Que não é porque *ele* a fez que ela deixa de ser um símbolo das coisas que eu faria para proteger quem amo. — Fico em silêncio. — Pode parecer bobo, mas é o que sinto.

O rosto de Nadir é um misto de dor intensa e orgulho transbordante.

— Não é bobagem coisa nenhuma.

— Mas uma coisa eu fiz — digo, puxando a gola do vestido de lado para revelar o ombro esquerdo. Não pedi para Callias remover a cicatriz, mas para remover a marca preta de ferro de Nostraza gravada em minha pele.

Nadir levanta os dedos e toca minha pele agora lisa. Imagino que ele não seja muito de chorar, considerando toda a persona de príncipe sombrio, mas juro ver um leve brilho prateado em seus olhos.

— Excelente escolha, Rainha Coração. — Ele se abaixa e dá um beijo no lugar, os lábios quentes se demorando em minha pele.

A conversa dos outros ao longe nos atinge, e me delicio com o esplendor dos risos e da alegria. Do outro lado da água, está o Palácio Sol, reluzindo ao luar. Eu me pergunto o que está acontecendo lá dentro agora. O que Gabriel está aprontando? O que vamos encontrar quando tentarmos entrar?

— Vai dar tudo certo — diz Nadir, seu olhar seguindo o meu.

— Você não pode prometer isso.

Ele põe a mão no bolso e tira uma caixinha pequena.

— Não, mas posso te dar isto. Um presente de aniversário.

Eu a pego e abro a tampa. Dentro há um lindo anel com uma pedra vermelho-escura.

— É para quê? — pergunto, tirando-o.

— Minha promessa a você — diz Nadir. — De te manter segura. De amar e proteger você até meu último suspiro.

Olho para ele.

— É lindo.

— E vermelho, claro, porque você é a Rainha Coração, e de que outra cor poderia ser?

Sorrio.

— E as cores das luzes boreais?

— Não — ele responde. — Você é Coração até a alma, Lor. Aquele é seu legado e sua casa. Apesar de tudo que aconteceu em minha vida, sempre me mantive firme quando lembrava pelo que estava lutando.

Nadir faz uma pausa e pega o anel da minha mão.

— Use isso, se quiser, como um lembrete de que, quaisquer que sejam os demônios que enfrentemos, vou seguir ao seu lado até o fim. Até as chamas do Submundo se precisar.

Minha garganta se aperta, e perco a voz ao assentir e estender a mão. Nadir põe o anel em meu dedo e me observa.

— O que você quer, Lor? Para o futuro. O que quer mais do que qualquer coisa?

— Isso — digo imediatamente. — Você. Uma vida em que possamos viver juntos, felizes e livres. É tudo que sempre quis.

Ele inclina a cabeça e sorri.

— Não quer mais vingança?

— Ah, sim. Ainda quero. Depois que terminarmos essa parte.

— Aí, sim. — Nadir ri.

— Mas quando acabarmos. Se vencermos. É isso que quero.

Ele acena, e o canto de sua boca se ergue.

— É o que vou dar a você.

Nadir se aproxima e me beija, a boca sedenta enquanto nossas línguas se tocam.

— Quero você — diz ele, com a voz grossa. — Aqui, sob o céu.

— Estão todos bem ali — digo, e Nadir não hesita. Ele ergue a mão, e raios de luz brotam de seus dedos e nos envolvem num domo iridescente que nos esconde do mundo exterior. Vaga-lumes entram pelas frestinhas, reunindo-se no alto e transformando este lugar no esconderijo mais mágico que já existiu.

— Agora não podem nos ver nem nos ouvir.

— Eles vão saber exatamente por que você fez isso. — Dou risada, e seu olhar fica sério.

— Que bom, assim não vão chegar nem perto.

Nadir me puxa em sua direção e me beija com intensidade, colocando a mão no meu pescoço e me deitando sobre a grama.

Continuamos a nos beijar, e sua mão desce e sobe pelas minhas costas, envolvendo meu seio antes de seus dedos tocarem meu mamilo. Aproveitamos o momento, e permito que ele se estenda e se curve enquanto mergulhamos nesse instante.

Sua mão desliza sobre minha barriga e entra na barra da saia, onde encontra minha pele, alisando-a e traçando círculos lentos ao redor do meu umbigo.

Devagar, abro os botões de sua camisa, expondo a pele escura e as espirais de suas tatuagens coloridas. Nadir me observa imóvel até que abro o último e passo as mãos por seu peito e suas costas, apreciando os músculos e a suavidade de seu calor.

— Você é incrível — ele murmura ao deslizar a mão sob a minha calcinha, diretamente para o ardor molhado de desejo entre minhas coxas, então geme quando um dedo me toca. — Sempre pronta para mim.

Perco o fôlego, e Nadir rodeia meu clitóris com o dedo antes de enfiá-lo em mim. Procuro o botão de sua calça, abrindo-o e sentindo seu pau latejar.

Ele continua a alternar entre me foder com os dedos e massagear meu clitóris, e coloco a mão sob o tecido e começo a masturbá-lo enquanto Nadir geme em minha boca. Seguimos assim por vários minutos deliciosos, nossas respirações curtas e nossos gemidos ofegantes preenchendo a noite tranquila.

Ele para de me beijar e puxa minha calcinha, tirando-a antes de subir em cima de mim e roçar em minha entrada. Devagar, Nadir me penetra, e seguro seus ombros ao gemer de puro prazer.

— Eu te amo — ele sussurra, me fodendo com uma lentidão agonizante, preenchendo cada canto vazio de meu coração. — Até que a Evanescência nos leve, Lor.

— Vou te amar ainda mais que isso — digo enquanto ele entra de novo. — Até o mundo ser reduzido a cinzas.

Nadir suspira e encosta a testa na minha, movendo o quadril. Minha magia desperta, fios claros de relâmpago se unindo à dele. Chegamos ao apogeu e ao clímax juntos, tremendo na boca um do outro.

Quando acabamos, ficamos deitados na grama, observando os vaga-lumes dançarem e rodopiarem. Estou tão contente e feliz que sinto que poderia ficar deitada aqui para sempre. Uma gargalhada à mesa chama nossa atenção, e nossos olhares se encontram.

— É melhor você voltar e passar um tempo com seus amigos — diz Nadir.

— Obrigada por isso. Tudo isso.

— Você sabe que não precisa me agradecer.

— Sim. Sei. — Eu o beijo de novo antes de pegarmos nossas roupas espalhadas e tentarmos disfarçar o fato de que acabamos de transar. Pelo menos eu estou tentando. Nadir claramente não está nem aí, pois deixa a camisa aberta e não faz nada para arrumar o cabelo bagunçado.

Ele segura minha mão, e nos aproximamos da mesa.

— Ah! — grita Mael. — Eles terminaram de trepar. Venham beber!

Reviro os olhos e balanço a cabeça, mas aceito a taça que ele está estendendo, considerando jogá-la na cara dele.

— Sei o que está pensando — diz Mael com um sorriso que faz o possível para me conquistar. — E eu sinceramente não te culparia.

Em resposta, caio na gargalhada.

# 44
# GABRIEL

### PALÁCIO SOL

O PALÁCIO É PALCO DO MAIS PURO CAOS. Nunca o vi assim. Cada canto está tão lotado de pessoas, flores e rolos de tecido que mal consigo andar sem esbarrar em algo ou alguém.

É claustrofóbico. Está me sufocando. Fantasio com uma ilhazinha minúscula flutuando no meio do oceano onde eu teria que pescar com as próprias mãos e coletar água da chuva em cascas de coco e onde minha única companhia seria a doce bênção do silêncio.

Enquanto Apricia grita com todos, Atlas se esconde no escritório, me convocando todos os dias para perguntar se tenho notícias do paradeiro de Lor. Inventei mil mentiras e boatos. Supostas aparições do outro lado de Ouranos, pistas que nunca levam a lugar nenhum. Mas estou ficando sem tempo. *Ela* está ficando sem tempo.

Atlas está perdendo a paciência, e sinto a tensão crescente das minhas mentiras. Uma pressão aperta meus órgãos, e meus tendões se esticam como se estivessem estendidos sobre um tear. Considero pedir a Tyr que altere suas ordens para que eu possa contorná-las, apenas o suficiente para conseguir respirar. Nas poucas vezes em que fiz isso no passado, sempre precisei ter cuidado para não levantar as suspeitas de Atlas. Virei mestre em agir um pouco além do círculo rígido de minhas limitações sem chamar muita atenção. Também sou um mestre da ilusão a meu modo.

Mas, mesmo se eu conseguisse convencer Tyr a afrouxar o controle do irmão sobre mim, seria em vão. Ele parou de falar completamente, e nada que eu tenha feito nas últimas semanas conseguiu tirar uma palavra dele.

Agora estamos enfurnados no enorme salão de festas da futura rainha. A apresentação oficial, quando os cidadãos de Afélio vão se reunir nos portões para se ajoelhar diante do rei e da rainha, é amanhã, e Apricia está dando uma festa hoje. Eu e os outros nove guardiões, assim como metade da porra do castelo, fomos convocados sob o pretexto de comemorar, mas tudo não passa de uma farsa patética.

Atlas e Apricia estão sentados numa pilha de almofadas na frente do salão, recebendo os cumprimentos e as felicitações dos convidados que circulam. As Tributos derrotadas também estão presentes, e Apricia as lembra em toda oportunidade que poderiam estar no lugar dela se tivessem sido "melhores".

Até eu consigo ver o alívio em seus rostos. Tenho quase certeza de que nenhuma delas lamenta ter perdido as Provas agora. Eu me pergunto se Halo e Marici viram Lor. Seria a cara dela arriscar a vida para ter um momento com as amigas. Também me pergunto por que Nadir pediu por Callias, mas prefiro não saber mais do que o estritamente necessário.

Atlas está tenso. Consigo ver do outro lado do salão, onde estou com as mãos nas costas. Apricia gosta da aparência dos guardiões — nossas asas brancas são únicas e sempre despertam curiosidade.

Sem dúvida, somos uma presença marcante com nossa armadura dourada, mas ela não nos permite falar. Fomos postos em paredes opostas da sala, cinco de cada lado, onde fomos ordenados a permanecer com as asas abertas, como se não passássemos de estátuas de mármore.

No começo, Atlas tentou nos defender, mas Apricia o calou imediatamente. Ele nem se esforçou muito, e sei que é porque está furioso por eu não ter encontrado Lor. A ironia é que eu *poderia* estar usando esse tempo para procurar por ela em vez de ficar aqui como parte da decoração.

Mas a fúria de Atlas é mais contra mim, e os outros nem sabem que estão sendo punidos por minhas mentiras. Escondi essa informação, não porque não tenha uma confiança absoluta neles, mas porque, quanto menos souberem, mais seguros estarão.

Mas a tensão está começando a me consumir. Como a ordem não é direta, o efeito é mais gradual. Algumas dores e incômodos aqui e ali. Um aperto desconfortável no peito, mas que posso tolerar. Só que está piorando, e não sei até quando consigo ou devo resistir.

A esta altura, eu teria o maior prazer em me deixar morrer para guardar esse segredo. Não necessariamente por lealdade a Lor, mas de tão puto que estou com Atlas.

Viro, sentindo um olhar em minha direção, e noto que ele está me observando. Mantenho a expressão neutra, como se não passasse de um servo de armadura dourada que sabe manter a boca fechada, mas receio que ele possa sentir o que estou escondendo.

Respiro fundo quando uma pontada me atinge embaixo das costelas e resisto ao impulso de me curvar. Caralho, como dói! Tomara que qualquer que seja o plano de Nadir e Lor, eles andem logo. Uma bomba está prestes a explodir sobre nossas cabeças.

Durante as duas horas seguintes, eu me mantenho no perímetro, passando o peso de um pé para o outro enquanto vou ficando cada vez mais angustiado. Está quente aqui, e o ar está impregnado de um resíduo tóxico de corpos, álcool e a arrogância dos nobres.

Outro casal entra no salão, e fico imediatamente tenso, reconhecendo Hylene, a mulher que estava com Lor. Ela está deslumbrante, o cabelo ruivo comprido e aquele corpo de curvas deliciosas. Se eu fosse um homem mais livre, fantasiaria sobre tudo que faria com ela debruçada em uma mesa.

O que está fazendo aqui? Acho que o Feérico que a acompanha

é o irmão de Apricia; os dois estão de braços dados, e ela age como se ele fosse o homem mais fascinante que já viu na vida. Pelo menos, parece fingimento. Seu sorriso não se reflete nos olhos, e sua risada é um pouco forçada, mas o acompanhante dela parece não notar.

Ou eles estão num relacionamento, ou Hylene está aqui para espionar para Nadir. Eu apostaria que é a segunda opção, e o embrulho em meu estômago se intensifica. Quantos segredos mais consigo guardar antes de desabar sob essa pressão?

Hylene e seu acompanhante se aproximam de Atlas e Apricia, trocando beijos nas bochechas e as banalidades típicas desses eventos. Quando terminam, vão buscar refrescos e se misturam à multidão.

Solto um suspiro e alongo o pescoço, pensando em quanto tempo mais vou ter que continuar aqui. Se eu me jogasse pela janela, será que conseguiria sobreviver à queda nos rochedos lá embaixo? Acho que quebraria alguns ossos, mas pelo menos isso me tiraria dessa situação.

Finalmente, depois do que parecem cem anos, os convidados começam a se dispersar, retornando aos respectivos quartos para dormir e se recuperar da ressaca inevitável causada pela bebedeira durante o dia. Está anoitecendo, e todos devem querer descansar antes da apresentação de amanhã. Estou angustiado só de pensar.

Por fim, Apricia levanta, e Atlas também. Eles se despedem de algumas pessoas e se retiram para os aposentos da rainha.

Aos olhos de todos, vai parecer que Atlas planeja passar a noite com Apricia no quarto dela, mas sei que ele não tem a menor intenção de fazer isso.

Nunca entendi se é por que Apricia não exerce atração sobre Atlas ou se ele está absorto demais com seus planos para pensar nisso agora. Nunca foi de recusar companhia feminina, mas acho que ninguém o atraiu de verdade nos últimos anos.

Assim que os dois desaparecem, troco olhares com meus irmãos.

Sem esperar mais um segundo, saímos da sala e seguimos em direção aos aposentos de Atlas. Ele vai usar um dos muitos corredores secretos do palácio para voltar a seu escritório, onde estará esperando por nós.

Chegamos a sua ala, e a porta se abre um instante depois.

— Gabe! — ele rosna. — Entre.

Troco um olhar com os outros, mas obedeço, fechando a porta atrás de mim.

Atlas anda de um lado para o outro da sala, e é óbvio que não sou o único que está sentindo os efeitos físicos dos acontecimentos recentes. Ele parece mais cansado e abatido do que nunca.

— Alguma novidade? — pergunta.

— Lamento, mas não — respondo, tentando conter a careta quando a dor dispara em minha espinha.

Ele para de andar e me olha com atenção. Tento manter a expressão neutra, torcendo para que não veja minha mentira.

— Atlas — digo, querendo distraí-lo e finalmente descobrir o que está acontecendo. Talvez, se eu entender o que ele quer de Lor, eu me sinta menos culpado quando for obrigado a revelá-la. Talvez não seja tão ruim assim. — Por favor. Pela milésima vez, me diga por quê. Para que você a quer? Sua união é em dois dias, e não acho que vá encontrá-la a tempo. — Tomo o cuidado de usar "você", e não "nós", na esperança de que meia verdade seja suficiente.

Atlas se volta para mim.

— Acha que não sei que é em dois dias! — ele grita, o rosto vermelho. Está tremendo de fúria, o cabelo desgrenhado e o olhar frenético. — Tudo vai cair por terra se eu não me unir com aquela... mulher!

— Tudo o quê? — pergunto, dando um passo à frente. Estou acostumado com os rompantes de Atlas, e, na maioria das vezes, ele ladra, mas não morde. — O que vai cair por terra?

— Vou me unir a Lor, Gabriel — diz ele, e apenas parte disso me surpreende. Havia um motivo para ela estar nas Provas e, depois do que Lor me contou, entendo que ele queria acesso ao poder dela como Primária.

O que não entendo é como Atlas planeja fazer isso acontecer.

— Não entendo — digo, fingindo não saber quem ou o que ela é.

Ele me lança um sorriso de desdém.

— Não, óbvio que não.

— Atlas, por favor — suplico. — Passei um século segurando a língua. Anos sem saber como você conseguiu tudo isso. Por que o Espelho permitiu que mantivesse essa farsa?

As palavras pairam no ar. Sentimentos como esse sempre foram proibidos, mas não há mais como esconder dele.

O canto da boca de Atlas se ergue.

— O destino me ofereceu o meio de corrigir o erro que foi feito, então não se atreva a me julgar dessa forma, Gabriel.

— Não estou julgando — minto. — Só estou tentando entender.

Atlas me encara, o canto da boca se erguendo num sorriso cruel.

— Lor vai me ajudar a encontrar um objeto que permitirá a nossa união — diz ele, e tenho a impressão de que estava louco para dizer essas palavras em voz alta.

Atlas viveu sozinho com suas mentiras e sua versão nebulosa da verdade por tanto tempo que precisa que mais alguém se torne parte da narrativa, nem que seja só para aliviar seu isolamento. Apesar de viver num palácio dourado cercado por centenas de servos, conselheiros e cortesãos, o Rei Sol é um homem muito, muito solitário.

— Que objeto? — pergunto, franzindo a testa.

— É um amplificador que vai me permitir reverter a decisão do Espelho e tomar o poder que me foi negado.

— Como assim? — Um pavor frio percorre minhas veias.

— Quando conseguir Lor de volta, vou fazer com que o encontre. Depois vou usá-lo para me unir a ela, e finalmente ser o verdadeiro rei de Afélio.

Faço o possível para não reagir. Estou gritando por dentro. O que está acontecendo aqui? Algo do que ele está dizendo é verdade? Ou perdeu a cabeça?

— Como você sabe disso?

Atlas me abre um sorriso condescendente, mas não deixo de notar o brilho brutal em seus olhos. Ele vem se perdendo há meses, e agora me questiono sobre o verdadeiro monstro que vive sob sua pele.

— Não importa — responde. — O que você precisa saber é que precisamos encontrar Lor, e tudo finalmente vai ser como deveria.

Dou um passo para trás, porque várias peças estão se encaixando.

— Como assim, *verdadeiro* rei de Afélio? — pergunto por fim, com a voz rouca. — E Tyr?

Atlas inclina a cabeça, olhando para mim com uma expressão que faz meu sangue gelar. Ele vai até a janela e olha para fora.

— Essa é outra vantagem desse plano. Finalmente vou me livrar dele.

— Não. — A palavra escapa sem querer, e Atlas se volta para mim com um sorriso paciente que parece tão honesto quanto um ladrão que escondeu joias roubadas sob as tábuas do assoalho.

— Ah, Gabe — diz Atlas. — Sei que você sempre teve esperança de conseguir seu precioso Tyr de volta para que vocês dois pudessem ter mais uma chance de serem felizes. Mas garanto que me livrar dele sempre esteve nos meus planos.

Dou mais um passo para trás. Não. Não posso deixar isso acontecer.

— Você ainda o ama? — Atlas pergunta, agora se aproximando de mim. — Depois de todo esse tempo, sua luz ainda brilha por ele como antes? Você ainda suspira por um rei que não é nada além de pele e osso? Uma casca vazia? Acha que meu irmão lembra do que sente?

Minha testa se encharca de um suor desesperado com a aproximação dele.

— Por que está fazendo isso? — pergunto, as palavras saindo num sussurro.

Atlas sabe que está mexendo com todos os meus medos e piores pesadelos. Com os sentimentos por Tyr que tentei reprimir por tanto tempo. Querendo ou não, uma pequena parte de mim tinha esperança de que um dia ele se libertaria daquela cela e voltaria a ser quem foi, embora eu nunca tivesse duvidado de que Atlas encontraria uma maneira de se livrar dele. Ainda assim, ouvir a confirmação arranca um pedaço permanente de meu coração.

— Você não pode fazer isso — eu me ouço dizer, e Atlas nem se importa em me corrigir, porque nós dois sabemos que não tenho nenhum poder aqui.

— Onde ela está, Gabriel?

Engulo em seco, tentando soterrar minha resposta.

A tensão de minhas mentiras aperta meu peito, e é um movimento mínimo. Uma leve contração de meus olhos e a mais sutil tomada de fôlego, mas Atlas vê.

Atlas, que não vê quase nada, finalmente enxerga.

— Onde ela está, *Gabriel*? — ele pergunta de novo, chegando ainda mais perto agora, me escrutinando dos pés à cabeça, destrinchando cada parte de mim.

— Não sei — sussurro, mas mal consigo pronunciar as palavras. Saem enroladas e fracas, como a mentira descarada que são. Uma dor no fundo do estômago faz minhas narinas se alargarem enquanto me esforço para conter um grito.

— Você está mentindo para mim — diz Atlas, cortante. — Está mentindo para mim faz tempo.

Faço que não, mas outra dor dispara atrás de meus olhos. Eu me curvo, segurando o rosto, agonia queimando meu couro cabeludo.

— Você está mentindo! — Atlas vocifera. Ele me puxa pelo colarinho para que eu volte a levantar, seu nariz a centímetros do meu. — Diga a verdade! Onde ela está? Você a viu?!

Fecho a boca, as palavras tentando sair como um tiro de canhão. Nunca quis trair Lor, mas agora que sei que a vida de Tyr está em jogo, as implicações mudaram. Quem vou trair?

Atlas me joga contra a parede, o punho apertando meu pescoço com tanta força que fico tonto.

— Onde. Ela. Está? — ele pergunta, mostrando os dentes. O brilho maníaco em seus olhos mostra que quer me matar. Não tenho a chance de responder quando um punho acerta embaixo de minhas costelas, e minha boca se abre.

Atlas solta um som de frustração e me puxa. Com a mão apertando meu colarinho, ele abre a porta. Todos os guardiões ainda esperam do lado de fora com expectativa. Atlas me joga em cima de Jareth, que me segura quando tropeço em sua direção.

— Esse traidor está mentindo — diz Atlas. — Vocês também estão me escondendo algo?

Todos trocam olhares receosos. Ainda bem que guardei essa informação.

— Respondam! — Atlas grita, e outro guardião responde.

— Desculpe, mas não sabemos do que você está falando — diz Rhyle, o que faz Atlas dar um urro. Não há outros servos no corredor, mas alguém deve ouvir o som.

—Venham comigo — Atlas dispara, já se afastando furiosamente. — Todos vocês.

Nós trocamos outro olhar, mas fazemos o que nosso rei manda e o seguimos pelo palácio. Já sei aonde estamos indo, e tento correr à frente, na esperança de evitar o que quer que venha a seguir.

— Atlas — digo, mas ele me interrompe.

— Não fale comigo. Nunca mais me dirija nenhuma porra de

palavra, Gabriel. Você mentiu para mim esse tempo todo. Depois de tudo que fiz por você, é assim que me recompensa?

Mordo a língua quase até sangrar. Fez por mim? A única coisa que sempre fui é o saco de pancadas e o escravo dele.

Chegamos à porta da torre, e outro guardião a destranca antes de subirmos a escada. Não quero seguir, mas estou com pavor do que Atlas vai fazer com Tyr sem minha intervenção.

Ele vai até o irmão, que está deitado de barriga para baixo, e o pega pelo cabelo, jogando Tyr de joelhos. Meu coração se aperta com a confusão na expressão dele.

— Ordene que me digam onde Lor está escondida — diz Atlas. — Uma ordem direta. E mande que a capturem imediatamente.

O olhar de Tyr alterna entre mim e Atlas. Ele não diz uma palavra há semanas.

— Atlas — digo. — Ele parou de falar. Você sabe disso.

Atlas abana a cabeça.

— Ah, parou porra nenhuma, irmão.

Antes que eu tenha a chance de reagir, Atlas está em cima de mim. Ele coloca o braço ao redor do meu peito e aponta uma adaga para meu pescoço. Os outros guardiões gritam de raiva, mas ele rosna entredentes:

— Se algum de vocês chegar perto de mim, eu o mato. — Atlas aperta a lâmina em minha pele, e é tão afiada que sinto um fio de sangue quente escorrer.

Ele fixa os olhos em Tyr.

— Se não der a ordem, vou derramar o sangue dele na porra da sua cama e te obrigar a dormir nela. Deu para entender?

A voz de Atlas está febril, assumindo um tom frenético. Sinto que ele está perdendo o controle. Tento não me debater, realmente com medo de ter uma artéria cortada.

Atlas aperta a lâmina com mais força, e sinto outro fio de sangue escorrer por meu pescoço. Todos no quarto se inclinam para a frente, e Atlas me puxa para o canto.

— Estou falando sério — diz ele. — Tyr!

Tyr estende as mãos e sai da cama em movimentos lentos e calculados. Eu o observo, meu coração se despedaçando. Faz muito tempo que ele não passa da sombra de um homem, mas vê-lo assim, tão frágil e destroçado, enquanto todos nós estamos com um rei falso que está perdendo a cabeça, destrói um pedaço de mim.

— Não! — Tento tomar fôlego, mas Atlas me aperta com mais firmeza, tirando meu ar.

Se Tyr der a ordem e eu for forçado a revelar Lor, a vida dele estará perdida. Se eu soubesse que esse era o resultado provável, teria dito para ela fugir e se esconder para sempre.

— Cale a boca — Atlas rosna. — Eu deveria ter feito isso há muito tempo.

Ele aponta a lâmina para o irmão.

— Diga! Chega de palhaçada, Tyr. Diga.

Tyr abre a boca, e tento protestar de novo, mas não adianta.

— Digam onde está a garota — diz Tyr, a voz suave, mas firme. — E a encontrem e tragam aqui.

As palavras caem sobre o quarto, envolvendo cada um de nós como um laço de forca coberto de ácido.

Finalmente, Atlas me solta e empurra com tanta força que tropeço e caio na pedra dura. Alguns guardiões fazem menção de me ajudar, mas Atlas os impede.

— Não — diz ele, e os outros paralisam. — Deixem que rasteje no chão como o verme que é.

Atlas se aproxima e se agacha de cócoras.

— Onde ela está, Gabriel?

Minha pressão sanguínea aperta meu coração, obrigando-me a responder.

— Em Afélio — digo, e todos no quarto reagem.

— Onde em Afélio? — Atlas pergunta com uma luz febril de triunfo nos olhos.

— No Oitavo Distrito — respondo. — Na casa de alguma Nobre-Feérica.

Ele franze as sobrancelhas e inclina a cabeça.

— Com quem ela está?

Merda. Tinha esperança de que não fosse perguntar isso.

— Com os irmãos — digo, torcendo para que pare por aí. Sinto que manter a presença de Nadir em segredo é uma forma de dar uma chance a eles.

— Ela os tirou de Nostraza? — Atlas pergunta.

Lor disse que Nadir ajudou a libertar sua família, mas tecnicamente não sei quem as tirou, então faço que sim, na esperança de que seja o suficiente. Mas uma dor aperta minhas costelas, me fazendo perder o fôlego.

— Quem mais está com ela? — diz Atlas, percebendo meu desconforto.

— O Príncipe Aurora — balbucio, e essa resposta, sim, confunde Atlas. Felizmente, ele não me pergunta por quê, mas recordo minha conversa com Nadir no café.

Se ele está num relacionamento com Lor e Atlas tentar pegá-la, isso vai acabar num banho de sangue. O Príncipe Aurora não tolera que interfiram no que é dele. Mas será que vai ser suficiente para protegê-la?

Atlas chega mais perto, mostrando os dentes.

—Você vai até lá buscar aquela garota agora. Todos vocês. Entendido? Se precisarem matar os outros, matem. Não estou nem aí.

Meus ombros se afundam. Não tenho mais escolha. Mesmo se resistir, os outros não conseguem. Mesmo se conseguissem, não sabem o que está em jogo.

— Não sei por que você mentiu para mim, Gabriel — diz Atlas enquanto levanto com dificuldade. — Mas entenda que haverá consequências.

Faço que sim quando nossos olhares se encontram. Sei quais serão. Sei o que elas sempre foram.

— Vão — Atlas ordena, e saímos do quarto. Olho para trás, odiando a ideia de deixar Tyr sozinho com o irmão, mas, por enquanto, o verdadeiro rei está a salvo. Se voltarmos com Lor, não sei o que acontecerá depois.

Quando saímos na base da torre, os guardiões se voltam para mim. Eles não vão me recriminar por minhas mentiras. Não vão me julgar. Entendem o suficiente para saber por que precisei agir assim. Também encontram maneiras de contornar suas amarras. Só não sei se algum deles já teve tanto a perder.

Passo por eles, sem dizer nada ao atravessar o palácio antes de sairmos para as ruas movimentadas.

Meus irmãos avançam atrás de mim em silêncio, passando por uma fila de carroças que trazem suprimentos para a cerimônia. Já devemos ter esgotado o interior de Afélio de metade da comida, do álcool e de tudo mais que é necessário para realizar essa farsa de união.

Há pessoas em todas as direções, comemorando e bebendo sem nenhuma preocupação no mundo. Quero gritar com sua alienação.

O barulho cresce conforme andamos, dez espectros silenciosos atravessando a multidão barulhenta. Algumas pessoas param para olhar, mas a maioria está bêbada ou se divertindo demais para dar importância à nossa presença.

Tensiono o maxilar com força quando chegamos ao Oitavo Distrito. Paro ao ver a casa onde Lor e os companheiros estão hospedados. Os outros guardiões estão ao meu redor, lançando olhares apreensivos para mim.

Com minhas mentiras expostas, a dor deixou meu corpo, e estou livre de novo. De certo modo.

— Vamos — digo.

Não há por que esperar aqui. Está na hora de acabar logo com isso.

— Lá — aponto ao longe. — Ela está lá.

Eles acenam, e nos aproximamos para cercar a casa. Não sei se em dez conseguimos combater Nadir, Amya e Mael juntos, mas estou torcendo para não chegar a esse ponto.

Quando foi que me tornei tão otimista?

Paro na entrada e respiro fundo antes de chutar a porta. Entramos na casa, e vou para a sala, onde me interrompo.

Está vazia.

Não porque não tenha ninguém aqui, mas porque não há literalmente nada. Os móveis, tapetes, quadros nas paredes. As únicas coisas que restaram são as cortinas penduradas nas janelas.

Os outros guardiões entram, lançando olhares de dúvida em minha direção, e não sei o que estão pensando. Se ainda estou mentindo? Faz diferença?

— Foi aqui que a encontrei — digo, sentindo a necessidade de me explicar.

— Parece que eles saíram — diz Jareth.

— Espalhem-se e revistem a casa toda — diz outro guardião, e todos começam a procurar.

Estou... aliviado. Consigo respirar de novo, mas aonde Lor foi? Ainda está em Afélio? Fizeram o que precisavam fazer? Como Atlas vai reagir quando eu voltar e contar que ela sumiu? Ele não vai parar por aqui. Suas ações hoje me deram a certeza de que, apesar desse contratempo, ele não vai desistir. Esperou quase cem anos e quer ser o rei, livre e sem a sombra que quase nos consome.

Ouço o barulho de passos acima da minha cabeça enquanto os outros revistam cada cômodo, e sei o que preciso fazer. É o que eu deveria ter feito há anos, mas uma parte esperançosa de mim sempre pensou que talvez existisse outro caminho.

Atlas me mostrou que não existe. Ele sempre teve apenas um objetivo e agora está mais perto do que nunca de alcançá-lo. Mesmo sem Lor, vai levar esse plano até o fim, de uma forma ou de outra.

Solto um suspiro brusco e dou meia-volta, saindo da casa e atravessando as ruas com apenas um destino em mente.

Chega. Estou farto das mentiras dele.

*Finalmente.* É hora da verdade.

# 45
# LOR

DEPOIS DA COMEMORAÇÃO DO MEU ANIVERSÁRIO, Nadir pega todos de surpresa ao informar que não voltaremos para a casa de Nerissa no Oitavo Distrito. Em vez disso, ele providenciou uma acomodação perto do palácio, no Vigésimo Terceiro Distrito. Além de ser mais conveniente, ele está preocupado com o fato de Gabriel saber nossa localização. Não que Nadir não confie na palavra de Gabriel, mas sabemos que ele pode não ter escolha, e estamos no limiar de seu prazo.

Afélio se tornou uma massa fervilhante de pessoas que chegam de outras partes de Ouranos, atraídas pelas festividades. Em todos os vinte e quatro distritos, há entretenimento e diversão. Acrobatas se apresentando nas ruas e músicos em cada esquina. Barracas de comida e carrinhos de vinho pipocam por toda parte, alimentos à vontade enquanto fogos de artifício enchem o céu noturno e as pessoas dançam até o sol nascer.

Se não estivéssemos prestes a embarcar numa missão de vida ou morte, eu poderia encontrar alegria nisso.

Claro, pouquíssimos entendem que tudo não passa de uma farsa. Sob a cortina de fumaça da celebração está o fato relevante de que Atlas não tem nenhum interesse de se unir a Apricia.

Os alertas de Gabriel ainda ressoam em minha cabeça. Ele deveria estar me procurando, e seu prazo está prestes a terminar. Não o culparia por escolher a si mesmo em vez de mim. Entendo como é estar dividida entre escolhas difíceis, e todos fazemos o que é preciso para sobreviver.

Nerissa está no meio de um monte de livros espalhados pelo chão da sala de nossa nova casa. Ela está lendo sem parar, tentando descobrir mais sobre as arcas.

— Parte do que Cloris disse a vocês parece verdade — diz ela. Seu cabelo castanho comprido está preso com um lápis num coque bagunçado. Tristan senta ao lado dela de pernas cruzadas, também folheando as páginas.

Não deixo de notar como ela pousa a mão no braço do meu irmão para pedir que ele lhe passe um livro, muito menos a cara dele toda vez que olha para ela. Acho que Tris está tentando ser sutil, mas falhando miseravelmente.

Nadir nota meu olhar, e trocamos um sorriso cúmplice às custas de Tristan.

Ver meu irmão encontrar alguém por quem possa se apaixonar me deixaria muito feliz.

— Diz aqui que, no Princípio dos Tempos, quando os Artefatos foram formados, outros objetos de poder também foram criados — Nerissa lê. — Cada um tinha a intenção de fazer par com um Artefato e poderia ser usado tanto para ampliar como para canalizar a magia de sua esfera.

— Isso nunca fez parte das histórias da origem de Ouranos — Nadir comenta.

Nerissa faz que não.

— Porque parece ter sido escondido de propósito.

— Como assim? — Nadir pergunta. — Por quê?

— Pelo que entendi, as sacerdotisas de Zerra foram criadas, inclusive, para reunir as arcas de cada reino. Quando torturavam e matavam em nome dela, estavam tentando capturá-las.

Nadir entrelaça as mãos embaixo do queixo.

— Por Zerra?

— Pode-se supor que sim — Nerissa responde. — Aconteceu há muito tempo, mas acho que, quando os governantes se deram conta de que a deusa estava atrás das arcas, eles as esconderam tão bem que foram praticamente esquecidas.

— Há algo que diga onde elas estão agora? — pergunto.

— Nada que seja claro — diz Nerissa. — Há referências a pequenos objetos retangulares, esculpidos com a imagem de uma mulher carregando seu Artefato correspondente.

— Uma arca é como um baú ou uma caixa, certo? — pergunto.

— Sim, ou às vezes um caixão.

Essa resposta arrepia os pelos de minha nuca.

— Então são grandes?

— Não. Acho que são bem pequenas. Mais como uma obra de arte feita para adornar uma prateleira. A maneira como os livros falam sobre carregar as arcas sugere que são fáceis de manusear. Acho que, no caso de alguns dos Artefatos maiores e mais pesados, devem ter sido úteis para canalizar seu poder. Foram criadas a partir de um material extraído nas montanhas Beltza.

— Que material? — Nadir pergunta.

— Isso não sei. Mas também tinha propriedades mágicas.

— Mais alguma coisa? — Nadir pergunta com a testa franzida. Desconfio que ele esteja fazendo de tudo para não correr para casa a fim de descobrir o máximo possível sobre a arca da Aurora.

Nerissa abana a cabeça.

— De repente, as histórias simplesmente param de fazer referência a elas. Como se todas tivessem sido esquecidas ao mesmo tempo.

— E o que Cloris disse sobre as reações da terra? Todos esses acontecimentos estão mesmo conectados?

— Sim — diz Nerissa. — Acho que ela podia estar falando a verdade sobre isso.

Ela levanta um livro. Uma obra de referência sobre a história de Ouranos. Até eu, com minha pouca carga de leitura, o reconheço.

— Esta é a história que conhecemos sobre o Princípio dos Tempos. Que diz que Zerra reuniu todos os governantes e concedeu o dom da magia e os Artefatos que havia criado a cada um deles.

— Certo? — Nadir pergunta, se inclinando e entrelaçando as mãos entre os joelhos.

— Bom, encontrei isto — diz Nerissa, erguendo outro livro. — Conta uma história alternativa. Sugere que o que conhecemos como a história da criação da Segunda Era de Ouranos não é bem a verdade. Zerra não teria criado a magia, mas apenas se tornado a guardiã dela.

— O que você quer dizer? — pergunto.

— A magia sempre existiu, mas, antes do Princípio dos Tempos, começou a, por falta de um termo melhor, transbordar. A terra não estava dando mais conta de tanta magia, que então foi concedida aos habitantes humanos de Ouranos antes de serem ascendidos a Nobres-Feéricos.

— Concedida por quem?

O dedo de Nerissa desliza pela página.

— Alguma autoridade superior. O autor não deixa claro quem ou o que realmente fez os Artefatos.

— Se for verdade, por que damos crédito a Zerra? — Nadir pergunta.

— Talvez seja apenas propaganda para fazer com que ela pareça mais poderosa e atraia seguidores — responde Nerissa. — Mas o autor parece achar que os Artefatos são mais conscientes do que supomos.

— Então eles estão vivos? — Tristan pergunta, e Nerissa faz que não sabe.

— É por isso que falam com você — diz Nadir.

Aceno com a cabeça. Sempre foi perturbador entender o quanto sabiam toda vez que eu falava com eles.

— Talvez — digo.

— Mas isso não responde *por que* eles falam com Lor — Tristan aponta.

Nadir me encara como se estivesse tentando enxergar dentro de mim. Ele abana a cabeça.

— Eu sei.

— Acha que isso importa? — pergunto. — Talvez tenha algo a ver com minha avó.

— Talvez — diz Nadir. — Acho que, por enquanto, o importante é chegarmos ao Espelho e descobrirmos o que ele tem para dar a você. Se for a arca, a próxima pergunta vai ser o que fazemos com ela. Se cair nas mãos de Cloris, o que *ela* poderia fazer?

Balanço a cabeça. Algo nessa história me incomoda. Sinto como se houvesse algo que não consigo ler escrito atrás de um vidro embaçado.

Qualquer que seja o caso, Nadir tem razão. Precisamos nos concentrar na missão atual. Um passo de cada vez. Uma revelação de cada vez. Assim como quando estávamos na Aurora, sinto que ainda há muitas partes nessa história a serem reveladas.

Um momento depois, a porta dos fundos da casa se abre, e Mael e Etienne entram na sala.

— Recebemos um bilhete de Hylene — diz Mael. — Ela falou com Willow, e não é notícia boa.

Mael entrega o bilhete para Nadir, que lê a mensagem enquanto esperamos.

— O que é? — pergunto depois de um momento.

— Hylene confirmou que a apresentação vai acontecer no pátio do palácio amanhã de manhã como planejado — diz Nadir. — Mas vai haver uma festa para convidados especiais *dentro* da sala do trono.

— Não — respondo. — Mas essa era nossa chance.

— Diz que a festa era para acontecer num dos jardins dos fundos, mas mudaram os planos de última hora porque tem previsão de chuva amanhã.

— O que faremos, então? — pergunto.

— Precisamos de uma distração — diz Etienne. — Algo que leve todos para longe.

— O que seria grande o bastante para convencer todos a saírem? E, mesmo assim, os guardas devem ser treinados para não sair — Mael rebate. — Não abandonariam seus postos.

— Então eliminamos os guardas — diz Nadir. — E criamos um tumulto grande o suficiente para levar os convidados e a maioria dos soldados para a frente do palácio, onde todos já vão estar reunidos.

— A sala do trono é suspensa sobre uma falésia — diz Amya, pensativa. — E se parte dela, digamos... desmoronasse? Já conheço bem a disposição. Podemos destruir a janela sul sem tocar no Espelho. Todos vão estar se atropelando para escapar.

Os outros parecem considerar a ideia, mas digo:

— Não. Não vamos matar um monte de inocentes que estão lá para assistir à união.

Nadir me lança um olhar fulminante.

— Aquelas pessoas não são inocentes, Lor. Ficaram todas de braços cruzados enquanto você competia nas Provas, comemorando cada sofrimento seu. São cúmplices da forma com que Atlas trata os feéricos menores e, embora algumas possam se opor na teoria, nenhuma delas levanta um dedo para se juntar à resistência.

— E você levantou? — Tristan pergunta a Nadir. Embora os dois estejam começando a se acostumar um com o outro, é claro que ainda falta uma barreira a ser superada.

— Nunca disse que sou melhor do que eles — Nadir rosna. — Mas sou eu que quero ajudar sua irmã, então, agora, minha causa é, sim, mais nobre. Não acha?

Tristan resmunga, mas concorda com a cabeça.

— Mesmo assim, eles não merecem ser mortos a sangue-frio — digo.

— Tem uma ideia melhor, Rainha Coração?

— Ainda não — rebato. — Estou pensando.

— Drogamos a comida e a água dos guardas — diz Mael e, antes que eu possa me opor, ele levanta a mão para me silenciar. — Apenas o suficiente para nocauteá-los, não para matá-los. Está bem?

Fecho a boca e faço que sim. Está bem. Consigo aceitar isso.

— Acham que Willow pode acessar a cozinha? — Etienne pergunta. — Tenho algo que ela pode usar. Não vai afetar todos, mas, se administrarmos no café da manhã, eles devem estar neutralizados na hora certa.

— E sua magia? — pergunto a Etienne. — Pode nos teletransportar para dentro? Ou envenenar a comida você mesmo?

— Não, existem proteções contra isso — ele responde. — Senão, qualquer pessoa com uma magia semelhante poderia entrar e sair. Seria perigoso demais com os escudos projetados. Todas as fortalezas de Ouranos têm proteções parecidas.

Sabia que assim seria fácil demais.

— O que mais a carta diz? — Tristan pergunta.

Nadir continua lendo, e noto seus ombros ficarem tensos.

— Nosso pai está aqui — diz ele a Amya antes de se voltar para mim.

— O que ele está fazendo aqui? — ela pergunta, refletindo a nossa confusão. — Atlas o convidou? Pensei que todos estivéssemos banidos daqui.

— Será que estão trabalhando juntos? — pergunto. Cloris revelou nosso segredo para os dois reis. Será que encontraram um consenso?

— Não — Nadir responde. — Se estiverem, meu pai deve ter

alguma carta na manga. Se sabemos que Atlas quer se unir a você, como meu pai a usaria? Não vai aceitar compartilhar.

— Nosso pai não poderia se unir a Lor — diz Amya.

— Não — Nadir responde. — Não apenas porque é impossível, mas porque eu o destruiria.

— É possível que *Atlas* se una a Lor agora? — Tristan pergunta. — Com toda essa história de alma gêmea?

Nadir faz que não, um sorriso irônico se abrindo em seu rosto.

— Não, não é possível.

Não sei por que essa resposta me surpreende tanto, mas faz sentido. O Espelho se recusou a permitir que eu me tornasse a rainha de Afélio, porque disse que eu tinha outro destino a cumprir, mas e se isso não se resumir só a ser a herdeira de Coração?

— Seu pai — digo, segurando o braço de Nadir ao ser atingida por um momento de clareza repentina. Desde que Cloris mencionou as arcas, isso está me incomodando.

— O quê? — Nadir pergunta.

— Ele também está procurando a arca.

Nossos olhares se encontram, e ele abana a cabeça imperceptivelmente.

— Do que você está falando?

— Na nossa última noite no Torreão, quando eu estava falando com Vale, ele disse que tinha sido encarregado de procurar um objeto de grande poder. Ele o chamou de arca.

A sala fica tão silenciosa que daria para ouvir um alfinete cair no chão.

Nadir resmunga e esfrega o rosto.

— Tem certeza de que foi isso que Vale disse?

— Sim. Não dei importância na época porque tinha certeza de que ele me contaria sobre a Coroa. E, com tudo que aconteceu depois, acabei esquecendo.

— Merda — diz Nadir.

— Isso é ruim — Amya acrescenta.

— E agora? — Tristan pergunta. — Isso muda alguma coisa?

— Não — digo. — Se o Rei Aurora também está atrás da arca, mais do que nunca não podemos deixar que caia nas mãos erradas.

Consigo ver que Nadir quer se opor.

*Você sabe que tenho razão*, digo a ele, que fecha a cara com a sutileza de uma colmeia de abelhas assassinas.

*Isso ficou mais perigoso.*

*Sempre foi perigoso. Não temos outra opção.*

Todos na sala ficam nos encarando durante nossa conversa silenciosa.

— Isso é muito esquisito — diz Mael.

Nadir solta um suspiro resignado.

— Está bem. O plano continua o mesmo. Entramos, conversamos com o Espelho e saímos sem que nenhum dos reis encoste em Lor.

Concordo com a cabeça, embora não goste nada disso. A presença do Rei Aurora torna tudo muito mais perigoso, mas quem sabe que tipo de catástrofe vai acontecer se Rion conseguir a arca?

Nadir joga a carta na mesa à frente dele, e eu a pego, lendo as palavras que ele já confirmou.

— Drogar os guardas só ajuda se conseguirmos atrair todos para fora da sala do trono — diz ele, voltando aos detalhes de nosso plano. Esse deve ser nosso foco. — E temos que conseguir pelo menos alguns minutos. Não sei de quanto tempo Lor vai precisar com o Espelho.

— Há boatos de que a resistência dos feéricos menores está planejando algo para amanhã — diz Etienne, com os braços cruzados diante do peito, silencioso como uma sombra no canto da sala.

— Podemos aproveitar a oportunidade? — Nadir pergunta.

— Não sei — Etienne responde —, mas parece arriscado de-pender disso. E se os boatos tiverem sido plantados para desviar a atenção de outro lugar? Eles podem atingir uma parte completa-mente diferente da cidade. Precisaríamos confirmar.

Nadir me olha, tenso.

— Lor, se essa não for a distração de que precisamos, temos que considerar o plano de Amya.

Passo a mão no rosto.

— Está bem. Mas apenas como último recurso.

Ele abaixa a cabeça.

— Então vamos fazer uma visita a Erevan.

Trocamos um olhar pela sala. Sabemos que é um tiro no escuro. A probabilidade de nós morrermos ou de sermos pegos é quase cem por cento.

Mas não temos mais tempo, e essa é nossa única chance.

# 46

# NADIR

### UMBRA

As ruas de Afélio estão vibrantes com as celebrações da união a todo vapor.

— Acha que ele vai nos receber? — Lor pergunta enquanto atravessamos a multidão algumas horas depois. Foram necessários alguns subornos, mas consegui descobrir a localização do quartel-general de Erevan sem levantar muitas suspeitas. É difícil prever como ele vai reagir quando chegarmos, mas estou dando um voto de confiança de que não vai correr para Atlas assim que ver Lor.

Um protesto é a distração de que precisamos para entrar no palácio. Pessoas vão se machucar, mas é inevitável. Não há como impedir.

Entrando num beco estreito, chegamos a uma porta preta sem ornamentos. É a entrada de uma casa de apostas que não fecha nunca. Disseram que Erevan conduz suas atividades no porão, e torço para que a informação que recebi esteja correta.

Bato na porta com uma série de toques rápidos, como me instruíram, e esperamos.

Lor aperta minha mão, voltando o olhar para o outro lado do beco, e sorrio para ela, tentando aliviar suas preocupações.

Senti um pavor frio quando soube que meu pai estava em Afélio. Sua presença é um sinal sinistro, mas, com sorte, vamos entrar e sair do palácio antes que saiba que estamos aqui. *Por que* ele também está procurando a arca?

O estresse em meus ombros me deixa tão tenso que parece que estou sendo partido ao meio.

Depois de uma espera estupidamente longa, a porta se abre. Um elfo nos encara do lado de dentro.

— Viemos ver Erevan — digo, e o elfo torce o nariz como se tivesse acabado de pisar em estrume de cavalo.

— E quem você pensa que é?

— Pode dizer que o Príncipe Aurora está aqui para vê-lo. Tenho uma proposta para ele.

O elfo franze o cenho e me examina de cima a baixo, como se estivesse tentando validar minha afirmação. Para confirmar o que estou dizendo, deixo minha magia fluir, envolvendo-me em fios de luz que comprovam minha linhagem. Não sei se esse elfo entende o que vê, mas basta para fazer seus olhos arregalarem.

— Está bem. Vou ver se ele está disposto a falar com vocês.

Sem dizer mais nada, ele bate a porta na nossa cara.

— Grosso — diz Lor. Posso ver que está tentando fazer uma piada, mas há tanta tensão em sua voz que soa estranho. Ela balança a cabeça, e eu a puxo para perto, envolvendo seu corpo com meus braços ao mesmo tempo que Lor afunda o rosto na curva de meu ombro.

Ficamos assim, e não consigo deixar de me impressionar com nosso encaixe. Com o quanto ela é perfeita. Com o quanto quero protegê-la e abraçá-la assim para sempre. Seu corpo inteiro relaxa ao se dissolver em mim.

— Lor, não vou deixar nada acontecer com você — digo.

— Não é comigo que estou preocupada — ela responde.

— Nem com seus irmãos, nem com mais ninguém.

Lor suspira e me aperta ainda mais.

— Sei que você acredita nisso — diz ela, olhando para mim. — Sei que é o que quer, mas nem você vai conseguir cuidar de todos depois que entrarmos. Tudo pode acontecer.

— Eu sei — digo, passando a mão atrás de sua cabeça. — Só estou tentando te tranquilizar. Me dá uma ajudinha; não estou acostumado com isso.

Lor não consegue evitar soltar um riso baixo e abrir um pequeno sorriso. Lembro quando prometi ser quem a faria sorrir todos os dias e ainda espero que essa seja uma promessa que consiga cumprir.

Por fim, a porta se abre de novo, e o mesmo elfo faz um sinal para nós.

— Venham — diz ele, dando um passo para o lado a fim de nos deixar entrar no corredor escuro antes de fechar e trancar a porta com firmeza. — Por aqui.

Descemos um lance de escadas com degraus tão estreitos que somos forçados a andar em fila única antes de virarmos em outro corredor.

Entramos num túnel iluminado por tochas cobertas de teias de aranha.

— Aonde estamos indo? — pergunto, um mau pressentimento arrepiando minha nuca.

— Ver Erevan — o elfo responde com um tom quase entediado. — Pensei que era o que vocês queriam.

Resisto ao impulso de responder com um comentário cortante, porque isso não ajudaria em nada. Não parece que o plano desse elfo seja nos arrastar até as profundezas e nos espancar até a morte.

Finalmente, saímos do túnel para um aposento esculpido em pedra que forma um domo sobre nossas cabeças.

O espaço poderia ser frio e pouco convidativo, mas fogo queima com intensidade numa lareira na parede oposta, onde tapetes de lã grossa abafam nossos passos. No centro, há um arranjo de poltronas e sofás de couro marrom, com uma mesa de madeira baixa à frente.

Erevan está sentado num sofá, lendo uma pilha de papéis. Quando entramos, ele ergue os olhos e reorganiza a pilha antes de virar tudo para baixo, garantindo que não leremos nada. Um sinal de que, embora tenha aceitado nos ver, não confia em nós.

Erevan levanta e estende a mão.

— Príncipe Nadir — diz ele, num tom cortês mas neutro. — Admito que fiquei bastante surpreso ao saber que queria me ver. E que estava em Afélio, inclusive.

Aperto sua mão, e ele olha para Lor.

— E você é?

— Sou Lor — diz ela, e Erevan estreita os olhos.

— Por que me parece familiar? Já nos conhecemos?

Ela aperta os lábios.

—Você deve ter me visto durante as Provas.

Erevan demora um momento, mas, quando junta as peças, seus olhos se arregalam.

— A Tributo Final.

Lor assente.

— O que está fazendo aqui? Pensei que tinha desaparecido.

— Bom, é uma longa história, e isso é parte do motivo de estarmos aqui hoje.

Erevan hesita por um momento, mas o que quer que veja no rosto de Lor deve convencê-lo de que ela está dizendo a verdade e, mais importante, de que vale a pena ouvi-la.

— Sentem, então — diz ele. — Querem beber alguma coisa?

— Não, obrigada — Lor responde, dirigindo-se para onde Erevan nos guia.

Eu me afundo ao lado dela, e Erevan nos acompanha e espera.

Lor troca um olhar comigo e, mais uma vez, começa uma versão simplificada da verdade sobre os acontecimentos do último mês, informando apenas o estritamente necessário.

Quando termina de falar, Erevan está na beira do assento, as pernas abertas e as mãos entrelaçadas sobre os joelhos, absorvendo cada palavra.

— Então, você precisa chegar ao Espelho sem ser vista — diz ele quando Lor fica em silêncio.

— Precisamos de uma distração — digo. — Algo grande o bastante para atrair a atenção de todos para fora do palácio e da sala do trono.

— E querem que eu faça isso? — Erevan pergunta, alternando o olhar entre nós.

— Ouvimos um boato de que você pretende fazer um protesto durante as festividades de amanhã — digo, e seu olhar fica carregado.

— Vocês esperam que eu coloque minhas pessoas em perigo para que possam entrar no Palácio Sol? Por que eu faria isso?

— Vou oferecer tudo que puder — digo. — Dinheiro para financiar sua causa. Todos os recursos necessários.

— Acabar com a escravidão nas minas da Aurora — diz ele imediatamente, e eu sabia que esse seria seu pedido.

— Combinado. Será feito assim que estiver em meu poder. Mas eu faria de qualquer forma, então ainda estaria devendo outro favor a você em algum momento.

Erevan me observa como se estivesse vendo a verdade em minhas palavras.

— Isso ainda pode demorar séculos — diz ele, e concordo com a cabeça.

— Pode — digo com um sorriso. — Mas não é todo dia que se recebe de um futuro rei a oferta de um favor à sua escolha.

Erevan abaixa a cabeça num gesto que parece dizer *bem pensado*.

— Se eu conseguir o que acho que o Espelho pode possuir, não vai demorar séculos — diz Lor. — Tudo que sempre quis é destruir o Rei Aurora. Temos muitos motivos para garantir que ele desapareça o quanto antes.

Seu olhar se volta para mim, e sei que, além de tudo, ela está pensando em minha mãe, presa em sua existência vazia. Aperto sua mão.

— Como? Por quê? — Erevan pergunta, e são questões muito boas.

— Não posso contar tudo — diz Lor. — Mas você vai ter que confiar em mim. Ninguém odeia aquele homem mais do que eu. Bom, exceto Nadir, talvez.

Ela olha para mim com um sorriso triste, e abaixo a cabeça.

— Justo — acrescento.

Erevan solta um longo suspiro, considerando nossas palavras. Ele passa uma das mãos no cabelo loiro.

— A verdade é que estávamos, *sim*, planejando um protesto, mas não sei se vai ser o suficiente para vocês. Não é como se nunca tivéssemos tentado antes. Estava torcendo para encontrar alguma forma de tornar essa tentativa mais definitiva do que as anteriores, mas, até agora, nada de relevante se materializou. Há guardas demais, e Atlas deixou todos em alerta. Vocês não são os primeiros a ouvirem os boatos.

— Querem uma distração que Atlas note? — diz uma voz vinda da porta, e nós três nos viramos para encontrar Gabriel. Ele invade a sala e para. Há uma luz furiosa em seus olhos, e seu maxilar está tão tenso que poderia quebrar mármore. — Você não queria algo que expusesse Atlas e manchasse seu nome? Sei de um segredo que não só chamará a atenção de todos, mas mudará Afélio para sempre.

Então ele aperta o peito com um grunhido e cai no chão.

# 47
# REI HERRIC

### SEGUNDA ERA DE OURANOS: EVANESCÊNCIA

— QUER BEBER ALGUMA COISA? — Zerra perguntou enquanto se espreguiçava do outro lado do salão, os ombros apoiados no dorso da cadeira e as pernas bronzeadas expostas pela fenda no vestido. Ela esfregou uma coxa na outra e lambeu os lábios ao olhar para Herric. — Por que está tão longe?

O Rei Aurora saiu do pilar onde estava apoiado, passou a mão no cabelo e se aproximou a passos longos, sentando numa cadeira próxima. Zerra esticou o braço e ajustou o colarinho da camisa dele.

— Hein? — ela insistiu, e ele fez que sim. — Alguma coisa, meu querido?

— Pode ser uma água.

Havia anos que se submetia aos convites de Zerra, chegando para servi-la com a boca ou o pau. Embora não se importasse a princípio e até tivesse gostado por um tempo, ele estava se cansando dessa relação mundana. Se é que se poderia chamar assim. Não havia paixão aqui, apenas dever e necessidade.

Uma das servas de Zerra chegou equilibrando a bebida prometida numa bandeja prateada. Ela se curvou, dando a Herric uma visão deslumbrante do decote dela.

Esse lugar não passava disso. Sexo e bebida se fazendo passar por essa farsa de divindade. Zerra deveria estar zelando por todo o Ouranos, não se entregando aos mesmos prazeres vazios que desfrutava quando era mortal. Pela milionésima vez, Herric se perguntou o que os Empíreo tinham na cabeça quando a escolheram.

Em breve, tinha esperança, nada disso importaria.

Naquele dia, ele testaria a teoria em que havia passado anos trabalhando.

Girava em seu dedo um anel feito da mesma pedra preta cintilante que seus operários haviam extraído da montanha. O mesmo material encantado recuperado do desmoronamento.

Herric havia passado inúmeras horas testando suas propriedades e logo entendera que poderia canalizar magia através dessa pedra. Não apenas isso; poderia usá-la para ampliar e controlar os dons que havia recebido quando ascendeu a Nobre-Feérico.

Ele fez suas equipes trabalharem dia e noite enquanto extraíam mais do material. Confiante de que estaria protegido ao se cercar dela, Herric havia construído um castelo inteiro com a pedra, a qual chamara de *virulência*.

Numa de suas visitas à Evanescência, ele tinha canalizado um fio de magia pela pedra e, pouco depois, Zerra se queixara de uma dor de cabeça antes de se retirar para a cama pelo resto da visita.

A princípio, Herric não deu importância. Mas então começou a notar um padrão. Sempre que fazia uso da pedra em suas visitas aos céus, Zerra ficava doente. Com o tempo, trabalhou na teoria de que, de alguma forma, a estava afetando.

— Você está quieto hoje — disse Zerra, passando a mão no peito dele, antes de fechar o punho em sua camisa e o puxar para perto. O toque dela estava começando a lhe causar arrepios, mas ele aguentaria o tempo que fosse necessário. Naquele dia, verificaria sua hipótese com uma onda maior de magia canalizada pelo anel.

— Só cansado — disse Herric com um sorriso tenso, tomando um gole d'água.

— Pobrezinho — ela murmurou ao sair da espreguiçadeira de

veludo e ficar de joelhos, erguendo o olhar para ele com um piscar de olhos sonso. — Talvez eu possa ajudar.

Ela desafivelou o cinto e desabotoou a calça dele, Herric se esforçando para não ficar tenso. Ele adorava isso antes — Zerra era muito habilidosa, e ele nunca dera muita importância a amor ou sentimentos —, mas já não aguentava mais. Ela era ridícula e desesperada, e Herric já estava mentalmente farto dela e daquele lugar.

Isso tudo lhe pertencia, e ele pretendia tomar para si.

Ele a impediu de prosseguir, pegando o queixo dela com a mão enquanto Zerra lhe lançava um olhar intrigado. Expeliu sua magia, emanando espirais de luz colorida, alargando o sorriso dela.

— Sua magia é tão linda, Herric — disse Zerra.

— Que bom que você gosta.

Ele impeliu a magia através do anel enquanto Zerra continuava a observar os desenhos traçados. Fazê-la suspirar levou vários momentos, até que ela se recostou com a mão na testa.

— Estou me sentindo mal de repente — disse Zerra, ao mesmo tempo que mais magia era canalizada no anel.

— Por que não deita? — Herric perguntou, ajudando-a a sentar. — Feche os olhos.

Ela consentiu e fechou as pálpebras, e ele aproveitou a oportunidade para extrair um fio mais forte de magia. Ficou parado diante dela enquanto Zerra estava deitada e inconsciente, enviando mais e mais magia para o anel.

Deuses, como a execrava. Ele queria matar aquela mulher. Queria dar um fim nela.

Ele a destruiria e faria todos saberem que ela não passava de uma inútil.

Mas não estava funcionando. Embora estivesse causando muito desconforto nela, não conseguia matá-la.

Herric parou de emanar sua magia e a observou, arfando pelo

esforço de aplicar tanto poder. O som de suas respirações ofegantes a despertou do torpor, e o que quer que Zerra tenha visto em seus olhos fez a expressão dela empalidecer.

— Herric? — ela perguntou, sentando ao tentar se arrastar para trás. — O que está acontecendo?

— Zerra — ele rosnou, fechando os punhos.

— Saia — disse ela ao cair para trás do divã, sua voz vacilando. — Saia!

Zerra se agarrou ao móvel, gritando para ele se afastar, terror estampado no rosto.

Herric percebeu que havia cometido um erro. Tinha sido impaciente demais. Ido longe demais e revelado suas cartas.

Um momento depois, ele se encontrou de volta à superfície, sozinho no meio das montanhas fustigadas pelo vento sob o céu escuro da Aurora.

— Zerra! — ele gritou para as estrelas, e não ficou surpreso quando nenhuma resposta veio.

Ela não teria como tocar nele ali embaixo, mas tampouco ele poderia voltar aos céus sem o convite dela.

Mas tudo bem.

Era óbvio que Herric não teria como matá-la com as próprias mãos.

Isso exigiria mais força do que possuía sozinho. Mas agora... ele tinha um plano.

# 48
# LOR

### TEMPOS ATUAIS

COM O CAPUZ ERGUIDO, espero na multidão fervilhante ao lado de Nadir. Todos concordamos que ele me acompanharia para dentro do palácio porque é quem mais pode me proteger, considerando meu controle ainda inconstante da magia.

E, para ser sincera, pensei que ele poderia matar qualquer pessoa que se atrevesse a dar outra sugestão.

Nem mesmo Tristan tentou discutir, e nem eu, aliás. Quero Nadir comigo porque sei que não há ninguém com quem eu estaria mais segura. Olho para o lado, encontrando o brilho de seus olhos escuros sob o capuz, e sorrio comigo mesma apesar de tudo.

Minha alma gêmea. Meu coração. O homem que amo apesar de tudo que tivemos que atravessar para chegar aqui. Das mágoas e das traições que tivemos que superar.

*Que foi? Tudo bem?*, ele pergunta por nosso vínculo.

Faço que sim e me recosto nele, erguendo a cabeça para um beijo. Nadir segura meu queixo entre o polegar e o indicador e abaixa a cabeça, tocando meus lábios.

Nosso beijo é calmo e lento, línguas se tocando e gemidos baixos reverberando em minha garganta. Esqueço a multidão ao nosso redor enquanto me derreto nele, saboreando o cheiro e o gosto do vento ártico, das noites frias de inverno e da doçura de finalmente estar no lugar certo.

Não consigo acreditar que pensava entender o que eram beijos antes de conhecê-lo. Antes disso, tudo não passava de poeira de dentes--de-leão comparado a esse mergulho numa montanha de pétalas de rosa aveludadas.

Nós nos beijamos um pouco mais antes de nos soltarmos. O desejo em seus olhos reflete o meu, e queria que pudéssemos nos perder um no outro, mas está tudo se movendo e alterando, nosso tempo reduzido a algo duro e imóvel. Quero saber tudo. Sobre seus dias crescendo na Aurora, até as partes desagradáveis com seu pai. Quero saber sobre aquela pequena cicatriz em sua sobrancelha e a que tem na parte de trás da mão. Quero saber de onde veio seu nome. Nunca cheguei a perguntar o que as tatuagens significam. Pelo menos tivemos a noite do meu aniversário, e eu poderia ter ficado lá para sempre sob as estrelas, sem dizer absolutamente nada, e sido a mulher mais feliz do mundo.

Depois que Nadir se afasta, o canto de sua boca se ergue num sorriso e ele encosta a testa na minha.

— Lor, preciso que saiba que, aconteça o que acontecer lá dentro, estou com você. Agora e até o fim. Até a morte se for preciso.

— Eu sei — respondo. Coloco as mãos sob sua capa, encontrando sua cintura, e aperto a armadura que ele usa por baixo. — Eu sei. O mesmo vale para mim.

— Você não vai morrer hoje. Se der tudo errado, salve a própria pele. Entendeu?

Rio com desdém de suas palavras.

— De jeito nenhum. Não aprendeu nada sobre mim?

— Conheço você até demais, Vaga-Lume, mas precisa sobreviver. Tenho certeza de que é parte de algo maior do que qualquer um de nós entende, e *preciso* que saia viva. Contanto que eu saiba que você está bem, não me importo com o que acontecer comigo.

Enrosco minha mão em seu manto.

*Deixei essa cicatriz aqui porque queria representar tudo que eu faria para proteger quem amo. Isso também inclui você, Nadir. Nunca te deixaria para trás.*

Ele me encara com aquela intensidade tão característica. É avassalador ser seu foco. Ser o objeto de seu amor, anseio e desejo. Me faz sentir como o sol e a lua cercados por uma galáxia de estrelas.

— Por favor, Lor. Não posso te levar lá para dentro a menos que me prometa isso.

Levanto uma sobrancelha.

— Não era você que estaria comigo até o fim?

Ele solta um suspiro.

*Por favor.*

Eu me pego concordando diante do fervor em seu tom.

*Está bem.*

Mas, se Nadir pensa que eu o abandonaria, ainda não entende de verdade o que representa para mim. Quando isso acabar, vou encontrar uma maneira de provar para ele.

*Boa menina.*

Ele me puxa, voltando a me beijar.

Depois que nos soltamos, eu me volto para nosso entorno enquanto Nadir mantém um braço ao redor de minha cintura. Avisto Mael, Etienne e Tristan atravessando lentamente a multidão com os capuzes também erguidos.

Tristan e Mael devem chegar perto do rei e ajudar com qualquer que seja a distração que Gabriel planejou. Ele havia dito que precisaria de reforços no sentido de ferro e músculo.

Queria saber o que estamos esperando, mas Gabriel se recusou a revelar seu segredo, dizendo apenas que prometia ter todos os olhos de Afélio desviados da sala do trono e focados em Atlas.

A função de Etienne é entregar para Willow as drogas que serão colocadas na comida dos guardas. Ainda não podemos correr o risco de que nenhum deles permaneça no palácio mesmo depois que Gabriel revelar o que tem na manga.

Depois que ele desmaiou no quartel-general de Erevan, demorou vários minutos para reanimá-lo, e ele sofreu para se recompor. Estava pálido demais, e uma camada de suor cobria sua pele. Gabriel não parava de se contorcer e apertar a barriga como se estivesse prestes a passar mal.

Ele tinha nos dito para ficar perto dos portões quando tudo acontecesse e garantido que haveria alguém lá para permitir que eu e Nadir entrássemos. Não disse quem, e tenho a impressão de que ele também não sabia. Nada nessa história está me inspirando muita confiança.

Durante a conversa, também descobri que Erevan é primo de Atlas, o que me pegou de surpresa. Revoltar-se publicamente contra a própria família é um jogo perigoso, e me intriga que Atlas não tenha se esforçado mais para matá-lo. Talvez o Rei Sol tenha alguma decência afinal de contas. Ou só esteja aguardando o momento certo.

— O que acha que vai acontecer? — pergunto, ficando na ponta dos pés para ver sobre a multidão.

— Não faço ideia — diz Nadir. — Mas fique alerta. Quando o caminho parecer livre, vamos correr até os portões.

Concordo com a cabeça, e meu olhar vagueia para onde Atlas e Apricia estão sentados num par de tronos dourados, aproveitando o momento para realmente olhá-los pela primeira vez desde que chegamos. Os dois estão adornados com vestes douradas requintadas, as roupas tão rígidas que seus movimentos parecem artificiais. Uma tenda de ouro oferece sombra do sol escaldante, embora eu possa ver nuvens se formando à distância. Dezenas de guardas os cercam, com a mão nas espadas e os olhos vasculhando a multidão em busca de ameaças.

Imagino que Atlas esteja tenso por ficar ao ar livre com os rumores crescentes sobre Erevan e os feéricos menores estarem planejando uma revolta. Gabriel disse que sua grande revelação também apoiaria a causa deles, embora as palavras fossem tão difíceis de articular que começou a tossir com força suficiente para cuspir sangue. Eu me pergunto se isso tem algo a ver com o que está na torre misteriosa em que Willow o viu entrar e sair.

Atlas envelheceu desde que o vi pela última vez, graças a olheiras fundas sob os olhos, e juro que emagreceu. Ele parece à beira de um ataque de nervos, o joelho balançando e o maxilar tenso, enquanto observa a multidão como se estivesse procurando por algo. Organizo os pensamentos sobre revê-lo. Pensei muito sobre as mentiras que me contou. As meias verdades em que me fez acreditar. Como me manipulou e enganou. Houve um tempo em que confiei nele e acreditei em tudo que dizia. Um tempo em que pensei que poderia ser eu sentada ao lado dele, a um passo de me tornar uma rainha.

Mas Atlas me tirou de Nostraza, e quaisquer que fossem suas intenções ocultas, são elas as responsáveis por eu estar aqui agora, ao lado do homem que amo. Um homem que está prestes a embarcar na missão que deve ser a mais idiota e perigosa da minha vida.

Apricia dá um sorriso radiante ao receber outro cidadão de Afélio que se ajoelha a seus pés e inclina a cabeça. Mas consigo ver que a alegria não se reflete em seus olhos e nas linhas tensas que envolvem sua boca.

Depois de ouvir o que Halo e Marici disseram, parece que o conto de fadas na cabeça dela não passava disso, uma visão baseada em nada que, da maneira mais espetacular possível, não se materializou. Eu me pergunto o que vai acontecer se conseguirmos sair daqui sem chamar a atenção de Atlas. A união é amanhã. Ele vai ser obrigado a levar isso adiante?

A fila anda, e examino a multidão de novo, me perguntando onde estão Gabriel e Erevan.

Atrás da plataforma há um pequeno grupo de nobres da alta

sociedade com as Tributos derrotadas. Avisto Tesni com Halo e Marici. Em vez de estarem cercados por uma multidão, eles se movem livremente entre os servos que passam comida e vinho em bandejas douradas. Hylene confirmou hoje cedo que os outros ainda estão se reunindo na sala do trono e, quando olho para cima, noto que o céu está ficando mais escuro com a ameaça da chuva prevista. Atlas e Apricia estarão protegidos o suficiente sob a tenda; é apenas a multidão crescente que vai se molhar.

*Estou nervosa*, penso para Nadir, olhando-o por cima do ombro. Ele se abaixa e puxa meu capuz de lado, dando um beijo na curva de meu pescoço.

*Eu sei. Não vai demorar muito, tenho certeza.*

Eu me ajeito, sentindo uma gota de suor escorrer pelo lado do rosto, tanto pela umidade crescente como pelo nervosismo se revirando em meu estômago. Acho que nunca tive tanto medo em toda minha vida.

De repente, a praça fica em silêncio, e meu olhar encontra o de Nadir. É agora.

Atravessamos a multidão e nos aproximamos do portão. Nadir me levanta sobre a barricada de pedra para que eu veja sobre a cabeça de todos.

No fim do longo tapete dourado estão três indivíduos. Gabriel e Erevan cercam um terceiro Nobre-Feérico que nunca vi antes. Ao redor deles, os outros nove guardiões formam um círculo de proteção. Atrás, Tristan, Mael e Etienne formam a retaguarda.

A multidão cai num silêncio perplexo enquanto Gabriel e os outros se aproximam da plataforma onde Atlas e Apricia estão sentados.

O estranho entre Gabriel e Erevan está usando um par de algemas reluzentes ao redor do pescoço e dos punhos. Ele é magro e frágil, anda com passos arrastados e os ombros curvados, embora haja um propósito em sua expressão que indica algo nobre. Como um castelo outrora grandioso em que ainda se pode ouvir a música tocando pelos corredores, mas que foi abandonado ao tempo e à solidão.

*Quem é ele?*, pergunto a Nadir, que observa o terceiro homem e pisca várias vezes como se tivesse visto um fantasma se materializar de repente.

Gabriel, Erevan e os guardiões caminham pelo tapete enquanto murmúrios se espalham pela aglomeração. Há exclamações e gritos sufocados de surpresa, e as pessoas começam a se ajoelhar, encostando as testas no chão em sinal de súplica.

Muitos estão tão confusos quanto eu, olhando ao redor em busca de uma explicação para o que está acontecendo.

— Nadir — sussurro alto dessa vez. — Você sabe quem é aquele? Finalmente, ele se abaixa e cochicha em meu ouvido.

— É Tyr — responde, o tom incerto. — Ao menos, acho que é. Faz tantos anos que não o vejo, e está diferente, mas acho que...

Ele se interrompe, e me pergunto se essa é a primeira vez que o Príncipe Aurora fica sem palavras.

— Quem é Tyr? — pergunto, mas não tenho uma resposta, porque Gabriel começa a falar.

— Povo de Afélio! — ele brada, a voz se projetando sobre a multidão atordoada. — Esse rei está mentindo para vocês há um século! Ele é um impostor!

Gabriel continua falando com dificuldade. Suor escorre por suas têmporas, e ele aperta o peito, a dor gravada em cada uma de suas feições.

Mas não se detém.

— Ele nos forçou a trancar o verdadeiro Rei Sol. Falou que sua majestade havia morrido de Definhamento, mas era tudo com a intenção de enganar vocês. Atlas o privou de seu poder e induziu todos a acreditar em suas mentiras.

Atlas, que está levantando devagar de seu assento, fica paralisado diante das acusações. Eu o vejo vacilar à medida que cada uma atinge e explode em seu peito.

Gabriel dá mais um passo cambaleante na direção de Atlas, os guardiões o cercando com expressões firmes. Todos foram forçados a ficar em silêncio. Não conheço os limites de suas amarras, mas parece que estão sofrendo também, as respirações ofegantes e a pele pálida. Mas se mantêm ao lado de Gabriel, e fica claro que Atlas não sabe o que fazer diante do motim, porque está pálido como um fantasma.

— Gabriel — diz Atlas, sua voz mais fraca do que eu estava esperando, como se não pudesse acreditar que seu amigo o trairia dessa forma.

— Você me obrigou a fazer isso — Gabriel diz a Atlas, entredentes, apontando um dedo para Tyr, que está com os ombros caídos e o cabelo sobre o rosto. — Você o está matando, e me obrigou a fazer isso! — Ele grita tão alto que sua voz embarga, e sinto a dor e a angústia em suas palavras. De tudo o que deve ter sofrido sob o controle opressivo de seu rei.

Deuses, isso explica tanto sobre Gabriel.

Nadir aperta meu braço, e ergo os olhos para encontrá-lo hipnotizado pela cena diante de nós.

— Povo de Afélio! — Gabriel grita, reunindo forças apesar das emoções que lhe tiram o fôlego. — Esse rei é um mentiroso e um impostor. Está mentindo há anos. Tyr é e sempre foi seu verdadeiro rei!

Nuvens escuras se acumulam no céu, e as palavras dele ecoam contra o estrondo de um trovão, como uma maldição enviada dos céus.

Palavras que nunca podem ser desfeitas.

Palavras que nunca podem ser retiradas.

E é então que a confusão começa.

# 49

QUANDO ENTENDEM O QUE ESTAMOS TESTEMUNHANDO, todos perdem a cabeça.

Atlas mentiu para *todo mundo*.

Eu e Nadir somos empurrados de um lado para o outro, e tropeço em um corpo. Ao me afastar, tento não pisotear ninguém, mas somos cercados pelo caos como se tivéssemos sido jogados no meio de um oceano revolto cheio de tubarões famintos.

— Agora é nossa chance — Nadir rosna em meu ouvido, o braço ainda ao redor da minha cintura. — Vamos.

Abrimos caminho pela multidão de mãos dadas, sendo empurrados de todos os lados. As pessoas avançam em direção ao centro da praça, onde Gabriel está com Tyr, enquanto os guardas do Rei Sol tentam contê-los. Avisto Tristan e Mael se aproximando, com as armas em punho.

A energia ao nosso redor se transforma numa onda febril de emoção.

As pessoas estão furiosas, chocadas e confusas. Mas mais do que tudo — porque é um sabor que conheço tão bem — sinto o gosto amargo da traição de um rei de olhos azuis brilhantes e sorriso meloso que estava mentindo na cara deles esse tempo todo.

Parece que leva uma eternidade para atravessar a maré humana, mas, finalmente, conseguimos, chegando a uma área um pouco menos lotada.

Olho ao redor, notando que os guardas do palácio foram ajudar a reprimir a revolta.

Continuamos a abrir caminho até o portão, e eu me preocupo com Gabriel; ele estava claramente prestes a desabar sob o peso de revelar as mentiras de Atlas. Esse é o preço que foi obrigado a pagar todos esses anos.

Tyr está vivo, e Atlas nunca foi o verdadeiro rei de Afélio. Todos os guardiões deviam saber disso. Todos foram forçados a ser cúmplices desse crime. Não me admira que Gabriel sempre tenha sido tão escroto. Agora entendo por que não correu para Atlas assim que me avistou. Há quanto tempo está trabalhando contra seu falso rei?

— Lor! — Nadir chama. — Por aqui.

Fico aliviada quando avisto Halo e Marici nos chamando. Gabriel fez sua parte. Apesar de todas as circunstâncias, ele cumpriu o que prometeu.

Tiro o manto quando nos aproximamos, revelando o uniforme dourado do palácio por baixo, bem como a bolsa amarrada ao peito que contém a Coroa Coração. Willow nos arranjou dois conjuntos para vestirmos e nos misturarmos com mais facilidade, mas Nadir se recusou a colocar a roupa, optando pelo preto habitual e argumentando que poderia facilmente se esconder com magia, se necessário.

Mais cedo, achei melhor não insistir no assunto quando estávamos nos vestindo, mas o chamei de dramático antes de ele começar a me fazer cócegas, e logo depois estávamos sem roupa, e o cavalguei no chão do meu quarto. Nosso quarto. Não conversamos sobre dormir juntos todas as noites, mas é assim que tem sido desde que voltamos dos Reinos Arbóreos.

De mãos dadas e cabeça baixa, Halo e Marici nos guiam enquanto caminhamos (ou melhor, corremos) em direção ao palácio. Ninguém percebe nossa presença; a aparição de Tyr atrai todas as atenções.

Ao entrar, damos de cara com Hylene, que está vestida como uma boa cortesã do Palácio Sol, dourada da cabeça aos pés.

— Está vazia? — Nadir pergunta, e ela faz que sim.

— Tem uma meia dúzia de guardas na frente, mas todos correram para ver o que está acontecendo. O que exatamente *está* acontecendo?

— Conto tudo no caminho. Vá na frente.

Hylene assente, e nós cinco nos esgueiramos pelo palácio. Passamos por um servo ou outro, que mal olham em nossa direção enquanto checam a tempestade.

— Por aqui. — Halo aponta, e espiamos os cantos, verificando se há guardas. Passamos por alguns dormindo apoiados nas paredes onde caíram. *Bom trabalho, Willow*, penso comigo mesma.

O resto abandonou os postos, e tenho certeza de que Mael estava certo sobre o treinamento deles, mas acho que ninguém previa que uma revelação dessa magnitude chegaria para derrubar tudo em que acreditavam.

Viramos em mais alguns corredores, e me lembro daqueles primeiros dias depois que acordei em Afélio sem entender o que estava fazendo aqui. Era tudo tão bonito e luxuoso, e parecia que eu estava vivendo um sonho. Até começar a se tornar um pesadelo.

Por fim, chegamos a um corredor familiar e paramos.

Nadir espia pelo canto enquanto me viro para as outras três mulheres que nos acompanham.

— Dois guardas na entrada. Consigo dar conta deles tranquilamente — diz ele.

Aceno com a cabeça, e Nadir se volta para Halo e Marici.

— Vocês duas deveriam voltar para o pátio. Se alguém notar que desapareceram, vai levantar suspeitas. Atlas pode punir vocês se descobrir que ajudaram Lor.

Consigo ver que querem fazer o que ele está pedindo. Também

devem ter mil perguntas sobre o retorno de Tyr. Esta é sua terra, e Atlas estava mentindo para elas também.

— Obrigada — digo, dando um abraço nas duas. — Por tudo.

— Boa sorte — diz Halo. — Espero que encontrem o que precisam aqui. — Elas olham para Nadir e depois para mim, e vejo como seus olhos se abrandam. — E espero te ver de novo, mas, aconteça o que acontecer, saiba que queremos o melhor para você e que sempre vai ter amigas aqui.

Trocamos um olhar demorado, e tenho a impressão de que Halo entende que algo grande está para acontecer. Sei que quer perguntar. Vejo os questionamentos em seu rosto, mas não consigo oferecer a explicação que ela busca. Talvez um dia tenhamos essa chance.

— Também espero que sim — digo e, depois de outro abraço, as duas desaparecem às pressas por um corredor.

— Hylene, fique de olho — diz Nadir. — Se alguém vier por aqui, distraia a pessoa.

— Claro — Hylene responde. Nadir segura minha mão.

— Está pronta?

— Mais pronta do que nunca.

Ele assente e usa sua magia, enviando vários fios de luz na direção dos guardas. O ataque está quase em cima deles quando percebem, mas já é tarde demais.

As faixas de luz de Nadir apertam seus peitos com firmeza, forçando-os a derrubar as armas enquanto mais fios cercam seu pescoço até os dois caírem no piso de mármore com as espadas. Nadir usa mais um golpe de magia para abrir uma porta e arrastá-los para o lado de dentro, a fim de que ninguém os note.

Ao terminar, ele pega minha mão, e entramos na sala, lembrando de fechar a porta atrás de nós.

O Espelho está no lado oposto do aposento, coberto por um lençol grosso de veludo.

Quando estive aqui da última vez, era tudo muito diferente. Agora estou de volta, e nada vai ser igual.

Meus passos ecoam no espaço cavernoso ao me aproximar.

Nós o contemplamos, e Nadir espera ao meu lado. Parece maior do que me lembro.

— O que faço? — pergunto.

— Foi você quem esteve aqui da última vez — diz ele. — O que fez?

— Só parei na frente dele.

Trocamos um olhar.

— Então comece por isso.

Concordo com a cabeça e dou um passo na direção do Espelho, dominada pela magnitude do momento. Faz semanas que estou tentando chegar aqui, e agora que deu certo, não me sinto pronta.

Uma pancada à porta nos sobressalta.

— Eles estão aqui! — diz uma voz abafada.

Parece que não tenho escolha. É agora ou nunca.

— Nadir — digo.

— Vá. Eu cuido deles.

A porta se abre, e vejo um lampejo de sua magia antes de me voltar para o Espelho. Soldados estão entrando em massa na sala, e Nadir os afasta o melhor que pode, mas eles continuam entrando às dezenas. Como nos encontraram tão rápido? O que aconteceu com Hylene?

Um guarda de preto consegue me alcançar.

— Te peguei — ele zomba em meu ouvido, mas, um momento depois, me solta, caindo no chão ao sufocar com a luz verde que interrompe suas vias aéreas.

— Lor! Vá! — Nadir grita e dispara sua magia pela sala.

Não perco mais tempo e corro na direção do Espelho, parando quando minhas mãos tocam a superfície. Puxo com toda a força a capa pesada de veludo, que desliza do alto e se amontoa no chão como uma mortalha fúnebre.

— Estou aqui! — grito. — Encontrei! Estou com a Coroa!

Tiro-a da bolsa e a estendo como uma oferenda. O Espelho continua quieto e silencioso. Bato o punho no vidro e lampejos de luz colorida brilham em sua superfície. Vejo Nadir no reflexo e mais guardas entrando.

— Oi! Consegue me ouvir?

Eu me aproximo, batendo de novo, desejando que ele me note.

— Estou aqui! Estou com ela! — grito de novo e de novo.

Até que algo muda.

*Rainha Coração.*

As palavras incorpóreas entram em minha cabeça, e solto um suspiro de alívio ao me apoiar no Espelho.

— *Sim! Estou aqui.*

*Você voltou. Conseguiu a Coroa?*

— *Sim. Está comigo. Precisa dela?*

*Ah, não. Não preciso. Era para você.*

— *Você disse que teria algo para mim quando eu a encontrasse.*

O Espelho fica em silêncio, e o encaro, vagamente consciente da luta se desenrolando atrás de mim.

— *Oi?* — grito.

Apoio a mão nele, a ponta de meus dedos apertando a superfície fria e lisa. Então apoio a testa, puxando e soltando o ar. Estou aqui. Fiz o que ele pediu. Não foi suficiente?

Os sons da luta vão diminuindo, e ao olhar para trás vejo Nadir liquidar os últimos guardas, ao menos por enquanto.

— Por favor — digo, apoiando de novo a testa no Espelho. — Por favor.

*Tenho algo para você*, ele responde por fim. *Tenho algo para você, Rainha Coração.*

— *O que é?* — Ergo os olhos.

O Espelho ri. O som é baixo e tenebroso.

*Quando sua avó destruiu o mundo, nós a guardamos por precaução.*

Nós? Os Artefatos. É então que sei. Tenho certeza. Só há uma coisa que ele possa ter para mim.

*Para trás, Rainha Coração. Está na hora de voltar para casa.*

A superfície do Espelho começa a incandescer com uma luz prateada, e faço o que ele pede, correndo para trás e olhando por cima do ombro para Nadir, que espera no meio da sala.

Ele segura minha mão e a aperta enquanto observamos o Espelho brilhar mais e mais.

A superfície se liquefaz num redemoinho antes de um objeto ser lançado em minha direção.

Tudo fica mais devagar, e é como se o mundo prendesse a respiração. O objeto gira à nossa frente, fazendo curvas no ar.

— Nadir — digo quando minha magia se agita sob a pele com a força de uma onda gigantesca. — Abaixe-se.

Faíscas dançam pela ponta de meus dedos, braços e tronco. Sinto seu crepitar em minha cabeça.

Ele precisa sair do caminho.

— Abaixe-se! — grito quando a Coroa escapa de minhas mãos, que se estendem na direção do objeto, uma pedra escura e fria gravando o toque da magia em meus dedos.

É a arca, um camafeu retangular com uma mulher usando a Coroa Coração esculpida em sua superfície, exatamente como Nerissa disse.

Meus dedos a envolvem, sentindo os relevos e sulcos esculpidos na pedra preta brilhante que, de repente, me dou conta de que conheço tão bem. Aquela pedra cintilante que encarei do meu buraco na Depressão, quando prometi destruir cada pedacinho do Rei Aurora e de seu Torreão.

Tenho apenas um momento para registrar a incongruidade desse fato.

E então explodo.

Relâmpagos vermelhos irrompem de minhas mãos quando a porta trancada em meu peito finalmente se abre, soltando ondas e ondas de poder por meu sangue, meus braços e minhas pernas, agitando-se em minhas células e meus nervos. Saem de mim em longos raios angulosos, espalhando-se como se eu fosse uma magnífica árvore expandindo seus ramos.

Centenas de relâmpagos rodopiam diante de meus olhos. Milhares e milhares deles disparando enquanto a sala gira sem parar. Estamos dentro de um coração pulsante — rios rubros e vibrantes alimentam meus órgãos, expandindo em meus pulmões, permitindo que eu enfim *respire*.

Sinto Nadir segurar minha cintura, me mantendo no lugar enquanto tremo, e a magia — magia *para um caralho* — reverbera por mim até o teto de vidro abobadado estourar, estilhaçando-se numa chuva de cacos cintilantes. O som ecoa meu grito rouco e meu poder flui livre, finalmente liberto.

Por cada dia que ficou preso, por cada momento em que foi forçado a se esconder, ele brota de mim em ondas furiosas e justificadas.

Essa é quem eu sou.

Essa é quem tentaram aprisionar.

E *essa* é quem agora vão temer.

Meus braços se abrem e minha cabeça se ergue.

Hoje sou a porra da Rainha Coração.

Tudo para de repente, e a sala fica em silêncio. Chuva cai sobre nós, e levo um momento para perceber que estou encharcada. A tempestade prometida faísca no céu, relâmpagos brancos cortando as nuvens como se chamassem as centelhas rubi que circundam meus braços e minhas pernas.

Nadir levanta e envolve meu rosto em suas mãos, beijando minhas bochechas, meus lábios e minha testa.

— Você conseguiu — ele sussurra sem parar enquanto tremo. — Você conseguiu — repete. — O que o Espelho deu para você?

— A arca — digo. — Era a arca.

Percebo que não a estou mais segurando. Devo ter deixado cair.

Então, o tilintar atordoante de pedra contra mármore ecoa na sala silenciosa, chamando nossa atenção.

Nós dois nos viramos.

A arca de Coração está caída perto do vão da porta, próxima à ponta de uma bota preta engraxada.

Uma bota que pertence ao Rei Aurora.

## 50

Ouço todas as batidas do meu coração vibrando no silêncio da sala.

Minha boca se abre numa estagnação horrorizada enquanto Rion sorri e se abaixa, pegando a arca e testando o peso na mão com a naturalidade de uma maçã numa barraca de frutas. Quero correr na direção dela, mas sei que seria em vão.

— Nadir — Rion fala devagar. — Muito obrigado por me dizer onde encontrá-la.

Essas palavras reverberam na minha mente e levo um momento para processá-las.

Olho para Nadir, cujo rosto ficou pálido.

Abano a cabeça e dou um passo para trás, uma mão estendida à minha frente. Minha magia vibra em minhas veias, traços de relâmpagos circundando meus braços e soltando fagulhas na ponta de meus dedos. A porta está aberta, e enfim tenho toda minha força, mas será o bastante para enfrentar o Rei Aurora?

Rion joga a arca no ar e a pega, abrindo um sorriso lento. Ele sabe o que é e a está buscando faz tempo. Era isso que queria de mim?

É então que troco outro olhar com Nadir.

— Lor. Corra — diz ele, e nós dois nos viramos e corremos na direção da porta no lado oposto da sala.

Não tenho a presença de espírito para entender completamente o que Rion acabou de dizer a Nadir, mas lanço uma explosão de magia para trás, na esperança de causar algum estrago. Devo ter ouvido mal ou entendido errado. Ele não faria isso... Não poderia...

Minha magia colide com a do rei, mergulhando nela como se fosse argila, mole e maleável, expandindo-se e se contraindo. É diferente da de Nadir. Enquanto a magia dele lembra seda, essa parece mais areia movediça.

Corremos, arrombando a porta do outro lado, onde nos deparamos com uma escadaria em espiral que desce fundo até sumir na escuridão. Nós saltamos para o corrimão, e Nadir me puxa para perto de si, passando um braço em volta da minha cintura antes de escorregarmos, meu estômago subindo pela garganta.

Logo antes de atingirmos o chão, ele usa uma nuvem translúcida de azul e verde para desacelerar nossa descida e nos fazer flutuar suavemente até o chão. Outra porta nos leva a um corredor silencioso em algum lugar nos níveis inferiores do palácio. Traçamos essa rota graças aos desenhos de Willow, mas todos os planos que fizemos foram expulsos da minha cabeça.

*Muito obrigado por me dizer onde encontrá-la.*

— Por aqui — diz Nadir, e o sigo pelo labirinto sinuoso de corredores.

— Por onde? — pergunto. — Estamos perdidos?

Tento me lembrar do desenho que estudamos ao sair. Tenho certeza de que não era por aqui que tínhamos que ir.

*Muito obrigado por me dizer onde encontrá-la.*

— Não — diz Nadir com convicção.

No instante seguinte, uma rajada de luz colorida dispara entre nós, atingindo o final do corredor e fazendo fragmentos de rocha e mármore voarem em nossa direção. Cubro a cabeça e espio sobre o ombro, apenas para encontrar o Rei Aurora segurando a arca de Coração.

— Por aqui! — Nadir grita, segurando meu punho e me puxando para outro corredor. Rion nos persegue. Mais magia rebate nas paredes e no teto, fazendo destroços e pedras caírem e acertarem meus ombros e minhas costas. Não sei se o plano dele é me matar ou simplesmente me capturar, mas seja o que for, não posso correr nenhum desses riscos.

Atravessamos os corredores sinuosos, arremessando magia um contra o outro. Sinto o ardor de uma rajada violeta que acerta meu braço de raspão, chamuscando o tecido e tirando um fio de sangue. Grito, disparando mais relâmpagos vermelhos. Não tenho nenhum controle, mas pelo menos não sinto que estou arrancando minhas veias para invocá-la.

Então disparo às cegas, na esperança de conseguir compensar minha falta de precisão com força bruta.

A luz de Rion colide com nossa magia, e caos chove sobre nossas cabeças.

Estamos destruindo o palácio de Atlas, mas é difícil me sentir muito culpada por isso.

Entramos em outro corredor e depois outro até chegarmos a uma porta. Nadir a empurra, mas ela se recusa a ceder. Eu me viro, planejando enfrentar Rion, mas o outro lado do corredor está em silêncio.

— Nós o despistamos? — pergunto.

— Duvido — Nadir resmunga e se joga contra a porta mais uma vez. Agora, ela cede sob seu peso, revelando outra escada que sobe em espiral. — Vamos.

Tenho *certeza* de que não é por aqui que planejávamos vir.

Nadir está me arrastando pela mão enquanto subimos a escada dois degraus de cada vez. Um estrondo vem de baixo, mas não diminuímos o ritmo. Perdemos a arca. *Eu* perdi a arca. O Espelho a deu para mim por um motivo e, agora, ela está nas mãos de Rion. Lembro que deixei a Coroa cair na sala do trono também. Contenho um soluço, perdendo o chão ao me dar conta de que estraguei tudo.

O ar ao nosso redor começa a escurecer como se alguém estivesse colocando uma cortina sobre uma janela. Sacudo a cabeça, tentando dissipar a sensação, quando uma nuvem de fumaça preta me cerca, deslizando sobre minha pele. Ela enche minha boca e desce por minha garganta, me fazendo engasgar e tossir. Mas não é fumaça. Parece mais densa, como dedos arranhando o interior de meus pulmões.

— Nadir — balbucio, e nós dois passamos por outra porta, caindo no mármore, ambos tossindo até a escuridão finalmente se dissipar. Por um momento, ergo os olhos para o teto, buscando ar. Estamos num dos andares principais de novo, cercados pelo esplendor dourado do Palácio Sol.

—Temos que continuar andando — diz Nadir, levantando e me puxando para ficar em pé. — Você está bem?

— Acho que sim.

Viemos parar num espaço amplo com vãos arqueados que levam a múltiplas direções. Sobre nós, um domo transparente revela o céu cinza trovejante. Nadir segura minha mão de novo, e corremos na direção da abertura mais distante, até que um vulto surge à nossa frente.

O Rei Aurora agora está rodeado por guardas, e paramos no meio do espaço ao perceber que estamos cercados. Todos seguram arcos apontados para nossos corações.

Entrando em pânico, eu me viro, e sei que não há escapatória. Pelo menos cem bestas estão apontadas para nós, e, mesmo com toda a força de minha magia, não sou rápida o suficiente para derrubar todas.

Eu e Nadir ficamos de costas um para o outro enquanto Rion dá risada, chegando mais perto.

Ele ainda segura a arca na mão, e me viro para olhá-lo.

— O que você quer? — pergunto, e seu rosto se abre num sorriso lento e felino.

— Tantas coisas — responde o Rei Aurora, inclinando a cabeça.
— E você vai me ajudar a conquistá-las, Rainha Coração.

A maneira como ele diz as duas últimas palavras faz bile subir por minha garganta. Rion ergue a arca, e disparo contra ele, mas minha magia é bloqueada com a pedra preta cintilante. A arca absorve meu relâmpago, que a faz brilhar com uma aura vermelha.

Dou um passo para trás, horrorizada. Esse é o pior desfecho possível.

— Prendam esses dois — diz Rion com um movimento lento da mão, e aquela fumaça escura nos cerca de novo.

Nadir grita algo que não consigo discernir conforme a névoa enche meus olhos, nariz e pulmões. Mãos ásperas me seguram antes de alguém prender meus punhos atrás das costas.

Depois somos arrastados para fora do Palácio Sol enquanto toda a esperança e todos os sonhos que carreguei nos últimos doze anos se esvaem de meu coração e escorrem pelo ralo.

# 51
# GABRIEL

Aperto o peito, minha respiração ofegante, curta e dolorosa. Meu corpo se curva, e estendo a mão para Tyr. Uma onda do pandemônio nos cerca, mas o barulho está distante e abafado pelo zumbido em meus ouvidos. Não consigo focar enquanto minha visão se turva com uma mancha de cor da multidão em polvorosa.

— Nos liberte — imploro, torcendo os dedos no tecido de sua túnica. — Dê a ordem. Nos livre disso.

Tyr olha para mim, hesitação tremulando em seus olhos.

Atlas está avançando em nossa direção, com uma expressão de destruição, vingança e guerra. Um trovão ecoa com força suficiente para tremer o chão. As pessoas gritam, embora eu não consiga discernir a origem específica de seu terror.

Os guardas estão fazendo o possível para impedir que a multidão descontrolada nos consuma em seu centro. O coração pulsante de Afélio está desacelerando, seu pulso ficando lento. Comigo, trago um novo coração. Um que não foi manchado por sangue traiçoeiro.

Apricia segue Atlas de olhos arregalados, e até ela parece atordoada a ponto de calar a boca por alguns poucos segundos de paz.

— Tyr! — Ofego, os pulmões sufocados se fechando devagar.

— Não se atreva! — Atlas rosna, entendendo meu objetivo. — Se fizer isso, juro que serão os últimos momentos dele nesse mundo. — Ele aponta para mim, o significado claro.

Mais uma vez, Tyr hesita enquanto caio de joelhos e aperto a barriga e o peito à medida que meus órgãos se reviram. Os outros guardiões não estão muito melhores do que eu ao apoiarem seu verdadeiro rei, as testas suando e as entranhas se revirando.

Mas sou o maior traidor de todos.

Provoquei isso em nós.

— Não importa — gaguejo. — Já estou morto de qualquer maneira. Tyr. Por favor. Faça isso por você mesmo. Faça isso por seu reino.

Vejo o conflito em seus olhos. O tom cinza opaco que antes brilhava tanto. Atlas abusou dele e o traumatizou por tantos anos. O homem que eu havia conhecido é uma tumba quebrada e vazia. Ele foi agredido e ferido até sua confiança ser reduzida a pó.

Atlas pega o irmão pelo colarinho. Eles tinham o mesmo tamanho antigamente, mas agora Tyr parece uma criança comparado ao irmão mais novo.

— Você vai se arrepender — Atlas sussurra. Seu rosto está contorcido de raiva e, em todos os nossos anos turbulentos, nunca vi o falso Rei Sol dourado tão feio. Outro trovão ecoa sobre nós enquanto nuvens cinzentas e espessas se acumulam umas sobre as outras.

— Tyr — sussurro mais uma vez, e minha visão começa a ficar preta. Preciso que ele diga. Não por mim, mas porque, se eu morrer agora, vão restar apenas Atlas e ele, sem mais ninguém para proteger o homem a quem um dia jurei meu coração.

Mesmo assim, Tyr não diz nada, e me dou conta de que isso não vai mudar. Atlas o tem tão completamente sob seu poder que ele não consegue sair. Por mais que eu tenha batalhado todos esses anos, na esperança de que haveria um final feliz para algum de nós, entendo que o fim chegou.

Vou morrer, e Atlas vai encontrar Lor e fazer o que for necessário para se livrar de Tyr a fim de roubar a coroa que há tanto tempo cobiça. Não sei como o povo de Afélio vai perdoá-lo depois de descobrir seu segredo, mas Atlas sempre foi um mestre da persuasão. Vai encontrar um jeito.

Caio de quatro, fazendo de tudo para não desmaiar. Não sei a que estou me segurando, mas luto contra os últimos sussurros da morte que enchem meus ouvidos.

— Tyr — suspiro uma última vez antes de cair no chão.

— Eu os liberto — diz ele numa voz baixa, mas firme, um momento depois, e me pergunto se a imaginei. Ergo os olhos, observando o rosto de Atlas ir da fúria ao horror.

Pela primeira vez em décadas, os olhos de Tyr brilham com a faísca de que só me recordo nas camadas mais profundas de minha memória. Ele joga os ombros para trás e lança ao irmão um olhar que faz meu coração derreter.

— Eu os liberto da promessa de proteger você e seus segredos, Atlas.

E é então que o céu se abre e a chuva começa a cair.

O aperto em meu peito se desfaz no mesmo instante, e solto um suspiro pesado quando ar inunda meus pulmões. Continuo ofegando no chão por um momento antes de levantar.

— Guardas! — Atlas grita em meio ao caos ao nosso redor. Ele recua, andando para trás. — Guardas! Prendam-nos!

Então aponta para mim e os outros guardiões, todos os quais agora estão com as espadas em punho e voltadas para o falso rei. A chuva cai sobre nossas cabeças, encharcando roupa e armadura.

— Prendam-no! É tudo mentira!

Não sei quem Atlas está tentando enganar quando a evidência está aqui, na frente de todos. Ele cambaleia para trás, trombando em Apricia. Ela grita quando ele pisa em seu pé, e isso parece soltar sua língua.

— O que está acontecendo?! — grita, a maquiagem escorrendo do rosto e o penteado extravagante achatado como uma panqueca molhada. — Exijo saber!

— Guardas! — grito, finalmente conseguindo respirar de novo. Saco minha espada das costas e entro na frente de Tyr.

— Gabriel! — Atlas grita. — Você faria isso comigo?

Essas palavras soltam algo dentro de mim, e avanço em sua direção, desferindo um gancho de esquerda que atinge a bochecha de Atlas. Sinto a cartilagem ceder sob os nós dos meus dedos e começo a dar uma surra nele, distribuindo socos em seu rosto e corpo enquanto ele se debate sob mim. Nunca senti tanta raiva na vida.

— Seu monstro! — grito, a torrente de lágrimas se misturando com a chuva no meu rosto. — Nunca vou te perdoar por nada disso! Você nos atormentou! Nos manteve prisioneiros. Seu merda do caralho! Vou te destruir nem que seja a última coisa que eu faça, porra!

Dou um soco tão forte no nariz dele que ouço o som do osso se quebrando antes de o sangue jorrar como um rio carmesim, manchado com todos os nossos pecados.

— Você vai pagar por isso — Atlas sussurra com a boca cheia de sangue. — Vai se arrepender disso, Gabriel.

Mesmo agora, ele pensa que consegue me controlar.

— Acha que me importo? O que ainda tenho a perder, Atlas?

Por fim, sou tirado de cima dele por outros dois guardiões, que precisam me segurar para eu não o atacar de novo.

— Prendam-no! — grito. — Ele é um traidor de Afélio!

Os guardas o cercam enquanto Atlas se arrasta para trás, o medo finalmente se instalando em seus olhos.

Apricia ainda está gritando, e a multidão perdeu o controle. Ao longe, sinto o cheiro de fogo, uma névoa de fumaça pairando no ar. Mundos desmoronando e gritos ecoando ao mesmo tempo que a chuva continua a nos punir.

Por um instante, me pergunto onde estarão Lor e Nadir. Será que isso tudo proporcionou a distração de que precisavam?

Meus pensamentos são interrompidos quando um estilhaçar

retumbante reverbera pela multidão. O telhado do Palácio Sol explode, vidro voando em todas as direções. Eu me dou conta de que é o domo sobre a sala do trono. O céu se enche de ramificações de relâmpago vermelho, misturando-se aos raios entrecortados da tempestade. Eles crepitam e dançam, e a cena é tão impressionante que silencia todos.

Continuo observando o céu e entendo que deve ser Lor.

Ouvi histórias sobre a magia da Rainha Coração.

E lá está ela, retornando depois de quase trezentos anos. Não sei bem por que isso me traz tanto consolo.

Sinto um nó na garganta. Lor fez o que precisava. Estou estranhamente orgulhoso dela.

O relâmpago para um momento depois, e demoram alguns segundos para todos voltarem a si.

O olhar de Atlas se volta do céu para mim. Ele está deitado no chão, onde o derrubei, sangue cobrindo a frente de seu paletó dourado.

— Gabe — diz ele, os olhos se enchendo de lágrimas, mas Atlas não vai me manipular desta vez. Estou farto de engolir o fruto espinhoso de suas mentiras.

Paro diante dele, e sua expressão se franze com resignação.

— Acabou, Atlas — digo, tocando a ponta da espada em seu pescoço. — Vida longa ao verdadeiro rei.

# 52
# LOR

— LOR — UMA VOZ SUSSURRA PARA MIM, e meus olhos se abrem. A luz é forte e suave, como se estivesse sendo filtrada por vidraças. — Lor. Acorde.

Gemo ao me ajeitar, o corpo tenso e dolorido. Estou deitada num chão duro e ergo os olhos quando alguém entra em meu campo de visão e uma mão suave toca minha bochecha.

Tento focar, mas quem quer que seja vai tremulando, passando do corpo de uma mulher de cabelo escuro e pele clara para um homem de cabeça raspada e tez mais bronzeada. São pessoas demais, todas se misturando, e minha cabeça gira, me fazendo perder o equilíbrio.

— É um prazer finalmente conhecê-la — diz a figura com uma voz que reverbera numa dezena de oitavas, agudas e graves, suaves e fortes. — Permita-nos ajudá-la a levantar.

Eles seguram meu braço e me sentam.

— Quem são vocês? Onde estou?

— Você está na Evanescência — dizem, e isso dispara todos os alertas em minha mente.

— Estou... morta?

A última coisa de que me lembro é aquela fumaça preta e pútrida enchendo meus pulmões, Nadir gritando, e os soldados de Rion me amarrando.

— Não, você não está morta — diz a figura. — Somos os Empíreo.

Devo ter batido a cabeça, ou Rion me deu drogas alucinógenas para me fazer calar a boca e, agora, estou sonhando que estou na Evanescência com um fantasma estranho ou seja lá o que for isso.

— Hum... certo?

Eles sorriem, pacientes, e estendem a mão.

— Venha. Temos coisas para te mostrar.

Meu nariz se franze enquanto encaro seus dedos, observando-os se transformarem de uma mão a outra.

— Isto é real?

— Sim — eles respondem. — É real, Lor.

Controlando minha descrença, pego a mão deles para que me ajudem a levantar.

Estamos em um salão circular, as paredes e o piso cobertos de mármore cinza-claro e branco. Janelas arqueadas nos cercam, brilhando com uma luz solar suave.

Sete pessoas, de frente umas para as outras, estão num círculo. Eu as observo, notando que algumas se assemelham a pessoas que já conheci.

— O que está acontecendo? — pergunto. Algo me diz que isso não é um sonho.

— Você está assistindo ao Princípio dos Tempos — dizem os Empíreo ao meu lado. — Quem você vê aqui são os reis e as rainhas humanos que governavam Ouranos no fim da Primeira Era.

Continuo ouvindo a explicação deles enquanto assisto à cena.

— Suas terras estão sofrendo — dizem os Empíreo. — Maldições e pragas. Doenças sem explicação. Todos tentaram lutar pela saúde de seu povo, mas não adiantou.

Eu me lembro de ontem, quando Nerissa contou a história sobre a magia se descontrolando. Pelo menos, acho que foi ontem. Está um pouco difícil dizer agora.

— Por que a magia estava transbordando? — pergunto.

470

Os Empíreo fazem que sim.

— Exatamente. Passou a ser coisa demais, então reunimos os sete.

— E quem são vocês?

— Somos seus deuses — eles dizem.

— Mas não é Zerra nosso deus?

— Não — eles respondem. — Não exatamente.

Espero boquiaberta que digam mais, porém os Empíreo se voltam para a frente.

— Olha, preciso de mais informações. O que estou fazendo aqui? O que está acontecendo? Isso tudo é muito misterioso, mas a última coisa de que me lembro é ser sequestrada por meu inimigo mortal e, se não estou morta, preciso mesmo voltar e resolver aquelas mer... coisas.

Não sei por que falar palavrão na frente desses deuses parece errado, mas me corrijo no último momento.

O olhar deles se volta para mim, e juro que estão tentando não rir.

— Entendi — dizem. — Garantimos que essa visita vai valer a pena, Lor. Zerra não é uma divindade como seu povo acredita. Ela se tornou nossa emissária. Seu mundo é governado por nós. Cuidamos de centenas de continentes, mundos e galáxias além do que vocês jamais imaginariam.

Eles seguram minha mão e me puxam para perto enquanto reflito sobre essas palavras. Acho que faz sentido? Nunca ouvi falar de algo assim, mas isso não quer dizer que não seja de conhecimento geral. O que sei sobre a história de Ouranos caberia num dedal, mesmo depois de tudo o que aprendi nos últimos meses.

— Não, o povo de Ouranos não sabe quem somos — dizem os Empíreo.

— Você consegue ler minha mente?

— Não. Não totalmente, mas conseguimos juntar ecos do que você está pensando.

— Isso é um pouco assustador.

De novo, eles parecem estar tentando conter um sorriso.

— Ah, você vai se sair bem, Lor.

— Me sair bem no quê?

Em vez de responder a minha pergunta, fazem um gesto com a mão.

— Quando reunimos os reis e as rainhas aqui, oferecemos a cada um deles um presente. É claro que você está familiarizada com eles. Sete Artefatos usados para amarrar Ouranos à magia, para que ela pudesse ficar sob seu controle e não mais os consumisse.

— É isso que eles fazem?

— Entre outras coisas, mas sua principal função era vincular os humanos à magia e ascendê-los a Nobres-Feéricos, e esse tem sido seu principal papel há gerações.

— E então?

— Para que a magia fosse transferida, cada governante foi convidado a se vincular ao seu Artefato. Suas vidas se tornariam uma só com ele e, quando falecessem, continuariam no objeto para sempre.

Deixo que esse pensamento se instale.

— É por isso que falam comigo. Eles estão vivos.

Os Empíreo inclinam a cabeça, um movimento de elegância felina.

— De certo modo. Seus corpos se foram faz tempo, mas suas mentes permanecem.

— Parece... desconfortável.

— Não teríamos como saber — eles respondem.

— Então, quem são esses? — Olho ao redor do círculo, notando uma mulher de roupa íntima dourada e pele bronzeada. — Ela é de Afélio?

— Era, sim — os Empíreo respondem. — Eles estavam sofrendo uma onda de calor de proporções inéditas quando ela foi arrebatada e trazida aqui.

— E os outros? E Coração? — pergunto, bem quando sete objetos aparecem sobre suas cabeças, girando devagar. Uma mulher de cabelo escuro, usando um vestido vermelho, está sob a Coroa Coração.

— O povo da rainha Amara era assolado por uma doença chamada Sono. As pessoas caíam num sono profundo e nunca mais acordavam.

— Que horrível.

— Sim — eles concordam.

— Então é ela quem vive na minha Coroa?

Isso está ficando cada vez mais estranho.

— Em essência — dizem os Empíreo —, embora suas memórias não sejam a de sua vida mortal.

— Agora o que está acontecendo? — pergunto.

— Foi pedido que um deles liderasse. Solicitamos que alguém se voluntariasse para ficar na Evanescência e se tornar o símbolo da adoração divina de Ouranos e seu povo, vivendo aqui por um período indeterminado que se estenderia além da memória. Os outros ficariam livres para voltar para casa com seus objetos de poder e viver suas vidas até morrerem de causas naturais.

"Como você deve imaginar, poucos se encantaram com a ideia de se tornar o sacrifício. Nós estávamos oferecendo uma quase imortalidade e magia não apenas para eles mesmos, mas para seu povo. E ninguém queria abandonar seu lar."

Observo os sete governantes ao redor do círculo. Eles alternam entre trocar olhares e fitar os Empíreo, que estão no centro do círculo. Não consigo ouvir nada, mas tenho a impressão de que foi esse o momento em que foi pedido para que um deles se sacrificasse.

Mesmo sem o benefício do som, sinto a tensão se estender entre eles.

Por fim, um dos homens dá um passo à frente e levanta a mão.

Ele está usando um longo casaco preto e tem o cabelo e os olhos escuros tão terrivelmente familiares que sou arrebatada por uma tormenta de emoção.

— Rei Herric da Aurora — os Empíreo sussurram. — Ele se atraiu pelo poder. Pela promessa do que significaria ser cultuado como um deus, mesmo que tecnicamente não fosse um.

Observamos enquanto todos ouvem Herric falar, sua boca se movendo sem som.

— Mas nós o rejeitamos — eles dizem.

— Por quê? — pergunto, mantendo o olhar focado nos sete governantes.

— Ele era necessário na superfície. — Os Empíreo fazem uma pausa. — E não achávamos que combinasse com a função.

— Por que não?

— O coração dele era… sombrio.

Lembro que a Tocha Aurora me disse o mesmo sobre Rion.

Observo a raiva flamejar na expressão de Herric, que se torna visceral de fúria. Ele observa ao redor do círculo, mas ninguém consegue encarar seu olhar acusador. Até que volta a passos pesados para seu lugar e se vira a fim de encarar a sala. Sinto um arrepio percorrer minhas costas e vejo a promessa de guerra nas profundezas de seus olhos.

Todos voltam a trocar olhares até que, finalmente, a rainha de Afélio levanta a mão devagar. Está claro que está insegura, os ombros curvados e o braço cobrindo a barriga numa postura constrangida.

Observo o alívio no rosto dos outros quando ela abaixa o braço de novo, mas Herric a encara com a mesma promessa de violência.

A mulher fala aos Empíreo, endireitando a postura ao encontrar sua confiança.

— Aquela é Zerra? — pergunto. — Zerra era de Afélio?

Os Empíreo fazem que sim.

— Por que ela e não o rei Herric?

Os Empíreo hesitam, considerando o que dizer na sequência.

— Ela não era uma boa rainha. Os outros governantes se sacrificaram para ajudar suas terras, mas Zerra só virou as costas, preferindo saciar seus desejos e suas necessidades.

— Por que vocês iriam querer alguém assim?

— Sentimos que ela queria melhorar e enxergamos nela a capacidade de encarar o desafio. Além disso, como Herric, os outros eram necessários em casa. O reino dela não sentiria sua falta. Outro foi nomeado no lugar de Zerra, e o rei Cyrus governou por muitos anos.

Aperto o nariz, tendo dificuldade para absorver o que estou ouvindo. Foi assim que tudo aconteceu?

— Os governantes foram enviados de volta, e Herric retornou para casa, mas não estava contente com seu destino. Assim, começou a contrabalançar a magia dos Artefatos criando objetos de poder oposto. Depois de anos de pesquisa e busca, ele encontrou um material que chamou de virulência.

— O que é virulência?

— É a antítese da magia nas esferas. Se sua magia é a luz, então a antítese é a escuridão.

— A pedra preta é isso? — pergunto.

— Sim — os Empíreo respondem. — Ele fez seis arcas à imagem de Zerra, tamanha era sua aversão a ela. Escavou os recantos mais profundos da montanha para encontrar a pedra, matando seus operários de tanto trabalhar e levando seu reino quase à ruína. Isso o deformou, transformando-o em algo diferente.

"E, assim, o rei Herric acabou se aprisionando num mundo de sombra e cinzas, onde governa seu domínio solitário e vazio. Ele buscava o poder de um deus, mas foi reduzido a nada mais do que um cuidador das almas dos condenados. Vocês na superfície se referem a ele como o Senhor do Submundo."

Encaro os Empíreo, tentando encaixar essas informações.

— Mas as arcas foram abandonadas; ele havia enviado uma a cada um dos governantes, dizendo que ajudariam a controlar e ampliar a magia de seus reinos. Nos primórdios, eles tinham dificuldade de contê-la. A magia era caótica e selvagem, e as coisas pioraram antes de melhorar. Então recorriam a essa ajuda, usando as arcas livremente. Seis caixões feitos para conter a efígie de Zerra. E toda vez que os governantes canalizavam sua magia através delas, eles a matavam pouco a pouco.

— Seis arcas — digo, recordando a pesquisa de Nerissa. — Não sete.

— Herric não tinha necessidade de uma para si — eles dizem. — Ele tinha montanhas de virulência à disposição.

Concordo com a cabeça e pergunto:

— Mas por que vocês não fizeram nada a respeito?

— Àquela altura, tínhamos seguido em frente. Havia outras questões a tratar, e vocês não passavam de um mero grão de poeira na vastidão de nossa existência.

Solto um som de chacota.

— Ah, que gentileza.

Eles quase sorriem de novo.

— E então? — pergunto, atenta a cada palavra.

— Então Zerra tentou encontrar e destruir as arcas. Esse passou a ser seu único objetivo. Ela estava interessada apenas em se salvar. Nós havíamos avaliado mal seu desejo de melhorar. Nunca subestime como é difícil se livrar de velhos hábitos.

"Quando ela percebeu que não poderia chegar às arcas sozinha, selecionou um grupo de Nobres-Feéricas para ajudá-la a encontrá-las."

— As sacerdotisas — digo.

— Sim. Ela criou a irmandade à sua imagem, dando a elas uma forma de magia que as ajudaria a encontrar as arcas. — Os Empíreo contraem a boca. — Mas manipulou a devoção, e as seguidoras logo saíram do controle em sua busca. Zerra tinha lhes concedido poder demais, e isso envenenou suas mentes.

Lembro as histórias que Nadir me contou sobre como as sacerdotisas haviam perpetrado atos horríveis em nome da deusa.

— Nossa — digo.

— Ela cometeu muitos erros — dizem os Empíreo com um tom de desapontamento.

— Mas vocês meio que a obrigaram a isso, não?

Isso me rende um olhar de esguelha, mas nenhum outro comentário.

— E agora? Por que estão me contando tudo isso?

— O tempo dela nessa função acabou. Zerra se provou indigna e não tem mais força para manter a magia sob controle.

— Então alguém precisa tomar o lugar dela? — pergunto.

Os Empíreo inclinam a cabeça.

— Bom, a pessoa seria livre para usar o próprio nome.

— Quem? — pergunto, um mau pressentimento se agitando no abismo de meu inconsciente.

Eles se viram para mim, e vejo as profundezas de todo um universo em seus olhos mutáveis. Os anos, mundos e vidas além deste momento.

Os Empíreo são infinitos, e *eu* não passo de um grão de poeira flutuando no cosmos.

— Alguém com um coração melhor do que o dela. Alguém que teria lutado por seu povo e que teria lutado por Ouranos contra o mal que se enraíza profundamente nos cantos mais escuros. Alguém com apenas a sombra de uma coroa, há muito maculada pelos pecados de seus ancestrais.

Eles fazem uma pausa, e o ar fica estático ao meu redor, formando um destino vago que se eleva como nuvens de fumaça escura, enquanto os Empíreo me abrem um sorriso triste.

— Talvez... uma rainha sem uma reina.

# 53

O BALANÇO SUAVE ME DESPERTA DA INCONSCIÊNCIA. O primeiro indício de que algo está errado é a pressão nos meus ombros. Minhas mãos estão atadas atrás das costas, e estou deitada de uma forma que faz a dor descer por minhas costelas.

Pisco várias vezes, tentando desfazer as teias de aranha que abafam meus pensamentos.

Onde eu estava? Foi tudo um sonho? Falei mesmo com os deuses de Ouranos?

Outro solavanco me traz de volta ao presente. Estou deitada numa carroça. O céu está azul, e a chuva já parou. Onde estamos? Quanto tempo dormi? Alguém notou nossa ausência?

Queria saber o que está acontecendo em Afélio. Como estão Willow e Tristan? O que aconteceu com Gabriel e o rei? *Onde* está Nadir?

Não posso deixar que todas essas perguntas desviem meu foco. Preciso sair daqui. Depois posso tentar entender o estranho encontro na Evanescência, embora eu não tenha como saber se algo daquilo foi real.

Vou abrindo os olhos devagar, torcendo para que ninguém note que estou acordada. Soldados cavalgam ao meu lado, a parte superior de seus corpos visível sobre a borda.

Estou cercada por todos os lados pela guarda do Rei Aurora.

Nadir também está amarrado ou cavalga ao lado do pai enquanto me levam a Aurora mais uma vez? As palavras de Rion ecoam em minha cabeça.

*Muito obrigado por me dizer onde encontrá-la.*

Outras palavras me atingem com a clareza implacável de um sino de prata.

*Esse caminho só leva a um coração partido.*

Mexo as mãos, mas minhas amarras são firmes, feitas de um material frio e duro que irrita minha pele. Uma onda de magia dispara por meu corpo, provocando um suspiro de alívio, embora eu saiba que vou viver para sempre com o terror de ter minha magia bloqueada de novo.

Queria poder avaliar quantas pessoas nos cercam. Até onde vai essa fileira? Se eu usar minha magia naqueles imediatamente à minha volta, vou me deparar com mais soldados? Onde está Rion? Ele está viajando perto ou longe de mim?

Nada disso importa, na verdade. Só sei que preciso tentar. Não posso deixar que me levem pela estrada em que estamos viajando. Apenas carnificina espera por mim do outro lado.

Torço para ninguém estar prestando atenção enquanto foco na faísca em meu peito, me preparando para disparar meu poder. Já sinto como se fosse um velho amigo. As amarras vão me impedir de acessá-lo? Não faço ideia de como fazer isso sem as mãos.

Fecho bem os olhos, certa de que só tenho uma chance.

*Não posso* permitir que Rion me leve de volta à Aurora.

Minha magia desperta como uma panela de água fervente. Sinto o crepitar em minha pele, a sensação muito diferente do que estou acostumada. É viva, elétrica e borbulhante sob a superfície. Não preciso me esforçar mais.

Por que Rion me deixou assim? Ele ainda me acha inofensiva? Deve ter visto o que fiz na sala do trono.

— Ei! — Ouço uma voz, e algo duro cutuca minhas costas. — Cala a boca, vadia! Alertem sua majestade! Ela acordou!

Não penso. Apenas reajo.

Magia dispara de minhas mãos, rompendo minhas amarras e escorrendo de mim. Não consigo controlar. Nem tento. Quero que todos sangrem. À medida que ela me atravessa, lembro como me senti na sala do trono, invencível e capaz de despedaçar o céu.

Minha magia cresce e pulsa, destruindo tudo ao meu redor. Eu levanto com dificuldade e paro, recolhendo-a de volta às mãos, examinando os espólios da minha vitória. Aquele mesmo domo transparente de raio que usei contra o Rei Aurora no Castelo Coração nos cerca, só que agora é dez vezes maior. E, desta vez, não apenas os prendi; eu os destruí.

O ar crepita de estática, e meu cabelo flutua por conta das correntes de eletricidade. Corpos me cercam. Soldados de uniforme. Esses desgraçados pensaram que me manteriam presa. Sinto gosto de sangue e uma satisfação fria, mergulhada nas fantasias sombrias de minha vingança.

Aos meus pés jazem os pedaços de um material azul incandescente que imagino serem as amarras que prendiam meus braços. Pego uma, examinando-a e lembrando que Tyr usava a mesma coisa ao redor dos punhos e do pescoço.

Mas as jogo de lado quando avisto um corpo familiar caído na grama. Os contornos de seu perfil terrivelmente lindo inconfundíveis à distância. Eu reconheceria aquele rosto a milhões de quilômetros, ainda que soterrado por mil camadas de tijolo e pedra.

Já estou me movendo. Pulo da carroça e corro, caindo de joelhos na terra.

— Nadir! — grito, segurando-o pelos ombros, encostando o ouvido em seu peito, ouvindo o mais leve batimento.

Deuses, o que fiz? Não há nenhum ferimento que eu consiga ver. Nenhum sangue. Nada que eu possa curar.

Eu o chacoalho. Suas mãos estão presas atrás das costas com algemas feitas da mesma pedra azul incandescente, forçando-o a ficar caído num ângulo estranho.

— Nadir, acorde! — grito, lágrimas escorrendo por meu rosto. — Acorde!

Ele não se mexe. Não fala. Se encosto a bochecha em sua boca, ele mal respira.

*O que eu fiz?*

Olho ao redor da clareira, notando um monte de corpos, todos parecendo ilesos, a não ser pelo fato de que nenhum se move.

Eu fiz isso.

Será que o rei está entre eles? Não posso me preocupar com isso agora. Tenho que levar Nadir daqui para um lugar seguro. Tenho que corrigir isso.

Ele não me traiu. Não faria uma coisa dessas. O rei estava mentindo. Tentando criar um conflito entre nós. Tentando destruir qualquer felicidade que seu filho quisesse construir. Acredito nisso. Sei, no fundo do meu ser, que Nadir não me entregou.

Mesmo se tivesse, eu não o deixaria morrer. Mesmo se tivesse sido forçado a me trair porque não teve escolha para salvar a mãe ou a irmã, eu não deixaria que ele morresse. Se tudo que tivemos juntos foram aqueles momentos, vou me contentar com eles. Não muda em nada o que sinto. Nunca houve escolhas fáceis para nós.

Sempre soube que nunca estive destinada a um final feliz.

*Coração partido. Ruína.*

Eu levanto, encaixo as mãos sob suas axilas e puxo. Penso que ele vai ser pesado demais para mover, mas, com certo esforço, consigo arrastá-lo alguns metros. É então que percebo que também estou na minha forma de Feérica. O que quer que tenha acontecido na sala do trono deve ter desbloqueado isso também. Finalmente, uma vitória.

Dou outro impulso, aliviada ao perceber que sou capaz de mover seu corpo pesado, embora não sem algum esforço. O domo ao nosso redor é colossal, e levo vários minutos para arrastá-lo para o outro lado da clareira.

De tantos em tantos passos, descanso um pouco, levando a orelha a seu peito e conferindo seu batimento cardíaco. Continua pulsando, mas é tênue, e tento me convencer de que não está enfraquecendo.

Quando chegamos ao limite, não sei bem o que fazer. Não quero remover o domo; mesmo se soubesse como, ele vai conter Rion e seus guardas, nos dando uma chance de fuga.

Toco nele, e minha mão passa ilesa. Interessante. Faz sentido que minha própria magia não me machuque, mas não posso dizer o mesmo de Nadir.

Penso se conseguiria fazer uma porta ou uma abertura, mas não sei como, e não tenho muito tempo. Toco o relâmpago de novo, tentando fazer algo com ele, mas continua no mesmo estado, treme-luzente e crepitante.

Tenho plena consciência do quanto isso está demorando. Alguém vai acordar a qualquer momento.

E se eu simplesmente cobrir seu corpo com o meu?

É, sem dúvida, o pior plano que já foi concebido, mas é tudo que tenho.

Ajoelho e rolo Nadir até a beira do domo antes de proteger o máximo dele possível. Vou passando e o puxando debaixo de mim. É estranho e difícil e, quando sinto o cheiro de pele queimada, não tenho escolha senão continuar.

Quando enfim chegamos ao outro lado, saio de cima dele para a grama, ofegante de tanto esforço. Depois de um momento, noto que deixei os pés dele expostos para tocarem o relâmpago. Suas roupas estão chamuscadas, mas o pior está abaixo dos joelhos, onde as botas e o tecido da calça se dissolveram, deixando marcas vermelhas de pele irritada.

Mais uma vez, ouço seu batimento, o som tão fraco que minha visão escurece. Preciso seguir em frente, um pé depois do outro. Não posso pensar nisso. Preciso encontrar algum lugar para nos escondermos.

Eu o arrasto para fora da estrada e para o meio das árvores, estremecendo porque, se ele estivesse acordado, provavelmente estaria sentindo muita dor.

— Nadir — soluço. — Acorde. Acorde.

Continuo puxando-o ainda mais até estarmos no meio da floresta. Eu me pergunto quanto tempo o domo vai durar. Rion escapou da última vez, e devo supor que pode fazer isso de novo.

Enfim, avisto uma pequena saliência rochosa onde podemos nos esconder. Suor escorre em meus olhos, e meu coração se debate em minhas costelas. Chego bem perto de Nadir, mais uma vez buscando seu batimento e sua respiração enquanto um pânico incontrolável se revira em meu estômago.

— Nadir — sussurro. — Acorde.

Com as mãos em seu peito, solto um fio de minha magia de cura, deixando um relâmpago de lado com um esforço considerável. Ela flui como uma faixa de seda vermelho-sangue, envolvendo seu coração enquanto me concentro em tentar infundir magia nele, na esperança de que isso o faça despertar.

Sussurro seu nome sem parar, e lágrimas escorrem por meu queixo, pousando em minhas mãos e encharcando o peito dele.

— Nadir. Por favor. Eu te amo.

A faixa de minha magia envolve seu coração, e tento despejar nele todo o amor possível. Tudo que sinto por Nadir. Tudo que tenho para lhe dar. Todos os sorrisos, desejos e momentos que vivemos juntos. Tudo que quero para nosso futuro.

O batimento dele diminui, assumindo um ritmo lento.

*Tum.*

*Tum.*

*Tum.*

*Tu...*

Minha magia desliza sobre um nó denso de tecido e sangue e, então... sinto seu coração parar.

...

Silêncio — um silêncio infinito, insuportável, horrível — se estilhaça em meus ouvidos.

A faixa se desfaz, e a imagino suspensa na morte lenta do tempo, rodopiando até o chão, inerte e sem vida ao cair numa espiral etérea.

Meu peito se despedaça, meu coração implodindo e escorrendo em uma inundação carmesim de todos os meus erros.

Caio sobre Nadir, encostando a bochecha em seu peito, meus punhos se fechando em sua camisa, enquanto a floresta ecoa a agonia do meu grito devastado e sem fim.

# AGRADECIMENTOS

Tenho tantas pessoas para agradecer que mal sei por onde começar. Mal consigo colocar em palavras como este ano foi fantástico para mim. Foi o mais incrível e surpreendente da minha vida, e a melhor parte é que parece ser apenas o começo.

À minha agente, Lauren Spieller. No momento em que a conheci, soube que você seria a pessoa certa. Você me entendeu e entendeu minha visão desde a primeira ligação, e eu conseguia sentir seu entusiasmo através da tela. Eu estava procurando alguém que conseguisse acompanhar meu ritmo, e agora mal consigo acompanhar o seu. Você deu vida aos meus sonhos mais malucos, e sou muito grata por isso.

À minha editora, Madeleine Colavita, da Forever. Obrigada de novo por acreditar em mim. É louco pensar em tudo que já passamos e, ainda assim, este será o primeiro livro que publicamos oficialmente juntas. Estou ansiosa pelas muitas histórias que vamos criar nos próximos anos. E um grande agradecimento a Grace Fischetti por gerenciar todos os detalhes.

À minha editora do Reino Unido, Nadia Saward. Você sempre foi minha editora dos sonhos, desde que postou que queria uma romantasia mais picante no site que não deve ser nomeado. É uma honra trabalhar com você, e sou muito grata por seus apontamentos.

A Estelle Hallick e Dana Cuadrado, minhas assessoras da Forever. Vocês são incríveis e adoro seu entusiasmo. Obrigada por aguentarem minhas ideias, perguntas e meus "e se" sem fim. Sei que não sou nada tranquila. Obrigada por me levarem a Nova York e à Comic Con. Isso aconteceu mesmo? Ainda estou me beliscando.

A todos os outros da Forever e da Grand Central Publishing (incluindo minha favorita, Constance), obrigada por apoiarem esses livros como fizeram. Nunca vou me acostumar a vê-los na Target (bem, na verdade não, já que moro no Canadá e não temos Target, mas um dia vou ver — enquanto isso, as fotos são suficientes).

A toda a equipe da Orbit UK, muito obrigada por fazerem de tudo por mim. O colar é incrível. Eu o penduro em cima da minha mesa, onde posso admirá-lo todos os dias.

A todos da Folio Lit, especialmente a equipe de direitos estrangeiros, Chiara e Melissa. Uau. Vocês prometeram e cumpriram. Estou muito empolgada em ver Lor e seus amigos aparecendo no mundo todo.

A toda a comunidade do BookTok e Bookstagram por compartilharem meus livros com tanto entusiasmo. Eu não poderia ter feito isso sem vocês (com um agradecimento especial a Rachel Skye, porque ela sabe o que fez).

A cada um dos meus leitores. Sou muito, muito grata por seu apoio.

A cada leitor beta e parceiro de crítica, especialmente CM Levya, que se tornou a leitora alfa dos meus sonhos. Seus comentários e suas percepções tornaram este livro cem vezes melhor. Ao resto dos meus leitores beta: Shaylin, Bria, Ashyle, Priscilla, Elayna, Ann, Raidah, Manuia, Rachel e Liz. Muito obrigada. Este processo seria impossível sem vocês.

À minha assistente, Margie. Sua ajuda é uma bênção divina. Desculpe pelo caos.

À minha família — Matt, Alice e Nicky. Amo muito todos vocês. Sério, obrigada por me aguentarem, por aguentarem minha insana carga de trabalho e por serem os mais orgulhosos de todos.

ESTA OBRA FOI COMPOSTA POR VANESSA LIMA EM BEMBO
E IMPRESSA PELA LIS GRÁFICA EM OFSETE SOBRE PAPEL PÓLEN NATURAL
DA SUZANO S.A. PARA A EDITORA SCHWARCZ EM MARÇO DE 2025

A marca FSC® é a garantia de que a madeira utilizada na fabricação do papel deste livro provém de florestas que foram gerenciadas de maneira ambientalmente correta, socialmente justa e economicamente viável, além de outras fontes de origem controlada.